(Un)Endlich verliebt

Maja von Vogel

UN ENDLICH verliebt

PLANET!

Teil I

Sommer, Sonne, Traumurlaub?!

Über den Wolken

»Möchtet ihr etwas trinken?«, fragt die Stewardess. Sie lächelt Nina und mich freundlich an.

Bevor ich auch nur einen Ton sagen kann, legt Nina los: »Ich hätte gerne einen Tomatensaft mit viel Pfeffer und eine Cola. Am liebsten Pepsi light, wenn Sie die haben, aber mit Koffein, bitte. Und könnte ich vielleicht auch noch einen Apfelsaft bekommen? Von dieser klimatisierten Luft im Flugzeug kriege ich immer so einen Durst.«

Ich fasse es nicht! Warum bestellt sie nicht gleich die komplette Getränkekarte? Manchmal ist mir meine kleine Schwester echt peinlich. Genau genommen nicht nur manchmal, sondern ungefähr alle fünf Minuten. Dabei sollte sie langsam etwas vernünftiger werden, schließlich ist sie kein Kleinkind mehr und hält sich außerdem selbst für unheimlich erwachsen.

Glücklicherweise ist die Stewardess gut geschult. Statt Nina knallhart ins Gesicht zu sagen, dass sie ein widerlicher Gierschlund ist und sich mal etwas zurückhalten soll, weil andere Passagiere schließlich auch noch was trinken wollen, lächelt sie freundlich und serviert die Getränke.

Dann schaut sie mich an. »Und was darf's für dich sein?«

»Ein Mineralwasser, bitte«, sage ich.

Kaum hat die Stewardess mir mein Wasser hingestellt und ihren Getränkewagen weitergeschoben, plärrt Nina: »Mann, Julia, warum hast du denn nicht noch was bestellt? Ist doch alles umsonst!«

»Ich kann mich eben zurückhalten«, antworte ich und werfe einen Blick auf ihren voll gestellten Klapptisch. »Ganz im Gegensatz zu dir. Außerdem hab ich keinen Durst.«

Nina kriegt wie üblich gar nicht mit, dass sie kritisiert wird. Sie schlürft ihren Tomatensaft und schaut aus dem Fenster.

»Guck mal, wir fliegen schon über den Alpen!«, ruft sie. »Dann ist es nicht mehr weit bis Nizza. Ich sag's dir, das werden garantiert die besten Sommerferien unseres Lebens!«

Ich werfe einen Blick an Nina vorbei aus dem Fenster. Das hätte ich lieber nicht tun sollen. So weit das Auge reicht, nichts als verschneite Gipfel, schwarze Felsen und tiefe, tiefe Täler. Du meine Güte, fliegen wir hoch! Mir ist die ganze Zeit schon etwas flau im Magen gewesen, aber jetzt wird mir richtig schlecht. Schnell nehme ich einen Schluck Mineralwasser. Das kommt davon, wenn man den ganzen Tag nichts Vernünftiges isst. Aber vor längeren Reisen bin ich immer so aufgeregt, dass ich keinen Bissen hinunterkriege.

Außerdem ist das heute mein erster Flug. Ich glaube allerdings nicht, dass Fliegen eine meiner Lieblingsbeschäftigungen wird. Dafür schaukelt es mir hier zu sehr. Ob das normal ist? Vorsichtshalber kralle ich mich mit beiden Händen an den Armlehnen fest und schließe die Augen.

Wenn wir jetzt abstürzen, haben wir keine Chance. Das Flugzeug wird an den Felsen zerschellen und nie gefunden werden. Erst in zweitausend Jahren entdecken irgendwelche Forscher unsere im ewigen Eis tiefgekühlten Leichen und wir werden die Ötzis der Zukunft. Ich sehe alles ganz genau vor mir: Extra für uns wird ein neues, supermodernes Museum gebaut werden. Meine Brille wird eine der Hauptattraktionen, weil im Zeitalter der Laserstrahlen natürlich kein Mensch mehr Brillen trägt. Vielleicht bekommt sie sogar eine eigene Vitrine. Und Ninas Mageninhalt wird Generationen von Forschern beschäftigen, die sich einfach nicht erklären können, wo die Kleine mitten auf dem Gletscher die Tomaten herhatte.

»Was ist denn mit dir los?«, fragt mich Nina. »Geht's dir nicht gut? Du siehst aus, als hätte dich gerade jemand ausgekotzt.« Charmant wie immer, meine liebe Schwester. Da muss es einem doch gleich besser gehen! »Apropos kotzen«, fährt Nina munter fort, »in der Tasche vor dir sind Papiertüten, falls du's nicht mehr bis zum Klo schaffst. Hauptsache, du spuckst in die andere Richtung und versaust mir nicht mein neues T-Shirt.«

»Vielen Dank«, sage ich matt. »Das ist wirklich ausgesprochen hilfsbereit und mitfühlend von dir.« Nina nickt zufrieden. »So bin ich eben. Schließlich ist das dein erster Flug. Du kannst echt froh sein, dass ich dabei bin, sonst wärst du ganz schön aufgeschmissen.«

Ich erspare mir und Nina einen Kommentar. Seit Paps uns heute Mittag zum Flughafen gebracht hat, lässt Nina keine Gelegenheit aus, sich als superroutinierte Fliegerin aufzuspielen. Sie tut so, als würde sie täglich irgendwohin fliegen. Fehlt nur noch, dass sie ins Cockpit marschiert und den Piloten ablöst. Okay, sie war schon ein paarmal in Nizza bei Barbara und Jacques, aber deswegen braucht sich die kleine Kröte noch lange nicht so aufzuspielen. Hoffentlich geht das nicht die ganzen Ferien so weiter.

Bei dem Gedanken an meine Mutter und ihren französischen Lover wird das flaue Gefühl in meinem Magen gleich noch ein bisschen stärker. Hoffentlich erkennt Barbara mich überhaupt wieder. Schließlich haben wir uns nicht mehr gesehen, seit sie Paps, Nina und mich wegen dieses schleimigen Jacques' verlassen hat. Und das ist inzwischen fast vier Jahre her. Im Gegensatz zu Nina habe ich mich nämlich nicht sofort wieder von Barbara um den Finger wickeln lassen, nur damit ich die Sommerferien in Jacques' protziger Villa an der Côte d'Azur verbringen kann. Ich werde nie verstehen, wie Nina unserer Mutter so schnell verzeihen konnte. Immerhin hat sie uns eiskalt sitzen lassen.

Bei mir hat es eine halbe Ewigkeit gedauert, bis ich überhaupt wieder ein Wort mit ihr reden konnte. Ich hab sie richtig gehasst! Aber zum Glück habe ich diese Phase inzwischen überwunden. Schließlich ist Barbara trotz allem immer noch meine Mutter und es ist ganz schön anstrengend, seine eigene Mutter auf Dauer zu hassen. Seit ungefähr einem Jahr telefonieren wir wieder halbwegs regelmäßig miteinander. Manchmal können wir richtig gut miteinander reden und es ist fast wie früher. An anderen Tagen bin ich wieder total empfindlich und Barbara braucht den Namen Jacques nur zu erwähnen, dann raste ich schon aus. Auf den Typen reagiere ich immer noch allergisch. Dabei kenne ich ihn eigentlich gar nicht. Nur von Fotos. Und einmal hatte ich ihn am Telefon, aber da habe ich gleich wieder aufgelegt. Von seiner schleimigen französischen Stimme ist mir sofort schlecht geworden. Nina fährt total auf ihn ab. Jacques hier und Jacques da. Sie lässt sich eben noch von viel Geld, einer Villa mit Swimmingpool und einem blöden Segelboot beeindrucken. Ich nicht. Hoffentlich hängt der Typ in den Ferien nicht ständig mit uns herum. Als erfolgreicher Hotelbesitzer muss er doch bestimmt rund um die Uhr wichtige geschäftliche Entscheidungen treffen, um so viel Kohle wie möglich zu scheffeln.

»Sag mal, Nina«, sage ich, »arbeitet Jacques eigentlich viel in den Ferien?«

Nina schüttelt den Kopf. »Nö. Das ist ja gerade das Tolle! Für seine Hotels hat er jede Menge Angestellte, die die Arbeit machen. Da fährt er nur ab und zu mal hin und sieht nach dem Rechten. In den Ferien, wenn ich da war, hat er sich immer ganz viel Zeit genommen. Damit er mit uns was unternehmen konnte. Zum Beispiel segeln gehen. Oder surfen. Letztes Jahr waren wir tauchen, das war echt klasse …«

Ninas begeisterte Schilderungen von dem Tauchkurs mit Jacques habe ich schon ungefähr tausend Mal gehört. Mit seinem blöden Sportkram braucht er mir gar nicht erst zu kommen. Mein Motto lautet nämlich »Sport ist Mord«. Schlimm genug, dass ich mich in der Schule zweimal pro Woche mit völlig hirnrissigen Beschäftigungen wie Leichtathletik, Geräteturnen oder – das Schlimmste von allem –

Fußball herumquälen muss. In den Ferien braucht mein Körper absolute Ruhe.

Aber ich habe vor dieser Reise beschlossen, mir trotz allem Mühe mit Jacques zu geben. Ich werde mich zusammenreißen und ihn nicht blöd anmachen, sondern höflich und nett sein. Denn eigentlich ist mir der Typ ja völlig egal. Ich fliege wegen meiner Mutter nach Nizza und nicht wegen ihm. Und ich will keinen Ärger, sondern entspannte Ferien.

Ein Glück, dass René auch da ist. Er holt mich immer auf den Teppich zurück, wenn ich mich mal wieder über Jacques aufrege. Schade, dass er erst morgen kommt. Aber in Paris fangen die Sommerferien später an als bei uns. Na ja, so kann ich mich heute erst mal der glücklichen Familienzusammenführung widmen, ist vielleicht auch nicht schlecht.

Ich hole die Schneekugel heraus, die René mir letztes Jahr in Paris zum Abschied geschenkt hat, und schüttele sie. Statt Schnee wirbelt feiner Sand auf und lässt die beiden Figuren, die Händchen haltend am Strand sitzen, in einem goldenen Nebel verschwinden. Letztes Jahr haben wir noch davon geträumt und jetzt ist es endlich so weit: Unser Traumurlaub an der Côte d'Azur wird Wirklichkeit. Zehn Tage lang Sonne, Strand, salzige Küsse und ganz viel Zeit für uns. Die haben wir auch dringend nötig, schließlich sehen wir uns viel zu selten. Aber Paris liegt nun mal leider nicht um die Ecke. Eigentlich unglaublich, dass wir trotzdem schon seit zehn Monaten zusammen sind. Wenn ich allerdings die Tage zusammenzähle, die wir tatsächlich gemeinsam verbracht haben, komme ich noch nicht mal auf vier Wochen. Unsere Treffen sind zwar immer total schön, aber ich frage mich trotzdem manchmal, wie es auf Dauer mit uns weitergehen soll. Ich will schließlich nicht bis zur Rente in einer Fernbeziehung leben. Aber eigentlich bin ich ja selbst schuld. Warum musste ich mich auch ausgerechnet in meinen französischen Austauschpartner verlieben?

»He, Julia, du musst deinen Tisch hochklappen«, brüllt mir Nina so laut ins Ohr, dass mir vor Schreck fast die Schneekugel aus der Hand fällt. »Gleich setzen wir zur Landung an. Hast du die Ansage nicht gehört? Mann, ich sag's ja, du hast echt Glück, dass ich dabei bin …«

Ansage? Welche Ansage? Die ist irgendwie komplett an mir vorübergegangen. Schnell kippe ich das restliche Mineralwasser hinunter und reiche den leeren Plastikbecher der Stewardess, die gerade den Müll einsammelt. Dann klappe ich den Tisch hoch und werfe vorsichtig noch einen Blick aus dem Fenster. Wir haben die Alpen inzwischen hinter uns gelassen und der Pilot dreht gerade eine Runde über dem Meer. Wahnsinn! Das Wasser glitzert im Sonnenschein und ich sehe nur Blau. Hellblauer Himmel – ohne die geringste Spur einer Wolke – und azurblaues Wasser mit winzig kleinen, weißen Schaumkrönchen. Ich bin so begeistert von dieser traumhaften Aussicht, dass ich das flaue Gefühl in meinem Magen glatt vergesse. Direkt unter uns schaukelt ein Segelboot auf den Wellen. Von hier oben sieht es aus wie das Spielzeugboot, mit dem ich früher immer in der Badewanne gespielt habe. Bis Nina es in die Finger bekommen und natürlich sofort völlig demoliert hat.

Jetzt fliegen wir wieder auf die Küste zu. Sie schlängelt sich wie ein grün-weißes Band unter uns entlang. Auf der Küstenstraße fahren Spielzeugautos und am Strand liegen Spielzeugmenschen unter Spielzeugsonnenschirmen. Die ahne ich auf die Entfernung allerdings mehr, als dass ich sie sehe.

»Das ist das Mittelmeer«, erklärt mir Nina. »Und gleich landen wir. Pass auf, das wird lustig.«

Tatsächlich, jetzt fängt das Flugzeug an zu sinken. Besonders lustig kann ich das allerdings nicht finden. Es kommt mir so vor, als wenn mein Magen immer höher steigt, je schneller wir sinken, bis er schließlich in meinem Hals sitzt. Kein besonders angenehmes Gefühl. Ich atme tief durch und versuche, meinen Magen dazu zu bewegen, dass er sich wieder auf seinen gewohnten Platz in meinem Bauch verzieht. Jetzt kriege ich auch noch Druck auf den Ohren. Autsch, tut das weh! Außerdem höre ich kaum noch was. Ich fühle mich, als hätte mir jemand Watte in die Ohren gesteckt. Nina sagt irgendwas, aber ich kann sie nicht verstehen. Na ja, wenigstens ein Vorteil.

Wir sinken immer weiter und das Meer kommt bedrohlich näher. Jetzt kann ich schon die Menschen auf den Segelbooten erkennen. Das ist kein gutes Zeichen. Und weit und breit kein Flughafen in Sicht. Der Pilot scheint unbedingt eine Wasserlandung hinlegen zu wollen. Ja, ist der denn total verrückt geworden? Ich kneife die Augen zusammen und warte auf den Aufprall. Immerhin ist es besser, hier über dem Meer abzustürzen, als über den Alpen. Mit etwas Glück wird der Aufprall vom Wasser gedämpft.

Und wenn wir nicht von irgendwelchen Trümmerteilen erschlagen werden, können wir vielleicht bis zur Küste schwimmen. Das hängt natürlich vom Seegang ab. Und von der individuellen sportlichen Ausdauer, die bei mir leider gegen null tendiert.

Plötzlich gibt es einen Ruck, dann steigt der Pilot in die Eisen. Er bremst so heftig, dass ich in meinem Sitz nach vorne gedrückt werde. Innerhalb von Sekunden kommt das Flugzeug zum Stehen. Ich öffne die Augen und erwarte halb, dass ein glubschäugiger Mittelmeerfisch vor meinem Gesicht herumschwimmt und mich anstarrt. Im ersten Moment denke ich tatsächlich, dass wir auf dem Meeresgrund gelandet sind. Aber dann erkenne ich, dass es kein Fisch mit Glubschaugen, sondern bloß Nina ist, die mich anstarrt. Vom Aussehen her besteht da allerdings kein großer Unterschied. Ninas Mund geht auch ständig auf und zu, bloß dass sie dabei leider nicht stumm wie ein Fisch ist, sondern die ganze Zeit quasselt. Zum Glück verstehe ich nur die Hälfte, weil ich immer noch Ohrensausen habe. Ich schüttele meinen Kopf hin und her und klopfe mit der flachen Hand gegen meine Ohren, aber das bringt leider überhaupt nichts. Das Rauschen bleibt. Irgendwo habe ich mal gehört, dass Gähnen gegen Ohrensausen hilft. Also reiße ich meinen Mund weit auf – und sehe jetzt wahrscheinlich selber aus wie ein kranker Karpfen. Aber es hilft tatsächlich. Allerdings nur auf der einen Seite. In meinem rechten Ohr macht es plötzlich »plopp« und Ninas Dauergelaber kann wieder ungehindert in meinen Gehörgang eindringen. Schade eigentlich. »… war doch eine super Landung, oder?«, fragt sie gerade mit leuchtenden Augen. »Mann, der Sinkflug war echt der Hammer. Und wie wir dann übers Wasser gesaust sind – der reine Wahnsinn. Ich glaube, ich werde Pilotin.«

Spätestens dann werde ich niemals wieder einen Fuß in ein Flugzeug setzen. Mit Nina im Cockpit einer Boeing ist der Luftraum eindeutig eine Gefahrenzone.

Durch das Fenster sehe ich, dass wir es tatsächlich bis zum Flughafen geschafft haben. Direkt neben der Landebahn glitzert das Meer. Puh, das war bestimmt ganz schön knapp. Ich frage mich, wie man einen Flughafen so nah ans Wasser bauen kann. Da muss doch früher oder später mal ein Flugzeug eine Bauchlandung machen. Aber ich wusste ja schon immer, dass die Franzosen ein bisschen spinnen.

Das fängt ja gut an …

Die anderen Passagiere drängeln sich alle auf dem engen Gang zwischen den beiden Sitzreihen und suchen ihr Handgepäck zusammen.

»Mann, Julia, steh doch endlich auf«, quengelt Nina. »Mama und Jacques warten bestimmt schon auf uns.«

»Immer mit der Ruhe«, sage ich. »Ich hab keine Lust, mich in dieses Gewühl zu stürzen.« Nina hüpft ungeduldig auf ihrem Sitz auf und ab, bis es etwas leerer geworden ist und ich aufstehe. Ich schnappe mir meine Jeansjacke und den Rucksack und folge Nina, die es ziemlich eilig hat und in einem Affenzahn aus dem Flugzeug flitzt.

»Schnell, jetzt müssen wir noch unser Gepäck holen«, ruft sie mir über die Schulter zu, während wir durch eine ans Flugzeug angedockte Röhre ins Flughafengebäude gelangen. Ich versuche, durch ruckartige Kopfbewegungen auch mein linkes Ohr wieder freizubekommen, aber es klappt nicht. Wir latschen eine halbe Ewigkeit durch irgendwelche Gänge und ich werde mit jedem Schritt nervöser. In diesem Moment befindet sich irgendwo hier im Gebäude meine Mutter und wartet auf mich. Gleich werden wir uns gegenüberstehen. Ein komisches Gefühl. Es ist toll, aber auch irgendwie beängstigend. Auf jeden Fall ziemlich aufregend.

Ob Barbara genauso aufgeregt ist wie ich? Und ob sie sich genauso sehr auf unser Wiedersehen freut?

Eigentlich könnte ich jetzt endlich mit diesem Barbara-Quatsch aufhören. Schließlich habe ich damit nur angefangen, um Mama zu ärgern. Sie mag es nämlich nicht, wenn ich sie Barbara nenne. Ich werde jetzt einfach wieder Mama zu ihr sagen, so wie früher. Als wir noch eine richtige Familie waren.

»Da drüben ist unsere Gepäckausgabe«, ruft Nina.

Wir stellen uns neben das Laufband, auf dem schon die ersten Koffer an uns vorüberziehen. Ich bin viel zu aufgeregt, um auf meinen Koffer zu achten. Wer interessiert sich schon für Gepäck, wenn gleich ein dramatisches Wiedersehen mit der eigenen Mutter ansteht, die man seit Jahren nicht gesehen hat? »Da hinten ist meine Tasche!«, schreit Nina, rast zum anderen Ende des Laufbands und zerrt ihre – sicherlich von Ninas unzähligen Flügen – ziemlich ramponierte Reisetasche herunter.

Ich warte und warte, aber mein Koffer kommt nicht in Sicht. Habe ich ihn vielleicht übersehen? Wäre ja kein Wunder bei meiner momentanen geistigen Verfassung. Ich stehe in der Tat ein bisschen neben mir. Ich versuche, mich auf das an mir vorbeiziehende Gepäck zu konzentrieren. Da sind Rucksäcke in allen Farben, Formen und Größen, Reisetaschen, große Koffer, kleine Koffer – bloß meinen Koffer kann ich nicht entdecken. Langsam werde ich nervös.

»Mann, wo ist denn dein blöder Koffer?«, nörgelt Nina. »Mama wundert sich bestimmt schon, wo wir bleiben.«

Inzwischen sind wir die Letzten. Alle anderen Passagiere sind glücklich mit ihrem Gepäck abgezogen. Vor uns auf dem Laufband dreht nur noch eine einsame Reisetasche ihre Runden – vielleicht sollte ich die einfach statt meines Koffers mitnehmen.

»Das war's, da kommt nichts mehr«, stellt Nina schließlich fest.

»Was soll das heißen, da kommt nichts mehr? Und was ist mit meinem Koffer?«, frage ich panisch. »Vielleicht ist er ja ganz hinten im Flugzeug gelandet und deswegen dauert es etwas länger, bis sie ihn herausgeholt haben.«

»Quatsch«, sagt Nina. »Ich glaube, die haben deinen Koffer vergessen.«

»Wie – vergessen?«, rufe ich. »Das gibt's doch gar nicht!«

»Doch«, sagt Nina. »So was kommt vor. Entweder steht dein Koffer noch in Deutschland am Flughafen oder er ist in einer anderen Maschine gelandet. Wer weiß, vielleicht ist er gerade auf dem Weg nach New York oder Hongkong …«

Na toll! Ich will aber nicht, dass mein Koffer mutterseelenallein auf Weltreise geht. Ich will, dass er jetzt sofort auf diesem blöden Laufband auftaucht. Tut er aber nicht.

»Mist!«, schimpfe ich. »Im Koffer sind doch all meine Klamotten! Was soll ich denn jetzt machen?«

Nina zuckt mit den Schultern. »Weiß ich auch nicht. Mann, bin ich froh, dass die meine Tasche nicht vergessen haben!«

Ich schaue Nina böse an. »Vielen Dank für dein Mitgefühl!«

Das ist mal wieder typisch. Den ganzen Tag nervt mich Nina mit ihren oberschlauen Sprüchen, aber wenn's drauf ankommt, hat sie natürlich keinen blassen Schimmer, was zu tun ist. Jetzt kann ich zehn Tage lang in derselben Jeans und demselben T-Shirt herumlaufen, das hat mir gerade noch gefehlt. So ein absoluter Obermist!

»Komm, wir gehen erst mal zu Mama und Jacques«, schlägt Nina vor. »Die wissen bestimmt, was wir machen sollen.«

Ich nicke resigniert und folge Nina zum Ausgang. Die Ferien fangen ja gut an! Ob das ein schlechtes Omen ist?

Der verschwundene Koffer hat mich kurze Zeit von meiner Nervosität abgelenkt, aber jetzt schlägt sie wieder voll zu. Ich habe eiskalte Hände und bin ganz zittrig. Gleich ist es so weit! Wir müssen nur noch durch die Tür da vorne in die Ankunftshalle gehen, dann werde ich Barbara wiedersehen. Ich meine natürlich, Mama.

Nina geht immer schneller, während meine Schritte immer langsamer werden. Ich fühle mich, als hätte ich plötzlich Bleigewichte an den Füßen. Einerseits will ich so schnell wie möglich zu Mama, andererseits will ich es auch wieder nicht. Schließlich gebe ich mir einen Ruck und betrete die Ankunftshalle. Es ist eine Menge los und mein Blick gleitet im Eiltempo über die Menschen. Wo ist sie?

»Hallo, Mama!«, kreischt Nina in diesem Moment, rennt auf ein elegantes Paar zu und schmeißt sich der Frau in die Arme.

Ich muss zweimal hinschauen, bevor ich meine Mutter erkenne. Vor Staunen bleibt mir der Mund offen stehen. Wahnsinn. Mama hat sich ganz schön verändert. Sie trägt einen eleganten schneeweißen Hosenanzug, der ihre sonnengebräunte Haut gut zur Geltung bringt. Früher ist sie immer in ganz normalen Klamotten herumgelaufen, meistens in Jeans und Turnschuhen. Aber ich muss zugeben, dass ihr der Hosenanzug sehr gut steht. Außerdem sind ihre Haare irgendwie anders. Kürzer und dunkler. Eigentlich hat Mama dieselbe Haarfarbe wie ich (oder umgekehrt): straßenköterblond. Dieser kastanienbraune Farbton kann also gar nicht echt sein, obwohl er absolut natürlich aussieht und prima zu ihrem gebräunten Teint passt. Auf ihrem Kopf thront eine dunkle Sonnenbrille, die auch nicht verrutscht, als Nina in Mamas Arme springt und sie dabei fast umschmeißt.

Ich stehe wie festgewachsen auf einem Fleck und kann sie nur anstarren. Mama sieht so anders aus. Sie kommt mir ganz fremd vor. So elegant, perfekt und unnahbar. Sie drückt Nina an sich und vergräbt dabei die Nase in Ninas Haaren. Dann schaut sie auf und sieht mich. Der Blick dauert nur eine Sekunde, trotzdem kommt er mir so lang vor wie eine Ewigkeit. Erst ist er unsicher, dann ungläubig. Schließlich fängt Mama an zu lächeln und da erkenne ich sie erst wirklich wieder. Ja, das ist eindeutig Mamas Lächeln. Fröhlich, ein bisschen verschmitzt und sehr lieb.

Endlich kann ich meine Beine wieder bewegen. Sie laufen wie von selbst auf Mama und Nina zu. Ich komme mir vor wie ein Eisennagel, der von einem starken Magneten angezogen wird. Dafür lässt mich jetzt meine Stimme im Stich. Ich will etwas sagen, kriege aber keinen Ton heraus.

Zum Glück übernimmt Mama erst mal das Reden. »Julia, mein Schatz, es ist so schön, dass du endlich gekommen bist!« Sie hält mich an den Schultern fest und betrachtet mich mit einem erstaunten Kopfschütteln. »Und wie groß du geworden bist! Meine Kleine ist plötzlich erwachsen geworden …«

Ihr Blick wird auf einmal traurig und in ihren Augen schimmern Tränen. Meine Mutter hatte schon immer einen Hang zum Melodramatischen, in der Beziehung hat sie sich offenbar nicht geändert. Aus alter Gewohnheit bin ich drauf und dran zu antworten, dass ich keineswegs plötzlich erwachsen geworden bin, sondern dass dieser Vorgang vier lange Jahre gedauert hat, die sie leider nicht an meiner Seite, sondern 800 Kilometer entfernt an der Seite eines lebendigen Schleimbolzens verbracht hat.

Aber diese fiesen und völlig unreifen Gedanken verbanne ich schnell wieder aus meinem Kopf. Die Hassphase habe ich schließlich hinter mir. Das ist Schnee von gestern. Ich habe meiner Mutter verziehen.

Jetzt nimmt sie mich in die Arme. Ganz behutsam und vorsichtig, so als wüsste sie nicht genau, ob sie mich umarmen darf. Als hätte sie Angst, dass ich sie wegstoße, wenn sie mir zu nahe kommt. Aber ich stoße sie nicht weg, sondern drücke sie ganz fest an mich und lege mein Gesicht an ihren Hals, so wie ich es als Kind immer getan habe. Dann atme ich tief ein. Sie benutzt jetzt ein anderes Parfum. Eins, das sehr edel und sehr teuer riecht. Wahrscheinlich Chanel Nr. 5 oder so was. Aber irgendwo darunter ist immer noch ihr eigener, vertrauter Geruch. Erinnerungen blitzen in meinem Kopf auf: Gutenachtküsse, Märchenstunden auf dem Sofa und Kuscheln im Bett.

Ich schließe die Augen und murmele: »Hallo, Mama.« Plötzlich habe ich das Gefühl, nach Hause zu kommen.

»Mama, Julia hat ihren Koffer verloren!«, ruft Nina in diesem Moment und zerstört wie üblich die Idylle.

Mama lässt mich los und schaut Nina an. »Was? Verloren? Wo denn?«

»Verloren ist nicht ganz der richtige Ausdruck«, sage ich schnell, bevor Nina wieder irgendwelchen Quatsch erzählt. »Der Koffer ist offensichtlich vergessen worden.«

»Wir haben ewig lange bei der Gepäckausgabe gewartet, aber Julias Koffer war nicht dabei«, ergänzt Nina.

»Ach, deswegen hat das so lange gedauert«, sagt Mama. »Wir haben uns schon gewundert.« Dann schaut sie mich an. »Mach dir keine Sorgen, der Koffer taucht schon wieder auf. Er kommt bestimmt mit der nächsten Maschine. Jacques kann das sicher für dich regeln, n'est-ce pas, chérie?«

Sie wendet sich dem Mann zu, der neben ihr steht und den ich in der ganzen Aufregung bisher noch gar nicht richtig wahrgenommen habe. Das ist also Jacques.

Obwohl ich versuche, ihn ganz objektiv zu betrachten, kann ich nicht verhindern, dass ich vor lauter Abneigung eine Gänsehaut kriege. Dabei sieht er eigentlich gar nicht schlecht aus, wie ich ehrlicherweise zugeben muss, zumindest für sein Alter. Ich habe keine Ahnung, warum Mama sich ausgerechnet so einen alten Knacker ausgesucht hat.

Vielleicht ein Vaterkomplex oder so was. Der Typ geht bestimmt schon auf die sechzig zu! Hat sich aber ganz gut gehalten. Sportliche Figur, braun gebrannt, graue Haare. Im Gegensatz zu Mama läuft er ziemlich leger herum. Wahrscheinlich hat er es gar nicht mehr nötig, mit teuren Designeranzügen zu protzen, weil hier sowieso jeder weiß wie stinkereich er ist. In seiner hellen Bundfaltenhose, und dem gelben Polohemd sieht er aus, als würde er gerade vom Golfspielen kommen. Was er vermutlich auch tut.

»Bien sûr, mon trésor«, sagt er und drückt Mama einen Kuss auf das Ohr. »Für disch tu isch doch alles!« Mir dreht sich fast der Magen um, als ich seinen fürchterlichen französischen Akzent höre, aber Mama lächelt ihn verliebt an. »Darf ich vorstellen? Das ist meine Tochter Julia, von der ich dir schon so viel erzählt habe.« Dann wendet sie sich mir zu. »Und das ist Jacques.«

»Enchanté, Mademoiselle«, sagt Jacques, schnappt sich meine Hand und haucht mir doch tatsächlich einen Kuss auf die Finger.

So ein widerlicher Schleimer! Bei der Gelegenheit habe ich zudem einen ungetrübten Blick auf seine grauen Brusthaare, die zwischen den geöffneten Knöpfen seines Poloshirts hervorquellen. Dazwischen blitzt ein Goldkettchen. Mir wird fast schlecht. Wenn dieser Goldkettchenträger denkt, dass er mich mit einem blöden Handkuss beeindrucken kann, hat er sich geschnitten. Am liebsten würde ich meine Hand wegziehen und ihm an den Kopf werfen, dass er sich sein schmalziges Getue sparen kann. Ich steh nicht auf diese französische Kavaliersmasche.

Aber dann bemerke ich Mamas erwartungsvollen Blick. Ich weiß, dass sie sich total freuen würde, wenn ich mich gut mit Jacques verstehe. Ich bin mir zwar nicht sicher, ob es dazu jemals reichen wird, aber ich kann wenigstens versuchen, halbwegs nett zu ihm zu sein und keinen Streit anzufangen.

Also probiere ich ein Lächeln und sage höflich: »Bonjour, Monsieur.«

»Mais non!«, ruft er mit gespielter Entrüstung. »Du musst misch natürlisch Jacques nennen. Herzlisch willkommen an der Côte d'Azur, Julie!«

»Eins möchte ich von Anfang an klarstellen«, sage ich barsch. »Ich heiße Julia!«

Was bildet der Typ sich eigentlich ein? »Julie« darf nur René zu mir sagen, sonst niemand. Aber ich muss ihm gerechterweise zugute halten, dass er das natürlich nicht wissen kann. Also füge ich etwas freundlicher hinzu: »Wenn es Ihnen nichts ausmacht.«

»Natürlisch nischt«, antwortet Jacques. »Julia – was für ein wunderschöner Name!«

Er lächelt mich charmant an und ich würde ihm am liebsten auf seine sportlichen Slipper kotzen. Sein französischer Akzent ist noch schlimmer als der von René. Ein Glück, dass ich auf dem linken Ohr immer noch nicht wieder richtig hören kann. Ich habe den starken Verdacht, dass er den Akzent absichtlich übertreibt, weil er sich dann für noch unwiderstehlicher hält. Wenn das nicht krank ist! Aber ich muss mich zusammenreißen. Schließlich versucht er nur nett zu sein.

»Können wir jetzt endlich los?«, fragt Nina. »Ich hab Hunger!«

»Ja, mein Schatz, jetzt fahren wir nach Hause«, sagt Mama und legt einen Arm um Nina und den anderen um mich.

»Und was ist mit meinem Koffer?«, will ich wissen. »Da sind doch meine ganzen Klamotten drin! Meine Bücher, mein neuer Badeanzug, meine Kulturtasche ...«

»Das regle isch per Telefon, keine Sorge«, sagt Jacques und nimmt Nina die Reisetasche ab. Was für ein Kavalier!

Mama drückt mich an sich. »Und wenn der Koffer nicht wieder auftaucht, kaufen wir dir eben neue Sachen.«

Da bleibt mir erst mal die Spucke weg. Das sind ja ganz neue Töne. Früher hat Mama nicht so mit dem Geld um sich geschmissen.

Nina scheint das jedoch ganz normal zu finden. »Au ja!«, ruft sie. »Wir gehen shoppen in St. Tropez! Gleich morgen, okay?«

»Das geht nicht«, sage ich, um Ninas Begeisterung sofort im Keim zu ersticken. Auf stundenlange Shoppingtouren habe ich nun wirklich keine Lust. »Morgen fahren wir nach St. Raphael und holen René vom Bahnhof ab. Schon vergessen?«

»Quatsch«, sagt Nina entrüstet. »Das vergesse ich doch nicht. Toll, dann sind wir endlich alle zusammen!«

Genau. Eine große, glückliche Familie. So langsam kommt mir der Verdacht, dass diese Ferien vielleicht doch nicht so erholsam werden, wie ich sie mir vorgestellt hatte.

Julia im Wunderland

Als wir aus dem Flughafengebäude treten, haut mich die Hitze fast um. Die Luft flimmert über dem Asphalt und ich fange augenblicklich an zu schwitzen. Wahnsinn, das müssen mindestens dreißig Grad im Schatten sein – dabei ist schon später Nachmittag. Wie heiß wird es dann erst über Mittag?

Ich beschließe augenblicklich, hier während der Mittagszeit keinen Fuß vor die Tür zu setzen. Am besten mache ich es so wie die Einheimischen und halte eine ausgedehnte Siesta. Ich frage mich, wie Mama das aushält. Sie verträgt extreme Hitze noch schlechter als ich. Zumindest war das früher so. Aber vielleicht hat sie sich ja auch in diesem Punkt ihren neuen Lebensbedingungen angepasst.

Jacques hat sein Auto vor der Ankunftshalle mitten im Parkverbot abgestellt. Keine drei Meter entfernt steht ein Polizist, der dem Wagen jedoch nicht die geringste Aufmerksamkeit schenkt. Wahrscheinlich hat Jacques ihn bestochen, damit er nicht abgeschleppt wird. Offensichtlich hält er es für unter seiner Würde, wie andere Normalsterbliche den gebührenpflichtigen Parkplatz zu benutzen und die paar Meter bis zum Flughafengebäude zu laufen.

Natürlich fährt Jacques eine von diesen absoluten Nobelkarren. Eine richtige Limousine, in der auch Michael Jackson oder Madonna sitzen könnten. Der schwarze Lack glänzt in der Sonne, als wäre er gerade frisch poliert worden. Ist er wahrscheinlich auch. Jacques beschäftigt bestimmt ein paar Angestellte, die sich nur um seinen Fuhrpark kümmern. Ein Wunder, dass er keinen Chauffeur hat.

Während wir auf den Wagen zugehen, blinken plötzlich die Scheinwerfer auf und die Türen öffnen sich wie von Geisterhand. Ganz toll, wirklich sehr beeindruckend.

»Alles einsteigen, bitte!«, sagt Jacques und packt Ninas Tasche in den Kofferraum.

Nina setzt sich so selbstverständlich in den Wagen, als würde sie jeden Tag in großen, schwarzen Limousinen durch die Gegend fahren. Ich setze mich neben sie auf den Rücksitz und Mama und Jacques steigen vorne ein. Von innen sieht das Auto noch größer aus als von außen. Nina und ich haben hinten so viel Platz, dass wir bequem eine Runde Tennis spielen könnten. Oder Golf. Oder womit sich die Superreichen sonst so die Zeit vertreiben.

Als wir vom Flughafengelände fahren, stellt Jacques die Klimaanlage an und es wird schön kühl im Auto. Fast ein bisschen zu kühl. Ich hoffe nur, dass ich mir in meinen verschwitzten Klamotten keine Lungenentzündung hole. Meine Jeans klebt unangenehm an den Beinen und mein T-Shirt ist auch nicht mehr das frischeste. Wirklich prima, dass ich jetzt keine Sachen zum Wechseln mehr habe. Und ich will mich eigentlich auch nicht auf Jacques' Kosten von Mama neu einkleiden lassen. Dann würde ich ja in Jacques'

Schuld stehen und müsste ihm auch noch dankbar sein – schreckliche Vorstellung! Vielleicht kann ich die Jeans wenigstens abschneiden. Wenn ich bei diesen Temperaturen die ganze Zeit mit einer langen Hose herumrennen muss, bekomme ich früher oder später garantiert einen Hitzschlag.

Wir fahren durch Nizza und ich schaue neugierig aus dem Fenster. Sieht alles schon ziemlich südländisch aus. Es gibt sogar Palmen! Die Häuser sind zum Teil ganz schön vergammelt. Alle haben Fensterläden, die meisten sind geschlossen. Gar nicht so dumm bei der Hitze. Der Verkehr ist fast genauso chaotisch wie in Paris. Mir fällt auf, dass die meisten Autos total ramponiert aussehen und mindestens eine Beule haben, was mich bei der Fahrweise der Franzosen kein bisschen wundert. Doch wir gleiten mit unserem Schiff durch das Verkehrschaos, als würde uns das alles gar nichts angehen. Hat schon was für sich, so ein großes Auto.

Nina plappert vom Flughafen bis zur Autobahn ohne Pause. Sie erzählt in aller Ausführlichkeit von unserem Flug, ihrem letzten Schultag in Papenberg, der Eins, die sie in Sport gekriegt hat (die Vieren in Deutsch und Mathe unterschlägt sie natürlich), und all den wunderschönen Dingen, die sie in den Ferien machen will: segeln, surfen, tauchen, baden gehen … Dann muss selbst meine Quasselstrippe von Schwester mal Luft holen und Mama nutzt die Gelegenheit, um auch endlich zu Wort zu kommen.

»Was möchtest du denn gerne machen, Julia?«, fragt sie mich. »Hast du irgendwelche Wünsche? Wir könnten zum Beispiel ins Chagall-Museum nach Nizza fahren oder mit dem Boot nach Korsika segeln. Vielleicht an deinem Geburtstag. Ich freue mich ja so, dass du deinen Geburtstag hier feierst, da müssen wir auf jeden Fall etwas ganz Besonderes machen. Was hältst du denn von der Idee mit dem Segeltörn?« Oh Gott, bloß das nicht! Und schon gar nicht an meinem Geburtstag. Ich bin zwar noch nie gesegelt, aber ich kann mir nicht vorstellen, dass es mir besonders gefällt. Nach meiner heutigen Flugerfahrung bin ich mir ziemlich sicher, dass ich mich mit beiden Füßen auf festem Boden am wohlsten fühle.

Und ich hasse Kunstmuseen! Letztes Jahr beim Frankreichaustausch in Paris mussten wir Stunden, wenn nicht sogar ganze Tage, in irgendwelchen langweiligen Ausstellungen verbringen. Das hat mich fast umgebracht. Ich kann mit Bildern überhaupt nichts anfangen. Ganz im Gegensatz zu René, der total auf diesen Kunst- und Literaturkram abfährt. Dabei denkt man das erst gar nicht von ihm. Vom Aussehen her ist er eher der oberflächliche Herzensbrecher-Typ, bei dem sämtliche Mädels in Ohnmacht fallen, sobald sie ihn sehen. Und wenn er dann auch noch anfängt, auf seiner Gitarre herumzuklimpern, und einen mit seinen samtbraunen Augen anschaut, ist sowieso alles zu spät …

»Julia will bestimmt wieder nur ständig ihre langweiligen Physikbücher lesen«, unterbricht Nina meine angenehmen Gedanken. »Mit der ist echt nichts los.«

»So ein Quatsch«, erwidere ich. »Ich habe sehr vielfältige Interessen. Bloß, dass die bei mir mehr auf einer geistigen Ebene liegen als auf einer körperlichen. Aber das kannst du Spatzenhirn dir natürlich nicht vorstellen.«

Ich hatte mir in der Tat ein paar Physikbücher zu lesen mitgenommen. Seit ich den ersten Preis bei *Jugend forscht* für meine Arbeit mit dem klangvollen Titel *Die Einflussfaktoren für die Bildung von Flüssigkeitstropfen* gewonnen habe, kennt meine Physikbegeisterung keine Grenzen mehr. Deswegen bin ich schon wieder auf der Suche nach einem neuen Projekt und lese mich durch alle möglichen Forschungsberichte und Aufsätze hindurch, um Anregungen zu bekommen. Aber da ich die Bücher geschickterweise alle in meinen Koffer gepackt habe, damit mein Handgepäck nicht so schwer wird, kann ich das jetzt wohl erst mal vergessen.

Na ja, René hätte es vielleicht sowieso nicht so toll gefunden, wenn ich in unserem ersten gemeinsamen Urlaub meine Nase ständig in irgendwelche Physikbücher vergrabe. Dabei hat er garantiert auch stapelweise wahnsinnig anspruchsvolle französische Literatur dabei – aber das ist dann natürlich wieder etwas völlig anderes …

»Ich bin kein Spatzenhirn!«, zetert Nina.

»Ach nein?«, sage ich. »Du hast doch in deinem ganzen Leben noch kein einziges Buch zu Ende gelesen!«

»Hab ich wohl!«

»Und welches?«

Nina zögert einen Moment und sieht mich böse an. »Weiß ich nicht mehr. Ich hab den Titel vergessen. Außerdem rede ich gar nicht mehr mit dir, du blöde Kuh!«

Das hat Nina mir schon öfter versprochen, aber sie hält sich leider nie besonders lange daran.

Mama versucht, uns zu beschwichtigen. »Kinder, nun streitet euch doch nicht!«

»Wir streiten nicht«, sage ich. »Das ist unser normaler Umgangston.« Vielleicht tut es Mama ja jetzt schon wieder leid, dass sie uns eingeladen hat. Schließlich ist sie Ninas und meine üblichen Kabbeleien nicht mehr gewohnt.

»Na, das kann ja heiter werden«, sagt sie, aber es klingt nicht genervt, sondern eher erwartungsvoll.

Ist wahrscheinlich gar nicht so schlecht, wenn Nina und ich mal ein bisschen Schwung in die Bude bringen. Wer weiß, vielleicht merkt Mama dann ja, wie sehr sie sich eigentlich mit Jacques langweilt, und beschließt daraufhin, doch wieder zu uns zurückzukommen.

»Und was das Vergnügungsprogramm für die nächsten zehn Tage betrifft«, fügt Mama hinzu, »das können wir ja einfach auf uns zukommen lassen.«

»Genau«, sage ich und lehne mich in die weichen Lederpolster zurück. »Bloß keinen Stress.« Wir düsen in einem Affenzahn über die Autobahn. Jacques scheint das Wort »Geschwindigkeitsbegrenzung« noch nie gehört zu haben. Aber ich muss zugeben, dass er ein sehr sicherer Fahrer ist. Er konzentriert sich voll und ganz auf die Straße, was den Vorteil hat, dass er uns nicht mit seinem schleimigen Gelaber nervt. Eigentlich schade, dass er so gut Deutsch kann. Sonst hätte ich eine prima Ausrede gehabt, warum ich keine längeren Gespräche mit ihm führen kann. Aber als Hotelier spricht er natürlich die wichtigsten Fremdsprachen fließend. Deswegen kommt mir die Sache mit seinem starken französischen Akzent auch so verdächtig vor …

»Wann sind wir denn endlich da?«, mault Nina. »Ich hab einen Mordshunger.«

»Es dauert nicht mehr lange«, sagt Mama. »Höchstens eine halbe Stunde. Wenn auf der Küstenstraße kein Stau ist.«

Jacques' Villa liegt in der Nähe von St. Tropez. Obwohl mich sein Geld und alles, was damit zu tun hat, ja eigentlich nicht die Bohne interessiert, bin ich doch irgendwie gespannt auf das Haus, in dem meine Mutter nun lebt. Wahrscheinlich ist das einer dieser angeberischen Prachtbauten, die schon aus zehn Kilometern Entfernung jedem Besucher signalisieren, dass hier die Superreichen wohnen. Ich hab mal eine Fernsehreportage über St. Tropez gesehen, da wohnten die alle in solchen Häusern. Das ist echt nicht mein Ding.

Wir haben inzwischen die Autobahn verlassen und Jacques rast über eine ziemlich kurvenreiche Straße, die zur Küste hinunterführt. Mir wird fast schon wieder schlecht, als ich sehe, wie steil es rechts neben der Straße hinuntergeht. Aber Jacques scheint die Strecke gut zu kennen und der Wagen kommt dem Abgrund kein einziges Mal so nahe, dass es wirklich gefährlich wird.

Dann haben wir die Berge hinter uns gelassen und vor uns liegt das Meer. Es erstreckt sich wie ein riesiger wogender Teppich bis zum Horizont und glitzert verführerisch in der Abendsonne. Ich bekomme sofort Lust zu baden, obwohl ich sonst eigentlich eher wasserscheu bin. Aber das Wasser sieht so einladend aus, dass ich mich schon richtig darauf freue, demnächst hineinzuspringen. Allerdings muss ich mir dann erst mal einen Badeanzug organisieren.

»Gleich sind wir da, gleich sind wir da«, trällert Nina neben mir. »Mama, darf ich nachher noch in den Swimmingpool?« Mama nickt. »Natürlich, mein Schatz. Du kannst vor dem Essen noch eine Runde schwimmen.«

Wir biegen ab und fahren eine schmale Straße hinauf. Rechts und links wechseln sich hohe Steinmauern mit dichten Hecken ab, durch die man nicht den kleinsten Blick auf die dahinter liegenden Grundstücke werfen kann. Aha, wir scheinen uns unserem Ziel zu nähern. Das sieht mir hier schon stark nach der Welt der Reichen und Schönen aus.

Jacques fährt bis zum Ende der Straße und hält vor einem großen Eisentor. Oben ist eine Kamera angebracht und rechts und links erstreckt sich eine lange Mauer. Mannomann, eine richtige Festung. Sobald wir vor dem Tor stehen, öffnen sich die beiden Flügel lautlos und wir gleiten hindurch. Mitten hinein ins Wunderland! Hinter uns schließt sich das Tor wieder. Hier scheint wirklich alles vollautomatisch zu funktionieren. Hauptsache, es gibt keinen Stromausfall.

Wir fahren eine lange, gewundene Auffahrt hinauf, mitten durch eine parkähnliche Gartenanlage. Überall stehen Palmen und dazwischen befinden sich große Beete mit irgendwelchen exotischen Blumen, die in allen Farben schillern. Der Rasen sieht sehr gepflegt aus und ist im wahrsten Sinne des Wortes grasgrün. Ich möchte nicht wissen, wie viele Stunden am Tag sie den bei der Hitze hier bewässern müssen, damit er so aussieht. Für den Garten beschäftigt Jacques bestimmt mindestens zehn Gärtner. Aber ich muss sagen, dass sie ihre Sache wirklich gut machen. Der Garten sieht toll aus. Ich stehe zwar eigentlich mehr auf verwilderte Naturgärten, aber die Geschmäcker sind eben verschieden …

Dann sind wir am Ende der Auffahrt angelangt und vor uns liegt das Haus. Zum zweiten Mal an diesem Tag kriege ich fast den Mund nicht mehr zu. Das Wort »Haus« ist die Untertreibung des Jahrhunderts für dieses Bauwerk. Es sieht aus wie eine schneeweiße Festung. Eine Festung des 21. Jahrhunderts, denn alles an diesem Haus ist total modern. Es hat keinerlei Ähnlichkeit mit den leicht ausgegammelten südfranzösischen Fensterlädenhäusern, an denen wir vorbeigefahren sind. Dieses architektonische Kleinod hat überhaupt keine Fensterläden. Stattdessen große Glasfronten zwischen blendend weißen Steinwänden. Der vordere Teil des Hauses besteht aus zwei großen Klötzen, die verschieden hoch sind und Flachdächer haben. Auf dem unteren Dach scheint sich eine Art Dachterrasse zu befinden. Auf jeden Fall stehen dort Palmen in Kübeln und anderes Grünzeug herum. An die beiden Klötze schließt sich ein rundes Gebilde an, das an einen Turm erinnert. Könnte das Treppenhaus sein. Mehr ist von hier vorne nicht zu sehen, aber das Anwesen geht bestimmt nach hinten raus noch weiter. Wir sind hier ja schließlich nicht bei armen Leuten.

Das Ganze sieht ziemlich futuristisch aus, aber irgendwie auch zeitlos. So was hab ich echt noch nie gesehen.

»Das Haus ist irre, oder?«, sagt Nina, als wir aus dem Wagen steigen. »Warte ab, bis du es von innen gesehen hast – der reine Wahnsinn!«

»Doch, es ist wirklich ganz nett«, antworte ich und versuche, mir meine Begeisterung nicht zu sehr anmerken zu lassen. »Mal was anderes.«

»Jacques hat es zusammen mit einem befreundeten Architekten entworfen«, erzählt Mama, während wir über einen tipptopp geharkten Kiesweg (natürlich schneeweißer Kies, hier herrscht offensichtlich Perfektion bis in die kleinsten Details) zur Tür gehen. »Es ist sein ganzer Stolz.«

Da hat Jacques wirklich Geschmack bewiesen, das hätte ich ihm gar nicht zugetraut. Das Haus ist der Hammer, keine Frage. Aber ich will nicht zu überschwänglich wirken, sonst denkt Jacques noch, dass ich mich bei ihm einschleimen will (kann ja sein, dass er einfach von sich auf andere schließt), und das habe ich nun wirklich nicht nötig.

Deshalb sage ich nur: »Gute Arbeit, Jacques«, und nicke ihm anerkennend zu.

»Merci, Julia«, entgegnet er und lächelt.

Na also, geht doch. Ich bin noch nicht mal drei Stunden hier und Jacques und ich sind schon richtig dicke Freunde. Na ja, zumindest fast. Ich bin stolz auf mich.

Sobald wir vor der Haustür stehen, öffnet sich diese – ich hätte es mir eigentlich denken können – ebenfalls wie von Geisterhand. Nur dass hinter der Tür kein Geist zum Vorschein kommt, sondern eine Frau. Sie ist ziemlich hübsch und ziemlich jung. Wer, zum Teufel, soll das denn sein? Mama hat nichts davon erzählt, dass sie außer uns noch jemanden eingeladen hat.

»Das ist Clara, unser Hausmädchen«, erklärt Mama. »Clara, voilà mes filles Julia et Nina.«

»Bonjour et bienvenu«, sagt Clara und lächelt Nina und mir zu.

Die sonst bei den Franzosen obligatorischen Küsschen tauschen wir nicht aus. Vielleicht macht man das nicht bei Angestellten. Eigentlich ganz schön krass, dass Mama und Jacques jemanden dafür bezahlen, dass er sie rund um die Uhr bedient, für sie putzt und was weiß ich noch alles macht. Wir leben doch nicht mehr im 19. Jahrhundert – oder wann auch immer das war, als die Adligen und Reichen alle ihre Bediensteten hatten, die hoffnungslos ausgebeutet wurden. Das hatten wir doch letztens noch in Geschichte …

Leider erinnere ich mich nicht mehr so genau daran. Geschichte ist nicht gerade meine Stärke. Aber man muss ja schließlich nicht alles können. Mir reicht es völlig, dass ich ein Physikgenie bin.

»Kommt, ihr beiden, ich zeig euch eure Zimmer«, sagt Mama und Nina und ich folgen ihr in die Eingangshalle.

Auch hier ist alles in weiß gehalten: weiße Fliesen, weiße Wände und eine weiße Treppe, die sich in dem runden Turm nach oben schraubt. Sieht alles unglaublich edel aus.

»Kriege ich wieder mein altes Zimmer?«, fragt Nina, während sie vor uns die Treppe hinaufstürmt.

Mama nickt. »Natürlich.«

Wir folgen Nina nach oben und gelangen in einen langen Flur, von dem mehrere Türen abgehen. Der Flur wird von Sonnenlicht durchflutet, und als ich nach oben schaue, stelle ich zu meinem Erstaunen fest, dass die Decke ganz aus Glas besteht. Man kann direkt in den strahlend blauen Himmel schauen. Sieht echt klasse aus. Bloß das Putzen könnte anstrengend werden. Aber dafür haben Mama und Jacques ja Clara.

»Ich fass es nicht!«, ruft Nina, die schon in einem der Zimmer verschwunden ist. »Das ist ja der Hammer! Ist das etwa für mich?«

Als Mama und ich das Zimmer betreten, steht Nina vor einem riesigen Aquarium und betrachtet begeistert die Fische, die darin herumschwimmen. Sie haben alle unterschiedliche Farben und leuchten orange, gelb oder blau zwischen den grünen Algen hindurch.

»Für wen denn sonst?«, fragt Mama. »Du hast doch letztes Jahr in dem Restaurant in St. Tropez das große Aquarium so bewundert, deshalb habe ich mir gedacht, dass dir ein paar Fische in deinem Zimmer bestimmt gefallen würden.«

»Und wie mir das gefällt!«, sagt Nina und fällt Mama um den Hals. »Vielen, vielen Dank!« Ein Aquarium als Begrüßungsgeschenk – nicht schlecht. Kein Wunder, dass Nina so gerne hierher fährt. Mit solchen kleinen Aufmerksamkeiten kann Paps natürlich nicht dienen. Sein Antiquariat wirft gerade mal so viel ab, dass wir halbwegs über die Runden kommen. Wenn man es genau nimmt, ist Paps eigentlich selbst sein bester Kunde. Ich glaube, in ganz Papenberg gibt es sonst niemanden, der sich so sehr für alte Bücher begeistern kann wie er. Aber das ist schließlich nicht Mamas Schuld. Sie wollte Nina eine Freude machen und das ist ihr gelungen. Daran ist doch nichts Falsches, oder? Trotzdem passt mir das Ganze irgendwie nicht. Keine Ahnung, warum. Vielleicht, weil es Jacques' Geld ist, von dem Mama das Aquarium gekauft hat. Andererseits … warum muss ich eigentlich immer alles so kompliziert machen? Manchmal verstehe ich mich selbst nicht.

»Tolles Aquarium, Nina!«, sage ich, um meine Zweifel zu übertönen. »Echt klasse.«

Mama winkt mir zu. »Dein Zimmer ist gleich nebenan.«

Ich folge Mama in »mein« Zimmer. Es ist mindestens doppelt so groß wie mein Zimmer zu Hause. Auf dem Fußboden liegt cremefarbener Teppichboden, der superweich und flauschig aussieht. Eignet sich garantiert prima zum Barfußlaufen. Durch eine hohe Glastür, vor der sich zitronengelbe Vorhänge bauschen, kann man draußen die Dachterrasse sehen.

In der einen Ecke des Zimmers steht ein kleiner Schreibtisch, in der anderen ein großes Himmelbett mit einem Baldachin aus durchsichtigem weißen Stoff. Das Bettzeug ist ebenfalls strahlend weiß. Wahnsinn! Das Bett sieht aus, als wäre es einer Abbildung aus einem alten Märchenbuch entsprungen. Die Prinzessin auf der Erbse könnte da zum Beispiel drin gelegen haben. Oder Dornröschen während ihres hundertjährigen Schlafes.

Mama schaut mich unsicher an. »Ich wusste nicht, ob dir das Bett noch gefällt. Ich hab es vor vier Jahren gekauft, als ich das Zimmer für dich eingerichtet habe. Da warst du elf und hattest gerade deine romantische Phase. Aber vielleicht ist dir so was ja inzwischen viel zu kitschig?«

Moment mal. Habe ich das gerade richtig verstanden? Ich ziehe die Stirn kraus und frage: »Wann hast du das Bett gekauft?«

»Vor vier Jahren.« Mama beißt sich auf die Unterlippe. »Da wusste ich noch nicht, dass es so lange dauern würde, bis du herkommst. Ich hab gehofft, dass du mich ganz oft besuchen würdest, und hab deshalb dieses Zimmer für dich eingerichtet. Wenn es dir nicht gefällt, schmeißen wir das Bett einfach wieder raus und stellen ein anderes rein …«

»Nein, nein, nicht nötig«, sage ich schnell. »Das Bett ist prima, vielen Dank. Das ganze Zimmer ist toll. Ehrlich.«

Ich kann meinen Blick kaum von dem Prinzessinnenbett abwenden, das schon seit vier Jahren hier steht und auf mich wartet. Mit elf wäre so ein Bett mein absoluter Traum gewesen. Die Vorstellung, dass Mama dieses Zimmer so sorgfältig und liebevoll für mich eingerichtet hat und es dann so lange leer stand, macht mich plötzlich traurig. Aber wie traurig muss Mama erst gewesen sein, als sie vergeblich auf meinen Besuch gewartet hat? Und das alles nur, weil ich so stur war und jahrelang vor mich hin schmollen musste. Eigentlich ein Wunder, dass sie überhaupt noch etwas mit mir zu tun haben will. Ich hab sie sogar ein paarmal am Telefon beschimpft und ihr an den Kopf geworfen, dass ich sie hasse. Bei dem Gedanken wird mir ganz heiß und ich bekomme noch nachträglich ein schlechtes Gewissen.

»Es tut mir leid«, murmele ich. »Dass ich erst jetzt komme, meine ich.«

Mama nimmt mich in den Arm. Das tut gut.

»Das Wichtigste ist doch, dass du jetzt hier bist«, sagt sie leise. »Du kannst dir gar nicht vorstellen, wie glücklich mich das macht. Jetzt können wir uns endlich wieder richtig kennenlernen. Schließlich müssen wir vier lange Jahre nachholen!«

Ich nicke und drücke Mama an mich. Jetzt merke ich erst so richtig, wie sehr sie mir all die Jahre gefehlt hat.

»Was ist denn mit euch los?«, fragt Nina, die gerade ins Zimmer gelatscht kommt. Sie trägt ihren Badeanzug und starrt Mama und mich misstrauisch an. »Heult ihr etwa?«

»Quatsch«, antworte ich und löse mich aus Mamas Umarmung.

Meine Brille ist total verschmiert und ich versuche, sie mit einem Zipfel meines T-Shirts sauber zu wischen.

»Ganz sicher?«, hakt Nina nach.

»Ganz sicher«, sagt Mama. »Wir haben uns nur noch mal richtig begrüßt.«

»Aha.« Nina macht ein Gesicht, als hätte sie es mit zwei Verrückten zu tun. »He, Julia, wie findest du dein Bett?«, fragt sie dann. »Jedes Mal, wenn ich hier war, habe ich versucht, Mama zu überreden, dass sie es in mein Zimmer stellt. Aber sie hat immer nein gesagt. Wollen wir nicht tauschen? Eigentlich bist du doch viel zu alt für ein Himmelbett. Schließlich wirst du nächste Woche fünfzehn!«

»Na und?«, sage ich. »Das Bett ist klasse, ich behalte es auf jeden Fall. Tauschen kommt gar nicht infrage.«

»Manno«, mault Nina. Aber dann hellt sich ihr Gesicht wieder auf. »Komm mit, ich zeig dir das restliche Haus. Und dann gehen wir schwimmen!«

»Gute Idee«, sagt Mama. »Ich schaue in der Zwischenzeit nach, ob Clara mit dem Abendessen so weit ist.« Mama geht nach unten, während Nina mit der Hausführung beginnt.

»Also, das hier ist das Badezimmer«, erklärt sie und führt mich in den Raum, der unseren Zimmern gegenüberliegt. »Es ist nur für uns, toll, was? Bisher hatte ich es sogar immer für mich allein, aber jetzt müssen wir es uns eben teilen.«

Nina scheint darüber nicht besonders erfreut zu sein. Tja, Pech gehabt!

Dann zeigt sie mir die restlichen Gästezimmer – es sind im Ganzen vier, alle sehr edel eingerichtet – und den Flügel des Hauses, in dem Mama und Jacques wohnen. Er besteht aus einem riesigen Schlafzimmer, einem Bad mit Whirlpool (!), einem Arbeitszimmer für Jacques und einem Lese- und Wohnzimmer für Mama.

Unten gibt es dann noch ein Kaminzimmer (offenbar wird es hier im Winter tatsächlich auch mal kalt), ein Wohnzimmer, das von Nina ganz vornehm »Salon« genannt wird, und das Esszimmer, in dem schon eine festliche Tafel für uns gedeckt ist. Scheinbar war Clara bereits fleißig.

»Der Rest ist langweilig, nur noch die Küche, das Billardzimmer und so weiter«, sagt Nina mit einer wegwerfenden Handbewegung. »Ich zeig dir jetzt lieber den Pool.«

Wir gehen zurück in den »Salon«, der zum Garten hin aus einer riesigen Glasfront besteht. Erstaunlicherweise ist es hier aber trotzdem angenehm kühl. Wahrscheinlich liegt das an den Jalousien, die gerade – wie könnte es anders sein – automatisch nach oben fahren.

»Die Jalousien gehen von alleine runter, wenn die Sonne scheint, und wieder hoch, wenn keine Sonne mehr da ist, erklärt mir Nina. »Toll, was?«

Sie klingt, als hätte sie diese vollautomatischen Jalousien selbst erfunden und eigenhändig eingebaut.

»Ja, super«, sage ich, aber meine Ironie ist an Nina völlig verschwendet.

Sie hüpft durch eine Tür in der Glasfront auf die Terrasse und streckt den Arm aus.

»Und das ist unser Swimmingpool«, verkündet sie stolz.

Langsam geht mir Ninas großkotziges Gehabe wirklich auf die Nerven. *Unser* Swimmingpool – die spinnt wohl! Tut so, als würde das alles ihr gehören, und spielt sich als Dame des Hauses auf. Ich befürchte, mein Schwesterherz wird langsam größenwahnsinnig. Höchste Zeit, dass sie mal wieder auf den Teppich zurückkommt.

Deshalb breche ich auch nicht gleich in Begeisterungsstürme aus, wie Nina es offensichtlich von mir erwartet, sondern sage nur knapp: »Aha.«

Nina muss ja nicht unbedingt wissen, dass ich tatsächlich ziemlich beeindruckt von dem Nobelschuppen hier bin. Das Haus ist wirklich wunderschön und toll eingerichtet. Und der Pool ist ein Traum, genau wie der Garten – soweit ich das bisher beurteilen kann. Eigentlich hatte ich mir ja fest vorgenommen, mich nicht von Jacques und seiner Kohle einwickeln zu lassen. Aber dieses Anwesen ist einfach der Hammer, und wenn ich sagen würde, dass es mir nicht gefällt, wäre das glatt gelogen.

»Los, komm ins Wasser!«, ruft Nina, springt in den Pool und krault zum Beckenrand.

Ich schüttele den Kopf. »Nö, keine Lust. Außerdem hab ich keinen Badeanzug.«

Stattdessen setze ich mich in einen der Sessel, die auf der Terrasse stehen, lehne mich bequem zurück und schaue Nina beim Schwimmen zu. Ich werde ein bisschen schläfrig und muss plötzlich gähnen. Da macht es ohne jede Vorwarnung »plopp« in meinem linken Ohr und der Druck aus dem Flugzeug ist verschwunden. Das Wattegefühl ist ebenfalls weg und auf einmal höre ich alle Geräusche um mich herum wieder viel klarer und lauter.

Das Wasser im Pool plätschert, die Grillen zirpen und die Sonne geht gerade hinter den Palmen unter. Die Luft ist immer noch warm und fühlt sich seidig auf der Haut an. Jetzt ist die Temperatur richtig angenehm. Ich schließe die Augen und fühle mich rundum wohl. Bevor ich einschlafe, beschließe ich noch, die nächsten zehn Tage einfach nur zu genießen. Egal, was kommt, ich werde ruhig und entspannt bleiben und mich auf keinen Fall aufregen. Weder über Nina noch über Jacques oder Mama. Diesen Traumurlaub lasse ich mir durch nichts vermiesen. Schon gar nicht, wenn morgen endlich René kommt …

Hallo, Herzensbrecher!

Der erste Tag meines Traumurlaubs beginnt mit einem opulenten Frühstück auf der Terrasse. Croissants, fünf verschiedene Marmeladensorten, Lachs, Käse, Wurst, Eier, Müsli und frisches Obst – um nur einige der Köstlichkeiten zu nennen, die Clara aufgetischt hat.

Ich haue ordentlich rein.

»Mann, Julia, friss nicht so viel, sonst wirst du zu fett«, bemerkt Nina, die blöde Kuh. Dabei futtert sie selbst schon das vierte Croissant.

»Kümmere dich um deinen eigenen Kram«, fauche ich.

Aber dann fällt mir ein, dass ich mich ja nicht mehr über Nina aufregen wollte.

Statt noch mehr Energie darauf zu verschwenden, ihr die Meinung zu sagen, schenke ich meiner innig geliebten Schwester deshalb einfach ein strahlendes Lächeln. Das scheint sie ziemlich zu verwirren, denn sie schaut mich mit gerunzelter Stirn an und sagt erst mal gar nichts mehr. Ich lehne mich zufrieden zurück.

»Schön, dass es dir schmeckt«, sagt Mama und reicht mir noch einmal den Brotkorb. Iss nur ordentlich, schließlich hast du gestern ja das Abendbrot ausgelassen.«

Das stimmt allerdings. So gesehen kann ich mir glatt noch ein Croissant gönnen. Schnell nehme ich das letzte aus dem Brotkorb, ehe Nina es sich schnappt.

Gestern Abend war ich so fertig, dass ich einfach auf der Terrasse eingepennt bin. Als Mama mich zum Essen holen wollte, hat sie mich kaum wach gekriegt. Daraufhin bin ich dann lieber gleich ins Bett gegangen. Wäre schließlich peinlich gewesen, wenn ich beim Abendbrot am Tisch eingeschlafen und mit dem Kopf im Essen gelandet wäre.

»Übrigens hat Papa gestern noch angerufen«, nuschelt Nina mit vollem Mund. Dann schluckt sie den Rest ihres Croissants hinunter. »Er wollte wissen, ob wir gut angekommen sind. Ich soll dich schön grüßen.«

»Danke«, sage ich freundlich.

»Und ich habe wegen deines Koffers telefoniert«, sagt Jacques und nimmt einen Schluck aus seiner Kaffeetasse. »Er ist tatsächlich in Deutschland vergessen worden. Aber er kommt heute Nachmittag in Nizza an und wird dann direkt hierher gebracht. Heute Abend hast du ihn wieder.«

Aha, Jacques kann also auch ohne seinen französischen Verführer-Akzent sprechen, wenn er will. Ich hab doch gleich gewusst, dass das alles nur Show ist.

»Super, vielen Dank«, sage ich und streiche mir dick Erdbeermarmelade auf mein Croissant. Läuft doch alles prima. Wirklich nett von Jacques, dass er die Sache in die Hand genommen hat, ganz egal, ob er nun mit Akzent oder ohne spricht. Vielleicht ist er ja doch nicht so schleimig, wie ich dachte. Oder er ist schleimig und trotzdem nett. Wenn das geht …

»Soll ich dir vielleicht was zum Anziehen leihen?«, fragt Mama. »Dann können wir deine Sachen von gestern schon mal durchwaschen. Ich meine, wo doch René nachher kommt …« Sie zwinkert mir verschwörerisch zu.

»Danke, das ist nett, aber einen Tag halte ich es in den Klamotten schon noch aus«, antworte ich schnell. »Ich fühle mich in meinen eigenen Sachen nun mal am wohlsten. Und die Jeans schneide ich einfach ab, dann hab ich eine kurze Hose. Aber vielleicht könntest du mir einen Badeanzug leihen, bis mein Koffer da ist.«

Auf Mamas Designerklamotten habe ich nun wirklich keine Lust. Darin komme ich mir garantiert vor wie auf einem Kostümball. Und so was Normales wie Jeans findet sich in ihrem exklusiven Kleiderschrank bestimmt nicht.

»Julia zieht nur Sachen an, die mindestens hundert Jahre alt sind, fast auseinanderfallen und möglichst drei Nummern zu groß sind«, klärt Nina Mama auf. »Was ihr Aussehen angeht, ist sie ein total hoffnungsloser Fall. Ich hab schon ein paarmal versucht, ihr Styling ein bisschen aufzupeppen, aber da ist nichts zu machen. Wenn sie sich wenigstens endlich Kontaktlinsen anschaffen und nicht immer mit dieser blöden Brille durch die Gegend laufen würde …«

»An meiner Brille ist überhaupt nichts auszusetzen«, stelle ich klar. »Außerdem muss ja nicht jeder ständig den neuesten Modetrends hinterherhetzen, so wie du. Ich hab das nun mal nicht nötig.«

»Ich frage mich echt, wie du mit dieser Einstellung einen Typen wie René aufgabeln konntest«, murmelt sie.

»Tja, das muss dein ausschließlich auf Äußerlichkeiten fixiertes Weltbild natürlich total durcheinanderbringen«, stelle ich fest. »René legt eben mehr Wert auf die inneren Werte. Und darauf, dass jemand was im Kopf hat und nicht völlig hohl ist. Er ist halt nicht so oberflächlich wie die anderen Typen.«

»Auf deinen René bin ich wirklich gespannt«, sagt Mama. »Schön, dass ich ihn jetzt auch endlich mal kennenlerne.«

»René ist totaaal nett«, sagt Nina. »Und superlustig. Außerdem ist er sportlich, sieht klasse aus und kann Gitarre spielen.« Hört sich an wie der Text für eine Kontaktanzeige. Nina fand René von Anfang an absolut toll. Ganz im Gegensatz zu mir. Ich habe eine Weile gebraucht, bis ich gemerkt habe, dass ich in ihn verliebt bin. Na ja, besser spät als nie.

Ich werfe einen Blick auf meine Armbanduhr. In drei Stunden und fünfzehn Minuten sehen wir uns endlich wieder. Ich kann noch gar nicht richtig glauben, dass René dann leibhaftig vor mir stehen wird. Und dass wir zusammen zehn traumhafte Tage hier in diesem Paradies verbringen werden. Das ist fast zu schön, um wahr zu sein.

»Warum grinst du denn so?«, fragt Nina misstrauisch.

»Nur so«, sage ich. Ich könnte platzen vor Glück. Aber das geht niemanden etwas an. Meine Vorfreude gehört nur mir allein.

Drei Stunden und fünfzehn Minuten später stehe ich neben Mama und Nina auf dem Bahnsteig in St. Raphael. Der TGV aus Paris fährt gerade ein. Je langsamer der Zug wird, desto schneller rast mein Herz. Als der Zug zum Stillstand kommt, hat mein Herzschlag Maximalgeschwindigkeit erreicht. Wahnsinn, dass ich immer noch solches Herzklopfen bekomme, wenn ich René wiedersehe. Dabei sind wir jetzt schon so lange zusammen. Zehn Monate – eine halbe Ewigkeit! Wenn das so weitergeht, können wir bald goldene Hochzeit feiern. Vielleicht liegt es ja wirklich an der Entfernung, dass unsere Beziehung schon so lange hält. Längere Trennungen halten die Liebe angeblich frisch. Je seltener man sich sieht, desto geringer ist die Gefahr, dass man sich zu sehr aneinander gewöhnt und sich irgendwann langweilig findet. Das behauptet zumindest Laura, meine beste Freundin. Sie liest ständig irgendwelche dämlichen Zeitschriften, die voll sind von solchem Psycho-Quatsch. Und wenn ich dann mal wieder ein Tief wegen René habe, versucht sie mich mit solchen Sprüchen aufzumuntern. Manchmal klappt das sogar. Eigentlich wäre mir aber etwas Gewöhnung lieber, als ständig von René getrennt zu sein. Was hat man von dem tollsten Freund, wenn er nie da ist?

»Ich sehe ihn, ich sehe ihn«, ruft Nina in diesem Moment und fängt an, auf und ab zu hüpfen und beide Arme wie Windmühlenflügel durch die Luft zu schwenken. »Hallo, René! Huhu! Hier sind wir!«

Jetzt sehe ich ihn auch und Renés Anblick verscheucht sofort meine trüben Gedanken. Lächelnd kommt er vom anderen Ende des Bahnsteigs auf uns zu. Wie ich sein Lächeln liebe! Es ist einfach umwerfend. Trotzdem kommt mir René immer erst mal ein bisschen fremd vor, wenn ich ihn so lange nicht gesehen habe. Seine Haare sind kürzer und nicht mehr ganz so strubbelig. Und er ist irgendwie kleiner, als ich ihn in Erinnerung hatte. Aber seine Augen sind noch genauso schokoladenbraun wie vor vier Monaten. In der einen Hand hält er eine große Reisetasche, in der anderen den Gitarrenkoffer – René verreist nämlich nie ohne seine geliebte Gitarre.

Nina ist mal wieder schneller als ich. Während ich René noch anstarre wie das achte Weltwunder, rennt sie schon auf ihn zu und fällt ihm um den Hals. Er lacht und schwenkt sie im Kreis herum. Dieser Anblick versetzt mir einen Stich. Nicht, dass ich eifersüchtig auf Nina bin. Das wäre ja total lächerlich. Aber irgendwie hätte ich es schön gefunden, wenn René mich zuerst begrüßt hätte.

Ich versuche, diesen Gedanken schnell wieder zu verdrängen. Was für ein Quatsch! Ich reagiere mal wieder total über und mache alles viel komplizierter, als es ist. Schließlich kann René ja nichts dafür, wenn ich hier wie zur Salzsäule erstarrt herumstehe, statt ihm entgegenzulaufen. Genau genommen hätte er wahrscheinlich viel mehr Grund, beleidigt zu sein, als ich. Aber das ist er natürlich nicht. Eigentlich ist er fast nie beleidigt. Das bin immer nur ich.

Ich gebe mir einen Ruck und gehe langsam auf René zu. Meine Füße fühlen sich taub an. René setzt Nina gerade wieder auf dem Boden ab. Vor lauter Wiedersehensfreude quietscht sie in den höchsten Tönen und führt sich auf wie ein Hund, der sein Herrchen nach einer langen Trennung begrüßt. Das ist mal wieder so ein typischer, peinlicher Nina-Auftritt. Aber dann sieht René mich und lässt Nina einfach stehen. Er kommt auf mich zu und nimmt mich in die Arme.

»Salut, Julie«, murmelt er in mein Ohr und hält mich ganz fest. »Ich hab dich vermisst.«

Endlich verschwindet meine Anspannung. Renés Umarmung fühlt sich so vertraut an und seine Stimme beruhigt mich. Er ist hier und ich bin bei ihm – und alles andere ist unwichtig. »Ich hab dich auch vermisst«, sage ich und gebe ihm einen Kuss auf den Mund. Seine Lippen fühlen sich weich an und schmecken nach René.

Am liebsten würde ich ihn weiterküssen bis in alle Ewigkeit, aber das müssen wir wohl auf später verschieben. Schließlich sind Nina und Mama auch noch da. Nina hüpft die ganze Zeit um uns herum und plappert schon wieder ohne Pause, aber ich blende ihre Quäkstimme einfach aus. Das ist eine Überlebensstrategie, in der ich aufgrund jahrelanger Übung inzwischen zu einem richtigen Profi geworden bin. Denn wenn ich mir Ninas Gelaber immer bewusst anhören würde, hätte ich bestimmt schon mehrere Nervenzusammenbrüche hinter mir.

»Komm, ich stell dir meine Mutter vor«, sage ich und lasse René widerstrebend los.

Arm in Arm gehen wir auf Mama zu, die in diskretem Abstand stehen geblieben ist und auf uns wartet. René und Mama begrüßen sich auf die französische Art mit Küsschen.

»Bonjour, Madame«, sagt René höflich. »Vielen Dank für die Einladung. Das ist wirklich sehr nett von Ihnen.« Ich muss grinsen. René weiß, was bei Müttern gut ankommt.

Mama macht auch gleich einen ziemlich begeisterten Eindruck. Sie lächelt René strahlend an und zwitschert: »Schön, dass wir uns endlich mal kennenlernen, René. Julia hat mir ja schon so viel von dir erzählt!«

Das stimmt zwar nicht ganz, aber was soll's. Die meisten Informationen über René hat Mama von Nina. Ich habe mich bei dem Thema bisher zurückgehalten. Für vertrauliche Gespräche über mein Gefühlsleben stehen Mama und ich uns noch nicht nah genug. Früher habe ich mit Mama über alles geredet. Aber vielleicht kriegen wir das ja auch irgendwann wieder hin.

»Ach, übrigens, sag doch einfach ›du‹ und ›Barbara‹ zu mir«, fährt Mama fort und René nickt. »So, Kinder, und jetzt ab nach Hause!«

Der Rückweg zieht sich in die Länge, weil wir erst mal auf der Küstenstraße im Stau stehen. Heute sind wir mit Mamas Wagen, einem knallroten Cabrio, unterwegs. Das Verdeck ist heruntergeklappt und die Sonne brennt unbarmherzig auf unsere Köpfe. Es weht kein noch so kleines Lüftchen, das für etwas Abkühlung sorgen könnte, und der Schweiß läuft mir literweise aus sämtlichen Poren. Ich muss mir unbedingt einen Sonnenhut oder so was besorgen, sonst kriege ich hier früher oder später einen Sonnenstich, der sich gewaschen hat. Wenigstens habe ich meine Jeans noch abgeschnitten, bevor wir zum Bahnhof gefahren sind. Das sieht zwar ziemlich bescheuert aus, ist aber trotzdem deutlich angenehmer, als bei der Hitze mit langen Hosen herumzulaufen. Ich bin echt froh, wenn heute Abend mein Koffer mit meinen Klamotten da ist. Dann kann ich endlich frische Sachen anziehen. Hoffentlich stinkt mein T-Shirt nicht schon zu sehr nach Schweiß. Das wäre ja oberpeinlich, wenn René mein Körpergeruch unangenehm auffallen würde. Wahrscheinlich habe ich schon riesige Schweißflecken unter den Achseln. Vorsichtshalber presse ich die Arme so fest an den Körper und rücke ein Stück von René ab, der neben mir auf der Rückbank sitzt.

Nina sitzt vorne neben Mama und trommelt ungeduldig mit den Händen auf ihrem Sitz herum. »Mann, warum fahren die denn nicht weiter? So brauchen wir ja noch Stunden, bis wir zu Hause sind.«

Mama zuckt mit den Schultern. »Die Küstenstraße ist leider permanent überlastet. Hier steht man eigentlich immer im Stau, vor allem im Sommer während der Ferienzeit. Aber dafür kannst du zu Hause gleich in den Swimmingpool springen, Nina. Und dann gibt's Claras selbst gemachtes Eis zur Abkühlung. Na, was hältst du davon?«

»Au ja!«, ruft Nina. »Machen wir dann wieder ein Wettschwimmen, René? Diesmal schlage ich dich bestimmt, ich hab nämlich in den letzten Monaten im Schwimmverein ganz viel trainiert.«

»Da habe ich wohl keine Chance«, sagt René. »Ich hatte in letzter Zeit leider nicht so viel Zeit zum Trainieren. Aber ein bisschen schwimmen ist bei der Hitze bestimmt nicht schlecht.«

Als wir endlich bei Jacques' Villa ankommen, habe ich das Gefühl, dass ich jeden Tropfen Flüssigkeit ausgeschwitzt habe, der sich in meinem Körper befunden hat. Außerdem habe ich mir einen ordentlichen Sonnenbrand im Gesicht geholt. Zumindest fühlt sich die Haut ganz heiß an. Wahrscheinlich habe ich einen knallroten Kopf, sieht bestimmt klasse aus. Ich wanke ins Haus und bin froh, als mich die kühle Luft der Eingangshalle empfängt. Diese südfranzösische Hitze ist eindeutig nichts für mich.

»Ich zeig René sein Zimmer«, ruft Nina und stürmt die Treppe hoch. »Und dann gehen wir schwimmen. Mach schon, René, komm endlich!«

»Alles in Ordnung mit dir?«, fragt mich René. »Du siehst etwas mitgenommen aus.«

»Das ist nur die blöde Hitze«, antworte ich. »Geh schon mal mit Nina vor zum Pool, ich komme gleich.«

René folgt Nina nach oben und ich schleppe mich erst mal ins Bad und spritze mir kaltes Wasser ins Gesicht. Das tut gut! Dann schäle ich mich aus meinen nass geschwitzten Klamotten und probiere den Bikini an, den Mama mir vorhin noch herausgesucht hat. Ich mag eigentlich keine Bikinis, aber einen Badeanzug hatte Mama nicht. Ich stelle mich vor den großen Spiegel, der in meinem Zimmer an der Wand hängt, und bin von meinem Anblick alles andere als begeistert. Mann, sieht das bescheuert aus! Das Oberteil ist mir mindestens zwei Nummern zu groß, weil meine Mutter viel mehr Busen hat als ich. Das ist allerdings auch keine große Kunst, ich bin nämlich fast so flach wie die Wand, an der der Spiegel hängt. Bald hat sogar Nina mehr Oberweite als ich. Bisher hat mich das nicht besonders gestört, weil mein Minibusen unter den Schlabber T- Shirts, die ich meistens anhabe, sowieso niemandem aufgefallen ist. Sogar im Badeanzug fand ich ihn noch ganz okay. Besser, einen etwas zu kleinen Busen, als Riesenmöpse, die sich bei jedem Schritt wie eine Schüssel Wackelpudding unter dem T-Shirt bewegen. Und René scheinen meine kleinen Brüste bisher auch nicht sonderlich gestört zu haben. Oder hat er es mir vielleicht bloß nicht gesagt? Jetzt, wo ich näher darüber nachdenke, fällt mir auf, dass wir noch nie über das Thema gesprochen haben. Ob ich ihn mal fragen soll? Ach was, so ein Unsinn! Entweder liebt er mich so, wie ich bin, oder er hat Pech gehabt!

Trotzdem hätte ich jetzt, in diesem Bikini, doch gerne etwas mehr Oberweite. Sieht nicht besonders vorteilhaft aus, wenn die Körbchen nur halb ausgefüllt sind. Vielleicht sollte ich sie mit ein paar Taschentüchern ausstopfen. Das hab ich mal in so einem blöden amerikanischen Teenie-Film gesehen. Das Ganze ist in dem Film allerdings nach hinten losgegangen, wenn ich mich richtig erinnere. Außerdem kommt es bestimmt nicht so gut, wenn sich gleich im Swimmingpool lauter Taschentücher um mich herum im Wasser entfalten.

Ich strecke meinem Spiegelbild die Zunge heraus, schnappe mir ein Handtuch und mache mich auf den Weg zum Pool. Als ich auf die Terrasse komme, höre ich schon lautes Planschen und sehe gerade noch, wie Renés Körper elegant ins Wasser eintaucht. Von wegen keine Zeit zum Trainieren! René scheint noch genauso fit zu sein wie in den Osterferien, als ich ihn das letzte Mal gesehen habe. Jetzt liefert er sich mit Nina ein Wettschwimmen quer durch den Pool. Nett, wie er nun mal ist, lässt er sie natürlich gewinnen. Nina taucht als Erste am anderen Ende der

Bahn aus dem Wasser auf und stößt laute Jubelschreie aus. »Gewonnen! Gewonnen!«

Mama und Jacques haben es sich auf zwei Liegestühlen bequem gemacht und schlürfen ein knallrotes Getränk mit viel Eis und je einer Zitronenscheibe drin. Bestimmt irgendein total hipper Cocktail. Mannomann, Mama hat sich ganz schön verändert. Früher hat sie kaum Alkohol getrunken und schon gar nicht tagsüber.

»René ist wirklich ein sehr sympathischer Junge«, sagt Mama mit einem Blick auf den Pool, wo René gerade Nina zu ihrem Sieg gratuliert. »Schön, dass du so einen netten Freund gefunden hast.«

»Kein Wunder, Julia ist schließlich auch ein tolles Mädchen«, mischt sich Jacques ein. »Der Bikini steht dir übrigens sehr gut. Du wirst noch eine richtige Strandschönheit!«

Was soll das denn jetzt? Ich weiß genau, dass ich in dem Teil total unmöglich aussehe, ich bin schließlich nicht blind. Warum erzählt Jacques also so einen Quatsch? Vielleicht tue ich ihm leid und er will mein Selbstbewusstsein stärken. Ich will aber nicht bemitleidet werden! Ehe ich etwas sagen kann, fängt Mama auch noch an: »Ja, sieht wirklich prima aus. Bloß das Oberteil ist etwas zu groß. Aber da wächst du schon noch rein. Der Busen hat sich bei mir auch erst mit fünfzehn so richtig entwickelt.« Sie lacht.

»Mama!!!« Ich werde knallrot und schaue meine Mutter wütend an. Muss sie unbedingt vor Jacques die Größe – beziehungsweise die nicht vorhandene Größe – meiner Brüste kommentieren? Das ist wirklich oberpeinlich!

»Was denn?«, fragt Mama. »Das ist doch nichts Schlimmes! Du brauchst dich wegen deines Busens wirklich nicht zu schämen, Julia. Akzeptier ihn einfach so, wie er ist. Du wirst sehen, dann fühlst du dich gleich viel wohler in deinem Körper.«

Dazu fällt mir wirklich nichts mehr ein. Zum Glück ruft René in dem Moment nach mir: »Julie, viens! Das Wasser ist klasse!«

»Ich geh schwimmen«, sage ich knapp und verdrücke mich zum Pool.

Mama kapiert wirklich überhaupt nicht, worum es geht! Wie kann sie bloß so unsensibel sein? Ich bin ja wirklich nicht verklemmt, aber ich habe trotzdem keine Lust, vor Mamas neuem Lover, den ich kaum kenne und nur sehr bedingt sympathisch finde, über meine Oberweite zu diskutieren. Ein Wunder, dass Jacques nicht auch noch einen Kommentar dazu abgegeben hat. Schließlich hat er als Mann ja noch mal einen ganz anderen Blickwinkel auf die Sache. Vielleicht sollte ich nachher eine Kanne Tee kochen und sämtliche Hausbewohner zu einer kleinen Diskussionsrunde zum Thema »Julia und ihr Verhältnis zu ihrem Busen« einladen. Dann können wenigstens alle mitreden.

Als ich an den Pool komme, schwimmt René zum Beckenrand, hält sich mit einer Hand fest und wischt sich mit der anderen das Wasser aus dem Gesicht. An seinen Wimpern hängen aber trotzdem noch ein paar Tropfen, die in der Nachmittagssonne glitzern wie Diamanten. Ich setze mich neben ihn und lasse die Beine ins Wasser baumeln.

René lächelt mich an. »Komm endlich rein, Julie. Das ist

genau das Richtige nach der langen Fahrt.« Dann stutzt er. »Hast du was? Du siehst so wütend aus. Hat es Ärger gegeben? Wie läuft es denn eigentlich so mit deiner Mutter und Jacques?«

Ich hole tief Luft und will gerade loslegen, da nähert sich Nina vom anderen Ende des Pools. Sie prustet so laut wie ein ausgewachsenes Walross. Ob sie das im Schwimmverein gelernt hat? Sieht irgendwie nicht besonders profimäßig aus.

Ich klappe meinen Mund wieder zu. »Eigentlich läuft es ganz gut. Jedenfalls besser, als ich dachte. Mama ist mir manchmal noch etwas fremd. Sie hat sich ganz schön verändert. Aber wir geben uns beide Mühe. Meistens zumindest …« Wenn es nicht gerade um meine Körbchengröße geht, würde ich am liebsten noch hinzufügen. Aber von unserem Busengespräch erzähle ich René lieber nichts. Okay, vielleicht bin ich doch ein bisschen verklemmt …

»Und Jacques?«, fragt René.

Ich lege die Stirn in Falten und denke nach. Wie stehe ich eigentlich inzwischen zu Jacques? »Na ja …«, druckse ich schließlich herum, »er ist immer noch nicht so ganz mein Fall. Aber im Großen und Ganzen hatte ich ihn mir schlimmer vorgestellt. Er scheint auch ein paar nette Seiten zu haben, das muss ich zugeben.«

René grinst. »Also ist er doch nicht der totale Widerling, für den du ihn immer gehalten hast. Hab ich's nicht gesagt?«

Ich nicke widerstrebend. »Ja, ja, du hast mal wieder recht gehabt, Monsieur Oberschlau. Vielleicht hatte ich Jacques gegenüber wirklich ein paar klitzekleine Vorurteile. Aber man wird sich ja wohl noch irren dürfen, oder? Dafür war ich bisher auch immer total nett zu ihm. Na ja, fast immer …«

Nina hat inzwischen den Beckenrand erreicht und taucht prustend neben uns auf. »Zu wem warst du fast immer nett?«, will sie wissen und schüttelt den Kopf, dass das Wasser nur so spritzt.

»Zu dir natürlich«, antworte ich, setze meine Brille ab und lasse mich in den Pool gleiten. »Zu wem denn sonst?«

Dann lege ich blitzschnell meine Hände auf ihre Schultern und tauche sie unter. Während ich noch über ihr dummes Gesicht lache, packt die kleine Kröte mein Bein und zieht mich ebenfalls unter Wasser. Ohne jede Vorwarnung. Wenn das nicht fies ist! Als Nina und ich laut prustend und spuckend wieder auftauchen, geht René fast schon von alleine unter, weil er sich so sehr über uns kaputtlacht. Jetzt zeigt sich mal wieder, dass Nina und ich in kritischen Momenten trotz allem ein unschlagbares Team sind. Wir brauchen noch nicht mal Worte, um uns zu verständigen. Ein kurzer Blick genügt, dann ist die Sache klar. Gleichzeitig und wie auf Kommando stürzen wir uns auf René und versenken ihn ohne größere Probleme. Das ist der Beginn einer wilden Wasserschlacht, die erst endet, als Clara mit dem Eis auftaucht.

Nina, René und ich steigen aus dem Pool und lassen uns erschöpft in die Sessel auf der Terrasse fallen. Ich wickele mich vorher noch in ein Handtuch, nur im Bikini fühle ich mich doch etwas zu nackt. Wenigstens hat das Oberteil die Wasserschlacht überstanden, ohne sich irgendwann einfach zu verabschieden und auf Nimmerwiedersehen auf dem Grund des Pools zu verschwinden.

»Mmm, lecker«, murmelt Nina mit vollem Mund und schiebt sich in Rekordgeschwindigkeit einen Löffel Eis nach dem anderen hinein.

Ich nehme das Schälchen, das vor mir auf dem Tisch steht, und probiere erst mal einen kleinen Löffel voll. Schmeckt wirklich lecker! Selbst gemachtes Vanilleeis – ganz schön dekadent. Und natürlich hat Clara das Eis nicht einfach so in die Schälchen geklatscht, wie das bei uns zu Hause üblich ist, sondern für jeden zwei absolut perfekte Kugeln geformt, die sie zusammen mit einem Pfefferminzblatt und frischen Erdbeeren angerichtet hat. Diese Kreation wurde dann noch mit Kakaopulver bestreut – ein echtes Kunstwerk!

Es herrscht gefräßiges Schweigen auf der Terrasse. Ich lehne mich zurück und lasse das Eis auf meiner Zunge zergehen. Eigentlich bin ich ja gegen diesen übertriebenen Luxus, aber ich muss zugeben, dass er auch seine angenehmen Seiten hat. Es hat schon was, hier zu sitzen, etwas erschöpft vom Schwimmen im Pool, mit Blick auf die Palmen am Ende des Grundstücks, und selbst gemachtes Vanilleeis zu essen, das man sich noch nicht mal selbst holen musste.

Ich lasse den Blick über die Terrasse gleiten. Nina schleckt gerade ihr Schälchen aus und macht dabei Geräusche wie ein Schwein beim Frühstück, Jacques cremt Mama den Rücken mit Sonnenöl ein und René fängt meinen Blick auf und lächelt mir zu. Was für ein friedliches Bild. Da sind wir nun also schließlich doch noch alle glücklich vereint. Abgesehen von Paps. Einen Moment lang habe ich ein schlechtes Gewissen, weil er jetzt ganz allein in Papenberg sitzt. Aber dann beruhige ich mich damit, dass er sich zwischen seinen alten Büchern sowieso am wohlsten fühlt.

Ich hätte nicht gedacht, dass es so gut laufen würde. Da sieht man's mal wieder: Wenn sich alle ein bisschen Mühe geben und ich ausnahmsweise mal nicht alles unnötig kompliziert mache, wird es richtig harmonisch. Was will man mehr? Genau!

»Ist noch etwas Eis da?«, frage ich und stelle mein leeres Schälchen zurück auf den Tisch. »Dann wäre ich nämlich wunschlos glücklich.«

Champagner und ein schwerer Schock

Das Einzige, was mein Glück dann doch etwas trübt, ist die Tatsache, dass mein Koffer immer noch nicht da ist, als ich etwas später in mein Zimmer gehen will, um mich umzuziehen.

Jacques ruft daraufhin noch mal beim Flughafen an und teilt mir mit einem bedauernden Achselzucken mit: »Tut mir leid, Julia, dein Koffer ist offenbar in Paris gelandet statt in Nizza. Er wird erst in zwei Tagen hier sein.«

Na toll, und was soll ich bis dahin anziehen? Ich kann schließlich nicht in einem Bikini mit viel zu großem Oberteil zum Abendbrot erscheinen. Und meine verschwitzte Jeans hat Clara zum Waschen mitgenommen.

»Kann ich mir vielleicht doch was zum Anziehen von dir leihen?«, frage ich Mama.

Mama nickt. »Na klar. Ich such dir gleich was Schönes raus.« So kommt es, dass ich schließlich in einem cremefarbenen, langen Rock und einem schwarzen, eng anliegenden Oberteil mit ziemlich großem Ausschnitt am Abendbrottisch sitze. Ich komme mir total elegant und vornehm vor. Genau genommen passt der Ausdruck »Abendbrottisch« auch nicht richtig. Das klingt viel zu profan und alltäglich. Wir sitzen eher an einer Art Tafel. Sieht aus wie im Restaurant. Einem ziemlich noblen Restaurant allerdings. Auf dem Tisch liegt eine schneeweiße Tischdecke und jedes Gedeck besteht aus mehreren Messern, Gabeln, Löffeln und Gläsern. Du meine Güte, wie viele Gänge das wohl werden? Ein Glück, dass wir unter uns sind, dann ist es nicht so peinlich, wenn ich das falsche Besteck erwische. Das scheint nämlich eine Wissenschaft für sich zu sein. Hoffentlich gibt es nicht so eklige Sachen wie Schnecken oder Austern oder so was.

»Mann, hab ich einen Kohldampf«, verkündet Nina und lässt sich auf ihren Stuhl plumpsen. Sie trägt dieselben Klamotten, die sie vorhin schon anhatte: Minirock und knallrotes Top.

Als René hereinkommt, pfeift sie durch die Zähne und ruft: »He, René, du hast dich ja richtig schick gemacht!«

Allerdings. Ich glaube, ich habe René bisher immer nur in T-Shirt oder Pullover gesehen, aber heute Abend trägt er ein Hemd! Steht ihm wirklich gut, das muss ich schon sagen.

»Du solltest öfter Hemden tragen«, sage ich und gebe ihm einen Kuss, als er sich neben mich setzt. Er riecht nach Duschgel und einem Hauch Aftershave. »Sieht echt klasse aus.«

»Vielen Dank«, entgegnet er und grinst. »Wenn meine Freundin so elegant aussieht, muss ich mich schließlich auch ein bisschen ins Zeug legen.«

Mama und Jacques haben sich ebenfalls ordentlich aufgebrezelt: sie im langen Kleid und er im weißen Leinenanzug. Ob sie sich fürs Abendbrot immer so herausputzen? Ist ja irgendwie schon ganz stimmungsvoll, aber ich glaube, auf Dauer wäre mir das zu anstrengend.

Jacques gießt jedem ein Glas Champagner ein, nur Nina bekommt eine Saftschorle. Dann hebt er sein Glas und sagt mit feierlicher Stimme: »Ich möchte euch hiermit noch einmal herzlich willkommen heißen. Hoffentlich fühlt ihr euch wohl bei uns und kommt oft wieder!«

Das hat er wirklich nett gesagt. Ich bin fast ein bisschen gerührt. Wir stoßen an und ich nehme einen kleinen Schluck. Ich habe noch nie in meinem Leben Champagner getrunken. Es prickelt angenehm auf der Zunge. Schmeckt gar nicht so schlecht.

Clara kommt herein und serviert den ersten Gang: Krabbencocktail. Ich hab doch gewusst, dass es irgend so was Ekliges gibt. Ich hasse Fisch! Trotzdem probiere ich vorsichtig eine kleine Krabbe. Nee, das ist wirklich nicht mein Ding. Unauffällig schiebe ich meine Krabben zu René rüber. Der steht auf alles, was aus dem Meer kommt.

Hoffentlich gibt es beim nächsten Gang was Vernünftiges. So langsam kriege ich nämlich richtig Hunger. Mein Magen knurrt schon vorwurfsvoll und ich nehme mir schnell ein Stück Baguette von der silbernen Platte, die vor mir auf dem Tisch steht.

Aber bevor Clara den nächsten Gang servieren kann, steht Jacques auf und hebt schon wieder sein Champagnerglas. Will er jetzt etwa vor jedem Gang eine Ansprache halten? Das finde ich dann doch etwas übertrieben. Ich hab Hunger!

Jacques räuspert sich. »Meine Lieben«, fängt er an und ergreift Mamas Hand. »Bevor wir dieses köstliche Essen weiter genießen, möchte ich euch etwas Wichtiges mitteilen.« Er macht eine Kunstpause und lächelt Mama an, die mit roten Wangen zu ihm aufschaut und ihm ermutigend zunickt. Was läuft denn da zwischen den beiden? Ich sehe zu Nina, aber sie macht genau so ein ratloses Gesicht wie ich. Jacques räuspert sich noch einmal. Du meine Güte, der macht es vielleicht spannend. Endlich holt er tief Luft und redet weiter. »Vielleicht kommt das für euch jetzt etwas überraschend, aber ich kann euch versichern, dass wir uns diesen Entschluss reiflich überlegt haben, und ich hoffe, dass ihr euch genauso darüber freut, wie wir es tun. Die Sache ist die: Ich habe Barbara gefragt, ob sie meine Frau werden will, und sie hat zu meiner allergrößten Freude Ja gesagt.«

Jacques sieht uns erwartungsvoll an, aber niemand sagt etwas. Es ist so still, dass man den Wind hören kann, der draußen in den Palmenblättern rauscht. Mama strahlt, aber als von uns keine Reaktion kommt, scheint sie plötzlich unsicher zu werden und schaut ängstlich von Nina zu mir.

Nina sitzt mit offenem Mund am Tisch. Wahnsinn, das gibt es wirklich nicht oft, dass ihr etwas dermaßen die Sprache verschlägt. Dieser Zustand hält erwartungsgemäß auch nicht lange an. Nach einigen Schrecksekunden beginnt sie, in den höchsten Tönen zu quietschen. »Was??? Echt??? Ihr wollt heiraten? Stimmt das, Mama? Das ist ja toll! Wann denn? Und wo? Werden wir auch eingeladen? Mann, ist das cool …«

Die Fragen schießen so schnell aus Ninas Mund, dass Mama gar nicht zum Antworten kommt. Erst als Nina endlich die Luft ausgeht, kann Mama zu den Einzelheiten ihrer Hochzeitspläne übergehen.

»Natürlich seid ihr eingeladen! Wir haben die Hochzeit extra in die Herbstferien gelegt, damit ihr auch kommen könnt. Die Trauung findet in St. Tropez statt und hinterher veranstalten wir einen Sektempfang hier in der Villa …«

Mamas Worte rauschen an mir vorbei, ohne dass ich ihren Sinn wirklich verstehe. Ich will das alles gar nicht hören. Ich will nicht, dass meine Mutter Jacques heiratet! Wie er da schon sitzt und selbstzufrieden lächelt. So ein widerlicher Typ! Er war mir ja von Anfang an unsympathisch. Der erste Eindruck ist eben doch immer der richtige. Mama gehört zu uns! Zu mir, Nina und Paps und nicht zu diesem französischen Schleimbeutel. Sie passt doch gar nicht hierher, in diese Luxusumgebung. Jacques muss sie mit seinem Geld und seinem Altherrencharme wirklich komplett eingewickelt haben, anders kann ich mir nicht erklären, wie sie diesen Typen freiwillig heiraten kann.

»Herzlichen Glückwunsch«, sagt René nun höflich zu Mama und Jacques und ich würde ihm am liebsten gegen das Schienbein treten. Hier gibt es nichts zu gratulieren. Im Gegenteil: Beileidsbekundungen wären wesentlich angebrachter.

Aber das sieht Jacques natürlich anders. Er hebt sein Glas und verkündet salbungsvoll: »Darauf sollten wir trinken. Auf Barbara, meine wundervolle zukünftige Frau, die ich über alles liebe.«

Mir wird fast schlecht von dem ganzen verlogenen Gelaber. Dieser Jacques weiß doch gar nicht, was Liebe ist. Er liebt höchstens sich selbst. Und sein Geld natürlich. Er will Mama doch bloß heiraten, damit er seinen Lebensabend nicht allein verbringen muss. Und damit er jemanden hat, der ihn pflegt, wenn er einen Schlaganfall oder so was bekommt. Was in seinem Alter ja täglich passieren kann. Eine billige Altenpflegerin sucht er, sonst nichts. Von wegen Liebe! Wie kann Mama nur so blöd sein und nicht merken, was da läuft? Sie soll den Typen endlich abservieren, ehe es zu spät ist. Aber nein, sie sitzt nur da und lächelt ihren Zukünftigen verliebt an – zum Kotzen!

Ich kippe meinen Champagner in einem Zug hinunter und sage so ruhig wie möglich: »Ist das nicht alles etwas überstürzt? Ich finde, du solltest dir das noch mal überlegen, Mama. Eine Hochzeit ist schließlich eine ernste Angelegenheit, da sollte man sich schon ganz sicher sein, dass man den Richtigen erwischt hat.«

Ich bin stolz auf mich, weil ich mich so gut im Griff habe. In mir brodelt es und ich würde am liebsten laut schreien, damit Mama endlich zur Vernunft kommt. Aber ich weiß, dass sie dann erst recht nicht auf mich hören würde. Deshalb versuche ich, ruhig und besonnen zu wirken. Ich muss meine Argumente wie eine Erwachsene vorbringen, dann wird Mama einsehen, dass ich recht habe. Dann wird sie Jacques sitzen lassen und zu uns zurückkehren. Nach Papenberg, wo sie hingehört. Nach Hause.

Mama nimmt Jacques' Hand. »Du hast recht, Julia, Heiraten ist tatsächlich eine ernste Angelegenheit. Aber ich bin mir ganz sicher, dass Jacques der Richtige für mich ist. Vielleicht hätten wir mit der Hochzeit trotzdem noch bis zum nächsten Sommer gewartet, aber jetzt sind gewisse Umstände eingetreten, die die ganze Sache etwas beschleunigt haben …« Mamas Wangen werden noch ein bisschen röter und Jacques streichelt beruhigend ihre Hand. Jetzt kapiere ich gar nichts mehr. Kann Mama sich nicht etwas deutlicher ausdrücken? Ich habe den starken Verdacht, dass sie gerade um den heißen Brei herumredet. Was auch immer der heiße Brei ist.

»Umstände? Was für Umstände?«, frage ich.

Mama strahlt uns an und verkündet: »Jacques und ich bekommen ein Baby! Ihr kriegt ein Geschwisterchen. Im Februar ist es so weit.«

Da bleibt mir glatt die Spucke weg. Ich fühle mich, als wäre ich mit dem Kopf volle Kanne gegen die Wand gelaufen. Mein Gehirn funktioniert nur noch im Zeitlupentempo und ich begreife nicht, was Mama mir eigentlich sagen will. Die ganze Situation kommt mir plötzlich total absurd vor. Das kann doch nur ein Witz sein, oder? Vielleicht ist hier irgendwo eine Kamera versteckt. Genau, Mama und Jacques wollen unsere Reaktion testen. Gleich rufen sie »April, April« und machen sich über unsere dämlichen Gesichter lustig. Schließlich ist Mama doch viel zu alt, um noch mal schwanger zu werden. Und die Vorstellung, dass sie von Jacques ein Kind bekommt, ist sowieso völlig lächerlich.

Ich fange an zu kichern. »Schwanger?«, frage ich und zeige auf Mama. »Du? Das ist ein Scherz, oder?«

Als ich Mamas Blick sehe, bleibt mir das Lachen im Hals stecken. Sie sieht verletzt aus. Und ein bisschen traurig. Ganz langsam wird mir klar: Mama hat keineswegs Witze gemacht. Sie meint es vollkommen ernst: Sie will Jacques heiraten. Und sie bekommt ein Kind von ihm. »Nein!!!«, brülle ich und springe auf. Dabei schmeiße ich Renés Champagnerglas um, das klirrend auf den Fliesen landet und in tausend Stücke zerspringt. »Ich will das nicht!«, schreie ich Mama an. »Hörst du? Das geht nicht! Das geht auf gar keinen Fall! Das kannst du einfach nicht machen!«

Mama beißt sich auf die Unterlippe. Sie sieht so aus, als würde sie gleich losheulen. Aber dann reißt sie sich zusammen und sagt: »Doch, Julia, das kann ich machen. Und ich werde es auch machen.«

Das halte ich keine Sekunde länger aus. Ich will das alles nicht hören. Ich will hier raus! Ich drehe mich um und renne aus dem Esszimmer. Im Flur kommt mir Clara entgegen. Schnell biege ich ins Wohnzimmer ab und flüchte auf die dunkle Terrasse. Endlich allein! Ich lasse mich in einen der Sessel fallen und atme erst mal tief durch. Mir ist ein bisschen schwindelig und meine Wangen sind ganz nass. Habe ich etwa geweint? Komisch, das habe ich gar nicht gemerkt. Ich nehme meine Brille ab und wische mir die Tränen aus dem Gesicht.

Meine Mutter bekommt ein Baby! Von diesem Ekelpaket Jacques. Wenn das nicht widerlich ist. Sofort macht sich in meinem Kopf das Bild eines Babys breit, das aussieht wie Jacques im Hosentaschenformat. Ein Baby mit grauen Haaren, Goldkettchen und einem schmierigen Grinsen im Gesicht. Ein Baby, das mit französischem Akzent zu Mama sagt: »Isch liebe disch, Barbara!« Bei dem Gedanken schüttelt es mich vor lauter Ekel.

Da taucht plötzlich eine dunkle Gestalt neben mir auf und sagt: »Hier bist du. Ich hab dich schon überall gesucht.«

Ich zucke zusammen, aber dann entspanne ich mich wieder (soweit das in meinem augenblicklichen Zustand überhaupt möglich ist).

Es ist nur René. »Darf ich mich zu dir setzen?«, fragt er.

Ich nicke und er nimmt im Sessel neben mir Platz. Eine Weile sagen wir beide gar nichts und es ist nur das Zirpen der Zikaden zu hören. Der Wind hat nachgelassen. Alles ist still und friedlich. Zumindest äußerlich. In meinem Inneren ist es natürlich keineswegs friedlich und still.

»Deine Mutter war ganz schön geschockt von deiner Reaktion«, sagt René schließlich. »Und Nina auch. Sie hat vor lauter Schreck keinen Ton mehr gesagt und das will bei ihr ja schon was heißen.«

Ich zucke mit den Schultern. »Keine Angst, die erholt sich schon wieder. Und Mama ist schließlich selbst schuld. Warum macht sie auch so einen Mist? Sie hätte sich schließlich kein Kind von Jacques andrehen lassen müssen. Dann müsste sie ihn jetzt auch nicht heiraten und alles wäre in Butter.«

»Was ist denn so schlimm daran, wenn deine Mutter und Jacques heiraten?«, fragt René. »Dadurch ändert sich doch für dich gar nichts. Schließlich leben sie schon seit Jahren wie ein Ehepaar zusammen.«

»Was so schlimm daran ist?«, sage ich und funkele René

wütend an, was er auf der dunklen Terrasse aber wahrscheinlich sowieso nicht sieht. »Na ja …«

Ich zögere. Ich weiß genau, was ich so schlimm daran finde: dass Mama nie mehr zu uns zurückkommen wird, wenn sie erst mal mit Jacques verheiratet ist. Aber wenn ich René das sage, hält er mich bestimmt für total kindisch. Schließlich ist Mama schon seit vier Jahren weg und ich sollte mich inzwischen mit dem Gedanken abgefunden haben, dass sie nicht mehr zurückkommt. Ich dachte eigentlich, das hätte ich auch getan. War aber wohl ein Trugschluss, wie ich gerade feststellen musste. Ich habe mich keineswegs damit abgefunden. Ich will meine Mutter zurück! Aber das behalte ich lieber für mich.

»Also …«, fahre ich schließlich fort, »das ist doch ganz klar: Wenn Mama Jacques heiratet, nimmt sie bestimmt auch seinen Namen an. Dann heißt sie gar nicht mehr Jacoby wie wir und das ist doch echt bescheuert, oder?« Okay, das hört sich ziemlich fadenscheinig an, aber mir ist auf die Schnelle nichts anderes eingefallen. Deshalb füge ich nach kurzer Überlegung noch hinzu: »Außerdem hat dieser schleimige Jacques eine Frau wie Mama überhaupt nicht verdient. Ich will einfach nicht, dass sie so einen Fiesling heiratet, bloß weil sie sich von seinem vielen Geld blenden lässt. Sie rennt in ihr Unglück und merkt es nicht einmal. Da muss man doch wütend werden!«

»Aha, jetzt ist Jacques also auf einmal wieder ein Fiesling. Vorhin fandest du ihn doch noch ganz nett, oder?«

»Da wusste ich ja auch noch nicht, dass er meine Mutter geschwängert hat.«

»Dazu gehören schließlich immer noch zwei. Und ich hatte den Eindruck, dass deine Mutter sehr glücklich ist. Sie freut sich auf das Kind!«

»Sie hat aber schon zwei Kinder, nämlich Nina und mich. Vielleicht sollte sie sich erst mal um uns kümmern, statt noch ein Baby in die Welt zu setzen.«

René beugt sich in seinem Sessel vor und sieht mich an. »Bist du etwa eifersüchtig auf das Baby? Ist das der Grund, weshalb du so ausgerastet bist?«

»Quatsch!«, rufe ich. »Ich bin doch nicht eifersüchtig. So ein Unsinn! Ich finde einfach nur, dass ... dass ... ach, ich weiß auch nicht.«

So langsam bin ich nicht mehr nur auf Jacques und meine Mutter wütend, sondern auch auf René. Statt mich zu unterstützen und zu trösten, fällt er mir in den Rücken und faselt totalen Unsinn. Es ist doch wohl wirklich verständlich, dass ich sauer bin. Schließlich hat Mama Nina und mich im Stich gelassen, um im sonnigen Süden eine neue Familie zu gründen mit einem süßen, kleinen, grauhaarigen Jacques-Baby, um das sie sich dann rund um die Uhr kümmert. Und was aus uns wird, ist ihr völlig egal!

»Ich verstehe ja, dass die Situation nicht einfach für dich ist«, lenkt René ein. »Aber es bringt doch auch nichts, wenn du alle anschreist und vor den Kopf stößt.«

»Man wird doch wohl noch seine Meinung sagen dürfen«, erwidere ich bockig, obwohl ich eigentlich weiß, dass René nicht ganz Unrecht hat. Aber das muss ich deswegen ja noch lange nicht zugeben. Am liebsten würde ich sofort von hier abhauen. Der Urlaub ist doch jetzt sowieso gelaufen und ich habe wirklich keine Lust, hier noch neun Tage mit Mama und Jacques herumzuhängen. »Ob ich meinen Rückflug noch umbuchen kann?«, überlege ich laut vor mich hin. »Und wenn nicht, könnte ich Paps anrufen. Der holt mich bestimmt ab, wenn ich ihm erzähle, was hier los ist.«

»Hältst du das wirklich für eine gute Idee?«, fragt René. »Wenn du jetzt wegfährst, ist die Beziehung zu deiner Mutter doch erst mal wieder völlig im Eimer. Dann dauert es bestimmt Ewigkeiten, bis ihr wieder anfangt, miteinander zu reden. Außerdem finde ich es ganz schön feige, einfach abzuhauen.«

Ich lasse mir Renés Worte durch den Kopf gehen. Stimmt, ich kann Mama jetzt nicht einfach hier so sitzen lassen. Außerdem lasse ich mich auf keinen Fall von diesem Jacques in die Flucht schlagen. Das ist doch genau das, was er will: Ich soll abhauen, damit er freie Bahn hat und Mama weiter den Kopf verdrehen kann. Es ist doch wohl ganz offensichtlich, dass dieser Typ versucht, einen Keil zwischen Mama und mich zu treiben. Aber das werde ich nicht zulassen. Der wird sich noch wundern!

»Du hast recht«, sage ich zu René. »Vielleicht ist es wirklich besser, wenn ich hier bleibe. Mama braucht mich jetzt.«

René sieht mich überrascht an. »Genau. Und es wäre bestimmt eine große Hilfe für sie, wenn sie wüsste, dass du ihre Entscheidung akzeptierst. Meinst du denn, du kannst dich dazu durchringen?«

»Mal sehen«, antworte ich. »Ich kann's ja wenigstens versuchen.«

Mir ist ein bisschen mulmig zumute, weil ich René gerade eine faustdicke Lüge auftische. Aber es geht nicht anders. Er versteht mich einfach nicht. Eins ist klar: Ich werde niemals akzeptieren, dass Mama einen Typen wie Jacques heiratet. Und weil Mama selbst momentan nicht ganz zurechnungsfähig zu sein scheint (vielleicht hat das was mit den Hormonen und der Schwangerschaft zu tun, wer weiß), muss ich ihr unbedingt helfen, aus der Sache wieder rauszukommen. Ich weiß bloß noch nicht genau, wie.

Offenbar habe ich auf René trotz allem ganz überzeugend gewirkt. Er strahlt mich an und sagt: »Find ich klasse, dass du deiner Mutter entgegenkommst. Ich hatte schon befürchtet, du würdest dich jetzt total in deine Wut reinsteigern und uns allen die restlichen Ferien zur Hölle machen.«

Ich schüttele den Kopf. »Quatsch. Wie kommst du denn darauf? Du scheinst mich ja für ziemlich unreif zu halten.«

René grinst. »Das hast du jetzt gesagt!«

Plötzlich muss ich gähnen und merke, dass ich fix und fertig bin. Die ganze Anspannung fällt langsam von mir ab und ich bin einfach nur noch müde. Müde und traurig. Was für ein Tag! Ich fühle mich so gerädert, als hätte ich stundenlang Steine geklopft oder sonst irgendeine Knochenarbeit erledigt. Und das nennt sich nun Urlaub …

»Ich glaube, ich gehe jetzt lieber ins Bett«, sage ich zu René und stehe auf. »Sonst schlafe ich schon wieder auf der Terrasse ein.« Ich seufze. »Irgendwie hatte ich mir unseren Traumurlaub etwas anders vorgestellt.«

René steht ebenfalls auf und nimmt mich in die Arme.

»Der Urlaub wird trotzdem klasse, da bin ich mir ganz sicher. Wenn wir uns alle etwas Mühe geben, kriegen wir das bestimmt hin. Willst du nicht noch mit reinkommen und etwas essen? Du musst doch furchtbaren Hunger haben.«

Ich schüttele den Kopf. »Nein, mir ist der Appetit vergangen. Außerdem will ich Mama und Jacques jetzt lieber nicht sehen. Mir reicht's für heute. Ich will nur noch schlafen.«

»Okay, dann komme ich mit«, sagt René. »Ich sag nur noch schnell den anderen Bescheid.« Ich schlurfe in mein Zimmer und werfe einen Blick in den Spiegel. Jetzt komme ich mir überhaupt nicht mehr elegant vor in Mamas Klamotten, sondern nur noch lächerlich. Ich sehe aus wie ein Kind, das sich verkleidet hat und vornehme Dame spielen will. Fehlt nur noch, dass ich mir knallroten Lippenstift ins Gesicht schmiere.

Schnell ziehe ich die Sachen aus und schlüpfe in ein T-Shirt, das ich mir von Nina geliehen habe. Echt blöd, wenn man keine eigenen Klamotten hat und sich alles zusammenborgen muss. Hoffentlich kriegen die das mit meinem Koffer bald geregelt.

Ich lasse mich rückwärts auf mein Bett fallen und betrachte den weißen Baldachin über mir. Ich muss daran denken, wie Mama dieses Bett für mich ausgesucht hat, und plötzlich kommen mir die Tränen. Ich kann sie nicht stoppen, sie fließen einfach über mein Gesicht. Ich will Mama nicht schon wieder verlieren. Nicht jetzt, wo wir uns gerade erst wiedergefunden haben.

Als René in mein Zimmer kommt, heule ich immer noch

wie ein Schlosshund. Ich versuche aber, mich zusammenzureißen, schließlich will ich nicht, dass René irgendwann total genervt von mir ist. Ich setze mich auf, wische mir die Tränen aus dem Gesicht und atme tief durch. Schon besser.

René setzt sich neben mich auf die Bettkante. »Geht's wieder? Das war wohl alles ein bisschen zu viel für dich heute. Soll ich dir ein Glas Wasser holen?«

Ich schüttele den Kopf. »Nein, danke. Aber kann ich vielleicht bei dir schlafen? Ich will jetzt nicht alleine sein.«

Und ich will vor allen Dingen nicht in diesem Himmelbett liegen, das mich die ganze Zeit an Mama erinnert.

»Klar«, sagt René. »Das weißt du doch.«

Als ich neben René im Bett liege, kann ich nicht einschlafen, obwohl ich todmüde bin. Zu viele Bilder fahren in meinem Kopf Karussell. Mama, die Jacques verliebt anlächelt. Jacques, der sein Champagnerglas hebt. Mama mit einem Baby im Arm.

Ich wälze mich hin und her und schmiege mich schließlich ganz nah an René. René streicht sanft mit den Fingern über meinen Rücken, dann über meinen Bauch. Das kitzelt und ich muss kichern. Jetzt fängt er an, mich zu küssen, und ich entspanne mich. Erst küsst er meinen Hals, dann arbeiten sich seine Lippen langsam bis zu meinem Mund vor. Mmm, wohlige Schauer laufen mir den Rücken hinunter. Renés Lippen auf meinen fühlen sich so gut an und so vertraut. Seine Hand tastet sich unter meinem T-Shirt immer weiter nach oben. Plötzlich sehe ich wieder mein Spiegelbild mit dem halb ausgefüllten Bikinioberteil vor mir. Ich zucke zusammen.

»Kann ich dich mal was fragen?«, frage ich und rücke ein Stück von René ab. René küsst mich aufs Ohr und murmelt: »Alles, was du willst, chérie.«

»Also … äh … die Sache ist die …«, druckse ich herum. Dann gebe ich mir einen Ruck. Jetzt oder nie! »Findest du eigentlich meine Brüste zu klein?«

Jetzt ist es raus. Na also, geht doch! Ich bin zwar bestimmt schon wieder knallrot, aber das sieht hier im Dunkeln ja keiner.

»Was???«, fragt René. »Was ist denn das für eine Frage?«

»Eine ganz normale«, stelle ich fest und versuche, so unbefangen wie möglich zu klingen, obwohl die Frage für mich eigentlich alles andere als normal ist. »Du brauchst einfach nur ja oder nein zu sagen.«

René überlegt einen Moment. Wahrscheinlich versucht er herauszufinden, ob es eine Fangfrage ist. Dann sagt er: »Nein, ich finde deinen Busen nicht zu klein. Er ist genau richtig.«

»Ehrlich?«, frage ich und versuche, an Renés Gesichtsausdruck zu erkennen, ob er es ernst meint oder sich über mich lustig macht. Das ist in der Dunkelheit allerdings gar nicht so einfach.

»Ehrlich!«, antwortet René und gibt mir einen Kuss.

Er scheint es tatsächlich ernst zu meinen. Zufrieden drehe ich mich um und schließe die Augen. Wenigstens eine gute Nachricht an diesem verkorksten Tag. Ich beschließe, mir ab sofort keine Gedanken mehr über das Thema »Busen« zu machen, und schlafe endlich ein.

Kondomalarm

In der Nacht träume ich wirres Zeug. Jacques und Barbara wollen unbedingt mit mir über das Thema »Mit wie viel Monaten sollten Babys ihr erstes Goldkettchen tragen?« diskutieren. Ich hab aber keine Lust und schlage deshalb vor, erst einmal Tee zu kochen. Ich gehe in die Küche und setze einen großen Kessel mit Wasser auf. Als der Kessel gerade anfängt zu pfeifen, wache ich auf und merke, dass ich keineswegs in der Küche bin, sondern in Renés Bett. Komischerweise pfeift es aber immer noch. Es kommt aus dem kleinen Bad, das zum Gästezimmer gehört. Klingt wie »Frère Jacques«. Allerdings muss man sehr viel Fantasie haben, um das zu erkennen. Für einen Musiker pfeift René ganz schön schief.

Ich greife nach meiner Armbanduhr, die neben dem Bett liegt, und traue meinen Augen kaum, als ich auf das Zifferblatt schaue: Es ist gerade mal acht Uhr! Also eigentlich noch mitten in der Nacht. Ist René jetzt völlig durchgedreht? Warum zum Teufel steht er in den Ferien so früh auf? Oder ist er vielleicht unter die Schlafwandler gegangen?

Diese Theorie erledigt sich von selbst, als René frisch rasiert in der Badezimmertür erscheint und, die letzten

Töne von »Frère Jacques« pfeifend, ins Zimmer marschiert kommt. Er sieht so unverschämt wach aus, dass von Schlafwandeln wohl keine Rede sein kann.

Als er merkt, dass ich wach bin, macht er ein schuldbewusstes Gesicht. »Oh, das tut mir leid. Hab ich dich etwa geweckt?«

»Allerdings«, knurre ich. »Musst du mitten in der Nacht so einen Lärm veranstalten?«

René zieht seine Joggingklamotten an und holt ein paar Turnschuhe aus seiner Reisetasche. »Es ist schon acht Uhr, chérie, und draußen ist helllichter Tag. Ich gehe eine Runde joggen, jetzt ist es bestimmt noch nicht so heiß.«

»Du spinnst doch total«, sage ich und gähne. »Das ist echt krank.«

Ich wusste ja, dass René ein Frühaufsteher ist. Aber dass er nicht mal in den Ferien länger liegen bleibt, finde ich wirklich nicht normal.

René beugt sich zu mir runter und gibt mir einen Kuss. »Du kannst ja noch eine Runde schlafen. Bis später!«

Er geht aus dem Zimmer und schließt leise die Tür hinter sich. Die Mühe kann er sich sparen, jetzt bin ich sowieso schon wach. Ich räkele und strecke mich ein bisschen, dann starre ich an die Decke und lasse den gestrigen Abend noch einmal Revue passieren. Was für ein Horror! Ich versuche mir einzureden, dass ich alles nur geträumt habe, aber es klappt nicht. Also muss ich wohl oder übel der grausamen Tatsache ins Auge sehen, dass Mama mit Jacques eine Familie gründen will. Wenn ich nur daran denke, könnte ich schon wieder ausrasten. Das darf einfach nicht passieren!

Dagegen, dass sie schwanger ist, kann ich jetzt natürlich nichts mehr machen. Aber ich kann zumindest versuchen, ihr die Hochzeit auszureden. Ich muss Mama irgendwie klar machen, dass Jacques ein absoluter Oberfiesling ist. Das mit dem Baby kriegen wir dann schon hin. Paps nimmt Mama bestimmt auch mit Kind wieder zu Hause auf. Und wenn es Jacques zu ähnlich sieht, geben wir es einfach zur Adoption frei.

Mein Magen knurrt. Mit meinen Rettungsplänen für Mama kehrt auch mein Appetit wieder zurück und mir fällt ein, dass ich seit dem Eis gestern Nachmittag nichts mehr gegessen habe. Abgesehen von einer ekligen Krabbe und einem Stück Baguette.

Aber ich habe überhaupt keine Lust, jetzt schon aufzustehen. Außerdem bin ich nicht gerade scharf darauf, Mama oder Jacques zu begegnen. Muss ich mich eigentlich wegen gestern bei ihnen entschuldigen? Wenn ich die Stimmung etwas entspannen will, wäre das wahrscheinlich keine schlechte Idee. Und dass ich Mama so angeschrien habe, tut mir ja auch wirklich leid. Aber bei Jacques entschuldige ich mich nicht. Auf gar keinen Fall! Am liebsten würde ich ihn und sein falsches Grinsen nie wieder sehen, aber das wird sich kaum machen lassen. Schließlich wohne ich gerade in seinem Haus.

Mein Magen knurrt schon wieder. Da fällt mir ein, dass René immer irgendwelche Hustenbonbons in seiner Jackentasche hat. Vielleicht kann ich damit meinen knurrenden Magen ja noch etwas hinhalten. Ich greife mir seine speckige Lederjacke, die neben dem Bett auf einem Stuhl liegt, und wühle in den Taschen nach etwas Essbarem. In der rechten Tasche finde ich nur ein altes Taschentuch und Renés Hausschlüssel. Fehlanzeige! Aber in der linken werde ich fündig. Meine Hand umschließt mehrere kleine Päckchen. Vielleicht Traubenzucker oder so was? Ich ziehe die Hand aus der Tasche. Was ich jetzt sehe, würde mir glatt die Schuhe ausziehen, wenn ich welche anhätte: Auf meinem Handteller liegen drei Kondome!!!

Ich starre die Dinger an, als wären sie giftig oder bissig. Dass René vor dem Urlaub Kondome gekauft hat, kann nur eins bedeuten: Er will in den Ferien aufs Ganze gehen. Er will es tun. ER WILL MIT MIR SCHLAFEN!

Ich fühle, wie sich Panik in mir breit macht. Jetzt ist es also so weit. René will nicht länger warten. Eigentlich weiß ich gar nicht, warum mich das so kalt erwischt. War doch klar, dass es früher oder später so weit kommen würde. Und es ist ja nicht so, dass ich mir noch keine Gedanken darüber gemacht hätte. Laura und ich haben dieses ganze Sex-Thema schon tausendmal durchgekaut. Na ja, genau genommen hat sie es durchgekaut und ich habe mehr oder weniger interessiert zugehört. Ich finde, es gibt spannendere Themen als Sex. Meiner Meinung nach wird sowieso viel zu viel Wirbel um das erste Mal gemacht, aber Laura sieht das leider anders. In letzter Zeit ist sie total auf dieses blöde Thema fixiert. Erst hat sie mir ständig irgendwelche bescheuerten Statistiken aus ihren Teenie-Zeitschriften vorgelesen, zum Beispiel: »Mädchen haben immer früher Sex. Jede zehnte Vierzehnjährige und jede vierte Fünfzehnjährige hatte schon Geschlechtsverkehr. Das Durchschnittsalter für das erste Mal liegt bei Mädchen bei 15,3 Jahren.« Dabei hat sie mir vielsagende Blicke zugeworfen. Als ob mich diese dämlichen Zahlen interessieren würden!

Dann hat sie mit den Leserbriefen weitergemacht und ich musste mir Sachen anhören wie: »Anna, 14: Mein Freund will mit mir Schluss machen, wenn ich nicht mit ihm schlafe. Was soll ich tun?« So eine blöde Frage: Schick den Typen in die Wüste, Anna, und zwar sofort! Das würde ich zumindest machen, wenn René mich so unter Druck setzen würde. Aber René macht so was natürlich nicht. Oder? Quatsch, auf keinen Fall. Bisher hatte ich eigentlich immer den Eindruck, dass er kein Problem damit hat, dass wir noch nicht miteinander schlafen. Er schien deswegen nie sauer zu sein. Ganz sicher bin ich mir allerdings nicht, weil wir nie so richtig darüber geredet haben. Warum auch? Es gibt schließlich wichtigere Dinge als Sex. Wenigstens dachte ich das bis heute.

Warum mache ich die Sache eigentlich schon wieder so kompliziert? Das ist mal wieder typisch. Dabei gibt es eigentlich nur zwei Möglichkeiten: Entweder ich schlafe mit René, oder ich lasse es. Und beides ist ganz allein meine Entscheidung.

Laura ist natürlich der Meinung, wir hätten es längst tun müssen. Nach Renés letztem Besuch in den Osterferien hat sie sich kaum wieder eingekriegt: »Es ist immer noch nichts passiert? Du meine Güte, wie lange wollt ihr denn noch warten? Wenn das so weitergeht, wirst du noch als Jungfrau begraben!«

Ich habe versucht ihr klar zu machen, dass wir uns eben

Zeit lassen, aber sie hat nur verständnislos den Kopf geschüttelt und gemurmelt: »Pass bloß auf, dass René sich nicht irgendwann eine andere sucht. Für Jungs ist Sex in einer Beziehung total wichtig.«

Das hat sie wahrscheinlich auch wieder irgendwo gelesen. Der Witz ist nämlich, dass Laura auf diesem Gebiet genauso wenig Erfahrung hat wie ich. Sie tut zwar immer so, als wäre sie die absolute Sex-Expertin, aber in Wirklichkeit läuft bei ihr noch weniger als bei mir. Sie hat es nämlich noch nie länger als zwei Wochen mit einem Typen ausgehalten und in der kurzen Zeit ist nie viel passiert.

Trotzdem frage ich mich gerade, ob sie vielleicht doch recht hatte. Wenn René sogar schon Kondome kauft, will er offensichtlich nicht mehr länger warten. Und ich will ihn natürlich nicht verlieren. Soll ich's also einfach machen? Irgendwie habe ich Angst davor, aber warum eigentlich? Es ist doch völlig normal, dass zwei Menschen, die sich lieben, irgendwann miteinander schlafen. Habe ich jedenfalls gehört. Und dass René vorher Kondome besorgt, zeigt doch, dass er sehr verantwortungsbewusst ist und sich Gedanken über Verhütung macht. Eigentlich hätte ich also beim Anblick der Kondome einen Luftsprung vor Freude machen müssen.

Aber irgendwie bin ich gerade nicht in der Stimmung für Luftsprünge. Warum passiert eigentlich immer alles auf einmal? Als ob ich nicht schon genug Probleme am Hals hätte. Erst verkündet Mama, dass sie schwanger ist und Jacques, den Schleimer, heiraten will – und jetzt auch noch das. Ein bisschen viel für meinen Geschmack …

Ich seufze und drehe die Kondome gedankenverloren hin und her. Jetzt fällt mir erst auf, dass es sich offensichtlich um verschiedene Sorten handelt, und ich schaue mir die Dinger genauer an. Was haben wir denn da? Das erste ist mit Erdbeergeschmack, das zweite mit Lakritz- und das dritte mit Pfefferminzgeschmack. Igitt! Das ist ja total widerlich. Schnell stopfe ich die Kondome wieder zurück in Renés Jacke. Am besten tue ich so, als hätte ich sie nie gesehen. Ich bin eben noch nicht so weit. Ich brauche einfach noch etwas Zeit. Und was mache ich, wenn René dafür kein Verständnis hat? Bestimmt wollte er eigentlich schon letzte Nacht mit mir schlafen, aber dann habe ich ihn mit meiner Busen-Frage aus dem Konzept gebracht. Mannomann, das war ganz schön knapp. Eigentlich ist es gar nicht schlecht, dass ich die Kondome gefunden habe, jetzt bin ich wenigstens vorgewarnt. Ich muss bis zum Ende der Ferien einfach jede Situation vermeiden, in der René auf die Idee kommen könnte, irgendeine Lakritz- oder Pfefferminzkombination auszuprobieren. Dann brauche ich auch nichts zu erklären und das Thema ist bis zu unserem nächsten Wiedersehen abgehakt.

Auf dem Flur ertönen Schritte und ich werfe schnell die Lederjacke zurück auf den Stuhl. Eine Sekunde später kommt René herein. »Da bin ich wieder. Du liegst ja immer noch im Bett!«

»Ja, aber ich wollte gerade aufstehen«, sage ich und springe auf. »Wir sehen uns dann beim Frühstück, okay?«

Ehe René antworten kann, bin ich schon an ihm vorbei und über den Flur in mein Zimmer geflitzt. Perfekt, so hat er nicht einmal den Hauch einer Chance, auf falsche Gedanken zu kommen. Erleichtert lehne ich mich gegen die geschlossene Zimmertür. Da fängt mein Magen plötzlich wieder an zu knurren. Kein Wunder, mein Bauch scheint nur noch aus einem großen, gähnend leeren Loch zu bestehen. Ich muss unbedingt was essen, sonst kriege ich vor lauter Hunger noch einen Schwächeanfall. Also bleibt mir wohl nichts anderes übrig, als nach unten zu gehen und mich der Begegnung mit Mama und Jacques zu stellen. Schließlich kann ich mich nicht den Rest der Ferien hier in diesem Zimmer verkriechen. Schnell ziehe ich mir meine frisch gewaschenen Klamotten an, die Clara auf mein Bett gelegt hat. Ich muss schon sagen, der Service hier ist wirklich perfekt.

Dann mache ich mich auf den Weg nach unten. Mir ist etwas mulmig zumute. Ob Mama noch sauer ist, weil ich gestern so ausgerastet bin? Und Jacques? Vielleicht lässt er ja jetzt seine freundliche Maske fallen und zeigt endlich sein wahres Gesicht. Ich schleiche auf Zehenspitzen durch den Flur und schaue vorsichtig um jede Ecke, damit ich nicht plötzlich einem der beiden gegenüberstehe.

»Was machst du denn da?«, trompetet es auf einmal direkt hinter mir, sodass ich vor lauter Schreck beinahe tot umfalle.

Ich drehe mich um und stehe vor Nina. Klar, vor wem auch sonst. Sie hat die Hände in die Hüften gestützt und schaut mich mit zusammengezogenen Augenbrauen an.

»Spielst du *Räuber und Gendarm* mit dir selbst?«, fragt sie. »Warum bist du überhaupt schon wach? Es ist doch erst neun. Ich war übrigens gerade schon schwimmen. Und vorher habe ich in dein Zimmer geschaut, aber du warst nicht da. Hast du etwa bei René gepennt?«

»Äh – nö«, antworte ich, ohne auf Ninas restliche Fragen einzugehen. Wo ich meine Nächte verbringe, geht die neugierige Kröte schließlich gar nichts an. »Ich wollte gerade frühstücken gehen. Weißt du zufällig, ob Mama und Jacques schon unten sind?«

Nina nickt. »Na klar. Die sitzen auf der Terrasse. Mann, die waren ganz schön fertig gestern. Mama hat geweint und Jacques musste sie trösten. Warum hast du denn auch plötzlich rumgeschrien wie eine Irre? Ist doch toll, dass Mama ein Baby kriegt und Jacques heiratet. Die machen bestimmt ein Riesenfest mit allem Drum und Dran. Das wird super!«

»Ja, total super«, sage ich. »Ich muss jetzt was essen.«

Schnell laufe ich die Treppe hinunter, ehe Nina mich noch weiter vollquatschen kann: Dann gehe ich schnurstracks auf die Terrasse, um die Begegnung mit Mama und Jacques möglichst schnell hinter mich zu bringen. Ewig kann ich sie ja sowieso nicht hinauszögern. Die beiden sitzen am – wieder mal reichlich gedeckten – Frühstückstisch. Clara schenkt gerade frischen Kaffee ein, deshalb sage ich erst mal nur »Guten Morgen« und setze mich auf meinen Platz. Vorsichtig schiele ich zu Mama hinüber. Sie sieht tatsächlich ganz schön fertig aus. Zwar ist sie wie immer elegant gekleidet und sorgfältig geschminkt, aber die dunklen Ringe unter ihren Augen sind trotzdem nicht zu übersehen. Sie sieht aus, als hätte sie die ganze Nacht kein Auge zugetan. Und alles wegen mir! Ich kriege schon wieder ein schlechtes Gewissen.

Als Clara in der Küche verschwunden ist, entsteht ein ungemütliches Schweigen am Tisch. Ich starre auf meinen Teller und kriege kein Wort heraus. Mama und Jacques sagen auch nichts. Wie soll ich bloß anfangen? Dass es mir aber auch immer so verdammt schwer fällt, mich zu entschuldigen!

Schließlich hole ich tief Luft und sage: »Tut mir leid wegen gestern, Mama. Ich wollte dich nicht so anschreien. Das kam bloß alles etwas … überraschend für mich.«

Ein Glück, sie lächelt! »Das kann ich gut verstehen, Julia. Ich hab euch ja auch ziemlich überrumpelt mit meinen Neuigkeiten. Vielleicht hätte ich euch das alles etwas schonender beibringen müssen.«

»Ja, vielleicht«, sage ich, obwohl ich genau weiß, dass das überhaupt keinen Unterschied gemacht hätte. Mamas »Neuigkeiten« hätten mich so oder so umgehauen.

Jacques, den ich bisher ignoriert habe, wirft ein schmieriges Lächeln in die Runde. »Na also, ich hab dir doch gesagt, dass Julia es nicht so gemeint hat«, sagt er zu Mama. »Dann könnt ihr euch ja jetzt wieder vertragen und wir haken die ganze Sache ab. Schließlich sind Ferien und da wollen wir doch nicht streiten, sondern gemeinsam eine schöne Zeit verbringen, nicht wahr?«

Warum muss der sich eigentlich schon wieder einmischen? Ich werfe ihm einen eisigen Blick zu, verkneife mir aber lieber den nicht gerade freundlichen Kommentar, der mir auf der Zunge liegt. Schließlich will ich die Stimmung nicht gleich wieder ruinieren. Und das Wichtigste ist jetzt erst mal, dass Mama nicht mehr sauer auf mich ist.

»Jacques hat recht«, sagt Mama. »Die paar Ferientage, die wir zusammen haben, sollten wir wirklich nicht mit Streiten vergeuden. Aber ich bin trotzdem froh, dass ihr jetzt endlich Bescheid wisst. Ich hätte es euch auch schon eher gesagt, aber ich wollte Nina und dir die große Neuigkeit lieber persönlich mitteilen als am Telefon.«

Ich nicke. »Aha. Ja, das war bestimmt eine gute Idee …« Ich sollte jetzt vielleicht mal irgendetwas fragen, um ein bisschen Interesse zu heucheln. »Wann ist es denn eigentlich so weit? Mit dem Baby, meine ich?«

»Der Geburtstermin ist am 17. Februar«, sagt Mama. »Nina und du, ihr müsst unbedingt in den Osterferien herkommen, um euer Geschwisterchen kennenzulernen.«

»Ja, klar«, sage ich und versuche, zumindest ein Minimum an Begeisterung in meine Stimme zu legen.

»Und zur Hochzeit müsst ihr natürlich auch kommen«, tönt Jacques. »Eure Mutter wäre sonst untröstlich.«

Ehe ich etwas sagen kann, stürmt Nina auf die Terrasse und muss natürlich gleich wieder mitreden.

»Klar kommen wir zur Hochzeit!«, ruft sie und schmeißt sich auf ihren Sessel. »So eine riesige Party lassen wir uns doch nicht entgehen, was, Julia?«

»Mal sehen …«,sage ich vage und nehme mir ein Croissant. »Das müssen wir ja jetzt noch nicht entscheiden …«

»Und wenn das Baby da ist, kommen wir euch ganz oft besuchen, damit es seine Schwestern auch richtig kennenlernt«, quatscht Nina weiter. »Ich bin ja schon so gespannt, ob es ein Junge oder ein Mädchen wird. Wisst ihr schon, wie es heißen soll? Ich finde ›Chantal‹ total schön. Oder ›Vanessa‹ – so wie Vanessa Paradis. Lernt das Baby eigentlich zuerst Französisch oder Deutsch? Ihr könnt es ja so machen, dass Jacques immer Französisch mit dem Baby redet und Mama Deutsch …«

Na, das kann ja noch lustig werden. Ninas Begeisterung nervt mich jetzt schon, hoffentlich geht das nicht die ganze Zeit so weiter. Aber zumindest ist Mamas und Jacques' Aufmerksamkeit erst mal von mir und meiner mangelnden Babybegeisterung abgelenkt und ich kann mich in Ruhe meinem Frühstück widmen.

Als René frisch geduscht nach unten kommt, habe ich schon drei Croissants und eine Schüssel Müsli verdrückt. Langsam fühle ich mich wieder wie ein Mensch und nicht mehr wie ein leerer Magen.

»Was haltet ihr davon, wenn wir heute an den Strand fahren?«, fragt Mama. »Hier in der Nähe gibt es einen sehr netten Strandclub, der wird euch bestimmt gefallen.«

»Au ja!«, ruft Nina und springt auf. »Ich pack schon mal meine Sachen, dann können wir gleich los.«

»Jetzt lass doch René erst in Ruhe frühstücken«, ruft Mama ihr hinterher, aber Nina ist schon verschwunden.

Jacques schüttelt lächelnd den Kopf. »Ein richtiger Wirbelwind, die kleine Nina. Ob unser Baby auch so aktiv wird?« Er tätschelt Mamas Bauch und die beiden schauen sich verliebt in die Augen.

Ich glaube, ich verschwinde lieber, bevor mir die drei Croissants wieder hochkommen. »Äh – ich packe auch schon mal meine Sachen zusammen«, sage ich und verdrücke mich schnell nach oben. Erst als ich in meinem Zimmer stehe, fällt mir ein, dass ich ja gar nichts zum Zusammenpacken habe. Alles, was ich habe, trage ich sozusagen auf dem Leib. Wieso braucht mein Koffer von Paris bis Nizza auch so dermaßen lange? Bei dem Schneckentempo hätte ich ihn ja besser zu Fuß abgeholt! Und hoffentlich kommt er morgen auch wirklich hierher und landet nicht versehentlich irgendwo am anderen Ende der Welt.

Ich schnappe mir den Bikini von Mama und stopfe ihn in meinen Rucksack. Fertig! Von mir aus können wir los.

Sonne, Strand und Eifersucht

Leider sind nicht alle so fix wie ich. Nina zieht im Badezimmer erst mal ihr komplettes Stylingprogramm durch und Mama verschwindet für längere Zeit im Schlafzimmer, um sich umzuziehen. Sie taucht in einem korallenblauen, todschicken Strandkleid wieder auf. Ich fasse es nicht! Fahren wir ans Meer oder auf eine Modenschau?

Als wir etwas später vor dem Strandclub aus Jacques' Limousine steigen, bin ich mir da selbst nicht mehr so sicher. Die Leute, die hier rumlaufen, sehen alle aus wie Filmstars. Beim Betreten des Clubgeländes komme ich mir vor wie auf einem Fotoshooting für die neueste Bademode. Überall stehen weich gepolsterte Strandliegen unter großen Sonnenschirmen. Auf den Liegen aalen sich gebräunte Menschen und stellen ihre perfekten, vor lauter Sonnencreme ölig glänzenden Körper zur Schau. Die Frauen sind fast alle superschlank und tragen extrem knappe Bikinis. Die meisten liegen oben ohne da und der Anblick so vieler Brüste, die alle größer und schöner sind als meine, schlägt mir sofort auf die Stimmung. Eins ist sicher: Ich werde mein Bikinioberteil auf keinen Fall ausziehen! Ich versuche mich mit dem Gedanken aufzumuntern, dass sowieso garantiert neunzig Prozent der hier anwesenden Busen nicht echt sind. Und mit Silikon kann schließlich jeder eine gute Figur machen.

Der exklusive Strandclub hat auch ein Restaurant mit einer großen Terrasse und einer Freiluft-Bar, an der weitere Strandschönheiten auf hohen Hockern sitzen und mit Blick aufs Meer Cocktails schlürfen. Der Barkeeper winkt uns zu und begrüßt Jacques mit Handschlag. Aha, man kennt sich also.

Nina schenkt dem Barkeeper ein strahlendes Lächeln und flüstert mir zu: »Das ist Carlo, der arbeitet hier jeden Sommer. Sieht er nicht super aus? Mann, schau dir bloß mal die Muskeln an! Irre, oder?«

Irre ist genau das richtige Wort. Wer so viel Bodybuilding macht, der muss schon ziemlich verrückt sein. Auch sonst ist Carlo nicht unbedingt mein Typ. Er ist mir zu braun gebrannt, zu ölig und hat eindeutig zu viele Haare auf der Brust. Dass Nina auf so einen abfährt, finde ich ziemlich erschreckend. Aber die Geschmäcker sind eben verschieden.

»Da hinten sind unsere Plätze«, sagt Mama und geht schon mal vor, während sich Jacques noch mit Carlo und den Strandschönheiten unterhält. Dabei starrt er der einen Tussi eindeutig auf ihren ziemlich üppigen Busen, der kaum von einem knallroten, extrem knappen Bikinioberteil verhüllt wird. Der Typ ist echt das Letzte! Bestimmt betrügt er Mama nach Strich und Faden.

»Wir haben hier unsere Stammplätze, die hält Carlo immer für uns frei«, erklärt mir Nina und zeigt auf ein paar leere Liegen, die etwas abseits von den anderen stehen.

»Das sind die besten Plätze: Hier hat man seine Ruhe und ist trotzdem nah an der Bar und schnell im Wasser.«

»Wow«, sagt René und lässt sich auf eine der Liegen fallen. »Das ist ja echt toll. Und viel bequemer, als nur auf einem Handtuch im Sand zu liegen.« Ich schnappe mir die Liege neben René und spanne erst mal den Sonnenschirm auf. Schließlich will ich heute Abend nicht wie ein gegrilltes Hähnchen aussehen. Dann strecke ich mich auf der Liege aus. René hat recht, es ist wirklich superbequem. Aber abgesehen davon ist es für meinen Geschmack schon wieder viel zu heiß. Und außerdem nervt mich dieses blöde arrogante Getue der Leute um uns herum. Die scheinen sich alle supertoll vorzukommen. Sehen und gesehen werden – das ist offensichtlich das Wichtigste hier. Ich komme mir in meiner abgeschnittenen Jeans und dem ausgewaschenen Labber-T-Shirt total fehl am Platz vor. »Mir würde ein Handtuch im Sand auch reichen«, sage ich. »Ist doch eigentlich völlig bescheuert, dass ein Teil des Strandes abgesperrt wird und man Eintritt bezahlen muss, wenn man ans Meer will. Ich finde das ziemlich dekadent.«

Nina, die gerade dabei ist, sich häuslich einzurichten, und Sonnencreme, MP3-Player, Handtuch, Schnorchel, Taucherbrille, ein Beachball-Spiel und tausend andere Sachen um ihre Liege herum verteilt, rollt mit den Augen. »Jetzt geht das wieder los! Musst du immer alles schlecht machen? Ich weiß echt nicht, was du hast – ist doch klasse hier!«

»Wollt ihr euch nicht was zu trinken holen?«, fragt Mama und zückt einen Fünfzig-Euro-Schein. Wahrscheinlich will sie verhindern, dass wir uns schon wieder streiten.

»Au ja«, ruft Nina, springt auf und schnappt sich den Schein. »Darf ich auch ein Eis haben?« Mama nickt.

»Prima! Und was wollt ihr trinken?«, fragt Nina.

»Ich hätte gerne einen *Café au lait*«, sagt Mama.

»Und ich ein Wasser«, brumme ich.

René steht ebenfalls auf. »Ich komm mit und helf dir tragen.«

Während die beiden zur Bar schlendern, zieht Mama ihr Strandkleid aus und lässt sich in ihrem kobaltblauen Bikini, der natürlich farblich perfekt mit dem Kleid harmoniert, auf ihrer Liege nieder. Zum Glück sieht man noch nichts von ihrer Schwangerschaft. Das wäre ja oberpeinlich, wenn sie hier mit dickem Bauch herumliegen würde. Sie setzt sich einen großen, weißen Sonnenhut auf den Kopf und holt eine Tube Sonnencreme heraus. »Könntest du mir bitte den Rücken eincremen, Julia?«, fragt sie.

»Klar«, antworte ich. »Obwohl das ja eigentlich Jacques' Job ist. Aber der scheint lieber an der Bar herumzuflirten.«

Mama reicht mir die Sonnencreme und versucht, ein unbeteiligtes Gesicht zu machen. Aber mir entgeht trotzdem nicht der schnelle Blick, den sie zur Bar hinüberwirft, wo Jacques immer noch sehr angeregt mit der Strandschönheit im roten Bikini plaudert und sich dabei ständig mit der Hand durch sein graues Haar fährt. Der alte Knacker kommt sich offensichtlich unwiderstehlich vor.

»Du magst Jacques immer noch nicht besonders, oder?«, fragt Mama, während ich die Sonnencreme auf ihrem Rücken verteile.

»Geht so«, antworte ich ausweichend. Dann werde ich

deutlicher. »Ehrlich gesagt finde ich nicht, dass er besonders gut zu dir passt. Bist du dir wirklich ganz sicher, dass du ihn heiraten willst?«

Mama dreht sich zu mir um und schaut mich ernst an. »Ja, das bin ich, Julia. Ich will Jacques heiraten und unser Kind gemeinsam mit ihm großziehen. Du kannst mir glauben, dass ich mir das gut überlegt habe. Ich weiß, dass es die richtige Entscheidung ist.«

Mist, das klingt ziemlich entschlossen. Ich glaube, ich muss schwerere Geschütze auffahren, wenn ich Mama umstimmen will.

»Hast du denn nie daran gedacht, wieder zu Paps zurückzukehren?«, frage ich. »Okay, er hat nicht so viel Geld wie Jacques, aber dafür hat er immer nur Augen für dich und knutscht nicht mit der erstbesten Bikini-Tussi herum.«

Na gut, »herumknutschen« ist vielleicht etwas übertrieben: Jacques verabschiedet sich gerade mit Küsschen von der Strandschönheit. Allerdings tauschen die beiden ziemlich viele Küsschen aus und Jacques rückt ihr dabei meiner Meinung nach wesentlich näher auf die Pelle, als es eigentlich nötig wäre. Fällt Mama das denn gar nicht auf?

»Jetzt übertreibst du aber«, stellt Mama fest. Nicht ganz zu Unrecht, wie ich zugeben muss. »Das ist doch bloß eine alte Bekannte von Jacques.«

»So alt sieht sie aber gar nicht aus«, rutscht es mir heraus. »Ich finde sie ziemlich knackig. Und Jacques offensichtlich auch.«

Ups, das hätte ich vielleicht besser nicht sagen sollen.

Schließlich will ich nicht, dass Mama schon wieder sauer auf mich wird.

Mama schüttelt ärgerlich den Kopf. »Hör endlich auf, Jacques schlecht zu machen. Ich verlange ja gar nicht von dir, dass du ihn magst. Aber versuch doch wenigstens, deine Abneigung etwas mehr für dich zu behalten, okay?«

Ich beiße mir auf die Lippe und nicke. »Okay, tut mir leid.«

Dann verziehe ich mich wieder auf meine Liege. Ich muss wirklich ein bisschen mehr darauf achten, was ich sage, sonst rede ich mich noch um Kopf und Kragen. Aber ich bin mir ziemlich sicher, dass ich mit dem Hinweis auf Jacques' Flirterei einen wunden Punkt bei Mama getroffen habe. Ich glaube nicht, dass ihr das so wenig ausmacht, wie sie mir weismachen will. Vielleicht hatten die beiden ja deswegen sogar schon mal Ärger miteinander. Jetzt, wo ich genauer darüber nachdenke, fällt mir auf, dass Jacques auch Clara manchmal ganz schön unverhohlen in den Ausschnitt geglotzt hat, wenn sie das Essen serviert hat. Und hat sie ihm nicht auch ein paarmal zugezwinkert? Die beiden sollte ich auf jeden Fall im Auge behalten, würde mich gar nicht wundern, wenn da was läuft. Das ist doch der Klassiker: der Hausherr und das Hausmädchen. Und Clara passt genau in Jacques' Beuteschema: ungefähr zwanzig Jahre jünger als er, hübsch und vollbusig.

»Hier kommt der Getränkeservice!«, ruft René in diesem Moment.

Er drückt mir eine Flasche Perrier in die Hand und lässt sich mit einer Cola auf seiner Liege nieder. Jacques bringt

Mama ihren Kaffee. Er selbst hat schon wieder einen dieser knallbunten Cocktails in der Hand. Wahrscheinlich ist er nicht nur untreu, sondern auch noch Alkoholiker.

»Wo habt ihr denn Nina gelassen?«, will Mama wissen. Jacques grinst anzüglich. »Sie wollte sich noch ein bisschen mit Carlo unterhalten. Er scheint ihr zu gefallen. Du solltest ein Auge auf deine Tochter haben, chérie. Sonst verdreht sie im Handumdrehen allen Männern hier den Kopf.«

Mama lacht. »Ich bitte dich, Jacques. Nina ist doch noch ein halbes Kind!« Wenn Mama sich da mal nicht täuscht. Nina steht lässig an der Bar, schlürft ihre Cola und lacht ab und zu so laut, dass man es bis zu unserem Platz hören kann. Dieser Carlo scheint ja ausgesprochen amüsant zu sein. Mannomann, wenn ich nicht wüsste, dass Nina dafür eigentlich noch zu jung ist, würde ich sagen, sie baggert den Typen knallhart an. Meine kleine Schwester scheint ganz schön frühreif zu sein.

René trinkt seine Cola aus und steht auf. »Kommst du mit ins Wasser, Julie?«

Das Wasser glitzert verführerisch und sieht herrlich kühl und erfrischend aus. Und eine Abkühlung könnte ich jetzt tatsächlich gut gebrauchen, da mir die Mittagshitze ganz schön zusetzt. Mein frisch gewaschenes T-Shirt klebt schon wieder unangenehm feucht an meinem Rücken. Aber beim Anblick all dieser perfekten, schlanken, gebräunten Körper um mich herum tendiere ich eigentlich eher dazu, mich unter möglichst vielen Stoffschichten zu verstecken, statt hier im Bikini – also beinahe nackt – vor allen Leuten herumzulaufen.

»Äh – geh doch schon mal vor, ich komme gleich nach«, sage ich zu René. »Ich muss nur noch schnell meinen Bikini anziehen.«

»Okay, bis gleich«, sagt René und läuft zwischen den Strandliegen und Sonnenschirmen hindurch zum Meer.

Dann stürzt er sich mit einem Hechtsprung in die Fluten, dass es nur so spritzt. Ich kann das kühle Wasser auf seiner Haut förmlich spüren. Auf meiner Haut spüre ich nur die Schweißtropfen, die mir den Rücken hinunterlaufen. Und die sind leider kein bisschen erfrischend, sondern stehen kurz vorm Siedepunkt. Mann, ist mir heiß. Soll ich wirklich wegen dieser Silikon-Tussis einen Hitzschlag riskieren? Eigentlich kann es mir doch total egal sein, was die von mir denken. Mich kennt doch hier sowieso keiner. Ich schnappe mir meinen Bikini und mache mich auf den Weg zu den Toiletten, um mich umzuziehen.

Auf dem Rückweg rase ich wie ein geölter Blitz wieder zu unserem Platz, schmeiße meine Klamotten und die Brille neben meine Liege und rufe Mama zu, dass ich baden gehe. Ich habe das Gefühl, dass mich alle anstarren. Kein Wunder. Mit meiner käsigweißen Haut, den O-Beinen und dem Bikini, der oben herum viel zu groß ist, muss ich zwischen all diesen Strandschönheiten ja ziemlich bescheuert aussehen. Da gibt's nur eins: ab ins Wasser – und zwar so schnell wie möglich!

Ich laufe über den heißen Sand und schaffe es, dabei nicht mit einem Sonnenschirm zusammenzustoßen oder auf eine sich sonnende Strandschönheit zu treten. Ohne Brille bin ich nämlich ziemlich blind. Das hat allerdings den Vorteil, dass mir alle weiteren mitleidigen Blicke entgehen. Trotzdem bin ich froh, als ich endlich das Wasser erreiche. Kleine Wellen umspielen meine Füße, sie kommen mir nach der Hitze am Strand eiskalt vor. Während ich langsam ins tiefere Wasser gehe, kneife ich die Augen zusammen und halte nach René Ausschau, was ohne Brille nicht ganz einfach ist. Es baden eine Menge Leute im Meer und die Köpfe, die auf den Wellen schaukeln, sind kaum auseinanderzuhalten. Wo steckt René bloß? Ob er das da hinten ist? In einiger Entfernung sehe ich einen braunen Kopf und beschließe, einfach mal darauf zuzuschwimmen.

Das Salzwasser prickelt angenehm auf meiner Haut. Wenn man erst mal drin ist, kommt es einem gar nicht mehr so kalt vor. Im Gegenteil, die Temperatur ist total angenehm. Herrlich! Als der braune Kopf näher kommt, erkenne ich, dass er keineswegs zu René gehört, und ändere schnell die Richtung. Da winkt mir plötzlich ein Stück weiter hinten jemand zu. René! Na also, da ist er ja. Er unterhält sich mit jemandem. Offensichtlich eine Frau, aber sie hat mir den Rücken zugewandt, sodass ich nur lange, braune Haare erkennen kann. Wer, zum Teufel, ist das denn?

Ich schwimme etwas schneller und bin ziemlich aus der Puste, als ich endlich bei René und der Frau ankomme. Vielleicht sollte ich doch mal etwas mehr Sport machen …

»Da bist du ja«, sagt René und zeigt auf seine Gesprächspartnerin. »Das ist Cécile, eine Bekannte von Jacques.«

Cécile lächelt mich an und begrüßt mich mit einem »Salut«, das ziemlich arrogant klingt.

Ich fasse es nicht! Das ist die Strandschönheit im roten

Bikini, mit der Jacques sich stundenlang an der Bar unterhalten hat. Fast hätte ich sie nicht erkannt, weil sie mit nassen Haaren ganz anders aussieht. Allerdings ändern auch die nassen Haare nichts an ihrem perfekten Erscheinungsbild. Wie macht sie das bloß? Wenn meine Haare nass sind, kleben sie ziemlich unvorteilhaft an meinem Kopf, sodass mein Gesicht noch dicker und runder aussieht als sonst.

»Salut«, sage ich und versuche, dabei nicht zu neidisch auf ihre gut gebräunten Brüste zu starren. Ihr feuerrotes Bikinioberteil hat sie nämlich am Strand gelassen.

Dann unterhält sie sich noch ein bisschen mit René – auf Französisch natürlich, sodass ich nur die Hälfte verstehe und keine Chance habe, mich an der Unterhaltung zu beteiligen. Nicht, dass ich dazu Lust hätte. Die Tussi ist mir total unsympathisch. Und aus der Nähe betrachtet ist sie auch gar nicht mehr so jung, wie ich erst gedacht hatte. Die ist garantiert schon über dreißig. Hat sich allerdings gut gehalten. Neben ihr fühle ich mich richtig fett, ungepflegt und hässlich. Hoffentlich verzieht sie sich bald wieder.

Cécile scheint Gedanken lesen zu können, denn kurze Zeit später verabschiedet sie sich und krault locker zum Strand. Sportlich ist sie also auch noch, war ja klar …

Missmutig beobachte ich, wie sie elegant aus dem Meer steigt und das Wasser aus ihren Haaren streicht. Warum kann so jemand nicht auch mal stolpern oder einen Pickel auf der Nase haben wie jeder normale Mensch?

»Was wollte die denn von dir?«, frage ich René und bemühe mich um einen beiläufigen Ton. René gibt mir einen Kuss, der nach Salzwasser schmeckt. »Gar nichts.

Jacques hat sie mir vorhin an der Bar kurz vorgestellt und dann hab ich sie zufällig im Wasser wieder getroffen.«

»Aha.«

An Zufälle glaube ich schon lange nicht mehr, aber das behalte ich lieber für mich. Sonst wirft mir René wieder vor, dass ich krankhaft eifersüchtig bin, was natürlich totaler Quatsch ist. Schließlich kann ich doch nichts dafür, dass letztes Jahr bei dieser dummen Geschichte in Paris alles so wahnsinnig eindeutig ausgesehen hat. Da hätte jeder normale Mensch genauso reagiert wie ich und gedacht, dass René was mit dieser Élise hat. Das konnte man nun wirklich nicht als krankhafte Eifersucht bezeichnen.

»Wir haben uns übrigens für morgen früh zum Joggen verabredet«, sagt René beiläufig. »Cécile ist nämlich Jacques' Nachbarin und läuft jeden Morgen eine Zehn-Kilometer-Runde.«

Die Tussi ist Jacques' Nachbarin? Das wirft natürlich ein ganz neues Licht auf die Sache. Mein Gehirn arbeitet auf Hochtouren und stellt sofort eine Reihe von Hypothesen auf. Vielleicht habe ich mich doch vertan, was Jacques und Clara betrifft. Wenn ich mir die Sache jetzt noch mal so richtig überlege, halte ich es für wesentlich wahrscheinlicher, dass Jacques ein Verhältnis mit dieser Cécile hat. Das wäre doch total praktisch, schließlich wohnt sie direkt nebenan. Und die beiden wirkten vorhin an der Bar ziemlich vertraut miteinander. Genau! So wird es sein, jetzt habe ich Jacques' mieses Spiel endlich durchschaut. Und nun will sich diese Bikini-Tussi auch noch an René ranmachen. So ein hinterhältiges Luder! Von wegen joggen, das ist doch nur ein ganz fadenscheiniger Vorwand. Vielleicht wird ihr Jacques langsam zu alt und sie hat Lust auf was Junges, Knackiges. Da soll sie sich aber gefälligst jemand anderen suchen als René!

»Ist was?«, fragt René. »Du machst so ein wütendes Gesicht.«

Ich schüttele den Kopf. »Nö. Was soll denn sein? Ist doch klasse, dass du jemanden zum Joggen gefunden hast.«

Jetzt bloß nichts Falsches sagen und ganz locker bleiben. Wenn ich durchblicken lasse, dass ich es alles andere als klasse finde, dass René mit dieser Sexbombe joggen geht, werde ich gleich wieder als eifersüchtige Freundin abgestempelt. Also muss ich wohl oder übel gute Miene zum bösen Spiel machen. Aber ich werde es auf keinen Fall zulassen, dass sich diese Schnepfe an meinen Freund ranmacht! Da gibt's nur eins: Ich muss meine Vorbehalte gegenüber jeglicher Art von sportlicher Betätigung über Bord werfen und meine Begeisterung fürs Joggen entdecken. Denn wenn zwei Leute zusammen joggen gehen, ist das ein Date, aber wenn drei Leute zusammen joggen gehen, ist das nichts anderes als körperliche Ertüchtigung. Und darum geht's doch schließlich, oder?

René gibt mir noch einen Salzwasserkuss. »Schön, dass du das so entspannt siehst, chérie. Ich hatte schon befürchtet, dass du dir gleich wieder alle möglichen völlig absurden Sachen ausmalst. Du weißt schon, so wie letztes Jahr in Paris …«

»Ich?!«, frage ich und werfe René einen entrüsteten Blick zu. »Absurde Sachen ausmalen? Quatsch, wieso denn? Du weißt doch, dass ich dir vollkommen vertraue. Diese kindische Eifersucht habe ich längst überwunden. Und warum sollst du nicht mit einer Nachbarin von Jacques joggen gehen? Cécile macht wirklich einen netten Eindruck. Außerdem finde ich es toll, dass sie in ihrem Alter noch Sport macht.«

»Na ja, so alt ist sie nun auch wieder nicht.«

»Also, wenn du mich fragst, ist die bestimmt schon Ende dreißig, auch wenn man ihr das auf den ersten Blick nicht ansieht. Da hat garantiert der eine oder andere Schönheitschirurg kräftig nachgeholfen. Na ja, die kann sich's bestimmt leisten. Sag mal, hattest du nicht auch den Eindruck, dass sich Jacques und Cécile ziemlich nahe stehen?«

»Keine Ahnung. Was meinst du mit nahe stehen?«

»Na ja … du weißt schon … dass sie sich mögen und so …«

»Klar mögen sie sich. Sie wohnen schließlich schon jahrelang nebeneinander und sind befreundet. Außerdem hat Cécile mir erzählt, dass Jacques ihr nach ihrer Scheidung letztes Jahr beigestanden hat. Sie hält große Stücke auf ihn. Worauf willst du eigentlich hinaus?« Aha – Cécile ist also geschieden. Und Jacques hat sie getröstet. Das passt genau ins Bild. Worüber sich René und Cécile wohl noch unterhalten haben? Das klingt irgendwie nicht nach einem harmlosen Smalltalk …

»Ich habe irgendwie den Eindruck, dass zwischen den beiden mehr ist als nur Freundschaft. Cécile ist genau der Typ Frau, mit dem Jacques eine Affäre anfangen würde«, sage ich.

René schaut mich ungläubig an. »Spinnst du jetzt total oder was? Jacques und Cécile – das ist doch völlig absurd. Mal ganz davon abgesehen, dass Jacques deine Mutter heiraten will und demnächst Vater wird. Du hast wirklich eine kranke Fantasie. Bloß weil du Jacques nicht magst, brauchst du ihm doch nicht gleich eine Affäre anzudichten.«

René wird richtig sauer. Warum steigert er sich denn da so rein? Und warum verteidigt er den bescheuerten Jacques? Statt mich zu unterstützen und auf meine Ängste und Sorgen einzugehen, macht er mich blöd an. Na ja, wahrscheinlich halten Männer einfach immer zusammen, besonders, wenn es ums Fremdgehen geht.

»Du bist vielleicht naiv«, werfe ich ihm vor. »Hast du nicht gesehen, wie Jacques dieser Cécile in den Ausschnitt geglotzt hat? Als sie ihr Bikinioberteil noch anhatte, meine ich.«

»Nein, das habe ich nicht gesehen. Dazu muss man wahrscheinlich auch den speziellen Julia-Röntgenblick haben. Du solltest endlich akzeptieren, dass deine Mutter Jacques heiraten wird, und aufhören, auf ihm herumzuhacken. Damit vermiest du hier die ganze Stimmung und außerdem gibt das bloß Ärger!«

»Ja, ja, schon gut«, sage ich. »Reg dich doch nicht gleich so auf. Man könnte fast meinen, dass Jacques dein bester Freund ist, so, wie du dich für ihn ins Zeug legst.«

»Im Gegensatz zu dir finde ich, dass er ein netter Typ ist. Und es nervt mich, dass du ihn ständig schlecht machst, bloß weil dir seine Nase nicht gefällt. Mal ganz davon abgesehen, dass es sich nicht gehört, über seinen Gastgeber herzuziehen. Schließlich hat er uns alle eingeladen, was echt großzügig von ihm ist.«

Es ist zwar etwas mehr als nur seine Nase, was mir an Jacques nicht gefällt, aber ich will mich wegen Monsieur Ausschnittgucker nicht mit René streiten. So weit kommt's noch! Außerdem habe ich so eine dunkle Ahnung, dass René vielleicht auch ein klitzekleines bisschen recht haben könnte.

»Das stimmt, geizig ist er wirklich nicht«, sage ich und schlage einen versöhnlichen Ton an. »Vielleicht sehe ich ja tatsächlich Gespenster. Komm, wir schwimmen noch eine Runde. Wer zuerst an der Boje ist!«

Natürlich habe ich gegen René keine Chance, aber das ist mir egal. Hauptsache, wir können dieses blöde Thema endlich fallen lassen. Ich hätte gar nicht davon anfangen sollen. War doch klar, dass René kein Verständnis für meinen Verdacht hat. Für ihn bin ich ja auch krankhaft eifersüchtig. Dabei ist es eigentlich gar kein Verdacht mehr, sondern fast schon eine Gewissheit. Jacques betrügt meine Mutter mit Cécile. Sieht ganz so aus, als müsste ich allein gegen Jacques in den Kampf ziehen. Die anderen hat er ja schon alle eingewickelt mit seinem schmierigen Charme – und mit seiner Kohle. Ganz schön gerissen, der Typ. Aber nicht gerissen genug. Ich habe ihn durchschaut. Und ich werde dafür sorgen, dass Mama ihn auch bald durchschaut. Und dann heißt es endlich: *»Au revoir, Côte d'Azur, bonjour Papenberg!«*

Mission Impossible

Den restlichen Nachmittag verbringe ich auf meinem Liegestuhl und beobachte Jacques, um Beweise gegen ihn zu sammeln. Leider weicht er Mama nicht von der Seite und benimmt sich so, als würde es im ganzen Strandclub keine anderen Frauen geben. Aber ich weiß natürlich, dass das seine Taktik ist, um keinerlei Verdacht auf sich zu lenken. Er spielt den liebevollen und fürsorglichen Lover, damit niemand auch nur im Entferntesten auf den Gedanken kommen könnte, dass er ein Verhältnis mit einer anderen hat. Aber irgendwann wird er sich verraten und dann ist der Moment der Wahrheit gekommen …

Nina hängt beinahe den ganzen Nachmittag bei diesem Carlo an der Bar herum und trinkt eine Cola nach der anderen. Wenn sie so weitermacht, kriegt sie noch einen handfesten Colarausch. Die ganze Zeit quatscht sie Carlo voll, der mir deswegen fast schon ein bisschen leid tut. Ich weiß schließlich selbst aus jahrelanger leidvoller Erfahrung, was es heißt, Ninas Gelaber ertragen zu müssen. Und Carlo kann noch nicht mal flüchten, weil er hinter der Bar die Stellung halten muss.

Gegen sechs erscheint ein glatzköpfiger Typ mit einem

großen Koffer und einer überdimensionalen Sonnenbrille auf der Nase und baut eine Musikanlage neben der Bar auf. Kurz darauf dröhnen fette Beats über den Strand und die Strandschönheiten an der Bar wippen mit den Köpfen im Takt dazu.

Nina gönnt Carlo eine kurze Verschnaufpause und kommt zu uns. »Wisst ihr, was Carlo gerade erzählt hat?«, ruft sie und baut sich vor Mama und Jacques auf. »Heute Abend steigt hier im Club eine Strandparty. Können wir da nicht hingehen? Carlo sagt, die Party wird der Hammer!«

Jacques grinst. »Na, wenn Carlo das sagt, muss es wohl stimmen.« Dann nimmt er Mamas Hand und tätschelt sie. »Was meinst du, chérie? Hast du Lust? Zwischendurch nach Hause zu fahren, lohnt sich allerdings nicht. Aber wir könnten hier zu Abend essen und dann noch ein bisschen mitfeiern. Oder willst du lieber nach Hause und dich ausruhen?«

Mama schüttelt den Kopf. »Nein, nein, mir geht's prima. Von mir aus können wir gerne hier bleiben. Was meint ihr zwei denn?«, fragt Mama an René und mich gewandt. »Habt ihr Lust, noch hier zu bleiben?«

»Klar«, antwortet René. »Das klingt doch prima. Außerdem war ich noch nie auf einer Strandparty.«

Ich auch nicht. Aber ich habe eigentlich auch überhaupt keine Lust, mit der Schickeria von St. Tropez eine Party zu feiern. Nur, wenn ich jetzt Nein sage, stehe ich wieder als Spielverderberin da. Außerdem ist es eine gute Gelegenheit, belastendes Material gegen Jacques zu sammeln. Wer weiß, wen er heute Abend noch alles anbaggert.

Ich zucke mit den Schultern. »Von mir aus.«

»Prima!«, jubelt Nina. »Dann sage ich Carlo Bescheid, dass er uns einen Tisch fürs Abendessen reservieren soll.«

Wir sind nicht die Einzigen, die im Club zu Abend essen. Als Carlo uns zu unserem Tisch (natürlich mit Meerblick) führt, sind die anderen Plätze auf der Terrasse schon alle besetzt. Auf den mit schneeweißen Tischdecken und glänzendem Silberbesteck gedeckten Tischen flackern Kerzen in Windlichtern, obwohl es noch gar nicht dunkel ist. Die Leute, die um uns herum sitzen, sehen allesamt nicht so aus, als wenn sie das Wort »Geldsorgen« schon einmal gehört hätten. Auf fast jedem Tisch steht ein Sektkühler mit einer Magnumflasche Champagner und von dem Schmuck, mit dem die Frauen hier behängt sind, könnte eine vierköpfige Familie wahrscheinlich mehrere Jahre lang ihren kompletten Lebensunterhalt bestreiten. Und noch etwas fällt mir auf: Je älter die Frauen, desto mehr Schmuck tragen sie. Tja, wenn sonst nichts mehr hilft …

»Vielleicht hätten wir doch nach Hause fahren und uns umziehen sollen …«, murmelt Mama mit einem Blick auf die Dame am Nachbartisch, die ein silbern glänzendes Abendkleid trägt. Na toll, was soll ich denn da erst sagen? Gegen meine verschwitzten Gammelklamotten sieht Mamas kobaltblaues Strandkleid absolut elegant aus. Selbst die Kellner sind besser angezogen als ich. Außerdem sind meine Haare vom Salzwasser total strähnig geworden und in jeder Hautfalte meines Körpers sitzt Sand. Hoffentlich werde ich im Laufe des Abends nicht mit der Spülhilfe verwechselt und in die Küche geschickt.

Das Essen zieht sich mal wieder ewig hin. Ich habe keine Ahnung, wie die Franzosen es aushalten, jeden Abend stundenlang am Tisch zu sitzen und in aller Ruhe zu dinieren. Mich macht das ganz kribbelig. Nicht nur, dass es tausend verschiedene Gänge gibt, dazwischen machen sie auch noch furchtbar lange Pausen, in denen man nur blöd herumsitzt und auf den nächsten Gang wartet. Total bescheuert.

Als wir endlich bei der Mousse au Chocolat angelangt sind, versinkt die Sonne langsam im Meer. Ich versuche halbherzig, ein Gähnen zu unterdrücken. Jacques erzählt schon seit geraumer Zeit eine langweilige Segelgeschichte nach der anderen. Wen interessiert denn dieser ganze Segelquatsch? Mich jedenfalls nicht. René und Nina dagegen hören total gebannt zu und scheinen Jacques' Erlebnisse auf den sieben Weltmeeren superspannend zu finden.

»Was haltet ihr davon, wenn wir in den nächsten Tagen mal einen kleinen Segeltörn unternehmen?«, fragt Jacques schließlich. »Das gefällt euch bestimmt. Nina ist ja schon ein alter Hase, was das Segeln betrifft.«

Nina nickt stolz. »Letztes Jahr sind wir bis nach Korsika gesegelt und ich durfte auch mal steuern. Kannst du eigentlich segeln, René?«

»Leider nicht, aber ich würde es gerne ausprobieren. Klingt so, als ob es eine Menge Spaß macht.«

Na toll, jetzt müssen wir also auch noch segeln gehen. Den ganzen Tag auf einem schwankenden Boot, wo mir wahrscheinlich kotzübel wird – nein, danke! Vielleicht kann ich mich ja irgendwie drücken …

Gerade als der DJ, der während des Essens für entspannte Klänge im Hintergrund gesorgt hat, die Lautstärkeregler wieder hochfährt, taucht Cécile an unserem Tisch auf.

Sie war offensichtlich in der Zwischenzeit zu Hause und hat sich umgezogen, denn statt des knallroten Bikinis trägt sie jetzt ein knallrotes, hautenges Abendkleid.

»Ah, bonsoir, Cécile, ça va?«, begrüßt Jacques sie und knutscht sie natürlich gleich wieder ab.

Cécile verzieht ihren blutrot geschminkten Mund zu einem strahlenden Lächeln und begrüßt auch Mama, Nina, René und mich mit Küsschen – allerdings geht das bei uns etwas schneller als bei Jacques …

Als sie mir ihre Wange hinhält, steigt mir ihr Parfum in die Nase und ich muss beinahe niesen. Bäh, was ist das denn für ein aufdringliches Zeug? Es riecht total süß und schwer – wie kann man sich bloß freiwillig mit so was einsprühen?

Natürlich fragt Jacques Cécile sofort, ob sie sich zu uns setzen will, und gießt ihr ein Glas Champagner ein. Der Typ ist wirklich eiskalt. Hält mit Mama Händchen und guckt gleichzeitig Cécile in den Ausschnitt. Der ist allerdings auch so groß, dass Cécile sich genauso gut gleich ein Schild mit der Aufschrift »Bitte glotzen Sie hier« um den Hals hängen könnte. Der DJ legt einen Song auf, der offensichtlich der Brüller in Frankreich ist, auch wenn ich ihn noch nie gehört habe. Auf jeden Fall fangen ein paar Mädels schon bei den ersten Tönen an zu kreischen und springen von ihren Plätzen auf, um zu tanzen.

»Sollen wir mal ein bisschen rumgehen?«, fragt Nina.

René und ich nicken und wir lassen Mama, Jacques und Cécile an unserem Tisch zurück. Ich gebe meinen Beobachtungsposten zwar nur ungern auf, aber ich glaube eigentlich nicht, dass Jacques irgendetwas mit Cécile anfängt, solange Mama direkt daneben sitzt. Ich traue ihm ja viel zu, aber so blöd ist er nun auch wieder nicht.

Wir schlendern zur Bar hinüber, an der inzwischen Hochbetrieb herrscht. Carlo hat alle Hände voll zu tun, sodass er Ninas schmachtende Blicke gar nicht bemerkt.

Der DJ hat die Musik noch lauter gedreht und neben der Bar tanzen die Leute so wild, dass der Sand spritzt. Ich betrachte die Partygäste und stelle fest, dass es hier nur schöne Menschen gibt. Alle sind groß, schlank und gut aussehend – zumindest kommt es mir so vor. Ich fühle mich, als wäre ich aus Versehen auf einem falschen Planeten gelandet. Was mache ich eigentlich hier?

»Wollt ihr tanzen?«, fragt Nina, als der DJ einen neuen Song auflegt.

Ich schüttele den Kopf. Das hat mir gerade noch gefehlt! Ich fühle mich so schon beschissen genug, da brauche ich mich nicht auch noch auf der Tanzfläche lächerlich zu machen.

Nina schnappt sich Renés Hand. »Dann musst du aber wenigstens mitkommen, allein hab ich auch keine Lust.«

Sie zieht René auf die Tanzfläche und fängt an, wie verrückt herumzuhopsen. René wirft mir einen entschuldigenden Blick zu und tanzt dann ebenfalls, wenn auch etwas weniger wild als Nina. Ich komme mir ziemlich überflüssig vor. Alle scheinen sich wahnsinnig zu amüsieren, nur ich stehe mal wieder alleine herum wie der letzte Volltrottel und kriege bloß die mitleidigen Blicke ab. Das muss ich mir wirklich nicht länger antun. Ob ich wieder zurück an unseren Tisch gehen soll? Aber auf Jacques und sein schleimiges Getue habe ich auch keine Lust. Also schlendere ich zwischen den zusammengeklappten Sonnenschirmen hindurch ans Meer, das im Mondschein silbrig glänzt. Ich laufe ein ganzes Stück am Wasser entlang, bis der Partylärm verebbt ist, und setze mich dann in den immer noch warmen Sand. Hier ist es ganz still, bis auf das Geräusch der Wellen, die an den Strand schlagen. Am liebsten würde ich hier einfach sitzen bleiben, bis die blöde Party vorbei ist. Manchmal glaube ich, dass mit mir irgendetwas nicht stimmt. Warum kann ich mich nicht einfach mal amüsieren wie alle anderen auch? Warum fühle ich mich auf Partys immer unwohl? Warum mache ich mir immer so viele völlig nutzlose Gedanken, statt einfach alle Hemmungen über Bord zu werfen und Spaß zu haben?

Eine dunkle Gestalt taucht am Strand auf und kommt auf mich zu. Es ist René.

»Da bist du ja«, sagt er und lässt sich neben mich in den Sand fallen. »Ständig muss ich dich suchen. Versteckst du dich eigentlich mit Absicht vor mir?«

»Quatsch. Wie kommst du denn darauf? Ich hatte bloß keinen Bock mehr auf die ganzen Leute.«

René legt sich auf den Rücken und starrt in den dunklen Himmel. »Ist es nicht schön hier, Julie? Genauso hab ich mir unseren Urlaub vorgestellt: nur du und ich und eine Million Sterne …«

Er zieht mich zu sich hinunter und fängt an mich zu küssen. Mist, das ist genau die Situation, die ich vermeiden wollte! Aber Renés Lippen fühlen sich so verführerisch auf meinen an und seine Hände fahren so sanft und warm über meinen Rücken, dass sich mein Kopf für einen Augenblick ausschaltet und mein Körper die Regie übernimmt. Erst als sich René am Reißverschluss meiner Jeans zu schaffen macht, schrillen bei mir die Alarmglocken. Plötzlich schmecken Renés Lippen nach Lakritz und ich drehe angewidert meinen Kopf zur Seite. »Was ist los?«, murmelt René und küsst meinen Hals.

Gleich holt er bestimmt das Lakritzkondom heraus, schießt es mir durch den Kopf. Oder das mit Pfefferminzgeschmack. Hilfe! Ich muss hier weg, und zwar sofort. Ich stoße René zur Seite und springe auf.

»Nichts ist los. Ich muss bloß … mal nach Nina schauen. Außerdem verpassen wir doch die ganze Party. Wir sehen uns dann später, okay?«

Ich mache ein paar Schritte rückwärts. René sitzt im Sand und macht ein total verdattertes Gesicht. Er weiß offensichtlich überhaupt nicht, was los ist.

»Jetzt warte doch mal! Was hast du denn?«

»Gar nichts!«

Ich drehe mich um und laufe in Richtung Strandclub, bevor René genauer nachfragen kann. Ich will jetzt nicht mit ihm über dieses blöde Sex-Thema reden. Er hält mich bestimmt für total verklemmt, wenn ich ihm sage, dass ich noch nicht mit ihm schlafen will. Außerdem will er dann garantiert den Grund wissen und den weiß ich schließlich selbst nicht so genau. Ich würde eben einfach lieber noch etwas warten. Dabei würden wahrscheinlich 99,9 Prozent aller Mädchen gerne in einer so romantischen Situation wie eben ihre Unschuld verlieren. Und was mache ich? Ich haue einfach ab und mache alles kaputt!

Okay, ich geb's zu: Ich habe verdammt Schiss vor dem ersten Mal. Ich mache bestimmt alles falsch und dann hält mich René für total bescheuert. Oder es klappt erst gar nicht, weil ich mich zu blöd anstelle. Und was ist, wenn es doch klappt und das Kondom platzt? Dann heißt es »Julia, 15, schwanger«. Und ich kann meine Physikerkarriere an den Nagel hängen und mit Mama zusammen Windeln waschen. Wie praktisch, dann können unsere Babys gleich zusammen spielen. Was für eine absolute Horrorvorstellung!

Ich bin kurz davor loszuheulen, als meine Aufmerksamkeit von lautem Lachen und Planschgeräuschen abgelenkt wird. Da nehmen offensichtlich ein paar der Partygäste ein nächtliches Bad. Wahrscheinlich haben sie so wild getanzt, dass sie eine Abkühlung brauchen. Irgendwie hat heute wirklich jeder außer mir einen super Abend …

Als ich gerade dabei bin, mich mal wieder so richtig schön in mein Selbstmitleid hineinzusteigern, verlässt eine der nächtlichen Badenixen das Wasser und rennt den Strand hinauf direkt auf mich zu. Aus der Nähe betrachtet kommt mir die Badenixe plötzlich ziemlich bekannt vor.

»Mensch, Julia, was machst du denn hier? Wo steckt René?«, ruft sie.

Eine Badenixe mit Quäkstimme. Nina!

»Ach, ich bin nur ein bisschen spazieren gegangen«, antworte ich ausweichend. »Und mit wem hast du dich da im Wasser herumgetrieben?«

Hoffentlich nicht mit diesem Muskelprotz Carlo, der soll ja die Finger von meiner Schwester lassen!

»Mit ein paar Leuten von der Party. Jacques und Cécile sind auch dabei.«

Aha, das ist ja interessant! Ich werde natürlich sofort hellhörig. »Und was ist mit Mama? Habt ihr die etwa ganz allein gelassen?«

»Die wollte nicht mitkommen. Sie hatte Angst, dass das kalte Wasser nicht gut für das Baby ist. Aber sie hat zehn Mal gesagt, dass es ihr nichts ausmacht, wenn wir baden gehen. Ich wollte gerade zu ihr und ihr etwas Gesellschaft leisten«, erzählt Nina und schnappt sich ein Handtuch, das neben ihren Klamotten im Sand liegt.

Nanu, seit wann ist Nina denn so rücksichtsvoll? Dass sie auch mal an jemand anderen als sich selbst denkt, ist ja ganz was Neues. Oder steckt da vielleicht etwas anderes dahinter? »Warum leisten denn Jacques und Cécile Mama nicht Gesellschaft?«

Ninas Stimme tönt dumpf unter dem Handtuch hervor, mit dem sie sich gerade die Haare trockenrubbelt: »Ach, die wollten noch ein bisschen schwimmen. Ich wäre ja eigentlich auch gerne noch im Wasser geblieben, aber Jacques meinte, dass ich lieber mal nach Mama schauen soll.« Aha, so ist das also! Da kommen wir der Sache schon näher. In Wirklichkeit ist es Jacques nämlich völlig egal, wie es Mama geht. Er hat nur nach einem Vorwand gesucht, um Nina loszuwerden. Damit er endlich mit Cécile allein ist …

Nina wickelt sich in das Handtuch und sammelt ihre Klamotten auf. »Ich geh dann mal. Jetzt wird mir doch ein bisschen kalt. Kommst du mit?«

»Ja, gleich. Geh ruhig schon mal vor, sonst erkältest du dich noch. Bis später!«

Nina zieht ab – zum Glück ohne weitere Fragen zu stellen – und ich schaue nachdenklich aufs Meer hinaus. Irgendwo da draußen schwimmen Jacques und Cécile herum und hintergehen meine Mutter, die nichts ahnend und schwanger im Strandclub sitzt. Ich muss etwas tun! Die Frage ist nur, was. Beweisfotos wären nicht schlecht, damit Mama mir endlich glaubt. Aber erstens habe ich keinen Fotoapparat und zweitens ist es sowieso viel zu dunkel zum Fotografieren. Und wenn ich ihre Klamotten verstecke? Die müssen doch hier irgendwo herumliegen. Ich schaue mich suchend um. Tatsächlich, ein Stück weiter schimmert etwas Rotes: Céciles Abendkleid! Jacques' Klamotten liegen direkt daneben. Aber was bringt das, wenn die beiden nackt im Club auftauchen? Klar wäre das superpeinlich (und für meine Begriffe ziemlich witzig!), aber alle würden an einen dummen Partyscherz glauben und niemand käme auf die Idee, dass die beiden ein Verhältnis haben. Ich streiche über Céciles Kleid, das sich kühl und seidigglatt unter meinen Fingern anfühlt. Bestimmt ist das so ein superedles Designerteil, für das sie in einer der Nobelboutiquen in St. Tropez ein paar tausend Euro hingeblättert hat. Unter dem Kleid liegt noch etwas. Was ist das denn? Aha, Céciles Handtasche. Natürlich auch in korallenrot, farblich passend zum Kleid. Fühlt sich an wie Krokodilsleder oder so was. Mal sehen, was eine Frau von Welt so alles in ihrer Handtasche hat. Ich greife hinein, aber der Inhalt ist nicht besonders spektakulär. Ein Lippenstift, ein Minifläschchen Parfum, Puderdose, Bürste und Taschentücher. Wie langweilig. Schade, dass sie nicht ein paar feurige Liebesbriefe von Jacques dabeihat, das würde es mir wesentlich leichter machen. Aber wahrscheinlich sind die beiden so vorsichtig, dass ich nach Beweisen suchen kann, bis ich schwarz werde.

Ich drehe den Lippenstift zwischen meinen Fingern hin und her – und plötzlich habe ich einen Geistesblitz. Wenn ich keine Beweise finde, muss ich eben welche erfinden! Anders werde ich Jacques nie überführen. Okay, diese Vorgehensweise ist unter moralischen Gesichtspunkten nicht ganz lupenrein, aber wie sagt man doch so schön? Der Zweck heiligt die Mittel. Ich weiß ja schließlich, dass zwischen Jacques und Cécile was läuft. Zumindest so gut wie. Und wenn die Manipulation von Beweismitteln die einzige Möglichkeit ist, die beiden auffliegen zu lassen, dann kann das doch eigentlich nicht verkehrt sein, oder? Schließlich geht es um Mama! Ich kann doch nicht zusehen, wie sie in ihr Unglück rennt, bloß weil ich Skrupel habe, ein paar klitzekleine Beweise zu fälschen.

Entschlossen ziehe ich die Kappe von Céciles Lippenstift und male mir die Lippen korallenrot an. Blöderweise habe ich keinen Spiegel dabei und vor lauter Aufregung fängt auch noch meine Hand an zu zittern. Wahrscheinlich sehe ich jetzt aus wie ein Zirkusclown. Schnell lasse ich meinen Blick noch einmal über das dunkle Meer schweifen und lausche angestrengt. Aber von Jacques und Cécile ist weder etwas zu sehen noch zu hören. Wahrscheinlich haben sie sich längst abgesetzt und knutschen irgendwo an einem ruhigen Plätzchen herum.

Ich wühle in Jacques' Klamotten, bis ich sein Hemd gefunden habe. Es leuchtet hell in der Dunkelheit. Einen kurzen Augenblick zögere ich, dann mache ich einen Kussmund und drücke meine Lippen mehrmals auf den schneeweißen Kragen von Jacques' Hemd. Zufrieden betrachte ich mein Werk. Soweit ich es erkennen kann, hebt sich der korallenrote Lippenstift sehr gut von dem weißen Stoff ab. Das kann Mama auf keinen Fall übersehen. Ich hoffe nur, dass Jacques nicht gleich beim Anziehen merkt, dass etwas nicht stimmt. Aber normalerweise schenken Männer ihren Klamotten ja nicht besonders viel Aufmerksamkeit. Außerdem ist es hier am Strand ziemlich dunkel.

Plötzlich höre ich ein Platschen und bin eine Sekunde lang vor Schreck wie gelähmt. Kommen Jacques und Cécile etwa schon zurück? Vielleicht ist es ihnen ja zu kalt im Wasser geworden … Oder war das nur die Brandung? Mein Herz klopft wie verrückt und ich lege den Lippenstift schnell wieder zurück in Céciles Tasche. Dabei fällt mir das kleine Parfumfläschchen in die Hand und ich lasse fix noch ein paar Tropfen von Céciles Parfum auf Jacques' Hemd fallen. Sofort steigt süßlicher Duft zu mir auf und ich halte mir schnell die Nase zu. Bäh! Was für ein ekliges Zeug. Selbst wenn Mama vor Liebe blind sein sollte – diesen Gestank kann sie unmöglich ignorieren.

Dann verstecke ich Céciles Tasche wieder unter ihrem

Kleid, lege Jacques' Hemd zurück und verschwinde unauffällig. Unterwegs wische ich mir noch den restlichen Lippenstift mit einem Taschentuch vom Mund. Ich darf mich jetzt auf keinen Fall irgendwie verraten! Erst als ich beim Strandclub ankomme, normalisiert sich mein Herzschlag wieder. Ich weiß gar nicht, warum ich so nervös bin – ist doch alles super gelaufen. Niemand hat mich gesehen, niemand weiß, was ich getan habe. Ich entdecke gerade ungeahnte Fähigkeiten an mir. Vielleicht sollte ich Geheimagentin werden. Ich glaube, für so einen Job hätte ich echt Talent. Mission impossible – ausgeführt!

Sport ist Mord

Am nächsten Morgen klingelt mein Wecker um sieben Uhr und ich falle vor Schreck fast aus meinem Himmelbett. Was für eine unmenschliche Zeit um aufzustehen! Ich sterbe schon in der Schulzeit jeden Morgen tausend Tode, wenn ich so früh aus dem Bett muss, aber in den Ferien ist das wirklich die reinste Folter. Zumal es gestern Abend ziemlich spät geworden ist. Am liebsten würde ich mich einfach wieder unter meine Decke kuscheln und noch mindestens drei bis vier Stunden schlafen. Aber das Bild von René und Cécile, die ganz alleine unter der südfranzösischen Morgensonne dahintraben, treibt mich aus dem Bett. So leicht lasse ich mich von dieser Highsociety-Tussi nicht abhängen!

Mit halb geschlossenen Augen taste ich mich bis zum Badezimmer vor und halte erst mal meinen Kopf unter den Wasserhahn. Als das eiskalte Wasser über mein Gesicht läuft, bleibt mir fast die Luft weg, aber danach bin ich wenigstens einigermaßen wach.

Das nächste Problem ist, dass ich keine Sportklamotten habe. Ich konnte schließlich nicht wissen, dass ich hier gezwungen sein würde, mich sportlich zu betätigen, und freiwillig wäre ich sowieso nie auf die irrwitzige Idee gekommen, irgendwelche Sportsachen einzupacken. Und selbst wenn, würde mein Koffer immer noch irgendwo in der Weltgeschichte herumgondeln.

Also muss mal wieder meine abgeschnittene Jeans herhalten. Sieht doch eigentlich auch ganz sportlich aus. Und die bunten Stoffturnschuhe könnten glatt als Joggingschuhe durchgehen. Ich mache mir noch schnell einen sportlichen Pferdeschwanz – und fertig ist Julia, die Jogging-Queen.

Als ich auf den Flur trete, kommt René gerade aus seinem Zimmer. Er sieht mich mit zusammengezogenen Augenbrauen an.

»Was machst du denn hier? Bist du aus dem Bett gefallen?«

»Sozusagen«, antworte ich betont fröhlich. »Ich habe beschlossen, dass ich dringend etwas für meine körperliche Fitness tun muss und deswegen mit zum Joggen komme.«

»*Du* willst was für deine körperliche Fitness tun?«, fragt René. »Ich dachte, du findest Sport total bescheuert.«

»Ich habe meine Meinung eben geändert. Können wir jetzt endlich los?«

»Von mir aus«, sagt René mürrisch.

Dann stapft er die Treppe hinunter und verlässt das Haus, ohne sich ein einziges Mal nach mir umzudrehen. Draußen fängt er sofort an zu laufen und joggt die lange, gewundene Auffahrt hinunter. Ich versuche, halbwegs Schritt zu halten, damit er mich nicht schon abhängt, bevor wir überhaupt auf der Straße sind.

Mannomann, René scheint immer noch ganz schön sauer zu sein. Er war gestern Abend schon so komisch, als er nach Ewigkeiten endlich vom Strand zurückgekommen ist. Aber da habe ich seine schlechte Laune einfach ignoriert, weil ich die ganze Zeit damit beschäftigt war, Mama und Jacques zu beobachten. Leider hat die »Geheimaktion Lippenstift« bis jetzt noch keinen Erfolg gezeigt.

Normalerweise ist René kein nachtragender Typ. Deswegen bin ich eigentlich davon ausgegangen, dass er diese blöde Strandszene spätestens dann vergessen hat, wenn er einmal darüber geschlafen hat. Scheint aber nicht der Fall zu sein.

Als wir durch das große Tor auf die Straße laufen, bin ich bereits ziemlich außer Atem. Die Straße ist menschenleer und alles ist still und friedlich. Kein Wunder, um die Zeit schläft ja auch jeder normale Mensch noch. Und Millionäre sowieso. Aber ich muss zugeben, dass die Temperatur jetzt wirklich sehr angenehm ist. Genauso wie die Luft, die sich frisch und samtig auf meine Haut legt.

Wir laufen die Straße hinunter. Vor dem Eingang zur Nachbarvilla wartet Cécile schon auf uns. Na ja, genau genommen wartet sie nur auf René, aber da hat sie leider Pech gehabt. Aus dem romantischen Morgenlauf zu zweit wird heute nichts. Ich grinse zufrieden vor mich hin und bin ziemlich stolz auf mich und meine geniale Anbagger-Vermeidungsstrategie. Cécile wärmt sich gerade auf. Sie kreist mit den Armen in der Luft und läuft dabei auf der Stelle. Wahrscheinlich will sie René mit ihrem sportlichen Getue beeindrucken – offenbar hat ihr noch niemand gesagt, dass sie dabei total lächerlich aussieht. Wie eine Windmühle in Sportklamotten. Allerdings muss ich zugeben, dass ihr Outfit mal wieder supersexy ist: Sie trägt ein hautenges, silbern glänzendes Sporthöschen, das gerade mal bis knapp über den Po reicht, und ein ebenfalls eng anliegendes, bauchfreies Top – natürlich farblich passend. An ihrem rechten Knöchel blinkt ein goldenes Fußkettchen und ich kann an ihren Oberschenkeln noch nicht mal ein klitzekleines bisschen Cellulitis entdecken, was wirklich erstaunlich ist bei einer Frau ihres Alters. Auch an ihrem Bauch ist kein Gramm Fett zu sehen, wahrscheinlich macht sie jeden Morgen erst mal hundert Sit-ups. Tja, wer schön sein will, muss eben leiden. Ich habe zwar massenhaft Orangenhaut und einen Hängebauch, dafür quäle ich mich aber auch nicht mit Sport oder irgendwelchen Diäten herum. Das ist zumindest ein kleiner Trost.

Als Cécile René sieht, winkt sie und ruft ihm ein fröhliches »Bonjour« zu. Offenbar ist sie auch eine von diesen krankhaften Frühaufstehern, die morgens schon so unverschämt wach und gut gelaunt sind. Dann entdeckt sie mich ein Stück hinter René. Täusche ich mich oder friert ihr Lächeln bei meinem Anblick für einen kurzen Augenblick auf ihrem Gesicht ein? Falls sie sauer ist, weil ich mitgekommen bin und ihre Baggerpläne durcheinanderbringe, hat sie sich jedenfalls sehr gut im Griff. Jemand, der nicht so genau hinschaut wie ich, würde ihr gar nichts anmerken. Aber mir entgeht weder das gefrorene Lächeln auf ihrem Gesicht noch der eisige Blick, den sie mir zuwirft. Beides ist Balsam für meine Seele. Allein dafür hat sich das frühe Aufstehen schon gelohnt.

Dann hat sie sich wieder unter Kontrolle und begrüßt mich katzenfreundlich. »Bonjour, Julia! Tu fais aussi du jogging? C'est chouette!«

So eine Lügnerin! Sie findet es garantiert alles andere als klasse, dass ich auch jogge.

»Oui, j'aime beaucoup le jogging«, antworte ich und lächele sie freundlich an. »On y va?« Ich bin allerdings auch keine schlechte Lügnerin. Cécile scheint mir glatt abzunehmen, dass ich joggen toll finde. Nur René wirft mir einen seltsamen Blick zu, sagt aber nichts zu meiner gerade entflammten Liebe zum Sport.

Dann laufen die beiden los und fangen eine muntere Unterhaltung auf Französisch an, an der ich mich wegen meiner mangelnden Sprachkenntnisse leider mal wieder nicht beteiligen kann. Mist, vielleicht hätte ich doch auf Frau Hinrich, meine Französischlehrerin, hören und ab und zu ein paar Vokabeln lernen sollen. Aber als Mama mit Jacques abgehauen ist, hatte ich so einen Hass auf alles, was auch nur im Entferntesten mit Frankreich zu tun hat, dass ich im Französischunterricht total abgeblockt habe. Mir ist allein beim Klang der Sprache schon schlecht geworden, weil sie mich immer an Mama und ihren Lover erinnert hat. Tja, und jetzt sind meine Wissenslücken so groß, dass ich wahrscheinlich für immer den Anschluss verpasst habe.

Also trabe ich hinter den beiden her und versuche herauszufinden, worüber sie sich gerade unterhalten. Ich glaube, Cécile erzählt irgendetwas von einem Marathon, bei dem sie mitgemacht hat. So eine Angeberin!

Wir sind noch nicht mal am Ende der Straße angekommen, da fange ich schon an zu keuchen. Wie schaffen es die beiden bloß, sich beim Joggen auch noch zu unterhalten? Im Grunde genommen ist es völlig egal, dass ich so schlecht Französisch kann. Im Moment hätte ich sowieso nicht genug Puste, um etwas zu sagen – ganz egal, ob auf Deutsch oder auf Französisch.

Cécile dreht sich zu mir um und fragt scheinheilig: »Ça va, Julie?« Sie ist natürlich kein bisschen außer Atem. Ich kann noch nicht mal Schweißperlen auf ihrer Stirn entdecken. »Oui«, stoße ich hervor und versuche, meine laut rasselnde Atmung wieder unter Kontrolle zu bekommen. Die soll bloß nicht denken, dass ich nicht mehr kann.

Cécile sagt etwas zu René und die beiden laufen schneller. Na prima, vielen Dank auch. Ich stolpere hinterher, aber der Abstand zwischen mir und den zwei Supersportlern wird immer größer. Inzwischen schnappe ich schon nach Luft wie ein Goldfisch, der aus seinem Aquarium gehüpft ist. Und zu allem Überfluss kriege ich jetzt auch noch Seitenstechen. Das brennt wie Feuer und ich presse die Hand gegen meine rechte Seite. Meine Schritte werden immer langsamer. Und René, der Blödmann, dreht sich nicht einmal nach mir um. Rennt einfach weiter, ohne sich auch nur im Mindesten um mich und die Höllenqualen, die ich gerade durchmache, zu kümmern. Ich könnte tot umfallen und er würde es wahrscheinlich gar nicht merken, weil er zu sehr damit beschäftigt ist, mit dieser alten Schachtel herumzuflirten. Ich wusste gar nicht, dass er auf ältere Frauen steht.

Die Wut gibt mir neue Kraft und ich werde wieder schneller. So einfach lasse ich mich auf keinen Fall abhängen. Den Triumph gönne ich dieser Cécile einfach nicht. Ich versuche, gleichmäßig zu atmen und das Seitenstechen zu ignorieren. Langsam hole ich auf. Mann, ist das anstrengend! Ich beglückwünsche mich dazu, jahrelang jede sportliche Betätigung abgelehnt zu haben. Sport ist echt die Hölle. Wie lange wollen die beiden eigentlich noch durch die Gegend rennen? Von mir aus könnten wir so langsam mal den Rückweg antreten und uns ein ordentliches Frühstück gönnen. Aber René und Cécile machen keine Anstalten umzudrehen. Wenn ich daran denke, dass wir den kompletten Weg auch wieder zurücklaufen müssen, wird mir ganz anders. Inzwischen bin ich mir gar nicht mehr so sicher, ob mein Plan wirklich so genial war …

Nach einer Ewigkeit erreichen wir den Strand und René und Cécile bleiben endlich stehen. Ich streiche mir die verschwitzten Haare aus dem Gesicht. Meine Stirn fühlt sich so heiß an, als hätte ich vierzig Grad Fieber. Ich sehe bestimmt schon wieder aus wie eine wandelnde Tomate. Am liebsten würde ich mich in den Sand schmeißen und nie mehr aufstehen, aber ich kann mich im letzten Moment beherrschen und beschränke mich darauf, ein paarmal tief ein- und auszuatmen. Ist doch was Schönes, endlich mal wieder genug Luft in die Lunge zu bekommen.

René und Cécile machen ein paar Dehnübungen und ich versuche, so selbstverständlich wie möglich mitzumachen. Das ist nicht ganz einfach, weil ich ziemlich ungelenkig bin. Und meine Muskeln, die von der vielen Bewegung sowieso schon völlig überfordert sind, weigern sich einfach, sich jetzt auch noch zu dehnen. Ich kann's ihnen nicht verdenken. René und Cécile machen im Gegensatz zu mir keinen besonders fertigen Eindruck. Sie scheinen sich die ganze Zeit über super unterhalten zu haben und ich komme mir vor wie das fünfte Rad am Wagen. René ignoriert mich immer noch total und Cécile bemüht sich auch nicht gerade, mich in die Unterhaltung zu integrieren. Von ihr hatte ich auch nichts anderes erwartet, aber Renés Verhalten finde ich echt das Letzte. Kaum hüpft so eine langbeinige Schnepfe vor seiner Nase herum, und macht ihm schöne Augen, schon bin ich Luft für ihn. Das hätte ich wirklich nicht von ihm gedacht.

Nach den Dehnübungen treten René und Cécile sofort den Rückweg an. Natürlich werde ich nicht gefragt, ob ich vielleicht lieber noch ein bisschen Pause machen möchte. Wütend starre ich den beiden hinterher, bevor ich mich auch langsam wieder in Bewegung setze. Meine Füße tun weh, wahrscheinlich sind Stoffturnschuhe doch nicht das Richtige zum Joggen.

Als ich einen ärgerlichen Blick auf meine Schuhe werfe, sehe ich plötzlich ein Glitzern im Sand. Ich bleibe stehen und hebe ein goldenes Kettchen auf, das in der Morgensonne blinkt. Auf einem winzig kleinen Anhänger sind die Buchstaben »CB« eingraviert. Cécile Bertrand! Das muss Céciles Fußkettchen sein. Wahrscheinlich hat sie es bei der Oberschenkel-Dehnübung verloren. Schnell lasse ich es in meine Hosentasche gleiten und laufe weiter, damit ich die anderen nicht verliere.

Als wir endlich wieder in unsere Straße einbiegen, bin

ich fix und fertig. Meine Füße tun höllisch weh, ich hab mir bestimmt ein paar Blutblasen gelaufen. Und meine Beine fühlen sich ganz taub an. Wahrscheinlich habe ich morgen einen höllischen Muskelkater. Aber ich bin auch ein bisschen stolz auf mich. Immerhin habe ich die ganze Strecke durchgehalten. Auch wenn ich teilweise so weit hinter den anderen zurückgeblieben bin, dass ich sie fast aus den Augen verloren hätte. Aber ich habe nicht aufgegeben und das ist schließlich das Wichtigste.

Cécile winkt zum Abschied, bevor sie auf ihr Grundstück einbiegt. »À demain!«, ruft sie René zu. Offensichtlich geht sie davon aus, dass ich morgen nicht noch mal mitkomme. Da hat sie sich aber geschnitten!

»À demain, Cécile!«, rufe ich so laut, wie es mir in meinem angeschlagenen Zustand möglich ist. So schnell wird sie mich nicht los. Allerdings macht mich der Gedanke daran, dass ich diese Strapazen morgen noch mal durchmachen muss, jetzt schon fertig. Hoffentlich kann ich mich morgen überhaupt noch bewegen. Ich frage mich, wie René sich das freiwillig jeden Tag antun kann.

»Na, das war doch prima, oder?«, sage ich, als wir etwas später die Eingangshalle betreten. Dabei versuche ich, möglichst munter zu klingen. »Ich fühle mich wie neugeboren.«

»Tatsächlich?«, fragt René spöttisch und sieht mir dabei zu, wie ich mich steifbeinig die Treppe hinaufquäle. Mir tut jeder einzelne Knochen in meinem Körper weh – selbst die, die man zum Laufen gar nicht braucht – und René scheint das leider genau zu wissen. Auf dem Weg zu unseren Zimmern kommen wir an Mamas und Jacques' Schlafzimmer vorbei. Die Tür ist nur angelehnt und ich kann Mamas Stimme hören. Sie klingt schrill.

»Was soll das heißen, du weißt es nicht? Fällt dir nichts Besseres ein?«

Jacques' Antwort verstehe ich leider nicht. Kann der Typ nicht lauter reden? Ich spitze die Ohren und gehe etwas langsamer.

Jetzt ertönt Mamas Stimme wieder. »Und das soll ich dir glauben? Erst verschwindest du stundenlang mit Cécile und dann hast du kiloweise Lippenstift am Hemdkragen. Dafür solltest du dir wirklich eine bessere Erklärung einfallen lassen!«

Ich kann nicht verhindern, dass sich ein zufriedenes Grinsen auf meinem Gesicht breitmacht. Mein Plan hat funktioniert! Das hört sich ganz nach einer handfesten vorehelichen Krise an. Ich würde gerne noch länger zuhören, aber René packt mich am Arm und zieht mich weiter.

»Komm jetzt«, raunt er. »Das geht uns nichts an.«

Und ob uns das was angeht! Was fällt René eigentlich ein, sich hier als Moralapostel aufzuspielen? Ich versuche mich loszureißen, aber er hält mich mit eisernem Griff fest. Spinnt der? Das tut richtig weh! Erst als wir in unserem Flur angekommen sind, lässt er mich los und geht ohne ein weiteres Wort in sein Zimmer. Aber so einfach lasse ich ihn nicht davonkommen. Ich folge ihm, knalle die Tür hinter mir zu und stemme die Hände in die Hüften.

»Bist du jetzt total durchgedreht?«, rufe ich und blitze ihn wütend an. »Erst behandelst du mich die ganze Zeit wie Luft und hast nur Augen für diese Cécile und jetzt wirst du auch noch grob!« Ich reibe mir theatralisch den Arm. Eigentlich tut er gar nicht mehr weh, aber René soll ruhig ein schlechtes Gewissen bekommen. Leider denkt er gar nicht daran. Stattdessen wirft er mir wieder einen dieser spöttischen Blicke zu. Ich hasse es, wenn er mich so ansieht! So, als könnte mich kein vernünftiger Mensch ernst nehmen – und er schon gar nicht.

»Hör endlich auf mit dem Theater«, sagt er kalt. »Ich hab's langsam wirklich satt. Macht dir das eigentlich Spaß?«

»Was soll das denn schon wieder heißen? Kannst du dich vielleicht mal ein bisschen deutlicher ausdrücken?«

»Du weißt doch genau, was ich meine. Schließlich hast du gerade mal wieder einen glänzenden Auftritt hingelegt: *Julia, die begeisterte Sportlerin*. Für wie blöd hältst du mich eigentlich? Seit wir uns kennen, hast du mir schon mindestens tausend Mal erzählt, wie bescheuert du jede Art von Sport findest. Glaubst du im Ernst, ich merke nicht, dass in Wirklichkeit nur mal wieder deine krankhafte Eifersucht dahinter steckt? Gib es doch wenigstens zu!«

»Na ja … okay … vielleicht hat das auch eine Rolle gespielt. Eine klitzekleine zumindest. Aber diese Cécile hat dich auch ganz schön angebaggert …«

»So ein Unsinn!« René wird jetzt richtig laut. »Das stimmt doch überhaupt nicht. Wir haben uns völlig normal unterhalten. Sonst war da absolut nichts. Aber du reimst dir wieder irgendwelche wilden Geschichten zusammen und benimmst dich absolut lächerlich. Warum musst du eigentlich immer alles so kompliziert machen? Bei dir wird jede Kleinigkeit sofort zum Drama.«

»Ich mache überhaupt nichts kompliziert! Dass diese Cécile ein ganz fieses Luder ist, ist ja wohl eindeutig. Jacques hat sie schon herumgekriegt und als Nächstes will sie dich in ihr Bett locken.«

René zeigt mir einen Vogel. »Du spinnst doch!«

Aber jetzt habe ich Oberwasser. »Hast du das denn gerade nicht mitgekriegt? Gestern hat sie mit Jacques am Strand rumgeknutscht. Mit Jacques, den du ja so nett findest. Mir war von Anfang an klar, dass er ein mieser Betrüger ist, aber auf mich wollte ja keiner hören.«

»Bloß weil du da gerade irgendetwas aufgeschnappt hast, muss das noch lange nicht stimmen«, erwidert René. »Übrigens finde ich es das Letzte, dass du deine Mutter und Jacques belauschst. Jacques hatte doch von Anfang an keine Chance bei dir. Du willst ihn einfach nicht mögen, ganz egal, was er tut oder nicht tut. Dass du so intolerant bist, hätte ich wirklich nicht gedacht. Statt deiner Mutter ihr Glück zu gönnen, freust du dich, wenn sie sich mit Jacques streitet. Das ist ja schon richtig bösartig!«

Jetzt reicht's mir aber. Von diesem Vollidioten lasse ich mich nicht beschimpfen. Er will es offensichtlich nicht anders: Ab sofort wird mit gleicher Münze zurückgezahlt.

»Ach ja? Und was ist mit dir?« Vor lauter Wut wird meine Stimme ganz leise. »Du bist natürlich total tolerant, oder? So wie gestern, zum Beispiel, als du kein Wort mehr mit mir geredet hast, bloß weil am Strand nichts gelaufen ist. Mann, ich bin echt froh, dass ich so einen toleranten Freund habe!«

René schaut mich ungläubig an. »Wie kann man die Tatsachen bloß dermaßen verdrehen? Du warst es doch, die einfach ohne eine Erklärung abgehauen ist. Du lässt mich am Strand sitzen und hältst es offenbar nicht für nötig mir mitzuteilen, was eigentlich los ist. Warum auch? Das wäre ja viel zu einfach. Denn wenn wir miteinander reden würden, könnten wir das Problem ja vielleicht ganz schnell aus der Welt schaffen. Warum einfach, wenn's auch kompliziert geht? Ich frage mich wirklich, wie ich das so lange ausgehalten habe. Ständig muss ich deine Launen ertragen, von deiner übertriebenen Eifersucht mal ganz abgesehen. Immer habe ich versucht, dich zu verstehen und auf dich einzugehen. Aber jetzt reicht's mir. Ich habe einfach keine Lust mehr auf den ganzen Stress, kapiert? Das ist mir zu anstrengend!«

»Aber …«, setze ich an, doch dann weiß ich nicht mehr weiter. Dazu fällt mir nichts mehr ein. Mir fehlen buchstäblich die Worte. Doch René lässt mich sowieso nicht zu Wort kommen, sondern schiebt mich auf den Flur hinaus.

»Ich will jetzt duschen, falls du nichts dagegen hast«, sagt er. Dann knallt er mir die Tür vor der Nase zu.

Auf hoher See

Der Rest des Tages verläuft auch nicht viel erfreulicher. René verschwindet mit einem Stapel Bücher und einem Liegestuhl in irgendeine entfernte Ecke des Gartens und lässt sich nicht mehr blicken. Soll er doch. Ich bin froh, wenn ich ihn nicht sehen muss. In meinem Kopf schwirren immer noch all die Anschuldigungen und Gemeinheiten herum, die ich mir von René anhören musste. Wir haben uns ja schon oft gestritten, aber so heftig ist es noch nie zugegangen. Außerdem war ich dann meistens diejenige, die herumgeschrien hat, und nicht René. Ob das der Anfang vom Ende ist? René hat sich so endgültig angehört. Ich will aber nicht, dass wir uns trennen. Oder? Andererseits will ich schließlich auch nicht bis in alle Ewigkeit eine Fernbeziehung führen. Ist es überhaupt realistisch, dass wir auf Dauer zusammenbleiben, wenn wir uns nur so selten sehen? Vielleicht sollten wir unsere Beziehung wirklich noch einmal ernsthaft überdenken …

Mama und Jacques scheinen gerade dasselbe zu tun. Offenbar ist Jacques keine plausible Erklärung für die Lippenstiftspuren an seinem Hemdkragen eingefallen. Wie auch? Ich bin schließlich die Einzige, die Mama alles erklären könnte. Auf jeden Fall verbringt er den größten Teil des Tages in seinem Arbeitszimmer, während Mama mit versteinerter Miene auf der Terrasse sitzt und irgendwelche Frauenzeitschriften liest. Komischerweise kann ich mich gar nicht so richtig darüber freuen, dass mein Plan geglückt ist. Mama tut mir leid, weil sie so traurig aussieht. Dabei müsste ich doch eigentlich Luftsprünge machen vor Freude – schließlich schickt sie den schleimigen Jacques bestimmt bald in die Wüste. Ich weiß auch nicht, was mit mir los ist. Wahrscheinlich liegt mir der Streit mit René noch im Magen.

Die Einzige, die gut drauf ist, ist mal wieder Nina. Sie planscht stundenlang im Pool herum, nachdem sie vergeblich versucht hat herauszubekommen, was zwischen Mama und Jacques los ist.

»Mann, die müssen sich ganz schön gestritten haben, so fertig, wie Mama aussieht«, teilt sie mir in vertraulichem Tonfall mit. als ich mich nachmittags zu ihr an den Pool setze. »Aber Mama will mir nicht sagen, warum. Da muss echt was Schlimmes passiert sein. Hast du vielleicht was mitgekriegt?«

»Nö«, antworte ich. »Keine Ahnung.« Nina muss schließlich nicht alles wissen.

»Ob wir morgen trotzdem segeln gehen?«, überlegt Nina. »Schließlich hat Jacques es gestern versprochen.«

»Ich glaube, das kannst du vergessen«, sage ich zufrieden und plansche mit den Füßen im Wasser.

Leider sieht am nächsten Tag schon wieder alles ganz anders aus. Beim Frühstück turteln Mama und Jacques herum wie zwei frisch Verliebte und Nina stellt erleichtert fest: »Mann, bin ich froh, dass ihr euch nicht mehr streitet.«

Jacques schaut Mama tief in die Augen und murmelt: »Ich auch.«

Ich aber nicht! So ein Mist. Ich habe keine Ahnung, wie Jacques es geschafft hat, Mama von seiner Unschuld zu überzeugen. Die Beweise sprachen doch eindeutig gegen ihn! Wahrscheinlich hat er das Blaue vom Himmel herunter gelogen. Warum fällt Mama bloß immer wieder auf ihn rein? Muss sie ihn erst mit einer anderen im Bett erwischen, bevor sie endlich kapiert, dass er sie betrügt? Ich befürchte jedoch, das wird nicht ganz so leicht zu arrangieren sein wie die Lippenstiftküsse …

Ein weiterer unangenehmer Nebeneffekt von Mamas und Jacques' neu entflammter Liebe ist, dass der Segelausflug nun doch stattfindet. Jacques ist voller Tatendrang und Nina stachelt ihn auch noch an.

»Fahren wir gleich nach dem Frühstück los?«, fragt sie und zappelt ungeduldig auf ihrem Stuhl herum.

Jacques nickt. »Auf jeden Fall. Heute ist optimales Segelwetter, das müssen wir ausnutzen.« Ich seufze. Optimales Segelwetter, so ein Glück aber auch. Warum kann nicht schnell noch ein Sturm aufziehen? Oder wenigstens eine dicke, fette Regenwolke. Aber hier in diesem blöden Südfrankreich muss ja tagein, tagaus die Sonne scheinen.

René ist natürlich auch total begeistert, als er frisch geduscht zum Frühstück erscheint und Nina ihm von dem Segelplan erzählt. »Super! Ich wollte schon immer mal segeln, aber es hat sich irgendwie nie ergeben.«

»Es wird dir garantiert gefallen«, sagt Jacques.

»Garantiert!«, echot Nina. »Mann, das wird super!«

Ich sage nichts, aber das scheint keinem aufzufallen. Sogar Mama freut sich auf den Ausflug und faselt etwas von einem Proviantkorb, den Clara für uns zurechtmachen soll. Ich komme mir plötzlich ausgeschlossen vor. So, als wäre ich im falschen Film. Die anderen spielen in dem Film »Hurra, wir sind eine große, glückliche Familie und haben viel Spaß miteinander« mit. Aber da passe ich nicht hinein. Ich gehöre eher in den Film »Mission impossible – Angriff des Schleimmonsters«.

»Ach, übrigens, Julia«, sagt Mama. »Die Leute vom Flughafen haben sich vorhin noch mal gemeldet. Dein Koffer steht immer noch in Paris, weil gestern gestreikt wurde. Aber morgen soll er mit der ersten Maschine nach Nizza fliegen.«

Das glaube ich erst, wenn ich meinen Koffer mit eigenen Augen sehe. Da geht doch bestimmt wieder irgendetwas schief. Wahrscheinlich kommt er erst hier an, wenn ich schon längst wieder zu Hause bin. Aber was soll's, inzwischen habe ich mich schon so an meine abgeschnittene Jeans gewöhnt, dass ich gar nichts anderes mehr anziehen will. Außerdem habe ich mir ein paar frische T-Shirts von Nina geliehen, nachdem ich meins gestern beim Joggen klitschnass geschwitzt hatte.

Heute habe ich mir diese Qual erspart. Soll René doch machen, was er will. Wegen dem Idioten verzichte ich bestimmt nicht noch mal auf meinen Schönheitsschlaf und renne mitten in der Nacht wie eine Bekloppte durch die

Gegend. Außerdem habe ich so einen Muskelkater, dass ich mich kaum bewegen – geschweige denn joggen – kann. Was mich nur ärgert, ist der Gedanke daran, dass sich Cécile heute Morgen wahrscheinlich ins Fäustchen gelacht hat, als ich nicht aufgetaucht bin. Aber eigentlich kann mir die blöde Kuh ja egal sein. »Ich glaube, ich komm lieber nicht mit zum Segeln«, sage ich zu Mama.

»Was?« Mama macht ein enttäuschtes Gesicht. »Aber warum denn? Du langweilst dich doch zu Tode, wenn du den ganzen Tag hier alleine herumsitzt. Außerdem würde dir ein wenig frische Luft bestimmt guttun. Ich finde, du bist ein bisschen blass um die Nase.«

»Julia traut sich bloß nicht«, quäkt Nina und grinst mich schadenfroh an. »Du hast Schiss, dass das Boot kentert und wir alle ertrinken, stimmt's?«

»Quatsch! Ich hab einfach keine Lust, das ist alles«, antworte ich, obwohl Nina nicht ganz Unrecht hat. Bei dem Gedanken daran, mich in so ein wackeliges Boot zu setzen, wird mir tatsächlich etwas mulmig zumute.

»Komm doch mit, Julia, bitte«, sagt Mama und ich merke, wie ich unter ihrem Blick langsam weich werde. »Ich fände es so schön, wenn wir alle zusammen etwas unternehmen würden. Und es wird dir bestimmt gefallen!«

Dass Mama mit ihrer letzten Bemerkung nicht recht behalten würde, ist mir schon klar, als wir mit Jacques' Segelboot aus dem Hafen tuckern. Das Boot ist viel kleiner, als ich es mir vorgestellt hatte. So eine Nussschale wirft bestimmt schon der kleinste Windstoß um. Und heute ist es *ziemlich* windig! Im Hafen sind wir noch halbwegs geschützt, aber kaum fahren wir in die Bucht hinaus, hüpft das Boot gefährlich auf den Wellen hin und her. Ich sitze neben Mama an Deck und versuche, mich zu entspannen und mir einzureden, dass alles in Ordnung ist und uns bestimmt nichts passiert. Aber es klappt nicht. Ich bin mir sicher, dass das Boot jeden Moment von einer Welle umgeworfen oder vom Wind ins Meer gedrückt wird. Warum habe ich mich bloß von Mama überreden lassen mitzukommen, statt einfach zu Hause zu bleiben? Mein Magen hebt und senkt sich im Rhythmus der Wellen und ich atme tief ein und aus, um die Übelkeit zurückzudrängen. Leider bringt das nicht viel. Wie tief das Wasser hier wohl ist? Und was unter uns wohl so alles herumschwimmt? Jede Menge Fische wahrscheinlich, vielleicht auch Quallen und schleimige Algen. Gibt es im Mittelmeer eigentlich Haie? Bei dem Gedanken daran kriege ich eine Gänsehaut.

Nina und René turnen auf dem Boot herum und scheinen jede Menge Spaß zu haben. Allein vom Zuschauen wird mir noch schlechter, als mir ohnehin schon ist. Das kann doch gar nicht gut gehen! Bestimmt fällt früher oder später einer von ihnen ins Wasser. Warum sagt Jacques denn nichts? Wahrscheinlich, weil er voll und ganz damit beschäftigt ist, Kapitän zu spielen. Auf seinen grauen Haaren trägt er eine dunkelblaue Kapitänsmütze, mit der er absolut lächerlich aussieht. Er steht breitbeinig am Steuer, macht ein zufriedenes Gesicht und ruft Nina und René Anweisungen zu, von denen ich kein Wort verstehe. Aber die beiden scheinen irgendwie genau zu wissen, was sie tun sollen, und fummeln an verschiedenen Tauen herum oder drehen an irgendwelchen Kurbeln.

»René scheint der geborene Segler zu sein«, sagt Mama, die neben mir sitzt und ihren Sonnenhut festhält, damit er nicht wegfliegt. »Genau wie Nina. Heute ist aber auch wirklich ein wunderschöner Tag zum Segeln. Und hier auf dem Meer ist es auch gar nicht so heiß. Der Wind sorgt immer für Abkühlung, ist das nicht angenehm?«

»Na ja, ich finde, ein bisschen weniger Wind könnte auch nicht schaden«, sage ich und presse meine Hand auf den Bauch. Die Croissants, die ich zum Frühstück gegessen habe, hüpfen in meinem Magen auf und ab wie das Boot auf den Wellen.

»Ach was, die kleine Brise«, sagt Jacques und lacht. »Das ist doch gar nichts! Du hättest dabei sein sollen, als wir letztes Jahr nach Korsika gesegelt sind. Da sind wir in einen Sturm geraten, *das* war richtiger Wind!«

Ich ignoriere Jacques und sein Seemannsgeschwafel und schließe die Augen, was meinen Zustand aber auch nicht gerade verbessert. Mir kommt es so vor, als ob Jacques absichtlich Schlangenlinien fährt, nur um mich zu ärgern.

»Ich glaube, ich leg mich unten mal ein bisschen hin«, sage ich zu Mama und stehe vorsichtig auf. »Mir geht's nicht so gut.«

»Ach du je, ist dir etwa schlecht?«, fragt Mama besorgt. »Du bist auch ganz blass.«

»Keine Panik, das ist nur ein bisschen Seekrankheit«, sagt Jacques und zwinkert mir zu. »Nicht gerade angenehm, aber das geht vorbei.«

»Vielen Dank, wirklich sehr aufmunternd«, murmele ich und werfe Jacques einen wütenden Blick zu. Seine klugen Sprüche sind wirklich das Letzte, was ich jetzt hören will. Schließlich sind er und sein blödes Boot schuld daran, dass mir jetzt kotzübel ist.

Ich klettere die schmale Treppe nach unten und lasse mich auf das Sofa fallen, das in der Kajüte steht. Mama ist mir gefolgt und gießt mir ein Glas Mineralwasser ein.

»Hier, trink einen Schluck, vielleicht hilft das«, sagt sie und reicht mir das Glas.

Aber ich will nichts trinken. Mir kann sowieso nichts mehr helfen. Ich liege mit geschlossenen Augen auf dem Sofa und schlinge die Arme um meinen Unterleib. Das Schwanken des Bootes kommt mir hier unten fast noch unerträglicher vor als oben an Deck. In meinem ganzen Leben war mir noch nie so schlecht.

Jemand kommt die Treppe heruntergepoltert. »Mann, Julia, du bist ja ganz grün im Gesicht!«, quakt Nina mir ins Ohr. »Bist du etwa seekrank? Ich war noch nie seekrank. Hast du schon gekotzt? Die meisten kotzen stundenlang, wenn sie seekrank sind. So was Blödes, jetzt kannst du gar nichts von den leckeren Sachen essen, die Clara für uns eingepackt hat. Krieg ich dann deine Portion Thunfischsalat? Und dein Salamibaguette? Und Mousse au Chocolat willst du doch bestimmt auch nicht essen, oder?«

Ich presse die Hand auf meinen Mund und hechte auf die winzige Toilette. Gerade noch rechtzeitig. Kaum habe ich mich über die Kloschüssel gebeugt, verlässt das Frühstück von heute Morgen auch schon meinen Magen. Mir steigen die Tränen in die Augen, während sich die Croissants meine Speiseröhre hinaufarbeiten. Wenigstens können sie jetzt nicht mehr in meinem Bauch herumhüpfen.

»Igitt, das ist ja ekelhaft!«, ruft Nina. »Da vergeht einem ja der Appetit. Ich geh lieber wieder nach oben.«

Ich spüle mir den Mund mit Wasser aus und werfe einen Blick in den kleinen Plastikspiegel, der auf dem Klo hängt. Nina hat recht, mein Gesicht hat wirklich eine leicht grünliche Farbe. Meine Lippen sind fast weiß, dafür habe ich unter den Augen dunkle Ringe. Ich sehe aus wie ein Zombie.

Nachdem ich meinen Mageninhalt der Toilette überlassen habe, geht es mir zumindest ein kleines bisschen besser. Ich wanke wieder zum Sofa zurück und höre, wie Nina an Deck lautstark verkündet: »Wisst ihr was? Julia hat gerade gekotzt.« Schön, dass es jetzt auch wirklich jeder weiß.

»Mon Dieu, la pauvre fille!«, ruft Jacques, aber auf sein Mitleid kann ich gut verzichten. Von wegen »armes Mädchen«! Der wird mich noch kennenlernen. Erst lockt er mich auf sein Boot und dann fährt er solche Schlangenlinien, dass ich vor lauter Übelkeit fast sterbe.

René sagt gar nichts.

Mama reicht mir eine Tablette und ein Glas Wasser. »Hier, wenn du die Tablette genommen hast, geht's dir bestimmt bald wieder besser.« Sie lächelt mich an und legt mir die Hand auf die Stirn. »Mein armer Schatz. Als ich das erste Mal auf Jacques' Segelboot war, bin ich auch seekrank geworden. Jetzt nehme ich vorher jedes Mal eine Tablette und seitdem wird mir kaum noch schlecht.«

Ihre Hand fühlt sich angenehm kühl auf meiner Stirn an. »Segelst du eigentlich gerne?«, frage ich.

Mama zögert einen Moment. »Na ja, ehrlich gesagt habe ich lieber festen Boden unter den Füßen. Aber Jacques zuliebe versuche ich, mich zumindest ein bisschen fürs Segeln zu begeistern. Und wenn man die Seekrankheit erst mal überwunden hat, merkt man, dass Segeln auch sehr angenehm und entspannend sein kann.«

So richtig überzeugt klingt das nicht. Irgendwie beruhigt es mich, dass Mama Segeln auch nicht so toll findet. Ich komme mir gleich nicht mehr so ausgegrenzt vor zwischen all den anderen Segelfreaks hier an Bord.

Mama streicht mir sanft über das Haar. »Sag mal, hast du dich eigentlich mit René gestritten? Mir kommt es so vor, als würdet ihr euch seit dem Abend im Strandclub aus dem Weg gehen.«

Ich merke, wie meine Augen feucht werden. Keine Ahnung, warum ich heute so überempfindlich bin, normalerweise heule ich nur ganz selten. Aber es ist so schön, Mamas Hand auf meinem Kopf zu spüren und zu wissen, dass sie sich Sorgen um mich macht und sofort merkt, wenn etwas nicht stimmt. Genau wie früher, als ich noch klein war. Da hat sie auch immer, wenn ich krank war, so auf meiner Bettkante gesessen.

Der Streit mit René hat mich offenbar doch stärker mitgenommen, als ich dachte. Bis gerade eben habe ich das eher verdrängt, aber jetzt merke ich, dass ich das dringende Bedürfnis habe, mit jemandem darüber zu reden. Doch als ich gerade Luft hole und anfangen will, von Renés gemeinen Anschuldigungen zu erzählen, ertönt Jacques' Stimme von oben.

»Barbara, tu viens? Wir wollen essen! Nina hat schon den Tisch gedeckt, wir warten nur noch auf dich. Und auf Julia natürlich.«

Pah, von wegen! Jacques wartet garantiert nicht auf mich. René ist wahrscheinlich auch froh, wenn ich wegbleibe, genauso wie Nina, die verfressene, kleine Kröte. Die ist doch bloß scharf auf meine Portion Mousse au Chocolat.

»Wir reden später weiter, okay?«, sagt Mama und steht auf. »Jetzt gehen wir erst mal nach oben und essen was.«

Sie streckt mir die Hand hin, um mir beim Aufstehen zu helfen, aber ich drehe mich weg und murmele: »Hab keinen Hunger.«

Mama fährt mir noch einmal mit der Hand über das Haar. »Du musst nichts essen, wenn du nicht willst. Ist vielleicht auch besser, wenn du deinem Magen noch eine kleine Ruhepause gönnst. Ich komm nach dem Essen gleich wieder runter zu dir, okay? Bis später, mein Schatz.«

Ich höre, wie sie die Treppe hinaufklettert und sich zu den anderen setzt. Das ist mal wieder typisch: Kaum pfeift Jacques, schon lässt Mama mich im Stich. Ist ja egal, dass es mir hundeelend geht. Über meine Probleme können wir schließlich auch später noch reden. Die sind ja nicht so wichtig. Es ist natürlich viel wichtiger, mit den anderen in der Sonne zu sitzen und ein Picknick zu veranstalten. Wer gibt sich schon gerne mit einem grüngesichtigen Zombie ab, der nach Kotze stinkt und eine wandelnde Spaßbremse ist?

Als ich die anderen oben lachen und reden höre, steigen mir schon wieder die Tränen in die Augen. Die scheinen sich ja wirklich prächtig zu amüsieren. Jacques erzählt mal wieder irgendeine seiner tollen Seemannsgeschichten und Nina kichert so sehr, dass sie sich verschluckt und fürchterlich husten muss. René plaudert währenddessen mit Mama und betont hundert Mal, wie gut ihm das Segeln gefällt. Natürlich erkundigt er sich mit keiner Silbe nach mir. Es scheint ihn nicht die Bohne zu interessieren, ob ich noch lebe oder vielleicht schon an unheilbarer Seekrankheit gestorben bin.

Je länger ich hier unten herumliege und den anderen bei ihrem bescheuerten Picknick zuhöre, desto wütender werde ich. Ich kriege einen richtigen Hass auf die da oben. Auf Nina, die bestimmt gerade mein Salamibaguette in sich reinstopft. Auf René, dem es offenbar scheißegal ist, wie es mir geht. Sogar auf Mama, weil sie mich einfach allein gelassen und mir mal wieder gezeigt hat, dass ihr Jacques wichtiger ist als ich. Den größten Hass aber habe ich auf Jacques, weil er an allem schuld ist. Ich bin so sauer, dass sogar meine Übelkeit plötzlich nachlässt. Mir ist nur noch ein bisschen flau im Magen, mehr nicht. Vielleicht liegt das aber auch daran, dass die Tablette langsam zu wirken beginnt. Außerdem schaukelt das Boot nicht mehr so stark, offenbar hat Jacques den Anker geworfen, damit er in Ruhe essen kann. Ich richte mich auf und schaue aus dem kleinen Fenster über dem Sofa. Tatsächlich, wir dümpeln in einer Bucht vor einem langen, weißen Strand herum. Ob das der Strand ist, an dem wir neulich waren?

Der weiße Sand glitzert in der Sonne und erinnert mich an den Sand in der Glaskugel, die René mir geschenkt hat. Die Glaskugel mit dem Strand und der Palme und dem verliebten Pärchen. René und ich im Sandsturm. Eigentlich sollte das hier unser Traumurlaub werden und jetzt reden wir nicht mal mehr miteinander. Vielleicht ist dieser Urlaub sogar das Ende unserer Beziehung. Und Mama wird nie mehr zu uns zurückkommen und stattdessen Jacques heiraten. Sie wird mit ihm eine neue Familie gründen, mit einem neuen Baby. Und dann sind Nina und ich endgültig bei ihr abgeschrieben …

Das Meer und der Strand verschwimmen vor meinen Augen. Die Tränen laufen mir nur so über das Gesicht und der Rotz aus der Nase. Habe ich vorhin gesagt, dass ich fast nie heule? Das nehme ich wieder zurück. Wie es scheint, haben sich die Dinge inzwischen geändert. Toll, jetzt werde ich also auch noch zu einer dieser furchtbaren Heulsusen, die bei jeder Gelegenheit losflennen – das hat mir gerade noch gefehlt. Ich wühle in meiner Hosentasche nach einem Taschentuch. Natürlich finde ich keins. Typisch. Immer, wenn man ein Taschentuch braucht, ist keins da. Dafür finde ich in meiner rechten Hosentasche etwas anderes. Etwas Dünnes, Goldenes, Glitzerndes: Céciles Fußkettchen. Ich hatte ganz vergessen, dass ich es noch habe. Eigentlich hätte ich es Cécile schon längst zurückgeben müssen. Ich lasse die goldene Kette zwischen meinen Fingern hindurchgleiten und betrachte sie gedankenverloren.

Plötzlich blitzt ein teuflischer Gedanke in meinem Kopf auf. Ganz kurz nur, als hätte er sich verirrt. Als würde er eigentlich gar nicht in meinen Kopf gehören, sondern in den eines anderen, hinterlistigen und eiskalten Menschen. Aber ich bemerke ihn trotzdem und halte ihn fest. Jetzt weiß ich, wie ich Mama und Jacques endgültig auseinanderbringen kann. Und wie ich Mama ein für alle Mal die Augen öffnen kann, damit sie erkennt, dass Jacques ein Fiesling ist und überhaupt nicht zu ihr passt. Dieser Plan wird todsicher funktionieren. Selbst Jacques wird sich nicht mehr herausreden können. Dann ist es vorbei. Aus, Ende, Finita. Ein für alle Mal.

Mama kommt die Treppe herunter und ich schließe meine Faust um das Fußkettchen.

»Willst du nicht ein bisschen zu uns an Deck kommen?«, fragt sie. »Es ist herrliches Wetter und die frische Luft wird dir bestimmt guttun.«

»Ja, vielleicht hast du recht«, sage ich und stehe auf. »Ach, übrigens, das hier habe ich zufällig in der Sofaritze gefunden.«

Ich halte Mama meine Faust hin. Sie streckt ihre Hand aus, ganz automatisch, und lächelt mich dabei an. Ich zögere einen Moment. Soll ich das wirklich tun? Mama sieht so fröhlich aus. Ihr Haar ist vom Wind zerzaust und ihre Wangen sind gerötet. Lebendig sieht sie aus. Und glücklich.

Aber meine Hand ist schneller als mein Kopf. Meine Finger öffnen sich, ganz langsam, wie in Zeitlupe, und die Kette fällt hinab. Sie fällt und fällt. Für den Bruchteil einer Sekunde wünsche ich mir, dass sie nie ankommt, dass sie sich einfach in Luft auflöst. Aber das tut sie natürlich nicht. Sie fällt immer weiter und dann landet sie. Direkt auf Mamas Handteller. Mama starrt erst die Kette an und dann mich. »Was ist das denn?«, fragt sie.

Ein gemeiner Trick. Ein Pulverfass. Eine tickende Zeitbombe.

Ich zucke mit den Schultern. »Keine Ahnung.«

Dann drehe ich mich um und klettere die Stufen hinauf an Deck.

Das erste Mal – oder doch nicht?!

Mama bleibt lange unten. Als sie wieder auftaucht, ist sie blass und hat leicht gerötete Augen. Ob sie geweint hat? Jetzt wirkt sie auf jeden Fall ruhig und gefasst. Fast ein bisschen zu ruhig. Die Ruhe vor dem Sturm.

Den ganzen Nachmittag warte ich darauf, dass etwas passiert. Dass Mama explodiert. Dass sie Jacques zur Rede stellt, anschreit oder ins Meer wirft. Aber alles bleibt ruhig. Die Sonne scheint, wir schippern langsam zurück zum Hafen und die anderen plaudern fröhlich miteinander. Mama hat die Augen geschlossen und hält ihr Gesicht in die Sonne. Ich habe mehr denn je das Gefühl, nicht dazuzugehören. Ich fühle mich, als wäre zwischen mir und dem Rest der Welt eine dicke Glasscheibe. Panzerglas. Die anderen können mich zwar sehen und ich sie auch, aber ich kann nicht zu ihnen gelangen.

Nach einer Weile frage ich mich, ob ich mir die Sache mit der Kette vielleicht nur eingebildet habe. Habe ich sie Mama tatsächlich gegeben? Oder habe ich das bloß geträumt, als ich unten auf dem Sofa lag? Mir kommt das Ganze plötzlich so unwirklich vor. Unauffällig lasse ich die Hand in meine Tasche gleiten. Die Kette ist nicht mehr da.

Der Sturm bricht erst los, als wir wieder zu Hause sind. Ich werde magisch von der Schlafzimmertür angezogen, hinter der Mama und Jacques verschwunden sind. Leider ist die Tür diesmal geschlossen, sodass ich kaum etwas hören kann. Erst als Mamas Stimme lauter wird, dringt ein Satz zu mir durch die Tür: »Lüg mich nicht an, Jacques!«

Clara kommt mit einem Stapel frisch gewaschener Wäsche die Treppe herauf und ich verdrücke mich schnell in mein Zimmer. Mein Gesicht ist heiß und ich habe Herzklopfen. Es hat also funktioniert. Mama ist sauer auf Jacques und diesmal schafft er es garantiert nicht, sie mit seinem verlogenen Geschwafel einzuwickeln. Und das ist ganz allein mein Werk. Eigentlich müsste ich mich darüber freuen. Aber ich freue mich kein bisschen.

In den nächsten Tagen herrscht eisiges Schweigen zwischen Mama und Jacques, das sich allmählich kalt und schwer über das ganze Haus legt. Es ist sehr still. Jacques fährt zweimal nach Nizza und verbringt die restliche Zeit in seinem Arbeitszimmer. Mama läuft wie ein wandelnder Geist durchs Haus und macht meistens einen ziemlich abwesenden Eindruck. Oder sie zieht sich in ihr Zimmer zurück. Ich glaube, dann weint sie. So fertig habe ich sie noch nie gesehen. Sie tut mir leid, aber ich versuche mir einzureden, dass sie ihre Traurigkeit bestimmt bald überwindet. Und wenn sie erst mal eingesehen hat, dass es keinen Sinn hat, Jacques hinterherzutrauern, wird es ihr viel besser gehen als vorher.

René ist heute wieder mit Cécile joggen gegangen. Ich

habe gehört, wie er frühmorgens aus seinem Zimmer gekommen und den Flur hinuntergegangen ist. Danach konnte ich nicht mehr einschlafen. Zum Frühstück ist er immer noch nicht wieder da.

»René und Cécile trainieren offensichtlich für den Marathon, so lange, wie sie heute durch die Gegend laufen«, sage ich beiläufig, während ich mir Butter auf mein Croissant schmiere. Nina wirft mir einen merkwürdigen Blick zu. »Quatsch. René frühstückt doch heute bei Cécile. Sie hat ihn eingeladen. Wusstest du das gar nicht?«

Ich schüttele den Kopf. René hat mir natürlich kein Sterbenswort von der Einladung erzählt. Kein Wunder, er weigert sich ja immer noch, mehr als das Allernötigste mit mir zu reden.

So, so, die beiden frühstücken jetzt also schon zusammen. Das Bild von René und Cécile, die in diesem Moment gemeinsam am Tisch sitzen, essen, lachen und reden, schnürt mir die Kehle zusammen. Was sie wohl machen, wenn sie genug gegessen, gelacht und geredet haben? Cécile stellt sich bestimmt nicht so an wie ich. Vielleicht steht sie ja sogar auf Kondome mit Lakritzgeschmack …

Nach dem Frühstück halte ich es nicht länger aus. Die Stille im Haus macht mich fertig, ich muss unbedingt mit jemandem reden. Ich nehme das Telefon mit in mein Zimmer und wähle Lauras Nummer.

Laura stößt einen überraschten Schrei aus. »Julia! Wo steckst du? Bist du etwa schon wieder in Papenberg?«

»Nein, nein, ich bin noch bei meiner Mutter. Ich wollte mich bloß mal bei dir melden.«

»Das find ich ja klasse!« Laura scheint sich richtig über meinen Anruf zu freuen und das tut mir total gut. »Wie geht's dir?«, fragt sie. »Genießt du das Luxusleben?«

Ich schlucke. »Geht so. Ehrlich gesagt läuft es gerade nicht so gut.«

Dann hole ich tief Luft und erzähle ihr alles. Von den Kondomen, der Szene am Strand, dem Streit mit René, seinen Vorwürfen und von Cécile. Bloß die Sache mit Mama und Jacques lasse ich weg.

»Was soll ich denn jetzt machen?«, frage ich Laura schließlich. »Sieht ganz so aus, als würde unsere Beziehung in die Brüche gehen.«

»Quatsch. Sieh doch nicht gleich immer alles so schwarz. Ihr habt eine Krise, das ist alles. Du willst doch René nicht etwa kampflos dieser Cécile überlassen, oder?«

»Nein, natürlich nicht. Aber vielleicht ist es ja schon zu spät. Wer weiß, was die beiden da drüben gerade treiben …«

»Es ist nie zu spät«, sagt Laura energisch. »Aber eins ist klar: Wenn du René weiterhin so auf Abstand hältst, landet er früher oder später tatsächlich in den Armen einer anderen. Die Kondome in seiner Tasche sind doch ein eindeutiges Zeichen, dass er mit dir schlafen will. Das hab ich dir ja schon die ganze Zeit gesagt. Wenn du meine Meinung hören willst: Tu es endlich, ehe er es mit einer anderen tut.«

Ich seufze. »Ich weiß nicht … Ich will es doch nicht nur deshalb tun, damit er nicht mit einer anderen ins Bett geht …«

»Natürlich nicht«, unterbricht mich Laura ungeduldig.

»Warum machst du eigentlich immer alles so kompliziert? Du liebst René doch, oder? Und ihr seid schon seit Ewigkeiten zusammen. Wenn du mich fragst, sind das die optimalen Bedingungen für das erste Mal.«

»Die optimalen Bedingungen – das klingt, als würdest du über die Versuchsanordnung für ein physikalisches Experiment reden. Ich hatte mir das Ganze irgendwie romantischer vorgestellt ...«

Jetzt ist es Laura, die seufzt. »Wie romantisch es wird, hängt doch ganz allein von euch ab. Übrigens ist es ganz normal, dass du Angst vorm ersten Mal hast. Ich hab gerade gestern einen Artikel darüber in der *Girls only* gelesen. Fast allen Mädchen geht das so und den Jungs übrigens auch. Meiner Meinung nach solltest du dich nicht zu sehr in diese Angst hineinsteigern. Was kann denn schon groß schief gehen? Die Hauptsache ist doch, dass du René liebst und ihm vertraust. Und das tust du doch, oder?«

»Jaaa«, sage ich widerstrebend. Falls die Kummerkastentante bei *Girls only* mal ausfällt, könnte Laura super für sie einspringen.

»Na also.« Lauras Stimme klingt zufrieden. »Geh einfach ganz entspannt an die Sache ran, dann klappt das schon.«

»Vielleicht hast du recht. Vielleicht mache ich wirklich alles viel zu kompliziert. Das hat René schließlich auch gesagt. Sag mal, findest du eigentlich, dass ich krankhaft eifersüchtig bin?«

»Na ja ...« Laura zögert. »Manchmal reagierst du schon ziemlich heftig auf andere Frauen in Renés Umgebung. Würde mir aber wahrscheinlich genauso gehen, wenn ich einen Freund wie René hätte …« Laura seufzt. Sie ist ständig auf der Suche nach dem Mann fürs Leben, bisher allerdings ohne Erfolg. »Ist ja auch egal. Auf jeden Fall stehen Männer nicht besonders auf eifersüchtige Frauen, das ist ja allgemein bekannt. Vielleicht wäre es gut, wenn du René nicht so stark zeigen würdest, dass du eifersüchtig bist.«

»Stimmt, ich sollte mich in Zukunft ein bisschen zurückhalten. Ich glaube, mein Auftritt als super Joggerin hat ihn ziemlich genervt.«

Laura kichert. »Kann ich mir vorstellen. Aber am erstaunlichsten finde ich, dass du die ganze Runde durchgehalten hast. In Sport brichst du doch immer schon nach fünf Minuten zusammen.«

»Es stecken eben noch jede Menge verborgene Talente in mir. Wer weiß, vielleicht entwickele ich mich eines Tages noch zu einer richtigen Marathonläuferin.«

»Na dann, viel Spaß beim Trainieren«, sagt Laura. »Und die Sache mit René kriegst du bestimmt auch wieder hin. Ich drück dir auf jeden Fall die Daumen.«

Ich verabschiede mich von Laura und bringe das Telefon wieder nach unten ins Wohnzimmer. Es hat mir gut getan, mit Laura zu reden. Plötzlich sieht alles nicht mehr ganz so hoffnungslos aus. Vielleicht können René und ich unsere Beziehungskrise ja doch noch überwinden. Bisher war es immer René, der eingelenkt hat, wenn wir uns gestritten haben. Vielleicht ist es an der Zeit, dass ich mal die Initiative ergreife und einen Schritt auf ihn zugehe. Vielleicht wartet er ja nur darauf. Auf jeden Fall werde ich es nicht zulassen, dass diese Cécile ihn mir vor der Nase wegschnappt.

Ich weiß auch schon den perfekten Zeitpunkt für unsere Versöhnung: morgen Abend. Der Abend vor meinem 15. Geburtstag. Ich kann alles genau vor mir sehen: Kerzenlicht, romantische Stimmung, René und ich eng umschlungen auf meinem Himmelbett. Und dann werde ich es tun. Ich werde mit René schlafen. Und zwar nicht, weil René es sonst mit einer anderen tut, sondern weil *ich* es will. Mannomann, da wird René aber Augen machen!

Den nächsten Tag widme ich ganz den Vorbereitungen für unseren romantischen Versöhnungsabend. Alles soll perfekt sein. Ich lasse mir von Clara kiloweise Kerzen geben und stibitze eine Flasche Champagner und jede Menge Knabberzeug aus der Vorratskammer. Dann ziehe ich ein umfangreiches Schönheitsprogramm durch, das sogar Nina alle Ehre machen würde. Ich wasche mir zweimal die Haare und föhne sie hinterher stundenlang, damit sie etwas mehr Volumen bekommen. Normalerweise lasse ich sie immer an der Luft trocknen und mache mir dann einfach einen Pferdeschwanz.

Außerdem rasiere ich mir zum ersten Mal in meinem Leben die Beine. Nina wird begeistert sein, wenn sie das sieht. Sie hat mir schon hundert Mal gesagt, dass es total peinlich ist, mit behaarten Beinen durch die Gegend zu laufen – vor allem im Sommer. Bisher haben mich die kleinen, blonden Härchen an meinen Beinen nie gestört, zumal ich sowieso meistens lange Hosen trage. Aber heute Abend soll mein Körper perfekt aussehen. Na ja, zumindest so perfekt wie möglich.

Ich brauche Ewigkeiten fürs Beine rasieren. Ständig

rutscht der blöde Nassrasierer ab, den ich mir aus Mamas und Jacques' Badezimmer geholt habe, und dann schneide ich mich auch noch am linken Knöchel. Es ist nur ein ganz kleiner Schnitt, aber ich blute trotzdem wie ein angestochenes Schwein. Nach dem Rasieren kann ich gleich noch mal duschen, weil ich klitschnass geschwitzt bin. Gibt es tatsächlich Frauen, die das jeden Tag machen? Was für eine Zeitverschwendung.

Nachdem ich diese Tortur (halbwegs) glücklich überstanden habe, stellt sich nun die nächste wichtige Frage: Was soll ich anziehen? Eins ist klar: Ein altes T-Shirt und eine abgeschnittene Jeanshose, die ich beide schon seit über einer Woche fast ständig auf meinem transpirierenden Körper trage, sind nicht das richtige Outfit für einen romantischen Abend zu zweit. Schließlich will ich, dass René mich absolut umwerfend findet und nicht ständig einen Meter Sicherheitsabstand hält, weil meine Klamotten so stark nach Schweiß stinken. Ich beschließe, die Sachen anzuziehen, die ich mir für das verpatzte Abendessen von Mama geliehen hatte, obwohl sie unangenehme Erinnerungen in mir wecken. Schließlich hat an dem Abend der ganze Ärger angefangen. Ob das ein schlechtes Vorzeichen ist? Ach was, ich bin schließlich nicht abergläubisch. Der Rock und das Oberteil müssten noch irgendwo bei mir im Zimmer herumliegen. Die Sachen sind genau das Richtige für diesen feierlichen Anlass.

Und was trage ich drunter? Ich kenne mich auf dem Gebiet ja nicht so gut aus, aber dass man eigentlich besonders schöne Unterwäsche anzieht, wenn man einen romantischen Abend zu zweit plant, weiß sogar ich. Das lernt man schließlich in jedem schnulzigen Liebesfilm.

Als besonders schön kann man meine Unterwäsche aber beim besten Willen nicht bezeichnen. Meine Unterhose hat nicht nur ein total unerotisches Blümchenmuster, sondern außerdem noch zwei Löcher. In diesem Putzlappen kann ich mich René heute Abend auf gar keinen Fall zeigen. Die Unterhosen, die ich mir von Nina geliehen habe, sehen auch nicht viel besser aus. Und einen BH besitze ich aufgrund meiner bescheidenen Oberweite erst gar nicht.

Für dieses Dilemma gibt es nur eine Lösung. Ich schleiche mich an Mamas Kleiderschrank, um mir etwas Passendes rauszusuchen. Früher hat Mama immer nur weiße Baumwollunterwäsche getragen, aber inzwischen besitzt sie eine große Auswahl edler Dessous. Wahrscheinlich schenkt Jacques ihr das Zeug immer zum Geburtstag, als kleine Aufmerksamkeit.

Ich entscheide mich für einen schwarzen Slip mit feiner Spitzenapplikation – schlicht und doch verspielt – und einen dazu passenden, ebenfalls schwarzen BH.

Als ich mich vor dem Spiegel in meinem Zimmer hin und her drehe, um den Sitz meiner neuen Unterwäsche zu begutachten, erkenne ich mich kaum wieder. Mein Körper sieht ganz fremd aus in den schwarzen Dessous. Fremd, aber gar nicht übel. Das Zeug steht mir. Vielleicht sollte ich Unterwäsche-Model werden. Wenn es mit der Karriere als Physikerin nicht klappt, wäre das doch eine gute Alternative, oder?! Allerdings müsste ich mir dann den Busen vergrößern lassen. Die halb leeren Körbchen von Mamas BH sind das Einzige, was das ansonsten durchaus ansprechende Bild im Spiegel stört. Aber daran kann ich jetzt so auf die Schnelle auch nichts ändern. Und René hat schließlich selbst gesagt, dass er meine Brüste nicht zu klein findet. Allerdings war das, bevor er Cécile kennengelernt hat ... Egal. Ich hab jetzt keine Zeit für diese destruktiven Gedanken. Ich ziehe den cremefarbenen Rock und das schwarze Oberteil an und komme mir sehr elegant und verführerisch darin vor. Wie eine Frau von Welt. Vielleicht sollte ich öfter solche schicken Klamotten tragen, da fühlt man sich doch gleich ganz anders.

Dann verteile ich die Kerzen überall im Zimmer und zünde sie an. Eigentlich sollten sie den Raum in romantisches Licht tauchen, aber das klappt nicht so ganz, weil es draußen noch zu hell ist. Ich ziehe die zitronengelben Vorhänge zu – schon besser. Den Champagner und den Teller mit Knabbersachen stelle ich neben das Bett und schaue mich noch einmal prüfend im Zimmer um. Perfekt!

Bevor ich an Renés Zimmertür klopfe, atme ich noch einmal tief durch. René spielt Gitarre, das kann ich durch die Tür hören. Ob er überhaupt Lust hat, mit mir den Abend zu verbringen? Was mache ich, wenn er mich eiskalt abblitzen lässt? Ich merke, wie mich der Mut verlässt. Ehe ich einen Rückzieher machen kann, klopfe ich schnell an die Tür und gehe hinein.

René sitzt im Schneidersitz auf dem Fußboden und zupft leise an den Saiten seiner Gitarre. Als ich ins Zimmer komme, schaut er auf und wirft mir einen überraschten Blick zu.

Ich räuspere mich. »Hallo. Stör ich?«

René schüttelt den Kopf und hört auf zu spielen. Er sieht mich schweigend an.

»Äh … ja, also …« Ich zupfe mit den Händen nervös an meinem Oberteil herum. »Ich habe noch mal über das nachgedacht, was du neulich zu mir gesagt hast. Du weißt schon, dass ich immer alles so kompliziert mache und krankhaft eifersüchtig bin …«

Ich mache eine Pause, weil ich für einen Moment den Faden verloren habe.

»Und?«, fragt René. Sein mir sonst so vertrautes Gesicht ist verschlossen. Ich habe keine Ahnung, was er gerade denkt. Das ermutigt mich nicht gerade zum Weiterreden, aber ich gebe mir trotzdem einen Ruck. *The show must go on.*

»Und ich bin zu dem Schluss gekommen, dass du wahrscheinlich recht hast. Eigentlich nicht nur wahrscheinlich, sondern ziemlich sicher. Zumindest teilweise. Es tut mir leid, dass ich mich so blöd benommen habe. Wegen Cécile, meine ich, und dieser Jogging-Aktion. Ich weiß jetzt, dass das alles ganz harmlos war. Ich hätte dir einfach vertrauen müssen und das werde ich in Zukunft auch tun.«

Täusche ich mich oder ist da ein verräterisches Flackern in Renés Augen, als ich Cécile erwähne? Auf jeden Fall senkt er bei den Worten »Ich weiß jetzt, dass alles ganz harmlos war« den Blick. Vorher hat er mir die ganze Zeit fest in die Augen gesehen. Hat er etwa ein schlechtes Gewissen? Haben die beiden bei ihrem romantischen Frühstück zu zweit doch mehr gemacht als nur gegessen, gelacht und geredet? Ach was, Unsinn, meine Fantasie geht schon wieder mit mir durch. Wenn ich René in Zukunft wirklich mehr vertrauen will, sollte ich langsam mal damit anfangen.

»Ich fände es schön, wenn wir uns wieder vertragen würden«, füge ich hinzu, als René immer noch nichts sagt. »Bist du noch sehr sauer auf mich?«

René schüttelt den Kopf. Langsam taut seine Eismiene auf und ein winziges Lächeln stiehlt sich auf sein Gesicht. Na endlich! Ich atme erleichtert auf. Für einen kurzen Moment hatte ich befürchtet, dass er nichts mehr von mir wissen will und mich einfach rausschmeißt. »Nein, ich bin nicht mehr sauer«, sagt er. »Und es tut mir leid, dass ich neulich so heftig geworden bin. Eigentlich wollte ich dir das alles gar nicht an den Kopf werfen. Zumindest nicht alles auf einmal.«

»Ach was.« Ich winke ab. »Ist doch halb so wild. Jetzt weiß ich wenigstens Bescheid. Vielleicht war's ganz gut, dass du mir mal klipp und klar gesagt hast, was dich stört.«

»Ja, vielleicht …«, sagt René.

Ich zeige auf seine Gitarre. »Würde es dir viel ausmachen, ein andermal weiterzuüben? Ich hab nämlich heute noch etwas mit dir vor.«

»Aha.« René legt seine Gitarre zur Seite und steht auf. »Was denn?«

»Das wirst du gleich sehen«, antworte ich und ziehe ihn über den Flur in mein Zimmer.

René bleibt an der Tür stehen und betrachtet die vielen Kerzen. »Wahnsinn! Das sieht ja toll aus. Genau wie du übrigens.«

Ich streiche zufrieden über Mamas Rock. »Danke. Ich

dachte, wir feiern heute Abend ein bisschen. Nur wir beide. Schließlich müssen wir einiges nachholen. Mal ganz davon abgesehen, dass morgen ja auch ein besonderer Tag ist – zumindest für mich. Aber vielleicht hast du das ja bei all dem Stress in den letzten Tagen völlig verdrängt …«

René schlägt sich mit der Hand gegen die Stirn. »Richtig! Du hast ja morgen Geburtstag! Gut, dass du das sagst, sonst hätte ich es glatt vergessen.« Als ich ihn unsicher ansehe, grinst er und nimmt mich in die Arme. »War nur ein Witz. Natürlich habe ich deinen Geburtstag nicht vergessen, was denkst du denn?«

»Da bist du aber wahrscheinlich der Einzige. Bei der Stimmung, die hier momentan herrscht, fällt mein Geburtstag morgen garantiert aus.«

René gibt mir einen Kuss. »Unsinn. Falls es dich beruhigt: Ich hab vorhin zufällig mitbekommen, wie deine Mutter in der Küche mit etwas beschäftigt war, das verdächtig nach einer Geburtstagstorte ausgesehen hat.«

»Ehrlich? Dann kannst du dich schon mal auf morgen freuen. Mama macht nämlich die leckersten Torten der ganzen Welt, wenn nicht sogar des gesamten Universums.« Ich setze mich aufs Bett. »Jetzt müssen wir aber erst mal anstoßen. Kannst du die Flasche aufmachen?«

Der Korken knallt an die Decke und René gießt Champagner in die Gläser. Hoffentlich kommt Nina nicht gleich angetrabt und will wissen, was wir hier treiben. Vielleicht hätte ich besser die Tür abschließen sollen. Es wäre ganz schön peinlich, wenn im falschen Moment jemand hereinplatzt. Allein bei dem Gedanken daran wird mir schon ganz heiß. Ich glaube, ich würde auf der Stelle sterben! Aber wenn ich jetzt aufstehe und die Tür abschließe, ist das viel zu auffällig. Dann will René bestimmt wissen, was das soll, und die ganze Romantik ist im Eimer. Also kann ich nur hoffen, dass wir Glück haben und Nina sich ausnahmsweise mal ruhig verhält.

Ich hebe mein Glas. »Prost, mein Schatz!«

»Auf dich, chérie«, sagt René und die Gläser stoßen klirrend gegeneinander.

Ich kippe den Champagner auf ex hinunter. Vielleicht hilft das ja gegen das Kribbeln in meinem Magen. Und gegen meine eiskalten Hände. Irgendwie bin ich ziemlich nervös. Ich fühle mich wie vor einer wichtigen Klassenarbeit, wenn ich genau weiß, dass ich zu wenig gelernt habe. Vor Französischarbeiten geht mir das immer so. Oder vor Deutschklausuren. Vor Mathe- oder Physikarbeiten bin ich eigentlich nie nervös. Da schreibe ich sowieso immer nur Einsen.

Ich gieße mir noch etwas Champagner nach. Laut Laura und ihren Mädchenzeitschriften ist es ja ganz normal, vor dem ersten Mal nervös zu sein. Leider hat Laura vergessen mir zu sagen, wie man diese bescheuerte Nervosität wieder loswird. Hoffentlich mache ich gleich nicht alles falsch. Schließlich habe ich überhaupt keine Erfahrung. Was, wenn ich mich total blöd anstelle? Außerdem habe ich Angst, dass es wehtut. Laura hat mal erzählt, dass manche Mädchen ziemlich starke Schmerzen beim ersten Mal haben. Dieser Gedanke trägt nicht gerade dazu bei, dass ich mich entspanne. Am besten bringen wir die Sache möglichst schnell hinter uns, bevor ich noch mehr Panik bekomme.

Leider macht René keinerlei Anstalten, sich mir in irgendeiner Weise zu nähern. Er sitzt neben mir auf dem Bett und starrt nachdenklich in sein Champagnerglas. So was Blödes – sonst ist er doch auch nicht so zurückhaltend. Vielleicht hat er Angst, dass ich gleich wieder abhaue, wenn er mir zu nahe kommt. Schließlich weiß er noch nichts von meinem großen Entschluss. Also muss ich wohl die Initiative ergreifen, wenn heute noch was laufen soll. Ich trinke mein Glas aus und stelle es auf den Nachttisch. Dann rutsche ich zu René hinüber und kuschele mich an ihn. Er legt den Arm um mich.

»Du hast mir gefehlt in den letzten Tagen«, sage ich und küsse ihn auf den Hals. »Es kam mir so vor, als wärst du ganz weit weg. Ich bin froh, dass wir uns jetzt wieder vertragen.«

»Ich auch«, sagt René und drückt mich an sich.

Dann fängt er endlich an, mich zu küssen. Es ist schön, ihm wieder so nah zu sein. Aber ich kann seine Küsse gar nicht richtig genießen, weil ich immer daran denken muss, was wohl als Nächstes passiert. Macht er den nächsten Schritt oder soll ich ihn machen? Was ist überhaupt der nächste Schritt? Vielleicht sollte ich ihm sein T-Shirt ausziehen. Oder warte ich lieber noch ein bisschen damit? Ich versuche, mich zu entspannen und die Dinge einfach laufen zu lassen, aber das klappt nicht so richtig. Außerdem lausche ich mit einem Ohr die ganze Zeit auf Schritte auf dem Flur. Aber dort ist alles still.

Wir küssen uns immer heftiger. Schließlich fängt René an, mein Oberteil aufzuknöpfen. Als er den schwarzen Spitzen-BH sieht, stutzt er. Hoffentlich fällt ihm nicht auf, dass die Körbchen mindestens zwei Nummern zu groß sind. »Ich wusste gar nicht, dass du neuerdings BHs trägst. Ist der neu?«

»Sozusagen. Gefällt er dir?«

»Allerdings. Sieht klasse aus.«

Ob René die Kondome dabeihat? Wäre blöd, wenn er sie erst aus seinem Zimmer holen müsste. Hoffentlich erwartet er nicht von mir, dass ich ihm so ein Ding überziehe. Das krieg ich garantiert nicht hin. Wir haben das zwar mal in Bio geübt, aber da habe ich Laura den Vortritt gelassen und bloß zugeguckt. Wir haben Bananen zum Üben bekommen und ich weiß noch, dass wir das superlustig fanden und uns halb totgelacht haben, als Laura das Kondom über die Banane gerollt hat. Die Bananen durften wir dann behalten und Laura hat unsere in der Pause aufgegessen.

Ich räuspere mich. Besser, ich frage René jetzt gleich nach den Kondomen, dann haben wir das schon mal geklärt.

»Sag mal, hast du eigentlich die Kondome dabei?«, frage ich so beiläufig wie möglich.

René schaut mich verwirrt an. »Was?«

»Na ja, ich dachte, da du dir extra die Mühe gemacht hast, vor dem Urlaub Kondome zu kaufen, sollten wir sie auch benutzen. Erst war ich mir nicht sicher, ob ich es auch wirklich will. Aber inzwischen habe ich mir die Sache überlegt und finde, dass du recht hast. Wir haben lange genug gewartet. Jetzt sollten wir es endlich tun.«

»Wovon redest du eigentlich?«, fragt René. »Was sollten wir tun? Und was für Kondome?«

»Die in deiner Jackentasche natürlich. Ich hab sie rein zufällig gefunden, nicht, dass du denkst, ich spioniere dir nach. Findest du nicht auch, dass meine Geburtstagsnacht ein perfekter Zeitpunkt für das erste Mal ist? Allerdings wäre es nett, wenn du in Zukunft einfach ganz normale Kondome kaufen könntest ohne Lakritz- und Pfefferminzgeschmack.«

»Lakritz und Pfefferminz?«, fragt René. »Du hast die Kondome in meiner Jackentasche gefunden und gedacht, ich hätte sie gekauft?« Ich nicke.

»Warst du deswegen am Strand so komisch? Weil du dachtest, dass ich mit dir schlafen will?«

Ich nicke wieder. René fängt an zu grinsen. Dann lacht er plötzlich los. Was soll das denn jetzt?

»Kannst du mir bitte erklären, was daran so komisch ist?«, frage ich irritiert.

So hatte ich mir Renés Reaktion eigentlich nicht vorgestellt. Ich gebe mich ihm sozusagen hin und er lacht sich tot!

»Allerdings«, japst René und wischt sich ein paar Lachtränen aus den Augen. »Die Sache ist die: Ich hab die Kondome überhaupt nicht gekauft.«

Jetzt verstehe ich gar nichts mehr. »Nicht? Hast du sie etwa geklaut?«

René schüttelt den Kopf. »Quatsch. Ich hab sie von Pascal. Er hat mich in Paris zum Bahnhof gebracht und sie mir zum Abschied in die Hand gedrückt.«

»Du hast die Kondome von Pascal?«, frage ich ungläubig. Pascal ist Renés bester Freund. Warum, zum Teufel, schenkt der ihm Kondome – und dann auch noch in verschiedenen Geschmacksrichtungen?

»Ja«, sagt René. »Das war mal wieder einer seiner blöden Scherze. Pascal macht sich nämlich manchmal lustig über mich, weil wir … na ja … weil wir noch keinen Sex hatten. Und die Kondome sollten eine kleine Anspielung darauf sein. Er fand das total witzig.«

»Ach so …« Das muss ich jetzt erst mal verdauen. »Und ich dachte … Dann hattest du also gar nicht vor, mit mir zu schlafen?«

»Zumindest war das nicht so direkt geplant. Was nicht heißt, dass ich was dagegen hätte … Aber ich hatte bisher immer den Eindruck, dass du lieber noch warten willst.«

»Na ja, das wollte ich eigentlich auch. Aber ich dachte, du willst nicht länger warten. Und es gehört doch auch irgendwie dazu, dass man miteinander schläft, wenn man so lange zusammen ist wie wir. Laura hält uns schon für total unnormal …«

René gibt mir einen Kuss. »Ist doch egal, was die anderen denken. Wann wir miteinander schlafen, bestimmen schließlich immer noch wir. Und ich finde, wenn du dir nicht hundertprozentig sicher bist, sollten wir lieber noch warten.«

Ich bin so erleichtert, dass ich das Gefühl habe, einen halben Meter über dem Bett zu schweben. »Und du bist wirklich nicht sauer, wenn wir uns noch etwas Zeit lassen?«

René schüttelt den Kopf.

»Überhaupt nicht.« Er reicht mir mein Glas. »Und da wir das jetzt geklärt haben, sollten wir auf diese wichtige Entscheidung anstoßen.«

Ich schaue René über mein Champagnerglas hinweg an. Er lächelt. Er scheint wirklich nicht sauer zu sein. Eins ist sicher: Ich habe den besten Freund der ganzen Welt, wenn nicht sogar des gesamten Universums!

Eine große, glückliche Familie

»Happy birthday to you, happy birthday to you …«

Ich sitze am festlich gedeckten Frühstückstisch auf der Terrasse und lächele verlegen, während Mama, Nina und René ein Geburtstagsständchen für mich singen. Vor mir steht ein großer Stapel mit Geschenken und Mamas Schokoladen-Spezial-Geburtstagstorte mit fünfzehn brennenden Kerzen drauf. Zur Feier des Tages habe ich mir ein geblümtes Sommerkleid von Nina geliehen, weil mein Koffer natürlich immer noch nicht aufgetaucht ist. Aber damit hatte ich auch nicht mehr ernsthaft gerechnet.

Als das Lied zu Ende ist, hole ich tief Luft und puste die Kerzen mit einem einzigen Atemzug aus. Die anderen klatschen und Mama umarmt mich.

»Jetzt darfst du dir was wünschen«, sagt sie und gibt mir einen Kuss. »Herzlichen Glückwunsch zum Geburtstag, mein Schatz. Ich wünsche dir alles Gute für dein neues Lebensjahr und dass jeder deiner Wünsche in Erfüllung geht.«

Ich schlucke. Mama ist so lieb zu mir. Dabei weiß sie gar nicht, dass mein größter Wunsch gerade dabei ist, in Erfüllung zu gehen. Und dass der Preis dafür ihr bleiches Gesicht und ihr trauriges Lächeln ist. Mama sieht richtig fertig aus. Als hätte sie die ganze Nacht geweint und kein Auge zugetan. Aber sie reißt sich zusammen und versucht, gute Laune zu verbreiten. Ich weiß, dass sie das nur mir zuliebe tut. Wie lange es wohl dauern wird, bis sie über die Sache mit Jacques hinweggekommen ist?

»Jetzt darfst du deine Geschenke auspacken«, sagt Mama.

»Sollen wir nicht noch auf Jacques warten?«, fragt Nina. »Er verpasst ja sonst die ganze Geburtstagsfeier.«

Mamas Gesicht wird starr, das fröhliche Lächeln ist verschwunden. »Nein. Jacques ist in Nizza.«

Nina sieht enttäuscht aus. Ich werfe ihr einen warnenden Blick zu. Merkt sie denn nicht, dass Mama nicht über Jacques reden will? Aber Nina war ja noch nie besonders sensibel, was die Gefühle anderer Menschen angeht. Auch diesmal ignoriert sie meinen Blick und Mamas starre Miene und quatscht einfach weiter.

»Ach so. Aber heute Abend zu Julias Geburtstagsessen ist er doch wieder da, oder?«

Mama zögert einen Moment, dann sagt sie: »Nein, Nina. Heute Abend wird Jacques auch nicht da sein. Er ist vorübergehend in sein Hotel nach Nizza gezogen.«

»Waaas?«, ruft Nina. »Warum denn?«

Auch René und ich schauen Mama überrascht an. Das ist ja mal eine Neuigkeit!

Mama schlägt die Augen nieder und beißt sich auf die Unterlippe. »Weil ich ihn darum gebeten habe.« Sie seufzt. »Eigentlich wollte ich es euch ja erst morgen sagen, weil heute Julias Geburtstag ist und ich euch die Stimmung nicht verderben wollte. Aber jetzt geht es wohl nicht anders.« Sie seufzt noch einmal und macht eine kurze Pause, so, als müsste sie erst Kraft sammeln für das, was sie uns zu sagen hat. »Jacques und ich werden uns trennen. Wir … wir haben festgestellt, dass wir doch nicht zueinanderpassen. Wir werden die Hochzeit absagen.«

Nina starrt Mama mit offenem Mund an. Das verschlägt sogar ihr die Sprache. Aber natürlich nur kurz.

»Ja, aber … das geht doch nicht! Was ist denn mit dem Baby?«

Eine Träne läuft über Mamas Wange und hinterlässt eine graue Spur aus Wimperntusche. »Das wird sich alles finden. Und jetzt entschuldigt mich bitte einen Augenblick.«

Dann läuft sie ins Haus. Ich starre auf den Kuchen vor mir, auf den Mama mit Sahne »Herzlichen Glückwunsch, Julia« geschrieben hat, und wünsche mir, ganz weit weg zu sein.

Mittags ist Mama immer noch nicht wieder aufgetaucht. Ich stehe nun schon zum dritten Mal vor ihrer Zimmertür und kann mich nicht dazu entschließen hineinzugehen. Die letzten beiden Male habe ich immer schnell wieder den Rückzug angetreten, weil mich dann doch der Mut verlassen hat. Dabei muss ich unbedingt mit Mama reden. Ich ertrage es nicht länger, dass sie so unglücklich ist. Ich muss ihr die Wahrheit sagen. Aber was ist die Wahrheit? Dass ich das alles nicht gewollt habe? Das wäre gelogen, schließlich habe ich genau das gewollt. Ich wollte, dass Mama sich von Jacques trennt. Das war doch mein größter Wunsch, oder? Mein Geburtstagswunsch, der nun endlich in Erfüllung gegangen ist. Jacques hat das Feld geräumt, Mama ist gerettet.

Aber plötzlich ist alles ganz anders, als ich es mir vorgestellt hatte. Plötzlich wünschte ich mir, dass mein Plan nicht funktioniert hätte. Die Sache ist mir über den Kopf gewachsen. Sie ist aus dem Ruder gelaufen. Mama ist total fertig und das ist ganz allein meine Schuld. Und was ist mit dem Baby? Wenn es jetzt ohne Vater aufwachsen muss, ist das auch meine Schuld. Denn eins wird mir nun endlich klar: Mama wird nicht mehr zu Paps zurückkehren. Egal, ob sie bei Jacques bleibt oder nicht. Sie kommt nicht mehr nach Hause zurück. Wir werden nie mehr dieselbe Familie sein wie früher. Die Zeiten sind vorbei, ein für alle Mal. Ich muss die Sache mit Mama und Jacques irgendwie wieder hinbiegen. Und das geht nur, wenn ich Mama die Wahrheit sage. Die ganze Wahrheit und nichts als die Wahrheit. Hoffentlich ist es noch nicht zu spät.

Ich klopfe an die Tür und betrete Mamas Zimmer.

Mama sitzt in einem Sessel am Fenster und macht nichts. Sie liest nicht, sie telefoniert nicht, sie schläft nicht. Sie starrt einfach nur vor sich hin.

Aber als ich hereinkomme, schaut sie auf und lächelt mir zu. Es ist ein sehr trauriges Lächeln.

»Julia, mein Geburtstagskind! Tut mir leid, dass ich vorhin einfach weggelaufen bin. Ich komme gleich wieder runter und dann packen wir endlich deine Geschenke aus, in Ordnung?«

Ich könnte jetzt einfach mitspielen. Ich könnte nicken und sagen: »Prima, das machen wir«, und mit Mama nach unten gehen und Geschenke auspacken. Dann müsste ich Mama nicht erzählen, was ich getan habe. Dann würde ich Mamas Geburtstagskind bleiben und sie würde nie erfahren, wie fies und hinterhältig ich in Wirklichkeit bin. Aber ich weiß, dass das nicht geht. Ich muss es schnell hinter mich bringen, sonst schaffe ich es nie.

»Ich muss dir was sagen, Mama.« Meine Knie fühlen sich ganz weich an. Ob Mama mich hasst, wenn ich ihr die Wahrheit sage? »Es geht um Jacques.«

Mama schüttelt abwehrend den Kopf. »Das Kapitel Jacques ist für mich abgeschlossen. Endgültig. Außerdem weiß ich inzwischen Bescheid. Was ihn und Cécile angeht, meine ich. Du hattest recht, Cécile ist offenbar wirklich mehr als nur eine alte Bekannte für Jacques …«

»Nein, warte«, unterbreche ich sie. »Es ist alles ganz anders. Du hattest recht und ich hatte Unrecht. Zwischen Jacques und Cécile ist nie was gelaufen.«

Mama lächelt schwach. »Es ist nett von dir, dass du Jacques verteidigen willst, obwohl du ihn doch eigentlich gar nicht magst. Aber es gibt Beweise, die eindeutig gegen ihn sprechen. Erinnerst du dich noch an die Kette, die du auf dem Segelboot gefunden hast? Sie gehört Cécile. Offenbar haben die beiden sich dort heimlich getroffen.«

»Haben sie nicht!«, widerspreche ich. »Ich hab die Kette überhaupt nicht auf dem Boot gefunden. Cécile hat sie beim Joggen verloren und ich hab sie eingesteckt.«

Mama schaut mich verwirrt an. »Aber wie ist sie denn dann auf das Boot gekommen?«

»In meiner Hosentasche«, sage ich und schaue zu Boden.

»Ich hab gelogen, als ich dir gesagt hab, dass ich sie in der Sofaritze gefunden habe.«

»Was?« Mamas Stimme klingt so, als könnte sie nicht glauben, was sie da gerade gehört hat.

»Und die Lippenstiftspuren auf Jacques' Hemd stammen auch von mir«, fahre ich fort. Ich rede jetzt schneller, ich will endlich alles loswerden. »Ich hab Céciles Lippenstift benutzt, als sie und Jacques nachts im Meer gebadet haben.«

Mama schüttelt ungläubig den Kopf. »Du warst das? Aber warum?«

»Du solltest glauben, dass Jacques eine Affäre mit Cécile hat. Ich wollte, dass du dich von ihm trennst«, sage ich leise. »Ich wollte verhindern, dass du ihn heiratest.«

Mama schaut mich plötzlich an wie eine Fremde. Als würde sie mich zum allerersten Mal sehen. »Ich kann einfach nicht glauben, dass du so etwas getan hast. Weißt du eigentlich, wie gemein das ist? Hast du überhaupt den Hauch einer Ahnung, was du damit angerichtet hast? Ist das deine Art, dich an mir zu rächen? Wolltest du mir so wehtun, wie ich dir wehgetan habe, als ich damals weggegangen bin? Ist es das?«

»Nein«, flüstere ich und merke, wie mir Tränen in die Augen steigen. Meine Kehle ist plötzlich ganz eng, ich kann kaum schlucken. »Ich wollte dir nicht wehtun.«

»Was wolltest du dann?« Mamas Stimme klingt ratlos.

»Ich wollte, dass du zurückkommst«, schluchze ich. »Nach Hause, zu Paps, Nina und mir. Und dass wir wieder eine richtige Familie werden, so wie früher.«

»Deswegen hast du das alles gemacht?«, fragt Mama.

Ich nicke. »Es tut mir leid. Ich weiß, dass das total gemein von mir war. Und ziemlich kindisch.«

»Allerdings.« Mama steht auf und gibt mir ein Taschentuch. »Du musst endlich akzeptieren, dass ich mich von eurem Vater getrennt habe. Wir werden nicht wieder zusammenkommen.«

Ich putze mir die Nase und murmele hinter dem Taschentuch: »Ich weiß.«

»Aber deswegen bleibe ich trotzdem deine Mutter«, sagt Mama sanft. »Daran ändert weder die Hochzeit mit Jacques etwas noch das Baby. Ich werde immer für Nina und dich da sein. Das musst du mir glauben, Julia.«

Ich nicke noch einmal. Sprechen kann ich nicht, weil ich dann garantiert gleich wieder losheule. Und geheult habe ich in letzter Zeit wirklich oft genug. So langsam sollte ich mal wieder damit aufhören.

Mama nimmt mich in die Arme und drückt mich ganz fest. »Ich werde dich immer lieb haben, mein Schatz, ganz egal, was passiert.«

»Ich dich auch, Mama«, flüstere ich.

»War das Mamas Auto, das gerade weggefahren ist?«, will Nina wissen, als ich auf die Terrasse komme. »Wo ist sie denn hingefahren?«

»Nach Nizza«, antworte ich.

»Nach Nizza?«, ruft Nina. »Warum das denn? Etwa wegen Jacques? Warum hat sie uns denn nicht mitgenommen?«

Ich zucke mit den Schultern. »Wahrscheinlich wollte sie

lieber alleine mit Jacques reden.« Nina zeigt auf die Geburtstagsgeschenke, die sich immer noch auf dem Terrassentisch stapeln. Das Frühstück hat Clara inzwischen abgeräumt. »Willst du deine Geschenke gar nicht auspacken?«

Ich schüttele den Kopf. Auf Geschenke habe ich jetzt wirklich keine Lust. »Ich warte lieber, bis Mama wieder da ist.«

Und Jacques. Hoffentlich bringt Mama ihn mit. Ich hätte nie gedacht, dass ich mir das mal wünschen würde. Ehrlich gesagt könnte ich persönlich auch immer noch gut auf ihn verzichten. Aber Jacques und Mama sollen sich wieder vertragen. Ich will nicht, dass ihre Beziehung wegen mir in die Brüche geht. Das würde ich mir nie verzeihen. Hoffentlich lässt Jacques mit sich reden und spielt nicht die beleidigte Leberwurst. Was, wenn er Mama abblitzen lässt, weil sie ihm nicht vertraut hat? Dabei kann Mama doch gar nichts dafür. Bei den Beweisen, die ich ihr geliefert habe, musste sie doch glauben, dass er was mit Cécile hat. Hoffentlich sieht Jacques das auch so …

Der Nachmittag zieht sich endlos hin und die Warterei macht mich langsam, aber sicher fertig. Nicht mal die Geburtstagsanrufe von Paps und Laura können mich aufmuntern. Nina futtert mit großem Appetit drei Stücke von meiner Geburtstagstorte und planscht danach im Pool herum. Ich kriege keinen Bissen hinunter.

»Was ist denn los mit dir?«, fragt René. »Nimmt es dich so sehr mit, dass deine Mutter und Jacques sich trennen wollen? Oder bist du deprimiert, weil du nun unaufhaltsam auf die zwanzig zugehst.«

»Quatsch, mein Geburtstag ist mir total egal«, antworte ich. »Es ist wegen Mama und Jacques …«

Ich überlege kurz, ob ich René alles erzählen soll. Nein, lieber nicht. René würde bestimmt nicht verstehen, wie ich so etwas Gemeines machen konnte. Ich verstehe es ja selbst nicht so richtig.

»Ich hätte nicht gedacht, dass dir ihre Trennung so nahe geht«, sagt René. »Ich dachte, du magst Jacques nicht.«

»Tue ich auch nicht. Aber Mama mag ihn und darauf kommt es schließlich an. Außerdem: Was soll denn aus dem Baby werden, wenn. Mama und Jacques sich jetzt trennen?«

René nimmt meine Hand und drückt sie. »Mach dir nicht so viele Sorgen, Julie. Dass deine Mutter nach Nizza gefahren ist, ist bestimmt ein gutes Zeichen. Vielleicht renkt sich ja doch noch alles wieder ein.«

Hoffentlich …

Es ist fast schon Abend, als endlich ein Auto die Auffahrt hinauffährt. Ich spitze die Ohren. Schlägt nur eine Autotür zu oder sind es zwei?

»Mama kommt!«, ruft Nina in diesem Moment und übertönt mit ihrer Quäkstimme alle anderen Geräusche.

Nina rennt in die Eingangshalle und ich laufe hinterher. Dabei schicke ich ein letztes Stoßgebet zum Himmel und wünsche mir, dass alles wieder gut wird.

Aber als ich in die Halle komme, kann ich dort nur Mama entdecken. Sie gibt Nina gerade einen Begrüßungskuss. Von Jacques ist weit und breit nichts zu sehen. Das gibt's doch gar nicht! Hat der Mistkerl Mama tatsächlich abblitzen lassen? Okay, das war's dann wohl. Es ist vorbei, ich hab's vermasselt. Dann muss ich in Zukunft eben damit leben, dass ich Mamas Beziehung zerstört habe. Und dass ihr Baby ohne Vater aufwachsen wird. Erst jetzt wird mir so richtig klar, was ich angerichtet habe. Es ist, als würde plötzlich ein kalter Windhauch durch die Eingangshalle wehen. Ich fröstele und schlinge die Arme um meinen Oberkörper. »Hallo, Jacques, da bist du ja wieder!«, ruft Nina in diesem Moment.

Was? Habe ich jetzt etwa schon Halluzinationen?! Nein, es ist die allerwirklichste Wirklichkeit. Da steht er in der Tür, lebendig und leibhaftig, kein Traum, sondern aus Fleisch und Blut. Jacques! Sein Lächeln ist so schleimig wie eh und je, aber ich bin trotzdem wahnsinnig froh, ihn zu sehen.

»Habt ihr euch wieder vertragen?«, fragt Nina. »Heiratet ihr jetzt doch?«

Jacques legt den Arm um Mama. »Auf jeden Fall. Zum Glück konnten deine Mutter und ich alle Missverständnisse aus dem Weg räumen.«

»Was für Missverständnisse denn?«, will Nina, diese neugierige, kleine Kröte, wissen. Ausgerechnet jetzt taucht auch noch René neben mir auf. Mein Herz schlägt schneller und ich merke, wie ich blass werde. Jetzt hat Jacques die einmalige Chance, mir alles heimzuzahlen. Er braucht nur Nina und René zu erzählen, wer für die »Missverständnisse«, die beinahe seine und Mamas Hochzeit ruiniert hätten, verantwortlich ist. Dann bin ich bei meiner Schwester und bei meinem Freund für alle Zeiten unten durch. Und ich könnte es Jacques noch nicht einmal übel nehmen, wenn er mich verpfeift. Schließlich habe ich ihm das Leben in letzter Zeit auch nicht gerade leicht gemacht. Wahrscheinlich ist das jetzt nur die gerechte Strafe.

»Was für Missverständnisse?«, wiederholt Jacques. »Ob du's glaubst oder nicht, die hab ich schon wieder vergessen. Hauptsache, wir haben sie aus der Welt geschafft, nicht wahr?« Beim letzten Satz schaut er nicht Nina an, sondern mich. »Und jetzt, meine Lieben, wird gefeiert! Schließlich hat hier heute jemand Geburtstag.« Er kommt auf mich zu und drückt mir vier Küsschen auf die Wangen. »Bonne anniversaire, Julia!«

»Danke, Jacques«, sage ich und schaue ihm zum ersten Mal direkt in die Augen. Sie sind blau und sehen eigentlich ganz nett aus. Ich glaube, er versteht, dass ich mich gerade für viel mehr als nur für seine guten Wünsche zum Geburtstag bedankt habe.

Als wir alle im Esszimmer um den festlich gedeckten Tisch sitzen, hebt Jacques sein Champagnerglas und prostet mir zu.

»Auf dich, Julia, und auf deinen 15. Geburtstag. Ich wünsche dir alles Gute!«

Eins muss ich Jacques lassen, er ist wirklich nicht nachtragend. Ich glaube, an seiner Stelle würde ich kein Wort mehr mit mir reden. Ich muss an den Abend denken, an dem der ganze Ärger angefangen hat. Da saßen wir genau so um diesen Tisch wie jetzt. Und Jacques hat ebenfalls sein Champagnerglas erhoben. Aber heute werde ich mir das

Fünf-Gänge-Menü nicht entgehen lassen. Im Nachhinein kommt mir dieser Abend wie ein merkwürdiger Traum vor. So verworren und unwirklich. Bin ich wirklich ausgerastet und habe Mama angeschrien? Und habe ich danach tatsächlich all diese fiesen Sachen gemacht, um Mama und Jacques auseinanderzubringen? Jetzt wird mir erst so richtig klar, was für ein wahnsinniges Glück ich gehabt habe. Denn trotz allem sitze ich heute hier, im Kreise meiner Lieben, und stopfe lauter leckere Sachen in mich hinein. Es ist alles gut ausgegangen. »Müssen wir morgen wirklich schon wieder weg?«, mault Nina. »Ich würde viel lieber noch hier bleiben. Wer kümmert sich denn um meine armen Fische, wenn ich nicht mehr da bin?«

So eine Heuchlerin! Jetzt tut sie so, als würde sie sich Sorgen um ihre Fische machen, dabei hat sie sich nach der anfänglichen Begeisterung die restlichen Ferien über keine fünf Minuten mehr mit dem Aquarium in ihrem Zimmer beschäftigt.

Mama seufzt. »Ich fände es auch schön, wenn ihr noch bleiben könntet. Die Zeit ist viel zu schnell herumgegangen. Um deine Fische werde ich mich kümmern, Nina, mach dir deswegen keine Gedanken. Und zum Glück seid ihr ja in den Herbstferien schon wieder hier.«

Ninas Gesicht hellt sich auf. »Und dann feiern wir Hochzeit. Das wird klasse!«

»Allerdings«, sagt Jacques und tätschelt Mamas Hand. »Das wird die größte und schönste Hochzeit, die St. Tropez je gesehen hat.«

Ach du je, da können wir uns ja auf was gefasst machen.

Aber Mamas Gesicht leuchtet bei Jacques' Worten, deshalb sage ich lieber nichts. Ist ja schließlich auch nicht meine Hochzeit, sondern Mamas. Hauptsache, sie freut sich drauf – und das tut sie eindeutig.

»Du musst natürlich auch kommen, René«, fügt Mama hinzu. »Schließlich gehörst du ja schon fast zur Familie.«

»Vielen Dank«, sagt René. »Ich würde natürlich sehr gerne kommen.«

Ich rechne blitzschnell nach, wie lange es noch bis zu den Herbstferien dauert. Noch über zwei Monate. Das ist eindeutig zu lang! Warum müssen wir uns immer ausgerechnet dann trennen, wenn wir uns gerade wieder aneinander gewöhnt haben? Wie soll ich denn die nächsten acht Wochen ohne René überstehen?

René scheint meine Gedanken zu erraten. Er küsst mich aufs Ohr und sagt leise: »Du wirst sehen, zwei Monate gehen superschnell rum. Und an der Côte d'Azur soll es im Herbst auch sehr schön sein. Da setzen dann nämlich die berühmt-berüchtigten Sandstürme ein …«

Ich muss grinsen. René und ich mitten im Sandsturm – leider erst in zwei Monaten. Bis dahin muss ich mich wohl oder übel mit dem Sandsturm in meiner Glaskugel begnügen.

»Packst du jetzt endlich deine Geschenke aus?«, fragt Nina. »Oder willst du bis zu deinem nächsten Geburtstag warten?«

Ich schüttele den Kopf. »Keineswegs. Von mir aus können wir jetzt mit der Bescherung beginnen.«

Aber bevor ich das erste Paket öffnen kann, kommt Clara

herein und sagt etwas auf Französisch. Natürlich verstehe ich mal wieder kein Wort.

»Oui, je viens«, entgegnet Jacques und verschwindet kurz nach draußen.

Als er zurückkommt, schleppt er etwas Großes und Schweres ins Esszimmer und stellt es neben meinem Stuhl ab. »Schau mal, Julia, was gerade für dich abgegeben worden ist.«

Ich fasse es nicht! Ist das tatsächlich mein Koffer? Er sieht noch ramponierter aus, als ich ihn in Erinnerung hatte. Der Griff ist abgebrochen und auf der Vorderseite hat er einen dicken Kratzer. Trotz allem kann ich ihn eindeutig identifizieren. Er ist es – mein seit zehn Tagen verschollener Koffer.

»Der sieht aus, als wäre er einmal rund um die Welt gereist«, sagt Nina. »Mannomann, hat der lange gebraucht.«

»Besser spät als nie.« Ich werfe meinem Koffer einen liebevollen Blick zu. »So, jetzt packe ich aber endlich meine Geschenke aus.«

Ich greife nach dem ersten Päckchen. Während ich das Geschenkband löse, sehen mich alle erwartungsvoll an. Nina bohrt vor Aufregung in der Nase. Wahrscheinlich geht ihr das schon wieder alles viel zu langsam. Mama hält Händchen mit Jacques und sieht endlich wieder richtig glücklich aus. Jacques grinst so schleimig wie eh und je, aber damit muss ich wohl leben. Und René lächelt mir zu, als sich unsere Blicke begegnen. Mir wird plötzlich ganz warm ums Herz. Hab ich nicht ein Riesenglück, dass ich so eine tolle Familie habe?

»Lass mich mal«, quäkt Nina neben mir und reißt mir

das Geschenk aus der Hand. »Sonst sitzen wir morgen früh noch hier.«

»Gib das sofort wieder her!«, rufe ich. »Das ist mein Geschenk und das packe ich so langsam aus, wie ich will, kapiert?«

Ich glaube, wir sind tatsächlich auf dem besten Weg, eine große, glückliche Familie zu werden …

Teil II

Neue Liebe – neues Glück?!

Wolkenbruch und Depressionen

Wer hat eigentlich den Oktober erfunden? Den Idioten würde ich gerne mal kennenlernen und ihm ordentlich die Meinung sagen. Oder ihm am besten gleich den Hals umdrehen. Wenn ihr mich fragt, ist der Oktober eine totale Zumutung. Man hat fast den ganzen Herbst und den kompletten Winter noch vor sich und ständig regnet es. So wie heute. Ein Montagmorgen im Oktober. Der Regen klatscht so laut gegen das Küchenfenster, dass er fast die unerträglich gut gelaunten Stimmen der beiden Moderatoren aus dem Radio übertönt, und es ist noch nicht mal richtig hell draußen. Ich löffele missmutig mein Müsli und versuche krampfhaft, die Augen offen zu halten, während Paps neben mir seine Zeitung liest. Am liebsten würde ich sofort wieder ins Bett gehen. Bei dem Wetter schickt man doch keinen Hund vor die Tür! Geschweige denn eine hochintelligente zukünftige Nobelpreisträgerin, die sehr anfällig für Erkältungskrankheiten ist. (Das bin ich!)

Ich habe überhaupt keine Lust, mich gleich auf mein Fahrrad zu schwingen und mich durch Sturm, Regen, Kälte und Dunkelheit bis zur Schule zu kämpfen. Mal ganz davon abgesehen, dass ich noch gar nicht richtig wach bin.

Das ist auch so eine Sache, die ich am Herbst und Winter hasse: Ständig muss man sich in absoluter Dunkelheit aus dem Bett quälen. Das ist doch total unnatürlich! Außerdem entspricht es in keiner Weise meinem Biorhythmus und meiner inneren Uhr. Die steht nämlich noch mindestens zwei Stunden lang auf Schlafenszeit. Draußen fegt gerade eine besonders heftige Windböe durch unseren Vorgarten und wirbelt welke Blätter durch die Luft. Die kahlen Zweige der Birke vor dem Küchenfenster schwanken heftig hin und her. Es sieht aus, als würde jeden Moment die Welt untergehen.

»Guten Morgen!«, ruft Nina fröhlich und tänzelt in die Küche. »Mann, ist das ein Mistwetter!«

»Guten Morgen, Ninalein«, sagt Paps und lässt kurz die Zeitung sinken, um Nina zuzulächeln. Meine kleine Schwester ist sein absoluter Liebling. Sie kann sich fast alles erlauben und wickelt Paps in null Komma nichts um den Finger, wenn sie etwas von ihm will.

Nina lässt sich mir gegenüber am Küchentisch nieder und summt irgendeinen dämlichen Song mit, der gerade im Radio gespielt wird. Sie sieht unverschämt wach und gut gelaunt aus. Ich werfe ihr einen düsteren Blick zu und sage nichts. Sie soll bloß nicht auf die Idee kommen, mich vollzuquatschen. Das ertrage ich um diese Uhrzeit einfach nicht. Aber natürlich ignoriert sie mein morgendliches Ruhebedürfnis komplett und plappert munter drauflos, während sie sich einen Marmeladentoast nach dem anderen schmiert.

»Hey, Julia, weißt du was? Heute sind es noch genau

zwölf Tage bis zu Mamas Hochzeit – klasse, oder? Ich freu mich schon total! Eine Hochzeit in St. Tropez, das ist sooo cool! Weißt du schon, was du anziehst? Also, ich hab letzte Woche in der Stadt ein Kleid gesehen, das war einfach ein Traum. Weiß und bodenlang, mit gekreuzten Trägern hinten am Rücken und einem irren Ausschnitt …«

Ich schalte auf Durchzug. Schon wieder das Hochzeitsthema! So langsam kann ich's echt nicht mehr hören. Nina redet seit Wochen nur noch von dieser blöden Hochzeit. Ich weiß wirklich nicht, was so toll daran sein soll, dass unsere Mutter ihren französischen Lover heiratet. Jacques ist zwar wahnsinnig reich, aber ansonsten ein totaler Schleimer. Schleimige Frisur, schleimiges Grinsen, schleimiges Gelaber. Keine Ahnung, was Mama an dem Typen findet. Abgesehen vielleicht von seiner Hotelkette, seiner supertollen Villa in Südfrankreich und seiner Segelyacht. Okay, er *kann* manchmal auch ganz nett sein, das muss ich gerechterweise zugeben. Aber in erster Linie ist und bleibt er ein Schleimer.

Mama lebt nun schon seit ein paar Jahren mit Jacques in Südfrankreich und im Februar bekommt sie ein Baby von ihm. Als sie uns das in den Sommerferien mitgeteilt hat, war ich erst total geschockt, aber jetzt hab ich mich halbwegs an den Gedanken gewöhnt. Genauso wie an die Sache mit der Hochzeit. Mama liebt diesen Schleimer nun mal, also soll sie ihn in Gottes Namen auch heiraten. Die Hoffnung, dass sie irgendwann nach Papenberg zu Paps, Nina und mir zurückkehrt, habe ich inzwischen sowieso aufgegeben.

»… meinst du nicht auch, Julia?«, fragt Nina und sieht mich erwartungsvoll an.

»Ja, das Kleid ist bestimmt toll«, sage ich auf gut Glück. Leider habe ich keinen blassen Schimmer, wovon Nina in den letzten fünf Minuten geredet hat.

Meine Schwester wirft mir einen beleidigten Blick zu. »Mann, Julia, du hörst mir überhaupt nicht zu! Es geht doch gar nicht mehr um das Kleid, sondern um meine neue Frisur. Ich finde, damit sehe ich genauso aus wie Dana.«

»Dana? Was denn für eine Dana?«, frage ich verwirrt. »Ich dachte, deine Freundin heißt Anne.«

Nina rollt verzweifelt mit den Augen. »Lebst du eigentlich hinterm Mond, oder was? Die Dana aus *Zeiten der Liebe* natürlich!«

»Ach so.« Jetzt bin ich wieder halbwegs im Bilde. *Zeiten der Liebe* ist Ninas Lieblings-Soap. Jeden Tag sitzt sie um punkt sechs vor der Glotze, um sich die neuesten Verwicklungen und Intrigen reinzuziehen. Dabei ist die Serie so was von schlecht. Ich hab noch nie eine Folge von Anfang bis Ende gesehen, weil ich mich immer schon nach fünf Minuten zu Tode gelangweilt habe. Das Drehbuch ist eine Zumutung und die Schauspieler spielen so unterirdisch, dass es beim Zuschauen beinahe wehtut. Soviel ich weiß, ist Dana die Hauptdarstellerin, die eine komplizierte Liebesbeziehung nach der anderen hat und nebenbei versucht, als Schauspielerin Karriere zu machen (total originell, oder?!). Ich betrachte Nina jetzt etwas genauer und stelle fest, dass sie tatsächlich irgendwie anders aussieht. Offensichtlich hat sie ihre Haare hinten hochtoupiert. Ihr Hinterkopf sieht aus, als wäre er operativ vergrößert worden. Die Spitzen hat sie zu einer enormen Welle nach außen geföhnt und jede Menge Haarspray draufgeknallt. So ähnlich sieht Mama auf ihren Jugendfotos aus. Kommen jetzt etwa die Sechziger wieder zurück, oder was?!

»Ist doch super, oder?«, fragt Nina und schwenkt vorsichtig ihren Kopf hin und her. Ihre Haare bewegen sich keinen Millimeter. Sieht aus, als wären sie in Beton gegossen. »In der letzten *Girls only* stand Schritt für Schritt, wie man die Frisur am besten hinbekommt. Die neue Ausgabe muss ich mir heute auch unbedingt holen, da ist nämlich die Anleitung für Danas Make-up drin.«

»Warum willst du denn unbedingt so aussehen wie diese komische Tussi?«, frage ich. »Die ist doch total dämlich. Und als Schauspielerin ist sie sowieso ein Griff ins Klo.«

»Quatsch, Dana ist eine super Schauspielerin! Und sie ist echt cool, das sagen alle. Mann, es muss sooo toll sein, die Hauptrolle in *Zeiten der Liebe* zu spielen! Stell dir das doch mal vor: jeden Tag vor der Kamera, ständig neue Klamotten, nur coole Leute – und dafür wirst du auch noch bezahlt!«

Ich kratze meine Müslischale aus und verziehe angewidert das Gesicht. »Igitt, das stelle ich mir lieber nicht vor. Wenn ich diese peinlichen Dialoge sprechen müsste, würde ich nach fünf Minuten die ganze schlecht gemachte Kulisse vollkotzen.«

»Du hast ja keine Ahnung«, sagt Nina und leckt ihre mit Marmelade verschmierten Finger ab. »Ich würde alles für eine Rolle in *Zeiten der Liebe* tun. Und die Frisur ist genau das Richtige für Mamas Hochzeit. René gefällt sie bestimmt!«

Bei der Erwähnung von Renés Namen wird meine Laune noch ein bisschen schlechter. Dabei hatte ich eigentlich gedacht, sie wäre schon auf dem Nullpunkt angelangt.

Paps schaut hinter seiner Zeitung hervor. »Wie geht's René denn so? Besucht er dich in den Herbstferien wieder? Er könnte doch nach der Hochzeit deiner Mutter mit nach Papenberg kommen.«

»Au ja!«, kreischt Nina. »Das wäre klasse!«

Sie klingt so begeistert, als wäre René nicht mein Freund, sondern ihrer. Nina liebt René abgöttisch. Von mir kann ich das im Moment leider nicht behaupten.

»Mal sehen«, sage ich widerwillig. »Ist ja noch gar nicht sicher, dass René überhaupt zur Hochzeit kommt.«

»Waaas?«, ruft Nina. »Warum denn nicht? Mama und Jacques haben ihn doch auch eingeladen! Und von Paris nach Nizza gibt es supergünstige Flüge. Das hat mir René in den Sommerferien selbst erzählt.«

»Ja, aber wahrscheinlich hat er keine Zeit«, brumme ich und hoffe, dass Nina das Thema fallen lässt. Ich habe absolut keine Lust, jetzt darüber zu reden.

Natürlich tut mir meine Schwester diesen Gefallen nicht. »Keine Zeit? Was soll das denn heißen? Warum denn nicht?«

»Frag ihn doch selber, du neugierige Kröte!«, brülle ich und stürme aus der Küche.

Während ich im Garderobenschrank nach meinem Regenzeug wühle, kämpfe ich mit den Tränen. So ein Mist!

Diese Woche fängt genauso beschissen an, wie die letzte aufgehört hat. Reicht es nicht, dass der Streit mit René mir schon den ganzen Sonntag versaut hat? Muss Nina mich jetzt auch noch am Montagmorgen daran erinnern, dass René dieser blöde Auftritt mit seiner Band offenbar wichtiger ist als die Hochzeit meiner Mutter?

Ich dachte, ich hör nicht richtig, als er gestern am Telefon damit rausgerückt ist. Dabei steht der Hochzeitstermin schon seit Wochen fest! Wie kann er überhaupt eine Sekunde lang darüber nachdenken, an dem Wochenende mit seiner Band aufzutreten? Aber nein, er will seine Freunde nicht hängen lassen. Außerdem ist der Auftritt »enorm wichtig« für die Band. Dass es für *mich* enorm wichtig ist, mit René zusammen auf die Hochzeit zu gehen, ist ihm offensichtlich egal. Mich hängen zu lassen ist ja nicht so schlimm …

Wenn ich nur daran denke, werde ich schon wieder stinksauer. Manchmal frage ich mich wirklich, warum wir noch zusammen sind. Was habe ich von einem Freund, den ich nur alle Jubeljahre mal für ein paar Tage sehe, weil er 800 km entfernt in Paris lebt? Und dem seine bescheuerte Band offensichtlich wichtiger ist als ich?

Manchmal wünschte ich, ich hätte bei dem verhängnisvollen Frankreich-Austausch im letzten Jahr nie mitgemacht. Dann wäre René nicht mein Austauschpartner geworden, ich hätte mich nicht in ihn verliebt und wir wären nie zusammengekommen. Wer weiß, vielleicht hätte ich dann einen netten Typen aus Papenberg kennengelernt, der mich abgöttisch liebt und den ich fünfmal am Tag sehen kann, wenn ich Lust dazu habe. Aber nein, ich musste mich stattdessen in diesen französischen Herzensbrecher verlieben und mir mein Leben mit einer auf Dauer völlig aussichtslosen Fernbeziehung unnötig kompliziert machen. Aber diese Schwäche für französische Männer scheint bei uns ja irgendwie in der Familie zu liegen …

Trotz des äußerst kleidsamen orangefarbenen Regencapes, das ich bereits seit der siebten Klasse besitze, bin ich klitschnass, als ich in der Schule ankomme. Meine Jeans ist bis zu den Knien durchweicht und in meinen Turnschuhen schwappt bei jedem Schritt das Wasser. Meine Haare hängen in nassen Strähnen herunter und tropfen meinen Pullover voll. So ein Mist! Ich stopfe das Regencape unter meinen Tisch, wische mir mit einem Taschentuch das Gesicht trocken und versuche, meine völlig verschmierte Brille ein wenig zu säubern, um wieder klare Sicht zu bekommen. Natürlich beschlägt das Mistding jetzt erst mal bei der warmen Heizungsluft hier drinnen. Super!

Wenigstens bleibt mir so der Anblick von Nadja und Tanja, die sich gerade auf ihren Plätzen zwei Reihen vor mir niederlassen, noch eine Weile in seiner erbarmungslosen Schärfe erspart. Ihr dummes Gelaber bekomme ich aber leider trotzdem mit.

Tanja: »Hier, sieh dir das an. Ist das nicht der Hammer? Da müssen wir unbedingt mitmachen!«

Blätter, blätter, raschel, raschel.

Nadja: »Wahnsinn! Ein Casting! Hier in Papenberg! Das ist ja nicht zu fassen.«

Tanja: »Ich hab mir die neue *Girls only* extra gleich heute Morgen auf dem Weg zur Schule gekauft, damit wir uns sofort anmelden können. Das ist unsere Chance! Ich meine, wir sind doch die Idealbesetzung für eine Rolle in *Zeiten der Liebe*, oder?«

Nadja: »Und ob. Was steht denn hier? Aha, es geht offenbar nur um eine Nebenrolle. Aber immerhin. Das könnte schließlich der Anfang einer steilen Schauspielerkarriere sein.«

Tanja: »Genau. Und wenn man die Rolle kriegt, darf man sogar eine Szene mit Dana persönlich zusammen spielen. Vielleicht könnten wir uns sogar mit ihr anfreunden. Stell dir das doch mal vor! Mit Dana Danelli befreundet! Hast du die Folge am Freitag gesehen? Da sah sie wieder so toll aus! Und wie sie dann ihrem Exfreund so richtig die Meinung gesagt hat und danach mit dem gut aussehenden Kellner abgezischt ist – einfach klasse!«

Nadja: »Stimmt, das war nicht schlecht. Aber meiner Meinung nach hätte sie lieber den Bruder ihrer Freundin nehmen sollen. Der sieht viel besser aus als der blöde Kellner. Außerdem fährt er doch immer mit diesem coolen Cabrio durch die Gegend …«

»Könnt ihr euch nicht mal über was anderes unterhalten?«, unterbreche ich Nadja. »Das hält ja kein Mensch aus.«

Am liebsten würde ich ihr mit meinem nassen Taschentuch einfach das Maul stopfen. Und ihrer hohlköpfigen Freundin Tanja auch. Die beiden Tussi-Bussis gehen mir echt auf die Nerven. Ich kann dieses dämliche Soap-Gequatsche wirklich nicht mehr hören. Reicht es nicht, dass

Nina mir damit schon mein Frühstück versaut hat? Müssen die beiden jetzt auch noch damit anfangen?

Nadja dreht sich betont langsam um. »Wenn ich so aussehen würde wie du, würde ich meine Klappe lieber nicht so weit aufreißen. Im Übrigen geht es dich gar nichts an, worüber Tanja und ich uns unterhalten, klar?«

Tanja kichert. »Bist du ins Wasser gefallen, oder was? Du siehst aus wie ein begossener Pudel!«

»Draußen regnet es zufällig, falls du es noch nicht bemerkt hast«, sage ich so würdevoll wie möglich.

Die Tussi-Bussis sind natürlich trotz Regen und Sturm perfekt gestylt. Die beiden sind heute nicht mit dem Fahrrad zur Schule gefahren, so viel ist sicher. Bestimmt haben sie sich von ihren Eltern mit dem Auto bringen lassen, damit der Regen ihnen nicht ihr ganzes Make-up ruiniert. Sie sehen mal wieder so aus, als hätten sie die Nacht in einem Kosmetikstudio verbracht. Aber das ist ja nichts Neues.

Neu sind dagegen ihre Frisuren. Sie verschlagen mir für einen Moment die Sprache, dann pruste ich los.

»Geht's noch?«, fragt Tanja irritiert. »Oder drehst du jetzt total durch?«

Ich werde gerade von einem so heftigen Lachkrampf geschüttelt, dass ich erst mal nicht antworten kann.

Nadja mustert mich verächtlich und winkt ab. »Ach, lass sie. Die spinnt doch.«

»Was habt ihr denn mit euren Haaren gemacht?«, japse ich. »Wollt ihr als Dana-Doubles auftreten, oder was?«

Nadja fährt sich vorsichtig über ihre hochtoupierten Haare und Tanja überprüft schnell, ob ihre Haarspitzen auch noch schön nach außen gewellt sind. Ich hätte echt nicht gedacht, dass außer meiner verrückten Schwester noch jemand freiwillig mit dieser albernen Frisur in der Öffentlichkeit herumläuft.

»Das trägt man jetzt so«, erklärt mir Nadja. »Aber davon verstehst du nichts, Julia. An dir gehen schließlich sämtliche Trends völlig spurlos vorüber.«

»Stimmt«, sage ich zufrieden und streiche über meinen nicht mehr ganz neuen, dunkelblauen Wollpullover und meine abgetragene Lieblingsjeans. Ich mag's nun mal bequem. Irgendwelche Trends sind mir vollkommen schnuppe. Ich lasse mir doch nicht von der Modeindustrie vorschreiben, was ich anzuziehen habe!

»Guten Morgen allerseits!«, trällert eine Stimme und Laura betritt den Klassenraum. Genau genommen *schwebt* sie herein. Auf ihrem Gesicht liegt ein verzücktes Lächeln und sie ist, genauso wie die beiden Tussi-Bussis, kein bisschen nass geworden. Dabei gießt es draußen immer noch in Strömen. »Hast du dich etwa auch mit dem Auto bringen lassen?«, frage ich, während sich Laura auf dem Platz neben mir niederlässt.

Meine beste Freundin sieht mich verständnislos an. »Na klar. Ich fahr doch bei dem Mistwetter nicht mit dem Fahrrad!«

Super! Offensichtlich war ich die Einzige, die so dämlich war, mit dem Rad durch diese Sintflut zu fahren. Ich zupfe an meiner Jeans herum, die unangenehm feucht und kalt an meinen Beinen klebt. Wahrscheinlich dauert es den ganzen Vormittag, bis sie wieder trocken ist.

»Ihr hättet mich ruhig abholen können«, sage ich beleidigt. »Ich bin klitschnass geworden.«

»Stimmt, daran hab ich gar nicht gedacht. Tut mir leid.« Aber Laura sieht überhaupt nicht so aus, als würde es ihr leidtun. Auf ihrem Gesicht liegt immer noch dieser verzückte Ausdruck. »Ach, Julia, das Leben kann so wunderbar sein«, haucht sie und lächelt verträumt. »Das Wochenende war einfach klasse.«

»Schön für dich«, sage ich, aber Laura scheint meinen giftigen Tonfall gar nicht zu bemerken. Sie quatscht einfach weiter.

»Ich glaube, Michi ist die Liebe meines Lebens. Er ist so süß! Wir haben das ganze Wochenende zusammen verbracht. Samstag waren wir shoppen und abends auf der Geburtstagsparty von seinem Freund. Und Sonntag war ich den ganzen Tag bei ihm. Wir haben auf seinem Bett gelegen, Musik gehört und Tee getrunken.«

»Klingt ja total aufregend«, werfe ich ein.

Ich finde, Laura könnte so langsam auch mal fragen, wie *mein* Wochenende war. Aber sie denkt natürlich gar nicht daran. Seit sie mit Michi zusammen ist, hat sich Laura total verändert. Sie ist völlig auf diesen Typen fixiert und interessiert sich für nichts anderes mehr. Michi, Michi, Michi. Das kann einem wirklich auf den Geist gehen. Okay, er sieht nicht schlecht aus, das muss ich zugeben. Auch wenn er überhaupt nicht mein Typ ist. So ein blonder Muskelprotz. Er ist in Ninas Schwimmverein und Nina hat erzählt, dass alle Mädchen total auf ihn fliegen.

Laura hat ihn vor sechs Wochen im Freibad kennengelernt und war sofort hin und weg. Liebe auf den ersten Blick, ganz klassisch. Na ja, und seitdem gibt es in ihrem Leben nur noch Michi, den Supertypen. Sie hält es keine fünf Minuten ohne ihn aus. Ich kann ja verstehen, dass man im ersten Liebesrausch ein bisschen den Kopf verliert. Aber ich finde, so langsam könnte sie mal wieder zu sich kommen und sich daran erinnern, dass sie auch noch eine Freundin hat – nämlich mich.

»Es war sooo romantisch«, schwärmt Laura. »Ich wäre am liebsten einfach dageblieben. Aber wenn ich nicht um zwölf zu Hause bin, drehen meine Eltern total durch. Ich weiß wirklich nicht, was die für ein Problem haben. Ist doch völlig normal, dass man mit sechzehn ab und zu bei seinem Freund übernachtet, oder?«

Ich zucke mit den Schultern. »Keine Ahnung. Aber warum hast du mich eigentlich nicht zurückgerufen? Ich hab dir gestern ungefähr hundertmal auf die Mailbox gequatscht.«

»Ach ja, stimmt«, sagt Laura. »Bei Michi hatte ich das Handy abgestellt, weil wir ungestört sein wollten. Und die Mailbox hab ich erst zu Hause abgehört. Da war's zu spät, um noch bei euch anzurufen. Du bist doch jetzt nicht etwa sauer deswegen, oder?«

Ich werfe Laura einen wütenden Blick zu. »Doch, stell dir mal vor, das bin ich. Wenn ich mich richtig erinnere, wollten wir beide nämlich gestern Nachmittag was zusammen machen. Aber das hast du vor lauter Kuschelromantik mit Michi wohl vergessen, was?« Laura schlägt sich mit der Hand vor den Mund und sieht mich schuldbewusst an.

»Mist! Daran hab ich überhaupt nicht mehr gedacht. Tut mir leid, Julia, wird nicht wieder vorkommen. Versprochen!«

Das hab ich in letzter Zeit schon öfter von Laura gehört. Es war nämlich gestern nicht das erste Mal, dass sie mich versetzt hat. Seit sie mit Michi zusammen ist, hat sie ein Gedächtnis wie ein Sieb. Zumindest, wenn es um Verabredungen mit Leuten geht, die nicht Michi heißen und aussehen wie Barbies Exfreund Ken in jungen Jahren.

Ich winke ab. »Red keinen Quatsch. Beim nächsten Mal läuft es doch wieder genauso. Ich hab keine Lust mehr, ständig auf dich zu warten und mich immer nur mit deiner dämlichen Mailbox zu unterhalten. Am besten verabreden wir uns einfach nicht mehr, dann kannst du jede Minute mit deinem tollen Michi verbringen und musst deine kostbare Freizeit nicht mit mir verplempern.«

»Was ist denn mit dir los?«, fragt Laura verdutzt. »Du hast ja heute total miese Laune.« Da hat sie allerdings recht. »Hör mal, es tut mir *wirklich* leid. Ich gelobe hoch und heilig Besserung! Hey, was hältst du davon, wenn ich dich als Entschädigung nachher zu einem großen Kakao mit Sahne einlade? Wir könnten uns mal wieder einen richtig schönen Nachmittag zusammen machen. Nur wir beide! Erst gehen wir ein bisschen shoppen und dann ins *Café Latte*. Na, ist das ein Angebot?«

Laura sieht mich erwartungsvoll an und meine Wut schmilzt dahin. Ein ganzer Nachmittag mit Laura – das hört sich wirklich verlockend an. Einfach nur bummeln, quatschen und Kakao trinken. Früher haben wir das oft gemacht, aber in den letzten Wochen hatte sie keine Zeit mehr für so was, weil dieser blöde Michi sie voll in Anspruch genommen hat. Doch vielleicht ist diese Phase ja tatsächlich langsam vorbei. Irgendwann kühlt sich schließlich auch die heißeste Liebe ab und der Alltag kehrt wieder ein. Ich spreche da aus Erfahrung. Wenn ich daran denke, wie verliebt ich am Anfang in René war … Und jetzt? In letzter Zeit streiten wir uns ständig wegen irgendwelchen Kleinigkeiten, wie ein altes Ehepaar. Von Romantik keine Spur. Aber das ist ein anderes Thema. Und zwar eins, das ich am besten gleich wieder verdränge.

»Na gut«, sage ich und bringe sogar ein Lächeln zustande. »Wird tatsächlich mal wieder Zeit für einen Mädels-Nachmittag. Und es ist genau das richtige Wetter für Kakao mit Sahne.« Ich fahre mir mit der Hand durch meine nassen Haare. Vielleicht wird dieser verkorkste Oktobertag ja doch noch ganz nett.

Knutschen verboten!

»Guck mal, wie findest du den?«, fragt Laura.

Ich schiebe den Vorhang ein Stück zur Seite und werfe einen Blick in die Umkleidekabine. »Nicht schlecht. Aber mir hat der schwarze mit der Spitze besser gefallen.«

Das ist bereits der fünfte BH, den Laura anprobiert. Der erste war ihr zu groß, der zweite zu klein und der dritte zu rot. Außerdem hat Laura wie immer das Problem, dass sie sich einfach nicht entscheiden kann. Mit ihr Klamotten einzukaufen ist meistens eine echte Geduldsprobe. Man braucht Nerven wie Drahtseile. Und den passenden BH zu finden ist natürlich besonders schwierig. Bin gespannt, ob wir hier vor Ladenschluss wieder rauskommen.

Laura betrachtet sich kritisch im Spiegel. »Ich weiß nicht … Ich finde diesen hier auch nicht schlecht. Mein Busen sieht darin irgendwie ein bisschen größer aus, meinst du nicht? Außerdem ist der schwarze BH sauteuer. Hatten wir nicht auch einen rausgesucht, der im Sonderangebot war?« Sie wühlt in dem BH-Stapel auf dem Boden der Umkleidekabine und hält schließlich einen Hauch aus rosafarbenem Stoff hoch. »Hier ist er ja! Nur 9,99 Euro. Das ist doch echt günstig, oder? Den probier ich jetzt mal an.«

Eine Stunde und dreiunddreißig Minuten später hat sich Laura für den rosafarbenen Hauch und den schwarzen Spitzen-BH entschieden.

»Eine sehr gute Wahl«, sagt die Verkäuferin an der Kasse. »Zwei ganz exquisite Stücke von ausgesprochen guter Qualität. Daran werden Sie sicher viel Freude haben.«

»Hoffentlich nicht nur ich«, flüstert mir Laura zu und grinst vielsagend.

Ich pruste los und die Verkäuferin wirft uns einen strengen Blick zu.

»So, und jetzt suchen wir für dich auch einen schönen BH aus«, sagt Laura, nachdem sie bezahlt hat, und schwenkt unternehmungslustig ihre Plastiktüte. »Das bringt garantiert neuen Schwung in Renés und dein Liebesleben.«

»Liebesleben? Was denn für ein Liebesleben?«, frage ich. »Wir sehen uns so selten, dass teure Unterwäsche bei mir totale Geldverschwendung wäre. Wenn René wirklich nicht mit zu Mamas Hochzeit kommt, sehe ich ihn wahrscheinlich erst in den Weihnachtsferien wieder. Und bis dahin weiß ich schon gar nicht mehr, wie er aussieht.«

»Was? René fährt nicht mit nach St. Tropez? Warum denn?«, fragt Laura und ich erzähle ihr von dem geplanten Konzert.

Laura schüttelt den Kopf. »So ein Idiot! Findet er seine blöde Band etwa wichtiger als dich?«

Ich zucke mit den Schultern. »Keine Ahnung. Manchmal weiß ich einfach nicht, was in seinem Kopf vorgeht. Dann kommt er mir ganz fremd vor. Außerdem ist es total bescheuert, dass wir solche Sachen immer nur am Telefon besprechen können. Das ist doch auf Dauer kein Zustand, oder? Ich meine, wie soll denn unsere Beziehung langfristig funktionieren, wenn wir uns nur alle paar Monate sehen?«

»Stimmt, das könnte ich mir auch nicht vorstellen«, sagt Laura. »Ich würde am liebsten rund um die Uhr mit Michi zusammen sein.« Sie starrt ein paar Sekunden mit verträumtem Blick ins Leere, dann sieht sie mich prüfend an. »Sag mal, denkst du etwa darüber nach, mit René Schluss zu machen?«

Schwierige Frage. Denke ich darüber nach, mit René Schluss zu machen? Irgendwie schon. Manchmal zumindest. Aber nicht so richtig ernsthaft, sondern eher theoretisch. Nach dem Motto: Was wäre, wenn? Ich will mich schließlich nicht *wirklich* von ihm trennen. Oder? Allein bei dem Gedanken, nicht mehr mit René zusammen zu sein, bildet sich sofort ein dicker Eisklumpen in meinem Magen.

»Keine Ahnung«, sage ich schließlich. »Im Moment weiß ich gar nichts mehr.«

Laura drückt meinen Arm. »Mann, das ist ja echter Mist. Aber gerade dann solltest du dir was Gutes tun. Das hast du dir nach dem ganzen Ärger mit René wirklich verdient. Los, wir suchen dir jetzt einen superschönen BH aus.«

Sie stürmt sofort los und fängt an, einen Ständer mit lilafarbenen BHs und Höschen durchzusehen. Ich schlurfe hinterher. Eigentlich habe ich überhaupt keine Lust, mich jetzt in eine dieser Kabinen zu zwängen und Unterwäsche anzuprobieren. Außerdem stehe ich gar nicht auf dieses edle Zeug mit Spitze und allen Schikanen. Ich bin eher der Baumwollunterhosen-Typ.

Laura hält mir einen lilafarbenen String-Tanga hin. »Was hältst du davon? Das Teil ist doch scharf, oder?«

Ich zeige ihr einen Vogel. »Du hast sie ja nicht mehr alle. So was ziehe ich nicht an. Die Dinger sind doch bestimmt total unbequem.« Ich werfe einen Blick auf das Preisschild. »Außerdem bezahle ich keine 19,99 für das bisschen Stoff. Vergiss es!«

»Dann eben nicht«, sagt Laura ungerührt. »Ich glaube, Lila ist sowieso nicht deine Farbe. Macht viel zu blass. Aber wie wär's denn mit einem grünen BH? Das ist doch mal was anderes.«

Ich mache ein gequältes Gesicht. »Ich will aber keinen grünen BH. Ich bin doch kein Grashüpfer! Können wir diese ganze Aktion nicht einfach abblasen? Ich hasse es, BHs anzuprobieren. Mir sind die Dinger sowieso immer viel zu groß.«

»Aha«, ruft Laura triumphierend. »Da liegt also das Problem! Du hast immer noch diese fixe Idee, dass dein Busen zu klein ist, stimmt's?«

»Das ist keine fixe Idee, sondern traurige Realität«, murmele ich. »Übrigens wäre es nett, wenn du das nicht quer durch den ganzen Laden schreien würdest.«

Ich verschränke die Arme vor der Brust und merke, wie ich rot anlaufe. Mein Busen ist nicht gerade mein Lieblingsthema. Wenn er noch etwas kleiner wäre, wäre er überhaupt nicht mehr vorhanden. Sogar Nina hat mehr als ich und sie ist gerade mal zwölf. Das ist echt beschämend. Darum sind BHs bei mir eigentlich auch völlig überflüssig, das Geld kann ich mir wirklich sparen.

»Ich hab's!«, ruft Laura plötzlich und stürzt zu einem anderen Ständer. Als sie zurückkommt, wedelt sie mir mit einem schlichten, schwarzen BH vor der Nase herum. »Was du brauchst, ist ein Wonderbra. Der lässt deinen Busen mindestens eine Körbchengröße größer aussehen. Nadja trägt auch so ein Ding. Ich war selbst dabei, als sie es gekauft hat. Letztes Jahr, als ich noch mit Nadja und Tanja befreundet war.«

Laura verzieht angewidert das Gesicht. Offensichtlich denkt sie nicht mehr gerne daran zurück, dass sie eine Zeit lang das dritte Mitglied der Tussi-Bussi-Clique war. Kann ich gut verstehen, das ist wirklich ein dunkler Punkt in ihrer Vergangenheit. Zum Glück hat sie es aber nicht besonders lange mit den beiden lebenden Schminktäschchen ausgehalten.

Ich reiße erstaunt die Augen auf. »Das gibt's doch gar nicht! Nadja trägt einen Wonderbra? Und ich hab sie immer um ihre tolle Oberweite beneidet!«

»Alles nur Show. In Wirklichkeit hat sie noch weniger als du«, raunt Laura mir zu. »Ich hab's mit eigenen Augen gesehen!«

»Okay, her mit dem Ding«, sage ich, reiße Laura den BH aus der Hand und stürme zur Umkleidekabine.

Fünf Minuten später drehe ich mich vor dem Spiegel hin und her und kann's kaum glauben: Ich habe plötzlich einen richtigen Busen! Ich pikse mit dem Finger in die Gel-Einlagen des BHs. Fühlt sich total echt an.

»Und?«, fragt Laura und steckt ihren Kopf in die Umkleidekabine. »Hey, das sieht richtig klasse aus! Ich finde zwar nicht, dass du einen Wonderbra nötig hast, aber wenn du dich so besser fühlst …«

»Ich weiß nicht genau«, sage ich. »Meinst du nicht, dass das etwas unnatürlich aussieht? Ich komme mir vor, als hätte ich plötzlich einen richtigen Atombusen.«

»Quatsch! Die Größe ist völlig okay«, versichert mir Laura. »Du musst dich bloß erst dran gewöhnen.«

»Ja, aber wenn ich mit dem Ding herumrenne, können sich doch alle gleich denken, dass davon nur die Hälfte echt ist. Ich meine, gestern war ich schließlich noch flach wie ein Brett und heute sehe ich plötzlich aus wie Pamela Anderson.«

»Von Pamela Anderson bist du noch mindestens zehn Körbchengrößen entfernt«, beruhigt mich Laura. »Der Wonderbra fällt garantiert keinem Menschen auf, glaub's mir. Oder hast du etwa letztes Jahr bei Nadja irgendwas gemerkt?« Ich schüttele den Kopf. Das Argument mit Nadja gibt den Ausschlag.

»Okay, ich nehme ihn«, sage ich entschlossen.

Laura grinst. »Prima! Jetzt brauchen wir nur noch ein cooles Oberteil mit großem Ausschnitt für dich. Damit deine neue Oberweite auch richtig zur Geltung kommt.«

Eine Stunde später verlasse ich das Kaufhaus mit einem schwarzen Wonderbra und einem knallroten, eng anliegenden Oberteil mit unverschämt großem V-Ausschnitt. Eigentlich ist mir das Rot viel zu heftig, aber Laura hat mir das Teil trotzdem aufgeschwatzt. Irgendwann hatte ich einfach keine Kraft mehr, mich gegen ihre Überredungskünste zu wehren, und habe kapituliert.

»Toll, wegen dir bin ich jetzt absolut pleite«, sage ich, als wir wieder draußen im kalten Oktoberwind stehen.

Laura grinst. »Macht nichts. Schließlich trinkst du deinen Kakao ja heute auf meine Kosten, schon vergessen? Ich würde sagen, wir haben uns jetzt eine kleine Stärkung verdient. Auf ins *Café Latte*!«

Im *Café Latte* ist es wie immer proppenvoll. Warme, verbrauchte Luft schlägt uns entgegen, als wir durch die Tür gehen. Eigentlich mag ich den Laden nicht besonders, weil er so pseudoszenemäßig ist.

Die Leute, die hier herumhängen, kommen sich alle supertoll und angesagt vor. Dabei sind die meisten in Wirklichkeit totale Idioten.

»Guck mal, da hinten sitzen Miss Wonderbra und ihre Freundin«, raune ich Laura zu und nicke unauffällig zu Nadja und Tanja hinüber, die sich an der Theke niedergelassen haben. Nadja sitzt mit elegant übereinandergeschlagenen Beinen auf ihrem Barhocker. Offensichtlich kommt sie sich mit ihrer komischen Frisur vor wie Marilyn Monroe persönlich. Tanja schlürft mit spitzen, knallrot geschminkten Lippen einen Milchkaffee. Als sie Laura und mich entdeckt, flüstert sie Nadja etwas zu, woraufhin beide spöttisch grinsen.

»Was haben die eigentlich mit ihren Haaren gemacht?«, fragt mich Laura und mustert die Tussi-Bussis kritisch. »Partnerlook, oder was?! Mann, das sieht ja total albern aus.«

Ich nicke. »Allerdings. Das ist der neue Dana-Look aus *Zeiten der Liebe*. Nina läuft genauso durch die Gegend.«

Laura stößt mich an. »Da hinten sitzt übrigens Mark. Wow, ich wusste gar nicht mehr, dass er so gut aussieht!«

»Ja, der gute Mark ist schon eine Augenweide«, sage ich etwas wehmütig.

Mark war meine erste große Liebe. Jahrelang hab ich ihn in der Physik-AG angehimmelt, ohne dass er meine Existenz zur Kenntnis genommen hat. Und als ich es (mit Renés Hilfe) endlich geschafft hatte, dass er Notiz von mir nahm, musste ich leider feststellen, dass er gar nicht so toll ist, wie ich immer gedacht hatte. Er ist zwar ein netter Typ, aber leider ziemlich langweilig. Und seine Küsse sind auch nicht gerade der Hit. Es hat einfach nicht richtig gefunkt zwischen uns. Besser gesagt: Bei *mir* hat es nicht richtig gefunkt. Mark ist mir noch eine ganze Weile hinterhergelaufen, sehr zum Ärger von Nadja, Marks Freundin. »Warum sitzt Mark denn nicht bei Nadja?«, frage ich Laura. »Sind die beiden etwa nicht mehr zusammen?«

Laura sieht mich kopfschüttelnd an. »Sag mal, lebst du eigentlich hinterm Mond?« Manchmal erinnert mich Laura wirklich stark an meine kleine Schwester. »Das war doch vor zwei Wochen *das* Schulgespräch! Mark hat Schluss gemacht. Er soll zu Nadja gesagt haben, dass sie sich auseinandergelebt haben. Wenn du mich fragst, hat er einfach endlich entdeckt, was für eine blöde Tussi Nadja ist. Wahrscheinlich hat er ihr dummes Gequatsche nicht mehr ausgehalten. Auf jeden Fall war Nadja angeblich total am Boden zerstört.«

Ich werfe einen Blick zu Nadja hinüber, die gerade völlig affektiert über eine Bemerkung von Tanja lacht. »Kann ich mir vorstellen. So was ist schließlich Gift fürs Ego. Und für den hart erarbeiteten Ruf als Klassen-Queen auch.«

Laura grinst. »Stimmt. Also, Mark wäre wieder frei, falls du tatsächlich mit René Schluss machst und jemanden zum Trösten brauchst. Der steht bestimmt immer noch auf dich. Siehst du, was hab ich gesagt?«

Mark hat mich gerade entdeckt. Er lächelt strahlend und winkt mir eifrig zu. Erst will ich ihn einfach ignorieren, aber dann sehe ich, dass Nadja die Szene unauffällig beobachtet. Sie schießt mir aus den Augenwinkeln absolut tödliche Blicke zu. Die Gute ist tatsächlich eifersüchtig! Sie kommt einfach nicht damit klar, dass jemand, der nicht so aufgetakelt und bunt angemalt wie sie durch die Gegend läuft, bei ihrem Exfreund besser ankommt als sie. Natürlich kann ich mir diese Gelegenheit nicht entgehen lassen. Es ist immer wieder schön, Nadja eins auszuwischen. Also lächele ich zurück und werfe Mark eine Kusshand zu. Nadja sieht so aus, als würde sie vor lauter Wut gleich in die Tischkante beißen.

Plötzlich fängt Laura wie verrückt an zu winken. »Da hinten ist Michi!«

Ehe ich etwas sagen kann, stürmt sie los, direkt auf ihren Loverboy zu. Ich trabe langsam hinterher. Na super! Was macht der denn hier? Eigentlich hatte ich gehofft, dass Laura und ich noch ein bisschen über meine Probleme mit René quatschen könnten. Aber daraus wird wohl nichts.

Zur Begrüßung küsst Laura ihren Super-Michi erst mal stundenlang ab und ich stehe blöd daneben und weiß irgendwann gar nicht mehr, wo ich noch hinschauen soll.

»Da seid ihr ja endlich«, sagt Michi, als er und Laura zu Ende geknutscht haben. »Ich warte schon eine halbe Ewigkeit. Ach übrigens, hallo, Julia!«

Ach übrigens, hallo, Julia??? Der Typ spinnt wohl! So eine Unverschämtheit! Und was soll das überhaupt heißen, dass er schon eine halbe Ewigkeit auf uns wartet? Hat Laura sich etwa hier mit ihm verabredet? Ich mache mir gar nicht erst die Mühe, ihn zu begrüßen, was ihm aber nicht weiter aufzufallen scheint. Der Typ ist so was von aufgeblasen und arrogant! Laura lässt sich auf den Stuhl neben Michi fallen und schmiegt sich an ihn. Ein Wunder, dass sie sich nicht gleich auf seinen Schoß setzt.

»Tut mir leid, Schatz«, säuselt sie. »Wir haben es nicht eher geschafft. Unsere Shoppingtour hat etwas länger gedauert. Aber guck mal, was ich mir gekauft habe. Das gefällt dir bestimmt!«

Jetzt kramt sie doch tatsächlich ihre beiden neuen BHs aus der Tüte und hält sie Michi stolz hin. Mitten im proppenvollen Café, wo gerade unsere halbe Schule versammelt ist! Obwohl es ja gar nicht meine BHs sind, laufe ich rot an und werfe verstohlene Blicke nach rechts und links. An den Nachbartischen wird eifrig gekichert und Nadja und Tanja fallen fast von ihren Barhockern vor Lachen. Wie peinlich! Bloß Laura und Michi scheinen nichts von der allgemeinen Heiterkeit mitzubekommen.

Michi begutachtet den schwarzen Spitzen-BH und grinst schmierig. »Heißes Teil, Süße! Ich muss schon sagen, das Warten hat sich gelohnt.«

Laura lächelt glücklich und die beiden fangen wieder an

zu knutschen. Können sie damit nicht warten, bis sie zu Hause sind? Ich komme mir vor wie das fünfundzwanzigste Rad am Wagen. Ich fasse es einfach nicht, dass Laura es nicht mal einen einzigen Nachmittag lang ohne ihren Super-Michi aushält. Schließlich sollte das unser Nachmittag werden, da kann sie ihren Typen doch nicht einfach hier ins Café bestellen. Und auch noch ohne mir ein Sterbenswörtchen davon zu sagen! Am liebsten würde ich einfach abhauen. Die beiden sind so damit beschäftigt, sich gegenseitig ihre Zungen in den Hals zu stecken, dass sie es wahrscheinlich sowieso nicht bemerken würden, wenn ich verschwinde.

Ich überlege gerade, ob ich mich wirklich unauffällig aus dem Staub machen soll, da sagt eine Stimme neben mir: »Hallo, ich bin Till, ein Freund von Michi. Setz dich doch!« Die Stimme gehört zu einem Typen mit kurzen Haaren und Brille, der auch an Michis Tisch sitzt. Er ist einer von diesen unscheinbaren Jungs, die so 08 /15-mäßig aussehen, dass man sie leicht übersieht. Zumindest an einem Ort wie dem *Café Latte,* wo sonst nur gut aussehende und perfekt gestylte Menschen herumlaufen. Wahrscheinlich habe ich ihn deshalb bisher noch nicht bemerkt, obwohl er direkt neben mir sitzt.

»Hallo, ich bin Julia, eine Freundin von Laura«, sage ich und lasse mich auf einem Korbsessel nieder. Natürlich ist hier auch die Inneneinrichtung total stylish, sodass es keine Stühle gibt, wie in normalen Cafés, sondern große Korbsessel.

»Ja, ich weiß«, sagt Till. »Nett, dich kennenzulernen.«

Er sieht so aus, als würde er das ernst meinen. »Tja, wir müssen uns wohl zu zweit amüsieren. Zumindest, bis die beiden wieder ansprechbar sind.«

Er wirft Laura und Michi einen vielsagenden Blick zu. Die beiden scheinen nicht im Traum daran zu denken, in der nächsten Zeit mit dem Knutschen aufzuhören. Dieser Till macht zwar nicht gerade den Eindruck, als wäre er ein superinteressanter Typ, aber es ist immer noch besser, sich mit einem Langweiler zu unterhalten, als dämlich neben seiner knutschenden Freundin herumzusitzen. Außerdem ist er mir irgendwie sympathisch, weil wir ja sozusagen Leidensgenossen sind.

»Scheinbar haben sie vergessen, dass es uns gibt«, sage ich und versuche so zu klingen, als würde mir das überhaupt nichts ausmachen. Dabei bin ich in Wirklichkeit stinksauer auf Laura, die dumme Kuh. Worüber soll ich mich denn jetzt mit diesem Till unterhalten? Ihm fällt offenbar auch nichts ein. Ein brillanter Unterhaltungskünstler ist er nicht gerade. Also mache ich schließlich den Anfang.

»Woher kennst du Michi denn?«

Auch nicht gerade besonders originell, aber besser als nichts.

»Ach, wir sind sozusagen zusammen aufgewachsen«, erzählt Till. »Wir wohnen in derselben Straße und haben schon im Sandkasten zusammen gespielt. Dann waren wir gemeinsam im Kindergarten, in der Grundschule und so weiter.«

»Aha. Klingt ja nach einer total dicken Freundschaft.«

Kann man sich gar nicht richtig vorstellen, so unterschiedlich, wie die beiden sind. Michi, der Supertyp, und Till, der Unscheinbare. Wahrscheinlich stand Till sein Leben lang im Schatten seines besten Freundes und hat deswegen jetzt lauter Komplexe. Michi war bestimmt schon im Kindergarten ein totaler Angeber.

Till macht ein nachdenkliches Gesicht. »Dicke Freundschaft? Ja, irgendwie schon. Zumindest früher, als wir noch Kinder waren. In den letzten Jahren haben wir ziemlich unterschiedliche Interessen entwickelt und hängen längst nicht mehr so oft zusammen rum wie früher.«

Das kommt mir irgendwie bekannt vor. Mit Laura hab ich früher auch mehr gemacht als heute.

»Dann bist du also nicht mit Michi zusammen im Schwimmverein?«

Till schnauft verächtlich. »Sehe ich so aus?« Er hebt den rechten Arm und lässt seine nicht vorhandenen Muskeln spielen. Mit seiner dürren, knochigen Figur und der Hühnerbrust sieht er wirklich nicht gerade wie der typische Schwimmer aus. Vor allem, wenn man daneben Michi mit seinem breiten Kreuz und den muskelbepackten Armen sieht.

»Ich finde Schwimmen total bescheuert«, fährt Till fort. »Eigentlich bin ich grundsätzlich gegen jede Art von körperlicher Betätigung. Sport ist Mord!«

»Find ich auch«, sage ich. »Das ist genau mein Motto. Am liebsten würde ich Sport als Schulfach einfach abwählen. Aber das geht ja leider nicht. Am schlimmsten finde ich diese ganzen bescheuerten Ballsportarten. Da kannst du mich echt mit jagen! Fußball, Volleyball, Handball …«

»… Basketball, Brennball, Völkerball – schrecklich! Ich weiß genau, was du meinst. Und dann jedes Jahr wieder diese furchtbaren Bundesjugendspiele …«

»Stimmt, die hatte ich schon ganz verdrängt«, falle ich Till ins Wort. »Seit der siebten Klasse hab ich mir jedes Jahr eine Entschuldigung von meinem Vater schreiben lassen. Ich hasse Leichtathletik! Wenn man nicht mitmacht, muss man zwar immer bei den Läufern die Zeit stoppen, Sprünge abmessen oder sonst irgendeine hirnrissige Hilfsarbeit leisten, aber das ist immer noch besser, als sich einen Tag lang komplett zum Affen zu machen.«

»Das kannst du laut sagen. Ich kann machen, was ich will, ich krieg sowieso immer nur eine Teilnehmerurkunde. Total peinlich!«

Ich nicke. »Wem sagst du das …«

Endlich mal jemand, der Sport genauso bescheuert findet wie ich. René macht sich immer lustig über mich, weil ich so unsportlich bin. Und er erzählt mir andauernd, dass mir ein bisschen Bewegung guttun würde. Aber in der Beziehung bin ich bisher eisern geblieben. Ich hab schließlich meine Prinzipien! Wenn René unbedingt morgens um sieben eine Stunde durch die Gegend rennen muss, um sich wohlzufühlen – bitte schön, von mir aus. Ich bin ja ein toleranter Mensch. Aber ich stehe bestimmt nicht mitten in der Nacht auf und jogge so lange herum, bis mir die Zunge aus dem Hals hängt. Nicht mit mir, chérie!

»Was darf's bei euch sein?« Die Kellnerin ist an unseren Tisch getreten und zückt ihren Block. Sie sieht aus, als wäre sie einem Modemagazin entstiegen, und passt perfekt zum szenigen Ambiente des *Café Latte*. Wahrscheinlich muss man eine erfolgreiche Model-Karriere absolviert haben, um hier als Bedienung arbeiten zu dürfen.

Laura löst sich jetzt endlich von ihrem Supermann und bestellt einen Milchkaffee.

»Für mich auch«, sagt Super-Michi.

Ich bestelle einen Kakao mit Sahne (wenn schon, denn schon!) und Till einen Pfefferminztee. »Wie kannst du bloß immer dieses Labberzeug trinken?«, fragt Michi und verzieht das Gesicht. »Das ist doch total ekelhaft.«

Till zuckt mit den Schultern. »Mir schmeckt's.«

»Till ist ein alter Freund von Michi«, erklärt mir Laura. »Kennt ihr beide euch eigentlich schon?«

»Jetzt ja«, sage ich spitz. »Ihr habt uns schließlich genug Zeit für eine ausführliche Unterhaltung gelassen.«

Michi übergeht die Anspielung einfach. »Till ist echt in Ordnung. Auch wenn er in letzter Zeit ein ziemlicher Stubenhocker geworden ist. Deshalb hab ich ihn heute einfach mal mitgeschleift. Du solltest echt öfter aus deiner Bude rauskommen, Kumpel, sonst versauerst du noch total!«

»Mach dir um mich mal keine Sorgen, ich komm schon klar«, sagt Till.

»Till interessiert sich übrigens auch für Physik und solche Sachen«, sagt Laura eifrig. »Hast du nicht sogar mal bei *Jugend forscht* mitgemacht, Till? Julia hat im letzten Schuljahr den ersten Preis beim Physik-Wettbewerb gewonnen.«

Was soll das denn jetzt? Ich hab das Gefühl, dass Laura mich diesem Till richtiggehend anpreist. Sind wir hier auf dem Heiratsmarkt, oder was?

»Ehrlich? Du hast bei *Jugend forscht* gewonnen?« Till sieht beeindruckt aus und ich fühle mich geschmeichelt. »Dann musst du echt gut sein! Ich hab mal beim Mathe-Wettbewerb mitgemacht, aber leider nichts gewonnen.«

»Apropos gewonnen«, sagt Michi und stützt sich mit beiden Ellbogen auf den Tisch. »Da fällt mir eine super Geschichte ein. Also, bei den letzten Kreismeisterschaften, da war so ein Typ, der kam sich unheimlich toll vor. Er hat die ganze Zeit mit seinen tollen Bestzeiten angegeben und glaubte offensichtlich, dass er den Sieg schon in der Tasche hat. Aber da hatte er sich leider verrechnet ...«

Laura hängt an Michis Lippen und hört gebannt zu, dabei erzählt ihr toller Freund gerade eine absolut langweilige Geschichte von irgendwelchen drittklassigen Schwimmwettkämpfen. Ich meine, wen interessiert das? Mich jedenfalls nicht. Ich schlürfe meinen Kakao, den die Kellnerin in der Zwischenzeit gebracht hat, und langweile mich fast zu Tode. Leider hört Super-Michi überhaupt nicht mehr auf zu quatschen. Es ist wirklich eine sehr lange Geschichte und ich frage mich, wann endlich die Pointe kommt. Wenn es überhaupt eine gibt ...

Till rührt seinen Pfefferminztee um und gähnt verstohlen. Ihn scheinen Michis Schilderungen auch nicht zu fesseln. Das macht ihn mir noch ein bisschen sympathischer.

Endlich macht Michi mal eine kurze Redepause, um einen Schluck aus seiner Kaffeeschale zu nehmen. (Hier wird der Milchkaffee natürlich nicht in Tassen, sondern ganz stilecht in großen Schalen gereicht – wie in *la France* ...) Das ist die Gelegenheit zur Flucht.

»Tut mir leid, Leute, aber ich muss los«, sage ich und stehe auf.

»Echt? Schade!«, sagt Laura, aber sie sieht nicht so aus, als würde sie meinen Aufbruch tatsächlich bedauern. Wahrscheinlich wartet sie nur darauf, endlich mit Michi allein zu sein, damit sie weiter mit ihm herumknutschen kann. »Wir sehen uns dann morgen in der Schule, okay?«

Ich nicke.

»Wirklich schade, dass du schon gehst«, sagt Till – und ihm nehme ich das sogar ab. »Wo wir uns doch gerade so *nett* unterhalten …« Er macht ein todernstes Gesicht, aber die Ironie in seiner Stimme ist nicht zu überhören. Zumindest für mich – Michi und Laura scheinen nichts davon mitzubekommen. »Du kannst mich doch nicht einfach mit den zwei Turteltauben hier alleine lassen!«

Ich mache ein bedauerndes Gesicht. »Geht nicht anders, sorry! Du schaffst das schon.«

»Mir bleibt wohl nichts anderes übrig. Aber vielleicht sehen wir uns ja irgendwann mal wieder? Dann könnten wir uns noch ein bisschen über unsere Lieblingssportarten austauschen.«

Till grinst und ich grinse zurück. »Ja, vielleicht. Also, bis dann!«

Ich winke einmal in die Runde und verlasse das *Café Latte* unter den feindseligen Blicken von Nadja und Tanja, die immer noch wie zwei Grazien an der Bar sitzen. Mark ist zum Glück inzwischen verschwunden.

Als ich über den Marktplatz laufe und der Oktoberwind mir ein paar welke Blätter ins Gesicht pustet, überlege ich, ob René wohl schon versucht hat, mich zu Hause zu erreichen. Er wollte heute auf jeden Fall noch anrufen. Ich kann es plötzlich kaum erwarten, seine Stimme zu hören, und eile zu meinem Fahrrad. Till, den Sporthasser, habe ich schon fast wieder vergessen.

Kino mit Bruce, aber ohne Schmetterlinge

»Sag mal, fällt dir eigentlich was auf?«, fragt Laura und beißt krachend in einen grasgrünen Apfel.

Ich kaue lustlos an meinem Pausenbrot. »Nö, was denn?«

»Schau dich doch mal um! Hier auf dem Pausenhof hat inzwischen jedes zweite Mädchen diese komische Frisur.«

Laura hat recht. Überall wippen nach außen gedrehte Wellen und hochtoupierte Haare. Erstaunlich, dass eine ganze Schule plötzlich dermaßen unter akuter Geschmacksverirrung leiden kann. Na ja, fast die ganze Schule. Ich mache da natürlich nicht mit und Laura zum Glück auch nicht. Das muss ich ihr lassen, auch wenn ich ansonsten immer noch nicht besonders gut auf sie zu sprechen bin. Die Aktion mit Michi gestern hätte sie sich echt sparen können. Aber Laura ist offenbar noch so im Liebestaumel, dass sie meine schlechte Laune gar nicht bemerkt.

»Alle reden nur noch von diesem blöden Casting«, nuschelt sie mit vollem Mund. »Da macht bestimmt die halbe Schule mit.«

Ich schüttele den Kopf. »Ich weiß echt nicht, was alle an

dieser Dana so toll finden. Und die Serie ist wirklich total schlecht.«

Laura schmeißt ihr Apfelgehäuse in den Abfalleimer.

»Dana ist halt ein Star. Apropos toll finden: Hab ich dir schon erzählt, dass Till mich gestern noch nach deiner Telefonnummer gefragt hat? Der war total begeistert von dir.«

Ich sehe Laura ungläubig an. »Was? Warum das denn? Er kennt mich doch gar nicht richtig.«

»Vielleicht war es bei ihm Liebe auf den ersten Blick. So was soll's ja geben.«

»Quatsch! Von Liebe kann ja wohl keine Rede sein. Schließlich haben wir bloß ein bisschen gequatscht, mehr nicht.«

»Und? Wie findest du ihn? Er ist doch total nett, oder? Ein bisschen schüchtern vielleicht, aber wenn man ihn erst mal näher kennt, ist er echt witzig und sehr sensibel. Außerdem interessiert er sich für Physik, genau wie du.«

»Mathe.«

»Was?«

»Er interessiert sich nicht für Physik, sondern für Mathe.«

Laura macht eine wegwerfende Handbewegung. »Ach, ist doch alles dasselbe. Ich finde auf jeden Fall, dass ihr super zusammenpassen würdet.«

Jetzt werde ich hellhörig. »Sag mal, willst du mich etwa mit dem Typen verkuppeln, oder was?!«

Laura macht ein unschuldiges Gesicht. »Warum denn nicht? Wäre doch super, wenn du mit Michis bestem Freund zusammen wärst. Dann könnten wir immer alles zu viert machen: Kino, Kneipe, Disco … Mann, das wäre der Hammer, findest du nicht?«

Ehrlich gesagt reißt mich die Vorstellung nicht gerade vom Hocker. Mir hat es gestern schon gereicht, Laura und Michi ständig beim Knutschen zusehen zu müssen.

»Ich fürchte, daraus wird nichts«, sage ich. »Ich hab nämlich schon einen Freund.« Auch wenn ich gerade stinksauer auf ihn bin, weil er gestern nicht mehr angerufen hat, der Blödmann.

»Ja, aber wer weiß, wie lange noch? Mal ehrlich: So eine Fernbeziehung bringt doch auf Dauer nichts. Außerdem hast du letztens selbst gesagt, dass du lieber mit jemandem aus Papenberg zusammen wärst. Stell dir das doch mal vor: Wenn du willst, könntest du Till *jeden Tag* sehen und nicht nur alle paar Monate.«

Damit hat Laura genau meinen wunden Punkt getroffen.

»Klar wäre das nicht schlecht«, gebe ich zu, »aber ich will nun mal nichts von diesem Till.«

»Warum denn nicht? Er ist doch echt nett!«

»Genau. Er ist nett, aber mehr auch nicht. Außerdem meldet er sich garantiert sowieso nie bei mir. Er hat bestimmt nur aus reiner Höflichkeit nach meiner Telefonnummer gefragt. Also, vergiss die Sache einfach wieder.«

Aber wenn Laura sich erst mal etwas in den Kopf gesetzt hat, ist sie davon nicht so leicht wieder abzubringen.

»Wart's nur ab, so wie der gestern von dir geschwärmt hat, ruft er dich hundertprozentig an«, sagt sie. »Und ich finde, du solltest ihn nicht gleich abservieren. Überleg dir die Sache doch wenigstens mal. Till ist bestimmt nicht die schlechteste Partie. Okay, er sieht nicht gerade supertoll aus, aber er würde dich garantiert auf Händen tragen.«

»Du solltest Heiratsvermittlerin werden«, sage ich. »So wie du die Leute anpreist, würdest du auch noch den letzten Hänger unter die Haube bringen.«

»Ich versuche nur zu helfen«, sagt Laura ein bisschen beleidigt.

Ich grinse. »Schon klar. Wenn's dich beruhigt: Ich lass mir die Sache mit Till noch mal durch den Kopf gehen, okay?«

Aber das sage ich eigentlich nur, damit Laura ihren Seelenfrieden wieder findet und mich endlich in Ruhe lässt. Ich bin mir nämlich ziemlich sicher, dass ich von diesem Till nie wieder etwas hören werde.

Als ich mittags nach Hause komme, sitzt eine beinahe originalgetreue Dana-Kopie in Form meiner Schwester Nina am Küchentisch und blättert in der neuesten *Girls only.*

»Papa hat gerade angerufen, er kommt etwas später«, sagt Dana II. »Er hat noch im Laden zu tun. Wir sollen uns Pizza machen.«

»Aha.« Ich hole zwei Pizzen aus dem Tiefkühlfach und überlege, was Paps wohl aufhält. Vielleicht hat ausnahmsweise mal ein Kunde sein Antiquariat betreten. Alle Jubeljahre kommt das tatsächlich mal vor. Dann werfe ich Nina einen vorwurfsvollen Blick zu. »Du hättest ja wenigstens schon mal den Backofen vorheizen können.«

Meine Schwester ist leider stinkfaul. Natürlich übergeht sie meine Bemerkung einfach.

»Das Casting für *Zeiten der Liebe* ist schon am Samstag«, teilt sie mir mit. »Bis dahin brauche ich unbedingt noch neue Klamotten. Ich *muss* diese Rolle einfach kriegen! Mann, da ist bestimmt ein riesiger Andrang. Aus meiner Klasse wollen fast alle Mädchen zu dem Casting gehen. Eine ist sogar in der Theater-AG, die hat bestimmt gute Chancen. Vielleicht sollte ich noch ein bisschen üben. Oder ich haue den Regisseur einfach mit meinem Styling total um. Vielleicht brauche ich dann ja gar nicht mehr vorzuspielen …«

Ich schiebe die erste Pizza in den Ofen. Dann nehme ich die *Girls only* vom Küchentisch und überfliege den Casting-Artikel.

»Vergiss es«, sage ich. »Hier steht, dass sie für die Rolle ein Mädchen zwischen vierzehn und sechzehn suchen. Und wenn ich mich richtig erinnere, bist du erst zwölf.«

»Fast dreizehn«, sagt Nina. »Und ich sehe mindestens aus wie vierzehn. Mit dem richtigen Make-up gehe ich sogar locker für fünfzehn durch. Außerdem fragt sowieso kein Mensch mehr nach meinem Alter, wenn ich erst mal den Regisseur überzeugt habe.«

»Weiß Paps eigentlich schon, dass du da hin willst?«, frage ich. »Der ist bestimmt nicht besonders begeistert von diesem ganzen Casting-Quatsch.«

»Das ist kein Quatsch!«, ruft Nina empört. »Papa hat garantiert nichts dagegen, dass ich da hingehe.«

»Also hast du noch nicht mit ihm gesprochen«, stelle ich fest. »Na, dann wird aus der Sache ja vielleicht sowieso nichts.«

»Und ob! Papa will meiner Karriere als Schauspielerin

bestimmt nicht im Weg stehen. Schließlich könnte ich mit einer Rolle in *Zeiten der Liebe* ein echter Star werden. Und wenn er doch was dagegen hat, kriege ich ihn schon rum. Papa kann mir sowieso nichts abschlagen.«

Da hat Nina leider recht. Aber ich bin mir trotzdem nicht sicher, ob Paps diese Casting-Geschichte erlauben wird. Er hält nicht besonders viel vom Fernsehen. Seine Leidenschaft gehört nun mal den Büchern. Vor allem alten Büchern. Je älter und verstaubter, desto besser.

Das Telefon klingelt.

»Das ist bestimmt Anne!«, ruft Nina, springt auf und rast in den Flur.

Anne ist zurzeit ihre beste Freundin. Das glaube ich zumindest, manchmal wechseln die besten Freundinnen bei Nina nämlich ziemlich schnell.

»NINA JACOBY!«, brüllt meine Schwester so laut in den Hörer, dass mir sogar hier in der Küche fast das Trommelfell platzt. »Was? … Ja, die ist da … Moment mal … JULIA, FÜR DICH!«

Meine Laune bessert sich augenblicklich. Das ist garantiert René! Wahrscheinlich ist ihm gerade wieder eingefallen, dass er mich gestern eigentlich anrufen wollte, und er ist in der Mittagspause schnell nach Hause geflitzt, um zu telefonieren. Bestimmt hat er ein furchtbar schlechtes Gewissen, entschuldigt sich tausend Mal und teilt mir mit, dass das mit dem Bandauftritt eine Schnapsidee war und er *natürlich* mit nach St. Tropez zu Mamas Hochzeit kommt. Ich werde seine Entschuldigung annehmen und ihm großmütig verzeihen. Und dann ist endlich alles wieder gut …

Ich drücke den Hörer an mein Ohr und sage erwartungsvoll: »Hallo?«

»Hallo, Julia, hier ist Till.«

Die Enttäuschung schwappt über mich hinweg wie eine Woge eiskaltes Nordseewasser und verschlägt mir für einen Moment die Sprache. Till! Nicht René. Von wegen schlechtes Gewissen. René sitzt wahrscheinlich gerade in der Schulkantine, schlägt sich den Bauch voll und flirtet mit Élise, seiner Nachhilfeschülerin, die leider tausendmal besser aussieht als ich. So ein Mistkerl!

»Julia? Bist du noch dran?«, fragt Till. Er klingt leicht verunsichert.

Ich versuche, mich zusammenzureißen. »Äh – ja, klar. Tut mir leid, ich hatte gedacht, es wäre jemand anders.«

Und zwar mein bescheuerter Freund, der lieber mit seiner blöden Band auftritt, statt ein romantisches Wochenende mit mir in St. Tropez zu verbringen, und der sich noch nicht mal unsere Telefontermine merken kann …

»Ach so. Tja, sorry, wenn du jetzt enttäuscht bist …«

Ich räuspere mich. Irgendwie hab ich gerade einen Frosch im Hals. »Quatsch, wie kommst du denn darauf?«

»Deine Stimme klingt so traurig.«

Hat Laura nicht heute Morgen was davon erzählt, dass Till so sensibel ist? In der Beziehung hat sie zumindest nicht übertrieben, dem Jungen kann man offenbar so leicht nichts vormachen. »Na ja, also, um ehrlich zu sein, hatte ich gerade gehofft, mein Freund würde aus Paris anrufen. Eigentlich wollte er sich nämlich schon gestern melden, aber das hat er wohl vergessen. Ist ja auch egal.«

Ich würde mir am liebsten die Zunge abbeißen. Warum erzähle ich diesem Till das eigentlich alles? Erstens geht ihn das überhaupt nichts an und zweitens interessieren ihn meine Probleme mit René wahrscheinlich nicht die Bohne. Außerdem ist es ja wohl das Letzte, dass ich ihm jetzt hier die Ohren volljammere!

»Nimm's mir nicht übel, aber der Typ muss wirklich ziemlich dämlich sein, wenn er eine Freundin wie dich hat und sie nicht jeden Tag mindestens dreimal anruft!«

Till klingt richtig entrüstet und ich muss grinsen. Bei jedem anderen hätte ich den Spruch für eine billige Anmache gehalten, aber bei Till kommt das total ehrlich rüber. So als könnte er wirklich nicht verstehen, warum René mich hängen lässt. (Da haben wir allerdings was gemeinsam.)

»Ja, vielleicht hast du recht«, sage ich. »Aber davon abgesehen ist er eigentlich ganz nett. Wir sehen uns bloß leider nicht so oft, weil er in Paris lebt.«

»Das hat Laura schon erzählt«, sagt Till.

Typisch! Meine Plaudertasche von Freundin hat ihn offenbar bestens über mein Liebesleben informiert.

»So eine Fernbeziehung zu führen, ist bestimmt nicht immer leicht, oder?«, will Till wissen. Also, das geht mir jetzt doch etwas zu weit. Till mag ja ein supersensibler Typ sein, aber ich möchte trotzdem nicht meine Beziehungsprobleme mit ihm diskutieren. Ich kenne ihn schließlich kaum!

»Nein, nicht wirklich. Aber deswegen hast du doch bestimmt nicht angerufen, oder? Was gibt's denn?«

»Ach so, ja … also, was ich dich fragen wollte …«

Till macht eine Pause. Es klingt so, als würde er tief Luft

holen. »Hättest du vielleicht Lust, mit mir ins Kino zu gehen?«

Mannomann, der Typ fackelt nicht lange. Dafür, dass er angeblich so schüchtern ist, geht er ganz schön ran. Ob Laura mit ihrem Geschwafel darüber, dass Till so begeistert von mir war, vielleicht doch recht hatte? Aber hab ich überhaupt Lust, mit ihm ins Kino zu gehen? Wenn er sich tatsächlich Hals über Kopf in mich verliebt hat, könnte die Sache ziemlich kompliziert werden. Denn ich will ja schließlich nichts von ihm. Oder?

Ich versuche, ein bisschen Zeit zu gewinnen. »Kino? Also, ich weiß nicht … Wann denn?«

»Wie wär's mit heute Abend?«, kommt es wie aus der Pistole geschossen von Till. Und was ist mit René? Vielleicht meldet er sich ja nachher doch noch und dann verpasse ich seinen Anruf. Andererseits: Soll ich wirklich den ganzen Abend hier herumsitzen und darauf warten, dass Monsieur geruhen, endlich mal zum Telefonhörer zu greifen? So weit kommt's noch!

»Na gut«, sage ich. »Ich bin dabei. Wir treffen uns um Viertel vor acht vorm Kino, okay?«

»Alles klar … super … ich freu mich …«, stottert Till.

Offenbar hat er nicht mit einer so schnellen Zusage gerechnet. Aber er klingt, als würde er sich wirklich freuen, und das tut mir richtig gut. Endlich mal jemand, der eine Verabredung mit mir zu schätzen weiß!

Ich beschließe, mir heute einen richtig netten Abend mit dem richtig netten Till zu machen und ausnahmsweise mal keinen einzigen Gedanken an René zu verschwenden.

Till wartet schon vor dem Kino auf mich, obwohl ich ein paar Minuten zu früh bin. Erst wollte ich ihn ein bisschen warten lassen, aber dann habe ich plötzlich gemerkt, dass ich überhaupt keine Lust auf diese blöden Spielchen habe. Damit versucht man doch nur, sich interessant zu machen. Und ich finde mich eigentlich auch so interessant genug. Außerdem kann es mir vollkommen egal sein, ob Till mich interessant findet oder nicht. Ich will schließlich nichts von ihm. Deswegen hab ich auch meinen Atombusen-BH und das knallrote Shirt, das ich eigentlich als passendes Outfit für mein erstes Date mit Till herausgesucht hatte, wieder ausgezogen. In dem alten Wollpullover und meiner Lieblingsjeans fühle ich mich sowieso viel wohler. Außerdem besteht überhaupt keine Veranlassung dazu, mich für Till in irgendeiner Weise aufzustylen. Das ist eine rein freundschaftliche Verabredung, sonst nichts.

Leider ist der Film, den wir eigentlich sehen wollten, schon ausverkauft.

»So was Blödes«, sagt Till. »Warum hab ich bloß keine Karten vorbestellt?«

»Ist doch nicht so schlimm«, beruhige ich ihn. »Dann gehen wir eben in einen anderen Film.«

Wie sich herausstellt, läuft um acht Uhr sonst nur noch ein alter Actionfilm mit Bruce Willis in der Reihe *Klassiker aus dem letzten Jahrtausend*.

»Hey, der ist nicht schlecht«, sagt Till. »Glaub ich zumindest. Den Film hab ich schon mal im Fernsehen gesehen, aber so richtig weiß ich nicht mehr, worum es ging. Stehst du überhaupt auf Actionfilme?«

Eigentlich nicht. Um genau zu sein: Ich finde Actionfilme langweilig und bescheuert. Und Bruce Willis auch. Allerdings muss ich zugeben, dass ich noch nie einen Actionfilm von Anfang bis Ende gesehen habe. Im Fernsehen schalte ich immer sofort um, wenn so was kommt. Und ins Kino gehe ich gar nicht erst, um mir diesen Quatsch anzugucken. René steht auch nicht auf Action, den würden keine zehn Pferde in so einen Film kriegen. Er sieht sich am liebsten Literaturverfilmungen an, aber die finde ich ehrlich gesagt auch saulangweilig ... Halt! Stopp! Ich wollte doch heute Abend nicht an René denken. Im Übrigen kann man auch ruhig mal etwas Neues ausprobieren. Wer weiß, vielleicht ist dieser Bruce Willis ja gar nicht so übel.

»Ich hab nichts gegen ordentlich Action«, sage ich. »Von mir aus können wir ruhig in den Film gehen.«

Till sieht mich überrascht an. »Ehrlich? Toll! Ich dachte immer, alle Mädchen finden Actionfilme langweilig und bescheuert.«

»Wie kommst du denn darauf?«, frage ich. »Du hast ganz schöne Vorurteile, was?« Aber das Vorurteil bestätigt sich, als wir den Kinosaal betreten. Er ist gerade mal halb gefüllt und das Publikum besteht zu 99,9 Prozent aus Männern. Wir setzen uns mit einer riesigen Tüte Popcorn und zwei Maxibechern Cola ziemich weit nach vorne. Hier hab ich mit René vor einer halben Ewigkeit *Die fabelhafte Welt der Amélie* geguckt. Da waren wir noch gar nicht richtig zusammen. Ich weiß noch, dass ich vom Film kaum etwas mitbekommen habe, weil ich die ganze Zeit solche Schmetterlinge im Bauch hatte ...

HALT! STOPP! Schon wieder René! Jetzt reicht's aber! Ich bin ja schon fast so schlimm wie Laura. Es muss doch möglich sein, dass ich mal fünf Minuten nicht an René denke!

»Willst du ein bisschen Popcorn?«, fragt Till und ich greife dankbar zu.

Dann beginnt die Werbung und wir kommentieren die verschiedenen Werbespots. Till scheint ziemlich oft ins Kino zu gehen, er kennt jeden einzelnen Spot.

»Oh nein!«, stöhnt er, als Dana auf der Leinwand erscheint und alle Mädchen im Kino (also genau genommen nur mich) dazu ermuntert, zum Casting zu gehen und sich um eine supertolle Nebenrolle in *Zeiten der Liebe* zu bewerben.

»Diese Dana finde ich so bescheuert!«, sagt Till kopfschüttelnd. »Und ihre Frisur kann ich echt nicht mehr sehen. Kann es sein, dass im Moment jedes zweite Mädchen in Papenberg damit herumläuft?«

Ich nicke. »Ist mir auch schon aufgefallen. Total furchtbar! Ich verstehe einfach nicht, warum plötzlich alle so aussehen wollen wie diese blöde Dana. Meine kleine Schwester findet sie auch total toll. Sie kennt alle Folgen von *Zeiten der Liebe* auswendig, und wenn sie mal eine verpasst, tut sie so, als wäre das der Weltuntergang.«

Wir lästern noch ein bisschen über schlechte Soaps und hässliche Frisuren, dann fängt der Film an. Erstaunlicherweise finde ich ihn gar nicht so übel. Am Anfang langweile ich mich noch ein bisschen, weil die Handlung nicht gerade umwerfend ist, aber dann zieht mich Bruce Willis' erbarmungsloser Kampf gegen die fiesen Gangster, die ein ganzes Hochhaus besetzt haben, doch in seinen Bann. Ich stelle fest, dass man sich bei den zahlreichen Explosionen und Schießereien richtig gut entspannen kann, solange man nicht nach dem Sinn des Ganzen fragt. Also schalte ich meinen Verstand ab, mampfe jede Menge Popcorn und erfreue mich an Bruces muskulösem und vor Schweiß glänzendem Oberkörper. Der kommt sehr gut zur Geltung, da Mr Willis die meiste Zeit nur ein weißes Männerunterhemd trägt, das im Laufe des Films immer mehr zerfetzt wird.

Zweimal treffe ich auf Tills Hand, als ich in die Popcorntüte greife, die zwischen uns steht. Er zuckt jedes Mal so schnell zurück, als hätte er einen Schlag bekommen. Irgendwie finde ich das süß. Ich könnte wetten, dass er knallrot anläuft, aber das kann ich in dem dunklen Kino nicht so richtig erkennen. Ich lege eine Hand auf meinen Bauch. Alles ruhig, von Schmetterlingen keine Spur. Ich rutsche ein Stückchen tiefer in meinen Sitz und sehe Bruce dabei zu, wie er einen Gangster nach dem anderen abmurkst.

»Und? Klasse, oder?«, fragt Till, als der Abspann läuft und das Licht wieder angeht. »Nicht gerade ein superintellektueller Film, aber trotzdem gut gemacht. Und Bruce Willis ist nach wie vor der beste Action-Schauspieler, den es gibt.«

Ich nicke. »Am besten fand ich die Szene, in der er mit nackten Füßen über die ganzen Scherben gelaufen ist. Einfach Wahnsinn! Mir haben schon vom Zuschauen die Füße wehgetan.«

»Tatsächlich?«, fragt Till und grinst. »Meinst du denn,

du kannst inzwischen wieder auftreten? Oder soll ich dich nach Hause tragen?«

»Nicht nötig, ich schaff das schon. Aber danke für das Angebot, wirklich sehr nett.«

Wir verlassen das Kino und Till besteht darauf, mich nach Hause zu bringen, obwohl ich gleich um die Ecke wohne und das eigentlich nicht nötig ist. Draußen ist es ziemlich kalt und ungemütlich, aber wenigstens regnet es nicht. Wir schlendern durch die dunkle Oktobernacht, als wäre es ein lauer Sommerabend, und quatschen über Gott und die Welt. Till redet wie ein Wasserfall. Ich hätte gar nicht gedacht, dass er so gesprächig ist. Aber wenn er erst mal ein bisschen aufgetaut ist, kann man sich richtig gut mit ihm unterhalten. Dann sagt er plötzlich nichts mehr und nimmt meine Hand. Einfach so. Das verschlägt mir ebenfalls die Sprache, sodass wir jetzt schweigend nebeneinanderher laufen. Hand in Hand. Ich überlege, ob ich meine Hand lieber wegziehen soll, damit Till sich keine falschen Hoffnungen macht. Aber dann lasse ich sie ihm doch. Tills Hand ist warm und seine Finger umfassen meine mit festem Griff. Das fühlt sich angenehm an. Es ist schön, mit Till zusammen durch die Straßen zu laufen. Ich muss daran denken, was Laura gesagt hat. Wenn ich mit Till zusammen wäre, könnten wir uns jeden Tag sehen. Wir könnten ständig Hand in Hand durch die Gegend laufen. Der Gedanke ist verlockend, das muss ich zugeben. Alles wäre so viel einfacher ...

Wir sind vor unserem Haus angekommen und ich lasse Tills Hand los. Er lächelt mich etwas unsicher an. Ich dagegen bin mir ziemlich sicher, dass er mich jetzt gerne küssen würde, aber sich nicht so richtig traut. Das ist auch besser so. Glaube ich zumindest.

»Das war wirklich ein netter Abend«, sagt Till.

Ich nicke. »Finde ich auch.«

Und das ist noch nicht mal gelogen. Seit Laura sich nur noch ihrem Super-Michi widmet, hänge ich abends ständig alleine zu Hause herum, langweile mich und warte darauf, dass René anruft. So geht's echt nicht mehr weiter!

»Das müssen wir unbedingt wiederholen«, sagt Till. »Hast du morgen Abend schon was vor?«

Natürlich habe ich noch nichts vor, aber ich zögere trotzdem. Auf was lasse ich mich da ein? Vielleicht wäre es besser Till nicht wiederzusehen. Sonst macht er sich bloß Hoffnungen, die ich nicht erfüllen kann, und die ganze Sache wird irgendwann furchtbar kompliziert ... Als ich nicht sofort antworte, tritt Till gleich wieder den Rückzug an. »Sorry, das war jetzt vielleicht ein bisschen zu aufdringlich von mir. Ich will dich echt nicht nerven oder so was. Du kannst ruhig sagen, wenn du keine Lust hast ...«

»Quatsch, natürlich hab ich Lust«, unterbreche ich ihn. »Wir könnten irgendwo in der Stadt was trinken gehen. Um acht vorm alten Rathaus?«

Jetzt grinst Till wieder wie ein Honigkuchenpferd. »Prima, dann bis morgen. Ich freu mich!« Er zischt ab, ohne auch nur einen klitzekleinen Kussversuch zu unternehmen. Ich weiß nicht genau, ob ich erleichtert oder enttäuscht bin. Das sollte mich eigentlich stutzig machen, aber ich denke lieber nicht weiter darüber nach.

Auf dem Küchentisch liegt ein Zettel, auf dem in Paps' krakeliger Handschrift eine Nachricht für mich steht.

René hat angerufen und bittet um Rückruf.

Super, René hat sich also endlich daran erinnert, dass es mich auch noch gibt. Und jetzt erwartet er wahrscheinlich, dass ich vor Freude an die Decke springe und sofort zum Telefonhörer greife. Aber da hat er sich geschnitten! Ich habe nämlich gerade überhaupt keine Lust, mit ihm zu sprechen. Außerdem ist es jetzt sowieso schon zu spät, um noch bei ihm anzurufen. Ich nehme den Zettel, knülle ihn zusammen und werfe ihn in den Abfalleimer. Dann mache ich das Licht aus und gehe in mein Zimmer.

Ein Kuss mit Folgen

»Julia, Telefon!«, ruft Paps am nächsten Morgen.

Ich bin gerade im Bad und spritze mir kaltes Wasser ins Gesicht, um halbwegs wach zu werden. Leider nützt es nicht viel. Ich stolpere die Treppe hinunter wie ein ferngesteuerter Zombie und überlege, welcher Idiot mich um diese nachtschlafende Zeit wohl anruft. Vielleicht ist es ja Till der sich vor Sehnsucht nach mir verzehrt. Oder Super-Michi hat Laura beim Knutschen mit Herpes angesteckt und sie will mir mitteilen, dass sie sich die nächsten Tage in ihrem Zimmer verbarrikadiert und ich ihr die Hausaufgaben vorbeibringen soll. »Was gibt's denn?«, nuschele ich in den Telefonhörer.

»Salut, Julie, c'est moi!«

René! Seine Stimme klingt im Gegensatz zu meiner hellwach und gut gelaunt. Dabei weiß er doch genau, dass mich gute Laune am frühen Morgen total aggressiv macht.

»Sag mal, weißt du eigentlich, wie spät es ist?«, schnauze ich ihn an.

»Es ist genau fünf nach sieben. Zeit zum Aufstehen, chérie! Ich wollte dich vorm Joggen noch schnell anrufen. Warum hast du dich denn gestern nicht mehr gemeldet?«

»War schon zu spät«, brumme ich. »Außerdem wollten wir eigentlich *vor*gestern telefonieren.«

»Ja, tut mir leid, da hab ich's nicht mehr geschafft. Erst musste ich Nachhilfe geben und dann hatten wir noch eine Bandprobe, die etwas länger gedauert hat. Bist du sauer?«

»Kommt darauf an. Was ist denn jetzt mit der Hochzeit? Kommst du mit oder nicht?«

René seufzt. »Weiß ich noch nicht genau. Ich treff mich heute mit dem Typen, in dessen Club wir auftreten sollen. Vielleicht finden wir ja noch einen anderen Termin. Ich würde wirklich gerne mit nach St. Tropez kommen, aber der Auftritt ist mir auch total wichtig ...«

»... und du kannst deine Freunde nicht hängen lassen blablabla«, unterbreche ich ihn. »Ich kann's echt nicht mehr hören. Ist dir eigentlich klar, dass wir uns das nächste Mal in den Weihnachtsferien sehen, wenn du nicht mit nach St. Tropez fährst? Warum sind wir eigentlich noch zusammen, wenn du deine Zeit lieber mit deiner Band verbringst als mit mir?«

»Jetzt mach doch nicht so ein Drama aus der Sache! Es ist schließlich noch gar nicht sicher, dass ich bei der Hochzeit nicht dabei bin. Und wer sagt denn, dass ich meine Zeit lieber mit der Band verbringe? So ein Quatsch!«

»Das ist kein Quatsch, sondern die traurige Wahrheit«, sage ich bitter. »Gib es doch wenigstens zu!«

»Soll ich dich lieber heute Abend noch mal anrufen? Vielleicht hast du dann nicht mehr so schlechte Laune.« René klingt jetzt auch leicht genervt und das bringt mich richtig auf die Palme.

»Ich hab keine schlechte Laune!«, keife ich in den Hörer. »Und heute Abend bin ich nicht da. Ich hab nämlich eine Verabredung. Auch wenn du dir das vielleicht nicht vorstellen kannst: Ich sitze nicht die ganze Zeit neben dem Telefon und warte auf deinen Anruf!«

Als ich an das Treffen mit Till denke, merke ich, wie das schlechte Gewissen in mir hochkriecht. Das macht mich noch wütender. Ich muss kein schlechtes Gewissen haben! Es ist schließlich überhaupt nichts passiert und ich kann mich treffen, mit wem ich will. Das würde ich auch liebend gerne René an den Kopf werfen, aber leider denkt er gar nicht daran, mich zu fragen, mit wem ich heute Abend verabredet bin. Das ist ihm offensichtlich komplett egal!

Stattdessen sagt er ruhig: »Ich hab auch nicht erwartet, dass du ständig neben dem Telefon sitzt. Sag mal, was ist eigentlich los mit dir, Julie? Du bist in letzter Zeit immer so gereizt.«

»Ich und gereizt? Das ist ja wohl das Allerletzte! Jetzt wirfst du mir auch noch vor, dass ich nicht Hurra schreie, wenn du nie anrufst und offensichtlich kein großes Interesse mehr daran hast, mich zu sehen.«

»Das stimmt nicht, Julie, und das weißt du ganz genau. Ich würde dich gerne öfter sehen, aber ich wohne nun mal in Paris und du in Papenberg. Und mein Leben besteht nicht nur aus unserer Beziehung, genauso wenig wie deins. Du hast dein Leben in Papenberg und ich habe meins in Paris. Meine Freunde, die Band, der Nachhilfeunterricht, das alles ist mir auch wichtig. Ich verlange doch auch nicht von dir, dass du deine Physik-AG aufgibst!«

»Das ist ja wohl was völlig anderes«, sage ich. »Das kannst du überhaupt nicht vergleichen. Außerdem ist es doch genau das, was mich stört: Wir haben jeder unser eigenes Leben, aber kein gemeinsames. Meine Vorstellung von einer glücklichen Beziehung sieht ein bisschen anders aus! Ich will meinen Freund jeden Tag sehen können, wenn ich Lust dazu habe. Ich will mit ihm ins Kino gehen, in die Kneipe, Hand in Hand durch die Gegend laufen …« Plötzlich spüre ich wieder Tills Hand in meiner. Das bringt mich völlig aus dem Konzept und ich weiß nicht mehr, was ich eigentlich sagen wollte.

»Das kann ich dir aber nun mal alles nicht bieten«, sagt René. »Zumindest jetzt im Moment nicht.«

»Jetzt im Moment nicht und in den nächsten Jahren auch nicht. Es sei denn, du hast vor, dein Abi in Deutschland zu machen. Vielleicht sollten wir einfach den harten Tatsachen ins Auge sehen: Unsere Beziehung hat keine Zukunft!«

»Ist das wirklich deine Meinung, Julie?«, fragt René leise. Er klingt sehr ernst.

Ich habe plötzlich einen Kloß im Hals. Jetzt ist der Moment gekommen, in dem ich mit René Schluss machen könnte. Ich müsste nur »Ja« sagen, dann wäre es aus. Aber ich schaffe es nicht. Noch nicht.

»Ich weiß es nicht«, flüstere ich.

Dann lege ich den Hörer auf.

Die Rathausuhr schlägt acht, als ich verbotenerweise durch die Fußgängerzone und über den Marktplatz radle. Vor dem alten Rathaus steige ich ab. Till scheint noch nicht da zu sein. Als ich gerade dabei bin, mein Fahrrad abzuschließen, kommt er wie ein Irrer um die Ecke gerast.

»Sorry, hab mich verspätet«, keucht er und springt von seinem Rad. »Wartest du schon lange?«

Ich schüttele den Kopf. »Nö, bin auch gerade erst gekommen.«

Er sieht erleichtert aus. »Prima! Ich hatte schon Angst, dass du vielleicht gleich wieder abhaust, wenn ich noch nicht da bin.«

»Quatsch, warum sollte ich denn so was machen? Ich hab jede Menge Übung im Warten, Laura kommt auch ständig zu spät. Außerdem ist es ja gerade mal kurz nach acht, also kein Grund zur Panik.«

Irgendwie süß von Till, dass er sich wegen mir so abhetzt. Und er scheint viel Wert auf Pünktlichkeit zu legen – genauso wie ich. Ich hasse es, zu spät zu kommen. Außerdem finde ich es einfach unhöflich, seine Mitmenschen warten zu lassen. Diese Einstellung versuche ich nun schon seit Jahren Laura zu vermitteln, aber leider ist sie absolut resistent gegen meine Erziehungsversuche.

Till stellt sein Fahrrad ab und wischt sich die Schweißperlen von der Stirn. Er muss sich wirklich ganz schön beeilt haben, wenn er bei dem kalten Herbstwetter so ins Schwitzen gekommen ist.

»Wo gehen wir denn jetzt hin?«, fragt er unternehmungslustig. »Möchtest du gerne ins *Café Latte*? Oder ins *Bubbles*?«

Das *Bubbles* ist seit ungefähr zwei Jahren die totale In-Kneipe in Papenberg. Dieselben Leute, die tagsüber im

Café Latte Milchkaffee schlürfen, hängen abends im *Bubbles* herum und nippen an coolen Cocktails in Neonfarben. Ein schrecklicher Laden! Und die Stammkneipe von Nadja und Tanja, was ein Grund mehr ist, dieses Etablissement zu meiden. Es wundert mich ein bisschen, dass Till ausgerechnet das *Bubbles* vorschlägt – steht er etwa doch auf Schickimicki?

»Ehrlich gesagt finde ich das *Bubbles* zum Kotzen«, sage ich nicht gerade diplomatisch. »Da gehen doch nur die ganzen Wichtigtuer und Idioten hin. Sehen und gesehen werden – darauf kann ich echt verzichten.«

Till grinst erleichtert. »Und ich sowieso. Eigentlich war ich auch erst einmal in dem Laden – ungefähr zwei Minuten lang, weil ich sofort wieder rückwärts rausgegangen bin. Aber ich dachte, du stehst vielleicht auf so was. Schließlich sind alle, die ich sonst so kenne, total begeistert vom *Bubbles*.«

Das macht mich jetzt doch ein bisschen stutzig. Till muss ja eine ganz schön schlechte Meinung von mir haben, wenn er glaubt, dass ich gerne in so eine Schickimicki-Kneipe gehe. Aber das sage ich ihm lieber nicht, vielleicht ist ihm das ja unangenehm. Außerdem ist es wirklich nett von ihm, dass er wegen mir sogar bereit wäre, einen Abend im *Bubbles* zu verbringen. Ein echtes Opfer!

»In den Laden kriegen mich keine zehn Pferde. Was hältst du vom Irish Pub?«, frage ich. »Prima! Dann nichts wie los, bevor wir hier noch festfrieren.« Der Wind ist wirklich ganz schön frisch. Ich stecke meine eiskalten Hände in die Jackentaschen und wir marschieren los.

»Übrigens sind Laura und Michi heute Abend auch im Irish Pub«, sage ich. »Ich hoffe, das macht dir nichts aus. Laura war leider nicht von der Idee abzubringen, dass wir uns heute Abend unbedingt zu viert treffen sollten.«

Ich verschweige Till lieber, dass Laura heute Vormittag einen richtigen Freudentanz auf dem Schulhof aufgeführt hat als ich ihr von seinem Anruf und unserem gemeinsamen Kinobesuch erzählt habe. Sie hat so getan, als hätten wir uns mindestens verlobt. Ein Wunder, dass sie nicht gleich angefangen hat, unsere Hochzeit zu planen. Ich hab ihr zehnmal versichert, dass es ein rein freundschaftliches Treffen war und überhaupt nichts passiert ist, aber für Laura scheint es eine feststehende Tatsache zu sein, dass Till und ich so gut wie zusammen sind. Deswegen hat sie auch gleich wieder davon angefangen, dass wir unbedingt mal was zu viert machen müssten, am besten gleich heute Abend. Irgendwann konnte ich ihr begeistertes Geschwafel nicht mehr ertragen und habe zähneknirschend Ja gesagt. Dabei hab ich eigentlich keine große Lust, ihr und Michi wieder den ganzen Abend beim Knutschen zuzusehen. Aber diesmal ist ja Till dabei, sodass ich wenigstens einen Gesprächspartner habe und keine Löcher in die Luft starren muss.

»Kein Problem«, sagt Till, obwohl er ein wenig enttäuscht aussieht. Bestimmt hatte er auf einen romantischen Abend zu zweit gehofft. Tja, daraus wird wohl nichts. »Kann doch ganz lustig werden.« Als wir den Irish Pub betreten, sitzen Laura und Michi schon an einem Tisch hinten in der Ecke. Mir ist sofort klar, dass mit den beiden etwas nicht stimmt.

»Oje, das sieht nach Krise aus«, raune ich Till zu, als wir durch die Kneipe gehen.

Er sieht mich verständnislos an. »Hä? Wie kommst du denn darauf? Kannst du hellsehen, oder was?«

Natürlich kann ich nicht hellsehen. Aber um zu merken dass bei Laura und Super-Michi dicke Luft herrscht, braucht man auch keine hellseherischen Fähigkeiten. Dazu reichen gesunder Menschenverstand und eine normal ausgeprägte Beobachtungsgabe. Zuerst einmal sitzen die beiden Turteltauben nicht wie sonst immer so dicht wie möglich nebeneinander, sondern in sicherem Abstand einander gegenüber. Und sie knutschen ausnahmsweise mal nicht herum, was fast schon ein Alarmzeichen ist. Es muss sich um eine ziemlich ernste Krise handeln. Laura sieht angespannt aus und Michi starrt gedankenverloren in sein Bierglas. Aber die Zeit reicht nicht, um Till all das zu erklären, darum flüstere ich nur schnell: »Vertrau mir einfach, die beiden haben garantiert Stress miteinander.«

»Na, das kann ja heiter werden«, murmelt Till.

Jetzt hat Laura uns entdeckt. Ihr Gesicht hellt sich augenblicklich auf.

»Hallo, da seid ihr ja!«, ruft sie mit aufgesetzter Fröhlichkeit. »Schön, euch zu sehen.«

Michi nickt mir zu und begrüßt Till mit einem Schlag auf die Schulter, bei dem Till fast in die Knie geht. Wir setzen uns und bestellen etwas zu trinken. Dann entsteht eine ungemütliche Stille. Nicht mal Michi sagt was, dabei erzählt er doch sonst auch immer stundenlang uninteressantes Zeug.

»Na, Michi, wie läuft's denn so beim Schwimmtraining?«, frage ich, um die Unterhaltung etwas in Gang zu bringen.

»Ganz gut«, antwortet er knapp.

»Hattet ihr mal wieder einen Wettkampf?«

»Nein.«

Stille.

Das gibt's doch nicht! Kann der Typ plötzlich nicht mehr als zwei Worte am Stück sprechen? »Seid ihr schon lange hier?«, versucht es jetzt Till.

Laura schüttelt den Kopf. »Wir sind kurz vor euch gekommen.«

»Ist ja noch nicht besonders viel los, was?«, sagt Till.

Ich nicke. »Stimmt, für einen Mittwochabend ist es ziemlich leer.«

Laura und Michi starren auf die Tischplatte und schweigen. Jetzt reicht's mir! Das ist ja nicht zum Aushalten mit den beiden. Da fand ich sogar ihr Dauergeknutsche fast noch angenehmer.

»Ich geh mal eben aufs Klo«, sage ich und werfe Laura einen auffordernden Blick zu. »Kommst du mit?«

»Äh – was?«, fragt Laura und blickt verwirrt auf.

»Ob du mit aufs Klo kommst«, wiederhole ich ungeduldig. »Du weißt doch, Mädchen gehen immer zu zweit aufs Klo.«

Endlich fällt bei Laura der Groschen und sie steht auf. »Ach so. Klar, ich komme.«

»Wir sind gleich wieder da«, sage ich zu Till und verschwinde mit Laura im Schlepptau zur Damentoilette.

Kaum hat sich die Tür hinter uns geschlossen, frage ich:

»Sag mal, was ist denn mit euch los? Habt ihr eine Beziehungskrise, oder was?!«

Laura seufzt und ihre Mundwinkel zucken. Sie sieht aus, als würde sie jeden Moment losheulen.

»Michi hat sich mit Sabine getroffen«, sagt sie mit erstickter Stimme und sieht mich an, als müsste ich bei dieser Neuigkeit vor Schreck in Ohnmacht fallen.

Ich verstehe leider nur Bahnhof. »Sabine? Was für eine Sabine denn?«

»Sabine ist Michis Exfreundin«, teilt mir Laura dramatisch mit. »Die beiden waren zwei Jahre zusammen – kannst du dir das vorstellen? Das ist doch eine halbe Ewigkeit! Sie haben sich zehn Tage, bevor Michi und ich zusammengekommen sind, getrennt.«

»Aha«, sage ich. Das hört sich gar nicht gut an. »Und jetzt haben sie wieder was miteinander, oder wie?«

Laura zuckt mit den Schultern. »Ich weiß nicht so genau. Michi behauptet, es wäre alles ganz harmlos und ich würde total überreagieren. Angeblich hat er sich nur mit ihr getroffen, um ein bisschen zu quatschen.«

»Das klingt doch ganz plausibel«, versuche ich Laura zu beruhigen. »Vielleicht siehst du ja wirklich Gespenster. Ich meine, wenn die beiden zwei Jahre zusammen waren, ist es doch ganz normal, dass sie den Kontakt nach ihrer Trennung nicht gleich völlig abbrechen.«

»Schon, aber Michi hat mir das Treffen mit Sabine bewusst verschwiegen. Er hat mir erst davon erzählt, nachdem seine Mutter sich verplappert hatte. Das ist doch komisch, oder? Ich meine, wenn es wirklich so harmlos gewesen wäre, hätte er es mir doch sagen können!« Das stimmt allerdings. An Lauras Stelle wäre ich auch supereifersüchtig.

»Vielleicht wusste er, dass du dir Sorgen machen würdest, und wollte dich einfach nicht beunruhigen«, sage ich in einem letzten Versuch, Lauras Bedenken zu zerstreuen. Aber so richtig überzeugt bin ich selbst nicht von dieser Möglichkeit. Laura schüttelt traurig den Kopf. »Ich glaube, Michi hängt noch total an seiner Ex. Er kommt einfach nicht von ihr los. Vielleicht hatte er auch zu wenig Zeit, um die Trennung zu verarbeiten. Schließlich sind wir danach wirklich ziemlich schnell zusammengekommen. Was soll ich denn jetzt bloß machen?«

Laura laufen Tränen über die Wangen und ich nehme sie in die Arme. Ausgerechnet jetzt rauscht auf einer der beiden Toiletten die Spülung und ein Mädchen kommt aus der Kabine. Während sie sich die Hände wäscht, wirft sie Laura im Spiegel einen mitfühlenden Blick zu und sagt: »Wenn du mich fragst, lass den Kerl sausen! Mit Typen, die noch an ihren Exfreundinnen hängen, hat man nichts als Ärger. Das weiß ich aus Erfahrung.«

Sie nickt Laura noch einmal zu und verlässt die Toilette. Laura und ich sehen ihr sprachlos hinterher. Wir sind beide so baff, dass wir keinen Ton herauskriegen.

»Na so was«, sagt Laura schließlich, holt ein Taschentuch heraus und putzt sich ausgiebig die Nase. »Was sollte das denn?«

Ich zucke mit den Schultern. »Keine Ahnung. Vergiss einfach, was die Tussi gesagt hat. Die weiß schließlich gar nicht, worum es geht. An deiner Stelle würde ich mich erst mal in aller Ruhe mit Michi aussprechen. Vielleicht gibt es ja eine ganz harmlose Erklärung dafür, dass er dir nichts von der Verabredung erzählt hat. Wenn nicht, solltest du ihn allerdings wirklich besser sausen lassen.«

Laura nickt und stellt sich vor den Spiegel, um ihr Make-up aufzufrischen.

»Wahrscheinlich hast du recht.« Sie holt ihre Puderdose heraus und überpudert mit einem Schwämmchen die Tränenspuren auf ihren Wangen. »Wir sollten so langsam mal wieder zurückgehen, oder? Michi und Till fragen sich bestimmt schon, wo wir bleiben. Sieht man noch, dass ich geheult habe?«

Ich schüttele den Kopf. »Kein bisschen.«

Wir gehen zu unserem Tisch zurück, wo sich Michi und Till gerade über Fußball unterhalten. Wenn Jungs sonst kein Gesprächsthema einfällt, können sie sich immer noch über Fußball unterhalten, das ist wirklich ausgesprochen praktisch. Laura und ich lästern eine Weile über die anderen Gäste im Irish Pub. Aber das ist gar nicht so einfach, weil die meisten Leute hier total normal aussehen. Dann machen wir noch ein bisschen Konversation zu viert und unterhalten uns über die unbefriedigende Kneipensituation in Papenberg, das Kinoprogramm und die letzte Oberstufenparty. Fehlt nur noch, dass wir anfangen, über das Wetter zu reden!

Ich bin richtig erleichtert, als Laura schließlich aufsteht und sagt: »Tut mir echt leid, aber ich bin irgendwie total müde. Ich glaube, ich gehe jetzt besser ins Bett. Viel Spaß noch!«

»Ich bring dich nach Hause«, sagt Michi und trinkt schnell sein Bier aus. »Tschüss, Leute!«

»Puh!«, seufzt Till, als die beiden verschwunden sind, und nimmt einen großen Schluck von seinem Alsterwasser. »Das war nicht nur dicke, sondern superdicke Luft. Was ist denn mit den beiden los?«

Ich erzähle ihm von Michis Treffen mit seiner Exfreundin.

»Das wundert mich gar nicht«, sagt Till. »Michi hängt noch total an Sabine. Du hättest mal sehen sollen, wie fertig er war, als sie mit ihm Schluss gemacht hat.«

»Sie hat Schluss gemacht?«, frage ich erstaunt. »Michi hat Laura erzählt, dass er die Beziehung beendet hat.«

»Quatsch, Michi hätte sich nie von Sabine getrennt. Sie war seine absolute Traumfrau – und ist es immer noch, wenn du mich fragst. Ich find's echt nicht fair, dass er was mit Laura angefangen hat, bevor er über die Sache mit Sabine hinweg war. Meiner Meinung nach sollte man erst seine letzte Beziehung richtig abschließen, bevor man etwas Neues anfängt.«

Ich nicke. »Finde ich auch. Arme Laura! Es wird bestimmt ein harter Schlag für sie, wenn sie erfährt, dass Michi tatsächlich noch an seiner Ex hängt.«

Wir sitzen noch eine Weile im Irish Pub, nippen an unseren Getränken und quatschen über dies und das. Aber irgendwie kommt unsere Unterhaltung nicht so richtig in Schwung. Es ist fast so, als hätten Michi und Laura etwas von ihrer schlechten Stimmung an unserem Tisch zurückgelassen. Außerdem merke ich, dass ich langsam auch müde werde und immer öfter ein Gähnen unterdrücken muss.

»Würde es dir viel ausmachen, wenn wir jetzt gehen?«, frage ich schließlich. »Irgendwie ist heute Abend der Wurm drin.«

»Stimmt«, sagt Till. »Ich bring dich noch nach Hause, okay?«

Vor unserem Haus lehnt Till sein Rad gegen den Zaun und kommt auf mich zu. Seine Brillengläser glänzen im Mondlicht und seine kurzen, blonden Haare sind vom Wind zerzaust und stehen in alle Richtungen ab. Eigentlich sieht er ganz niedlich aus, zumindest im Dunkeln.

»Tut mir leid, dass der Abend nicht so toll gelaufen ist«, sagt er.

Ich winke ab. »Das muss dir nicht leidtun. Du kannst schließlich nichts dafür, dass Laura und Michi eine Krise haben.«

»Sehen wir uns morgen wieder?«, fragt er und nimmt meine Hand. »He, du hast ja eiskalte Hände!«

Das stimmt allerdings. Blöderweise hab ich vorhin meine Handschuhe zu Hause liegen gelassen. Till nimmt meine Hände und reibt sie zwischen seinen hin und her bis sie wieder halbwegs aufgetaut sind. Das fühlt sich gut an. Plötzlich habe ich wahnsinnige Lust, in den Arm genommen zu werden. Ich weiß auch nicht genau, warum. Vielleicht, weil es so kalt und ungemütlich draußen ist. Oder weil ich ein bisschen traurig und deprimiert bin. Lauras schlechte Stimmung scheint auf mich abgefärbt zu haben.

Und an René darf ich gar nicht erst denken, dann könnte ich schon heulen.

Da! War ja klar! Kaum taucht der Name »René« auch nur eine Sekunde lang in meinem Kopf auf, schon steigen mir die Tränen in die Augen. Das ist doch nicht normal, oder? Ich möchte, dass mich jetzt jemand in den Arm nimmt und ganz fest drückt. Und zu mir sagt: »Es wird alles wieder gut, Julia.« Von mir aus könnte das auch gerne Till sein. Praktischerweise steht er ja gerade direkt vor mir. Und sonst ist bei dem Mistwetter sowieso weit und breit kein Mensch auf der Straße zu sehen.

Leider denkt Till aber gar nicht daran, mich in seine Arme zu schließen. Er steht einfach nur da, hält meine Hände und sieht mich an. Wahrscheinlich traut er sich nicht. Ohne lange nachzudenken, schlinge ich meine Arme um seinen Hals und schmiege mein Gesicht an seinen Wollschal. Der ist zum Glück ganz weich und kratzt kein bisschen. Till legt vorsichtig seine Arme um meinen Rücken. So vorsichtig, dass ich sie durch meine dicke Daunenjacke kaum spüren kann. Ich schmiege mich etwas stärker an ihn. Jetzt drückt er mich auch etwas fester. Na also, geht doch! Wir stehen eine Weile einfach nur da und halten einander fest. Ich atme Tills Geruch ein. Er riecht sauber und frisch. Ein bisschen nach Kernseife und ein bisschen nach frisch gewaschener Wäsche, die im Sommerwind getrocknet ist. Der Geruch ist irgendwie vertraut und mir fällt ein, dass er von diesem Waschmittel kommt, das wir früher auch immer hatten. Ich glaube, die Duftnote heißt sogar »Sommerwind«. Mama hat es immer gekauft. Paps hält leider nicht so viel davon.

Er kauft lieber das günstigere Waschmittel vom Aldi, das wie eingeschlafene Füße riecht.

Ich atme eine große Portion »Sommerwind« ein und seufze wohlig. Das riecht so schön nach Kindheit. Dann hebe ich meinen Kopf von Tills Schulter. Till ist ein bisschen größer als ich. Ich reiche ihm ungefähr bis zur Nasenspitze. Eigentlich würden wir ein ganz passables Paar abgeben, rein äußerlich gesehen. Ziemlich unauffällig, aber nett. Ich will Till die »Sommerwind«-Geschichte erzählen, aber komischerweise kriege ich kein Wort heraus. Vielleicht, weil Till mich so ernst anschaut, das bringt mich ein bisschen durcheinander. Unsere Gesichter sind keine zwei Zentimeter voneinander entfernt. Mir fällt auf, dass Till sehr schöne Lippen hat. Nicht zu schmal und nicht zu voll, sondern genau richtig. Wenn ich meine Zunge rausstrecken würde, könnte ich sie berühren. Verrückt! Was denke ich da eigentlich schon wieder für einen Quatsch?

Tills Gesicht kommt langsam immer näher. Wie in Zeitlupe. Oder bewege ich mich auf ihn zu? Keine Ahnung. Als sich unsere Lippen endlich berühren, ist mir das auch ziemlich schnuppe. Ich schließe die Augen und genieße es einfach, Tills Lippen auf meinen zu spüren. Es macht Spaß, ihn zu küssen, auch wenn es ganz anders ist als mit René. Aber vielleicht macht das ja gerade den Reiz aus. Till ist ein bisschen schüchtern und das finde ich richtig süß. Als ich mit meiner Zungenspitze über seine Oberlippe fahre, zuckt er kurz zusammen. Ist das etwa sein erster Zungenkuss? Das wäre natürlich der Hammer. Ich meine, selbst ich hatte schon Zungenküsse, obwohl ich eigentlich ein totaler Spätzünder in der Beziehung bin. Aber eigentlich ist das ja auch vollkommen egal. Wenn es tatsächlich Tills erster Zungenkuss ist, macht er seine Sache ziemlich gut. Er wird immer mutiger und schließlich knutschen wir so wild herum, dass ich nur hoffen kann, dass gerade keiner von unseren Nachbarn aus dem Fenster schaut und die Sittenpolizei ruft. Was würde René wohl denken, wenn er mich so sehen könnte? Das schlechte Gewissen durchzuckt mich, aber ich schiebe es schnell beiseite. Sind René und ich nicht schon so gut wie getrennt? Na also!

Irgendwann kriege ich keine Luft mehr und höre auf, Till zu küssen. Er fährt sich mit der Zunge über die Lippen und grinst. Ich muss lachen. Dann stehen wir etwas verlegen in der Gegend herum und wissen nicht so genau, was wir sagen sollen. Was sagt man, nachdem man gerade zum ersten Mal wild miteinander geknutscht hat? Vielen Dank, es war sehr schön? Oder: Ich hatte zwar keine Schmetterlinge im Bauch, aber mir hat's trotzdem Spaß gemacht? Oder: Scheiße, wie bringe ich das meinem Freund bei?

»Ich liebe dich«, sagt Till.

Das verschlägt mir glatt die Sprache. Ich starre Till ungläubig an. Soll das ein Witz sein? Hat er zu viele schlechte Liebesschnulzen gesehen und meint, der Spruch gehört irgendwie zum Küssen dazu?

Ich räuspere mich. »Wie bitte?«

Vielleicht habe ich mich ja verhört.

»Ich hab mich total in dich verliebt, Julia«, wiederholt Till leise. Aber ich verstehe trotzdem jedes Wort. Leider.

Oh Gott, er meint es tatsächlich ernst! Na toll, jetzt hab

ich den Salat. Wie heißt es doch so schön? Kleine Sünden bestraft der liebe Gott sofort. Panik macht sich in mir breit. Was soll ich denn jetzt machen? Ich habe keine Ahnung, was ich dazu sagen soll.

»Echt?«, frage ich erst mal ziemlich blöd.

Die Gedanken rasen durch meinen Kopf. Was ist mit René? Liebe ich ihn noch? Ich will Till nicht verletzen! Er ist ein netter Typ und er kann gut küssen. Aber ich bin nicht in ihn verliebt. Oder? Wo sind die Schmetterlinge? Von Schmetterlingen keine Spur …

»Ich hab mich von der ersten Sekunde an in dich verliebt«, gesteht Till. »Im *Café Latte*. Du bist meine absolute Traumfrau, Julia!«

Na so was. Das hört man auch nicht alle Tage. Ich muss zugeben, dass ich geschmeichelt bin. Es wäre so leicht, jetzt mit Till zusammenzukommen. Ich müsste nichts anderes tun, als in seine Arme zu sinken und ihm zu versichern, dass ich ihn auch liebe. Und schon hätte ich einen netten Freund in Papenberg, so wie ich es mir immer gewünscht habe. Aber so einfach geht das nicht.

»Ich mag dich auch sehr gerne«, sage ich so diplomatisch wie möglich. »Und der Kuss eben war echt klasse. Aber ich muss erst die Sache mit René klären, bevor ich etwas Neues anfangen kann. Du hast vorhin schließlich selbst gesagt, dass man erst seine alte Beziehung abschließen sollte, bevor man eine neue beginnt, stimmt's?« Till nickt. »Ich brauche einfach noch ein bisschen Zeit«, fahre ich fort. »Bist du jetzt sauer?«

»Unsinn, natürlich nicht«, sagt Till. Aber er sieht ein

bisschen traurig dabei aus. »Ich find's gut, dass du erst klare Verhältnisse schaffen willst. Können wir uns trotzdem morgen sehen? Ich hab jetzt schon Sehnsucht nach dir!«

»Klar können wir uns sehen. Ich ruf dich an, okay?«

Till gibt mir zum Abschied einen Kuss auf die Wange. »Schlaf gut, Julia.« Dann schwingt er sich auf sein Fahrrad und verschwindet in der Dunkelheit.

Ich schaue ihm nach und überlege, was ich von der ganzen Sache halten soll. Leider komme ich zu keinem Ergebnis. Nur eins weiß ich genau: Ich muss unbedingt mit René reden und ihm von dem Kuss erzählen, sonst bringt mich mein schlechtes Gewissen früher oder später um.

Und noch etwas weiß ich: Ich wünschte, ich hätte dieses Gespräch schon hinter mir.

Ich atme ein Mal tief durch und gehe ins Haus.

Überraschungsbesuch

Obwohl es schon nach elf ist, brennt im Flur noch Licht. Das ist ungewöhnlich, normalerweise geht Paps immer ziemlich früh schlafen. Typisch – ausgerechnet, wenn ich mal zu spät nach Hause komme, muss er noch vor dem Fernseher hocken. Durch die Wohnzimmertür dringen gedämpfte Stimmen. Vielleicht ist er ja auch beim Fernsehen eingeschlafen.

Plötzlich höre ich ein lautes, ziemlich albernes Lachen. Das kommt eindeutig nicht aus dem Fernseher, sondern von Nina. Ich kenne niemanden sonst, der so albern lacht. Warum liegt meine kleine Schwester um die Zeit denn nicht längst im Bett? Da stimmt doch was nicht! Ich öffne die Wohnzimmertür – und kippe fast aus den Latschen vor Überraschung. Das gibt's doch gar nicht! Mein Gehirn muss mir einen Streich spielen. Vielleicht war die ganze Küsserei gerade doch ein bisschen zu viel für mich und das macht sich jetzt bemerkbar, indem ich unter Wahnvorstellungen leide …

»Mann, da bist du ja endlich, Julia!«, kräht Nina. »Wo hast du denn gesteckt? Wir warten schon die ganze Zeit auf dich. Guck mal, wer da ist!«

Ich glaub's einfach nicht! Das ist keine Wahnvorstellung, das ist tatsächlich die Realität! »Hallo, Julia«, sagt meine Mutter und steht auf. »Schön, dich zu sehen.«

Sie kommt auf mich zu und nimmt mich in die Arme. Ich bin so verdattert, dass ich einfach nur stocksteif dastehe, während sie mir einen Kuss auf beide Wangen drückt.

Mama lächelt mich an. »Da staunst du, was?«

Ich nicke und krächze: »Allerdings. Was machst du denn hier?«

»Ich hatte plötzlich so eine Sehnsucht nach meinen Töchtern, dass ich es in St. Tropez einfach nicht mehr ausgehalten habe. Und da dachte ich, ich besuch euch einfach mal.«

»Aha«, sage ich und starre Mama an.

Ich kann's immer noch nicht fassen. Seit sie mit Jacques abgehauen ist, war sie nicht mehr hier. Es ist ein komisches Gefühl, sie plötzlich wieder in unserem Wohnzimmer stehen zu sehen. Mein Blick fällt auf ihren Bauch, der sich inzwischen unübersehbar wölbt. Das Baby muss seit den Sommerferien ganz schön gewachsen sein. Hoffentlich wird es nicht so ein nerviges Balg wie Nina, dann steht Mama und Jacques nämlich noch einiges bevor …

»Ist Jacques auch da?«, frage ich.

Mama schüttelt den Kopf. »Nein, er hat zu tun.«

Na, wenigstens etwas. Ich hab es zwar inzwischen halbwegs akzeptiert, dass Jacques der neue Mann an Mamas Seite ist, aber besonders sympathisch ist er mir deswegen noch lange nicht. Außerdem wäre es für Paps bestimmt nicht sehr angenehm, wenn der Schleimer in unserem Haus herumlaufen würde. Das nehme ich zumindest an.

Ich schaue zu Paps hinüber, der in seinem Lieblingssessel sitzt und an einem Glas Rotwein nippt. Er sieht ziemlich entspannt aus. Mamas Spontanbesuch scheint ihn nicht besonders aufzuregen. Aber Paps lässt sich auch sonst nicht so leicht aus der Ruhe bringen.

»Wusstest du, dass Mama zu Besuch kommt?«, frage ich. Er schüttelt den Kopf und Mama sagt: »Ich habe euren Vater mit meiner Idee, nach Deutschland zu fliegen, genauso überrumpelt wie mich selbst. Meine Abreise war so spontan, dass ich mich noch nicht mal um ein Hotelzimmer gekümmert habe …«

»Du kannst gerne hier übernachten, Barbara«, sagt Paps. »Natürlich nur, wenn du möchtest.«

»Au ja!«, ruft Nina. »Mama soll bei uns wohnen!«

»Macht dir das auch wirklich nichts aus, Rolf?«, fragt Mama. »Ich meine, ich platze hier einfach so rein und bringe alles durcheinander …«

»Unsinn, du bringst überhaupt nichts durcheinander. Und es wäre wirklich albern, wenn du im Hotel schläfst. Schließlich warst du hier mal zu Hause.«

Es hört sich etwas traurig an, wie Paps das sagt. Aber vielleicht klingt das auch nur in meinen Ohren so. Ich glaube, Paps ist inzwischen tatsächlich über die Trennung von Mama hinweg. »Hast du schon alles für die Hochzeit vorbereitet?«, fragt Nina. »Wie sieht denn dein Hochzeitskleid aus?«

Mama zögert einen Moment. »Ich hab noch gar keins.«

»Was?«, ruft Nina. »Dann musst du dich aber beeilen! Die Hochzeit ist doch schon in zehn Tagen!«

»Mach dir keine Sorgen, das klappt schon noch«, sagt Mama betont fröhlich. »Jetzt erzählt aber mal, was es bei euch Neues gibt!« Mir kommt es so vor, als würde sie dem Hochzeitsthema ausweichen. Überhaupt finde ich die ganze Angelegenheit etwas merkwürdig. Warum taucht Mama so kurz vor ihrer Hochzeit völlig spontan hier auf? Und dann auch noch ohne Jacques. Ob sie Ärger mit ihm hatte? Irgendwas stimmt da nicht …

»… und am Wochenende ist hier in Papenberg das Casting«, erzählt Nina gerade, »und da würde ich sooo gerne hingehen. Wäre doch super, wenn ich die Rolle kriegen würde, oder? Das findest du doch auch, oder, Mama?«

»Ja, das wäre wirklich toll«, sagt Mama zerstreut. Sie sieht aus, als wäre sie mit ihren Gedanken ganz woanders.

»Dann hättest du also nichts dagegen, wenn ich zu dem Casting gehe?«, fragt Nina weiter und wirft Paps einen schnellen Blick zu.

»Nein, natürlich nicht«, sagt Mama. »Warum sollte ich?«

»Siehst du, Papa!«, ruft Nina triumphierend. »Mama erlaubt es!«

Paps stellt sein Weinglas auf dem Wohnzimmertisch ab. »Darüber haben wir doch gestern schon ausführlich gesprochen, Nina. Du bist viel zu jung für dieses Casting. Außerdem ist das doch alles völliger Humbug.«

Ich wusste doch, dass Paps diesen Quatsch nicht erlauben würde! Ich grinse Nina schadenfroh zu. Endlich stößt meine kleine Schwester auch mal an ihre Grenzen. Ich hatte schon die dunkle Befürchtung, dass sie sich wirklich alles erlauben darf, bloß weil sie die Jüngste ist.

»Gar nicht!«, nölt Nina. »Das ist echt gemein von dir! Mama findet auch, dass ich zu dem Casting gehen sollte, stimmt's, Mama?«

»Moment mal«, sagt Mama. »Du hast mit deinem Vater schon über die Sache gesprochen und er hat Nein gesagt?« Nina nickt und macht einen Schmollmund. Das kann sie wirklich gut. »Dann kann ich es dir natürlich auch nicht erlauben. Außerdem bist du vielleicht wirklich noch ein bisschen zu jung für so eine Aktion. Warte doch einfach noch ein paar Jahre, dann kannst du immer noch Schauspielerin werden.«

»Ich will die Rolle aber *jetzt* kriegen«, jammert Nina. »Warum versteht ihr denn nicht, wie wichtig das für mich ist?«

Paps steht auf. »So, jetzt ist es aber wirklich höchste Zeit, ins Bett zu gehen. Schließlich müssen wir morgen alle früh raus. Auf geht's, Kinder!«

»Kann Mama bei mir schlafen?«, fragt Nina.

Paps überlegt. »Ja, das wäre vielleicht wirklich das Beste. Wir könnten dir das Gästebett in Ninas Zimmer stellen, Barbara. Ist das in Ordnung für dich?«

»Natürlich«, sagt Mama. »Das wäre perfekt. Es ist wirklich sehr nett, dass ich hier wohnen darf, Rolf, vielen Dank.«

Paps macht eine wegwerfende Handbewegung. »Ach was, das ist doch völlig normal.«

»Nein, das ist es nicht«, sagt Mama ernst.

Paps sieht etwas verlegen aus und verschwindet schnell mit seinem leeren Weinglas in der Küche. Wenn ich nicht so reif und vernünftig wäre, würde ich mir jetzt wahrscheinlich Hoffnungen machen, dass meine Eltern vielleicht doch wieder zueinander finden. Ich meine, das ist schließlich die klassische Situation! Sozusagen echt filmreif. Die geschiedene Ehefrau sucht Asyl bei ihrem Exmann. Die beiden merken, dass sie doch noch etwas füreinander empfinden, und heiraten ein zweites Mal. Happy End!

Aber von solchen Hirngespinsten bin ich natürlich weit entfernt. Schließlich bin ich keine zwölf mehr, so wie Nina, die alberne Gans. Sie hüpft schon wieder wie ein gut gelaunter Gummiball durch die Gegend, weil Mama in ihrem Zimmer schläft.

Mama bringt ihren Koffer nach oben, Paps holt das Gästebett aus dem Keller und ich hole frisches Bettzeug aus dem Wäscheschrank. Mir kommt die ganze Situation total unwirklich vor. Wie ein Traum oder so was. Ich kann noch gar nicht richtig glauben, dass Mama wirklich da ist. Und dass ich Till geküsst habe, kann ich noch viel weniger glauben. Habe ich das wirklich getan? Ich?!? Unfassbar!

Plötzlich muss ich so heftig gähnen, dass mein Kiefer knackt.

»Mein armer Schatz«, sagt Mama, die gerade das Bettlaken unter der Gästematratze feststeckt. »Jetzt aber ab ins Bett mit dir! Tut mir leid, dass ich euch so lange wach gehalten habe. Du hattest bestimmt einen anstrengenden Tag, was?«

Ich nicke. Das kann man wohl sagen. Anstrengend ist gar kein Ausdruck. Ich bin so müde, dass ich ohne weiteres im Stehen einschlafen könnte.

Ich gebe Mama einen Gutenachtkuss und murmele: »Ich freu mich total, dass du da bist.« Und das tue ich wirklich.

Schluss machen ist doch eigentlich ganz leicht ..., oder?!

Das erste Geräusch, das nach dem Aufwachen an meine Ohren dringt, ist der Regen, der gegen die Fensterscheibe klatscht. Ich lasse die Augen noch eine Weile geschlossen und rede mir ein, dass heute Sonntag ist und ich so lange im Bett bleiben kann, wie ich will. Aber leider glaube ich mir nicht. Ich weiß ganz genau, dass wir Donnerstag haben. Und das lässt sich auch nicht wegdiskutieren.

Mir fällt der gestrige Abend wieder ein und ich überlege, ob ich das vielleicht alles nur geträumt habe. Der seltsame Kneipenbesuch, die Knutscherei mit Till, Mama in unserem Wohnzimmer – das kann doch alles nicht wahr sein, oder? Aber als ich in die Küche komme, sitzt Mama leibhaftig am Küchentisch und trinkt Kaffee. Also war es doch kein Traum. Es ist alles tatsächlich genau so passiert, wie ich es in Erinnerung habe. Ich weiß nur nicht, ob ich das gut oder schlecht finden soll.

»Guten Morgen, mein Schatz«, sagt Mama und lächelt mir zu. »Gut geschlafen?«

Ich nicke gähnend. »Bloß etwas zu kurz.«

Zum Glück scheint Mama noch zu wissen, dass ich morgens nicht besonders gesprächig bin, und lässt mich in Ruhe mein Müsli löffeln. Die Ruhe ist allerdings vorbei, als Nina in die Küche kommt und natürlich gleich wieder ohne Punkt und Komma drauflosquatscht. Wenigstens bin ich diesmal aus der Schusslinie, weil sie ihre ganzen uninteressanten Casting-, Soap-, Frisuren- und Schminkgeschichten jetzt Mama erzählt. Paps ist währenddessen wie jeden Morgen hinter seiner Zeitung verschwunden und lässt sich beim Lesen weder von Mamas Anwesenheit noch von Ninas Gequatsche stören.

Wenn man uns so sieht, könnte man das hier für ein ganz normales, ausgesprochen harmonisches Familienfrühstück halten. Es ist so, als wäre Mama nie weg gewesen. Wir sind endlich wieder komplett. Mir ist natürlich völlig klar, dass das nur vorübergehend ist. Mama ist schließlich bloß zu Besuch da. Trotzdem ist es nett, mal wieder mit der ganzen Familie zu frühstücken. Ich kann nicht leugnen, dass mir das gefällt.

Nach unserem Familienfrühstück kann ich Paps mit Mamas Unterstützung dazu überreden, dass er Nina und mich mit dem Auto zur Schule fährt. Endlich gehöre ich auch mal zu den Glücklichen, die trotz des strömenden Regens mit trockenen Haaren und Klamotten durch die Gänge laufen, ohne eine Spur aus Regentropfen zu hinterlassen. Ein gutes Gefühl! Ich bin äußerst zufrieden mit meinem Start in den heutigen Tag und betrete beschwingt den Klassenraum.

Erstaunlicherweise sitzt Laura schon auf ihrem Platz, obwohl ich ziemlich früh dran bin. Mit dem Auto geht's eben einfach viel schneller als mit dem Rad. Laura ist heute offensichtlich nicht zur Schule gebracht worden. Sie ist klitschnass und sieht aus wie ein Häufchen Elend. Ich bekomme sofort ein schlechtes Gewissen.

»Hey, was machst du denn schon hier?«, frage ich und lasse mich auf meinem Platz nieder. »Warum hast du denn nicht angerufen, bevor du losgefahren bist? Dann hätten wir dich mit dem Auto abgeholt.«

Laura niest kräftig dreimal hintereinander und sagt mit schleppender Stimme: »Ach, weißt du, auf das bisschen Regen kommt es jetzt auch nicht mehr an. Im Vergleich dazu, was ich seit gestern Abend durchgemacht habe, ist so ein kleiner Regenschauer geradezu erfrischend.«

»Wieso? Was ist denn passiert?«, frage ich. Erst jetzt fällt mir auf, dass Laura total verheult aussieht und dunkle Ringe unter den Augen hat, so als hätte sie die ganze Nacht nicht geschlafen. »Hast du gestern noch Stress mit Michi gehabt?«

»Allerdings.« Laura macht eine dramatische Pause, bevor sie mir mitteilt: »Wir haben uns getrennt!«

Bei diesen Worten steigen ihr die Tränen in die Augen. Sie holt schnell ein Taschentuch heraus und putzt sich gründlich die Nase.

»Oh nein, so ein Mist!«, sage ich und sehe sie mitfühlend an. »Warum denn? Etwa wegen dieser Sabine?«

Laura nickt. »Als Michi mich gestern Abend nach Hause gebracht hat, hab ich ihn gefragt, ob er noch in seine Ex verliebt ist …«

Lauras Stimme versagt.

»Und?«, frage ich. »Was hat er geantwortet?«

»Dass er Sabine immer noch liebt«, schluchzt Laura. »Auch wenn sie im Moment nichts von ihm will. Aber ich glaube, Michi hofft trotzdem, dass er irgendwann wieder mit ihr zusammenkommt.«

»Und warum hat er dann was mit dir angefangen? Das ist doch total unfair!«

»Das hab ich ihm auch gesagt. Aber er meinte, dass er sich trotz seiner Gefühle für Sabine in mich verliebt hat und außerdem nicht gut allein sein kann.«

»Na toll! Das klingt ja so, als wärst du bloß eine Art Lückenbüßer gewesen, so lange, bis seine tolle Sabine sich wieder beruhigt hat.«

Laura macht ein beleidigtes Gesicht. »Ich glaube nicht, dass er es so gemeint hat. Michis Gefühle für mich waren echt, da bin ich mir ganz sicher. Er war auch richtig fertig, nachdem wir gestern Schluss gemacht haben. Er hat fast geweint.«

»Aha«, sage ich. Laura ist offensichtlich noch nicht so weit, dass sie Kritik an ihrem Super-Michi erträgt. Trotzdem kann ich mir eine Frage nicht verkneifen: »Und warum habt ihr euch dann überhaupt getrennt, wenn es euch beide so unglücklich macht?«

»Weil ich eine andere Frau neben mir einfach nicht ertrage«, sagt Laura würdevoll. »Ich will die Einzige für Michi sein. Solange er noch an seiner Ex hängt, gibt es leider keine Zukunft für uns.«

»Sehr vernünftig«, sage ich. »Besser ein Ende mit Schrecken als ein Schrecken ohne Ende. Übrigens ist bei mir gestern Abend auch noch einiges los gewesen. Du wirst es nicht glauben: Als ich aus dem Pub nach Hause kam, saß meine Mutter bei uns im Wohnzimmer!«

»Echt?«, fragt Laura, aber sie macht keinen besonders interessierten Eindruck.

Ich erzähle trotzdem weiter. »Sie ist ganz spontan zu Besuch gekommen. Ich dachte, ich werd nicht wieder! Jacques ist in St. Tropez geblieben. Ich glaube ehrlich gesagt, dass die beiden eine Krise haben. Mama macht so einen angespannten Eindruck.«

Laura nickt gedankenverloren. »Wo man hinsieht, stecken alle Beziehungen in der Krise. Ich hätte nie gedacht, dass es Michi und mich auch erwischen würde. Wir waren so glücklich miteinander! Wenn ich daran denke, wie ich Michi zum ersten Mal im Freibad gesehen habe und wie er mir vom Sprungturm aus so süß zugelächelt hat ...«

Laura verliert sich in Erinnerungen und ich schalte ab. Sie hat offenbar vergessen, dass ich an diesem schicksalhaften Tag im Freibad selbst anwesend war und ihre erste Begegnung mit Michi sozusagen hautnah miterlebt habe. Eigentlich hatte ich ja die leise Hoffnung, dass Laura aufhören würde, ständig über Michi zu reden, wenn sie nicht mehr mit ihm zusammen ist. Und dass sie sich dann vielleicht auch wieder ein *bisschen* für meine Probleme interessieren würde. Aber das war wohl ein Irrtum.

Ich überlege kurz, ob ich ihr von dem Kuss mit Till erzählen soll. Ich muss ständig daran denken, obwohl ich die ganze Sache am liebsten vergessen würde. Es ist alles so kompliziert und ich habe keine Ahnung, was ich jetzt machen soll. Vielleicht würde mein Kopf wieder etwas klarer werden, wenn ich mal mit jemandem darüber reden würde. Und wozu hat man schließlich eine beste Freundin? Aber Laura schwafelt immer noch von den glücklichen Zeiten mit Michi, sodass mir die Lust komplett vergeht, ihr von meinen Problemen zu erzählen. Laura scheint noch nicht mal zu merken, dass ich ihr überhaupt nicht zuhöre. War sie eigentlich schon immer so egozentrisch?

Den ganzen Vormittag nervt mich Laura mit ihrem Michi-Gelaber. Ich bin richtig froh, als wir uns nach der Schule verabschieden und ich endlich nichts mehr von Super-Michi hören muss.

Zu Hause werde ich mit einem superleckeren Mittagessen für den anstrengenden Vormittag entschädigt. Mama hat gekocht, es gibt Nudeln mit Lachs und Zucchinischeiben. Mediterrane Küche – das schmeckt eindeutig besser als Tiefkühlpizza! Nach dem Mittagessen haben sich meine von Lauras Gequatsche ziemlich angegriffenen Nerven gerade wieder halbwegs erholt, da klingelt es an der Tür.

»Es ist Laura!«, verkündet Nina, die sofort aufgesprungen und zur Haustür gerannt ist. Vermutlich hofft sie, dass irgendwann mal ein Fernsehproduzent bei uns klingelt, der sie vom Fleck weg engagieren will.

»Hallo! Stör ich beim Mittagessen?«, fragt Laura, die hinter Nina ins Esszimmer kommt. »Nein, nein, wir sind gerade fertig«, sagt Paps. »Setz dich doch, Laura.«

Als Laura Mama sieht, macht sie ein erstauntes Gesicht. »Oh, hallo, Frau Jacoby, lange nicht mehr gesehen. Sind Sie schon länger in Papenberg?«

»Nein, erst seit gestern Abend«, antwortet Mama.

»Das hab ich dir doch heute Morgen alles erzählt!«, sage ich leicht genervt.

»Ehrlich?«, fragt Laura. »Hab ich gar nicht mitbekommen.«

Es ist wirklich nicht zu fassen. Laura hat mir überhaupt nicht zugehört!

»Möchtest du vielleicht was trinken?«, fragt Mama.

Laura schüttelt den Kopf. »Nein, danke. Ich wollte eigentlich nur kurz mit Julia reden. Können wir in dein Zimmer gehen?«

»Von mir aus«, sage ich nicht besonders begeistert und stehe auf. Wenigstens komme ich so ums Tischabräumen herum.

Ich brauche Laura gar nicht erst zu fragen, was los ist. Kaum sitzen wir in meinem Zimmer, fängt sie auch schon an zu lamentieren.

»Ich muss ständig an Michi denken, das macht mich richtig fertig. Ich kann mich auf nichts mehr konzentrieren. Vielleicht war es ja doch nicht die richtige Entscheidung, dass wir uns getrennt haben. Ob ich noch mal bei ihm anrufen und mit ihm darüber reden sollte? Er fehlt mir so. Es kommt mir vor, als hätten wir uns eine Ewigkeit nicht mehr gesehen …«

So geht es noch eine ganze Weile weiter. Ich brauche gar nichts zu sagen, Laura bestreitet die gesamte Unterhaltung allein. Wenn man das überhaupt eine Unterhaltung nennen kann. Laura scheint gar nicht aufzufallen, dass sie mich zum ersten Mal seit ewigen Zeiten wieder besucht.

Genau genommen war sie nicht mehr hier, seit sie mit Michi zusammengekommen ist. Super – wochenlang hat sie mich wegen diesem Idioten hängen lassen, und kaum ist es aus mit ihm, steht sie wieder vor der Tür, um sich bei mir auszuheulen. Und wenn *ich* ihr mal etwas erzählen will, hört sie mir überhaupt nicht zu.

Nach einer Weile hat sich Laura so in ihren Liebeskummer reingesteigert, dass sie heult wie ein Schlosshund. Jetzt tut sie mir doch leid und ich reiche ihr eine Packung Taschentücher. »Vergiss den Typen einfach. Der hat dich gar nicht verdient, wenn er immer noch seiner blöden Ex hinterherrennt. Am besten verliebst du dich so schnell wie möglich in jemand anders, das ist die beste Medizin gegen Liebeskummer. Du musst jetzt die Vergangenheit hinter dir lassen und nach vorne schauen.«

Solche schlauen Sprüche stehen auch immer in diesen Psycho-Artikeln, die Laura so gerne in der *Girls only* liest. Ich finde ja, dass das ziemlicher Quatsch ist, aber vielleicht hilft es Laura trotzdem weiter.

Und es scheint tatsächlich zu funktionieren.

»Meinst du?«, fragt sie und wischt sich die Tränen von den Wangen. »Ich weiß wirklich nicht, ob ich Michi so schnell vergessen kann.«

»Du musst es wenigstens versuchen. Lenk dich einfach ab, wenn du an ihn denken musst. Was hältst du davon, wenn wir morgen zusammen zu dieser Party ins *Bubbles* gehen?«

»Du meinst, die Herbstferienanfangs-Party? Ich weiß nicht … Eigentlich bin ich momentan nicht so richtig in

Partylaune. Außerdem findest du das *Bubbles* doch total bescheuert!«

»Stimmt, aber du nicht. Und in Anbetracht der Umstände wäre ich ausnahmsweise mal bereit, einen Abend dort zu verbringen. Das solltest du ausnutzen! Ich garantiere dir, dass du keine einzige Sekunde an Michi denken wirst. Und vielleicht läuft dir ja sogar irgendein netter Typ über den Weg, in den du dich sofort Hals über Kopf verliebst …«

Laura schüttelt den Kopf. »Kann ich mir nicht vorstellen. Aber vielen Dank für das Angebot, echt nett von dir. Ich überleg's mir, okay? Wie ist es denn eigentlich mit dir und Till gestern noch so gelaufen? Hattet ihr zwei wenigstens noch einen netten Abend?«

Aha, Laura kommt also doch langsam wieder von ihrem Egotrip runter. Wurde aber auch Zeit! Endlich kann ich mein ganzes Gefühlschaos vor jemandem ausbreiten.

»Wie man's nimmt«, sage ich und erzähle Laura von der Knutscherei vor unserer Haustür. »Was???«, ruft Laura und kriegt vor lauter Staunen den Mund nicht mehr zu. »Du hast ihn geküsst? Einfach so? Und sogar mit Zunge?«

Ich nicke. Jetzt kommt mir die ganze Sache selbst völlig verrückt vor.

»Ich weiß auch nicht, warum ich das gemacht habe«, sage ich kläglich.

Laura sieht mich nachdenklich an. »Das ist ein eindeutiges Zeichen dafür, dass du mit deiner Beziehung zu René unzufrieden bist. Sonst hättest du dich garantiert nie mit Till eingelassen. Bist du denn in ihn verliebt?«

Ich zucke mit den Schultern. »Keine Ahnung. Ich bin mir

nicht sicher. Ich finde ihn zwar total nett und alles, aber das Kribbeln fehlt. Ich hab überhaupt keine Schmetterlinge im Bauch, wenn ich an ihn denke.«

»Beim Küssen auch nicht?«, fragt Laura.

Ich schüttele den Kopf. »Nicht so richtig. Aber es hat trotzdem Spaß gemacht. Komisch, oder?«

»Vielleicht hast du die Schmetterlinge einfach nicht zugelassen, weil du ein schlechtes Gewissen René gegenüber hattest«, überlegt Laura.

»Kann sein. Ich muss unbedingt mit René reden und ihm die Sache beichten. Aber was mache ich, wenn er dann nicht mehr mit mir zusammen sein will?«

»Am besten kommst du ihm einfach zuvor und machst Schluss, bevor er es tut. Du bist doch sowieso total unglücklich mit eurer Fernbeziehung. Ich glaube, Till ist die ideale Gelegenheit für dich, endlich einen Schlussstrich unter die Sache mit René zu ziehen. Till passt außerdem viel besser zu dir – und er wohnt in Papenberg.«

»Und was ist mit den Schmetterlingen?«

»Die werden schon kommen, wenn du mit René erst mal abgeschlossen hast«, sagt Laura zuversichtlich. »Bloß aus unseren Pärchenabenden wird wohl nichts mehr. Echt schade, dass Michi und ich ausgerechnet jetzt Schluss gemacht haben, wo du mit Till zusammenkommst. Das wäre so eine super Kombination gewesen …«

Laura lächelt traurig und ich lege tröstend den Arm um ihre Schultern.

»Was soll's. Wir können uns doch auch so eine schöne Zeit machen. Schließlich fangen morgen die Herbstferien an und die sollten wir uns nicht von irgendwelchen Typen versauen lassen. Außerdem ist es ja noch gar nicht sicher, dass aus Till und mir überhaupt etwas wird. Erst mal muss ich das Gespräch mit René hinter mich bringen. Davor graut mir schon total.«

»Du kriegst das schon hin«, sagt Laura. »Schluss machen ist zwar nicht gerade besonders angenehm, aber man kann's überleben, wie du an mir siehst. Bring's am besten schnell hinter dich.«

Ich seufze. »Warum muss die Liebe eigentlich immer so kompliziert sein? Manchmal hab ich das Gefühl, man hat nichts als Ärger mit den Typen. Vielleicht sollten wir in Zukunft einfach alle Jungs links liegen lassen.«

»Das hätte bestimmt einige Vorteile«, gibt Laura zu. »Aber dann könntest du auch nie wieder mit einem Jungen vor eurer Haustür herumknutschen. Das wäre doch schade, oder?«

»Ziemlich schade sogar«, sage ich. »Okay, ich überleg's mir noch mal.«

»Tu das«, sagt Laura ernst.

Wir schauen uns an und prusten los. Plötzlich finde ich alles gar nicht mehr so furchtbar schlimm. Wenigstens kann ich wieder mit Laura zusammen lachen. Es kommt mir so vor, als wäre meine beste Freundin lange weg gewesen und heute endlich wieder zurückgekommen.

Kaum ist Laura nach Hause gegangen, gebe ich mir einen Ruck und gehe zum Telefon. Wahrscheinlich ist es wirklich am besten, wenn ich den Anruf bei René sofort hinter mich bringe. Ich hab zwar noch keine Ahnung, wie ich ihm die Sache mit Till erklären soll, aber egal. Vielleicht sollte ich es einfach so sagen, wie es ist: Ich habe jemand anderes kennengelernt und ich sehe für uns keine Zukunft mehr. Punkt, aus. Das ist zwar ziemlich hart, aber immer noch besser, als stundenlang um den heißen Brei herumzureden.

Paps ist in seinem Laden, Mama und Nina sind in die Stadt gegangen. Die Gelegenheit für ein halbwegs ungestörtes Gespräch ist also günstig. Schließlich will man nicht unbedingt seine komplette Familie dabeihaben, wenn man mit seinem Freund Schluss macht. Nina und ich haben Paps schon tausendmal dazu zu bringen versucht, endlich ein schnurloses Telefon zu kaufen. Wahrscheinlich sind wir der einzige Haushalt in der ganzen Stadt, der noch keins hat. Ich meine, wo bleibt denn da die Privatsphäre, wenn man immer mitten im Flur telefonieren muss, wo ständig irgendwer langrennt und alle mithören können? Aber das ist Paps leider egal. Er telefoniert ja auch fast nie. Und wenn, dann immer nur ganz kurz. »Warum soll ich denn ein neues Telefon kaufen, wenn das alte noch einwandfrei funktioniert?« ist sein Standardspruch, wenn Nina und ich mal wieder herumjammern.

Also ehrlich, dazu fällt mir nichts mehr ein.

Ich stehe immer noch mit dem Hörer in der Hand da und kann mich nicht dazu durchringen, Renés Nummer zu wählen. Ich komme mir vor wie in einem schlechten Film. Genau die Szene könnte auch aus *Zeiten der Liebe* stammen: Schauspielschülerin Dana trennt sich schweren Herzens von ihrem gut aussehenden Freund in Paris, um sich ganz ihrer neuen Liebe mit dem netten Sonnyboy Till widmen zu können. Gott, ist das schlecht! Für so eine kitschige und unrealistische Geschichte könnte man den Drehbuchautor glatt verklagen. Bloß dass das leider gar kein Drehbuch ist, sondern rein zufällig mein Leben. Tja, dumm gelaufen.

Plötzlich bin ich mir gar nicht mehr so sicher, ob ich wirklich Schluss machen will. Das ist irgendwie so endgültig. Ich werde René wahrscheinlich nie wiedersehen, wenn wir nicht mehr zusammen sind. Denn dass man befreundet bleiben kann, nachdem man sich getrennt hat, halte ich für ein Gerücht.

Ich lege den Hörer auf und atme einmal tief durch. Mann, bin ich nervös! Ganz ruhig, Julia, du schaffst das schon. Mein Herz klopft wie verrückt, als ich den Hörer zum zweiten Mal abnehme und Renés Nummer wähle. Es klingelt einmal, zweimal, dreimal ... Mein Mund ist plötzlich ganz trocken und ich bin mir sicher, dass ich keinen einzigen Ton herauskriegen werde. Soll ich lieber schnell wieder auflegen? Nein, ich muss es jetzt hinter mich bringen. Ich bin schließlich kein Feigling. Das hoffe ich zumindest. Jetzt nimm endlich ab, René! Oder vielleicht lieber doch nicht?

Da! Es klickt in der Leitung. Mir bleibt fast das Herz stehen vor lauter Schreck. Oh Gott, was soll ich bloß sagen? Wie fängt man ein Gespräch an, wenn man Schluss machen will?

»Bonjour. C'est le repondeur de la famille Richard ...«

Es ist nur der Anrufbeantworter! Ich atme auf. Aber nur eine Sekunde lang. Soll ich was auf das Band sprechen oder nicht? Ich hab mich noch nicht richtig entschieden, da ist der Spruch schon zu Ende und es piept. Mist!

»Äh … hallo … ich bin's, Julia«, stotterte ich. »Ja … also … schade, dass du nicht da bist, René, ich müsste nämlich dringend mal mit dir sprechen …« Oh Gott, ich höre mich bestimmt an wie eine komplette Idiotin! Ich hasse es, auf Anrufbeantworter zu sprechen. Und was das Schlimmste ist: Ich rede mich jedes Mal um Kopf und Kragen. Auch jetzt quatsche ich einfach immer weiter. Warum zieht denn niemand den Telefonstecker aus der Dose? »… ich hab in letzter Zeit viel über uns nachgedacht … vielleicht ist dir ja auch aufgefallen, dass wir uns irgendwie nicht mehr so gut verstehen … tja, also, ich denke, dass es wahrscheinlich das Beste ist, wenn wir uns trennen … ich weiß zwar nicht, wie du darüber denkst, aber ich finde …«

Piiiep!

Na toll, jetzt hat mich der blöde Anrufbeantworter doch tatsächlich abgewürgt. Meine Hand zittert, als ich den Hörer auflege. Mein Kopf fühlt sich an, als wäre er mit Watte gefüllt. Ich kann keinen einzigen klaren Gedanken fassen. Alles wirbelt durcheinander und ich versuche, ein bisschen Ordnung in das Chaos zu bringen. Habe ich gerade tatsächlich mit René Schluss gemacht? Sieht ganz so aus. Besser gesagt, mit seinem Anrufbeantworter. Ich weiß nicht so genau, ob das auch zählt. Eigentlich ist es ja echt das Letzte, per Anrufbeantworter mit jemandem Schluss zu machen. Warum hab ich denn nicht meine blöde Klappe gehalten? Ich hätte doch einfach auflegen können! Aber nein, ich muss mich natürlich mal wieder um Kopf und

Kragen reden. René denkt wahrscheinlich, ich bin total durchgedreht, wenn er mein Gestammel hört. Am liebsten würde ich sofort nach Paris fahren und den blöden Spruch löschen.

Andererseits ist es ja irgendwie auch ganz praktisch so. Wer weiß, wie René reagiert hätte, wenn ich persönlich mit ihm gesprochen hätte. Vielleicht wäre er total wütend geworden. Oder noch schlimmer: total traurig. Dann hätte ich bestimmt angefangen zu heulen und es am Ende vielleicht doch nicht geschafft, mich von ihm zu trennen.

Okay, jetzt ist es amtlich: René und ich sind nicht mehr zusammen.

Um mich an diesen Gedanken zu gewöhnen, denke ich ihn gleich ein paarmal hintereinander:

René und ich sind nicht mehr zusammen.

René und ich sind nicht mehr zusammen.

René und ich sind *nicht* mehr zusammen.

Dann sage ich es noch ein Mal laut, aber der Sinn der Worte dringt nicht so richtig zu mir durch. Ich rede mir gut zu: Hast du verstanden, was das heißt, Julia? Du bist nicht mehr mit René zusammen! Schluss, aus, vorbei. Ich horche in mich hinein. Nichts. Keine Reaktion. Meine Gefühle liegen auf Eis. Vielleicht habe ich sie in letzter Zeit etwas überstrapaziert und deswegen haben sie aus Protest beschlossen, einfach einzufrieren. Was soll's, ist vielleicht auch besser so. Wenigstens heule ich dann nicht die ganze Zeit herum wie Laura. Ich hatte es mir echt schlimmer vorgestellt, Schluss zu machen. War doch eigentlich ganz leicht, oder? Okay, ich hab die Sache mit Till komplett ausgeklammert. Aber warum sollte ich René auch verletzen, wenn es nicht unbedingt nötig ist?

Ich gehe in mein Zimmer und fühle mich seltsam leer. Vielleicht sollte ich endlich mal anfangen, meine Hausaufgaben zu machen. Ich schlage das Mathebuch auf. Mathe ist immer eine gute Ablenkung. Mit Zahlen und Formeln hab ich nie Ärger. Die machen immer genau das, was ich will.

Auf meinem Fensterbrett steht die Schneekugel, die mir René in Paris geschenkt hat. Ich nehme sie in die Hand und schüttele sie. Zwei kleine Figuren unter Palmen. René und ich im Sandsturm.

Plötzlich verschwimmt alles vor meinen Augen und ich breche in Tränen aus.

Krisengespräche

»Schöne Herbstferien«, wünscht uns Herr Balke, als es nach der letzten Stunde klingelt. »Und treibt es nicht zu wild!«

»Wer weiß, ob ich nach den Herbstferien überhaupt wiederkomme«, flötet Nadja so laut, dass es alle hören können. »Wenn ich die Rolle in *Zeiten der Liebe* bekomme, hab ich vielleicht gar nicht mehr genug Zeit, um zur Schule zu gehen.«

Tanja nickt ernst. »Stimmt, so ein Drehtag kann ganz schön lang werden, da ist Schule einfach nicht mehr drin. Aber um als Schauspielerin Karriere zu machen, brauchst du schließlich sowieso kein Abi.«

Laura verdreht die Augen und raunt mir zu: »Ein Glück, dass wir uns das in den nächsten zwei Wochen nicht mehr jeden Tag anhören müssen.«

»Ich drück den beiden auf jeden Fall die Daumen für das Casting«, sage ich. »Hoffentlich werden sie genommen, dann sind wir sie endlich los.«

Laura grinst. Sie ist heute schon ein bisschen besser drauf als gestern. Offenbar ist sie auf dem besten Weg, die Trennung von Michi zu verarbeiten. Oder sie freut sich, dass sie nicht mehr die Einzige mit einer gescheiterten Beziehung ist. Heute Morgen, als ich ihr von dem Anruf bei René erzählt habe, wirkte sie zumindest sehr zufrieden. Von mir kann ich das leider nicht behaupten. Ich könnte jedes Mal heulen, wenn ich an René denke. Und ich denke ziemlich oft an ihn. Genau genommen ständig. Noch nicht mal Herr Balkes Mathestunde hat es geschafft, mich abzulenken. Und das will schon was heißen!

Es sind immer dieselben Gedanken, die in meinem Kopf Karussell fahren: Ob René meine Nachricht schon bekommen hat? Warum meldet er sich nicht? Ich würde zu gerne wissen, wie er reagiert, wenn er den Anrufbeantworter abhört. Ob er traurig ist? Vielleicht weint er ja sogar! Aber vielleicht kommt ihm die Trennung auch ganz gelegen. Kann doch sein, dass er schon seit einiger Zeit genug von mir hatte, aber sich nicht getraut hat, den Schlussstrich zu ziehen …

»Ich muss los«, sagt Laura und wirft sich ihren Rucksack über die Schulter. »Hab meiner Mutter versprochen, heute ausnahmsweise mal pünktlich zum Mittagessen zu kommen. Sie wollte irgendwas Besonderes kochen, um mich aufzumuntern. Finde ich echt nett von ihr.«

»Okay, dann bis später«, sage ich matt.

Ich frage mich wirklich, wie Laura, zwei Tage nachdem ihre Beziehung in die Brüche gegangen ist, schon wieder so gute Laune haben kann.

Sie umarmt mich kurz. »Kopf hoch, du wirst schon darüber hinwegkommen. Und es war auf jeden Fall die richtige Entscheidung. Ich ruf dich nachher wegen der Party im *Bubbles* an, okay?«

Ich nicke. Laura winkt mir noch einmal kurz zu und flitzt aus dem Klassenzimmer. Ich räume meine Mathesachen zusammen und mache mich langsam auf den Weg zu meinem Fahrrad. Selbst die einfachsten Tätigkeiten fallen mir heute schwer. Vielleicht sollte ich mich zu Hause einfach ins Bett legen und erst wieder aufstehen, wenn ich René vergessen habe. So wie ich im Moment drauf bin, könnte das allerdings locker hundert Jahre dauern.

Erst als ich schon fast bei meinem Fahrrad angekommen bin, bemerke ich, dass dort jemand auf mich wartet.

»Hallo, Julia«, sagt Till und fummelt verlegen an seiner Brille herum. »Ist es okay, dass ich dich abhole? Ich will dich wirklich nicht nerven, aber ich hatte solche Sehnsucht nach dir … Du brauchst nur ein Wort zu sagen, dann hau ich sofort wieder ab …«

Ich schüttele den Kopf. »Quatsch, ist schon in Ordnung. Ich freu mich, dich zu sehen!«

Und das ist nicht gelogen. Ich freue mich wirklich, dass Till da ist. Er strahlt immer so eine gewisse Ruhe aus, die es sehr angenehm macht, mit ihm zusammen zu sein. Besonders, wenn man nervlich gerade etwas angeschlagen ist, so wie ich.

»Was hast du denn?«, fragt Till. »Du siehst nicht gerade glücklich aus.«

Ich schlucke. Ich könnte glatt schon wieder losheulen. Das ist doch nicht normal, oder? Aber Tills besorgter Gesichtsausdruck rührt mich einfach zu Tränen. Er ist so *wahnsinnig* nett!

Und er weiß immer gleich, was mit mir los ist.

»Ich hab mich gestern von René getrennt«, sage ich mit zittriger Stimme. »Es ist endgültig aus.«

Jetzt flenne ich tatsächlich los. Wie unangenehm, dass ich vor Till wegen René heule. Bestimmt hält er mich für eine totale Heulsuse. Oder für eine hysterische Kuh. Und damit liegt er wahrscheinlich noch nicht mal so falsch. Aber Till sagt erst mal gar nichts, sondern nimmt mich einfach nur in den Arm und hält mich fest. Das tut richtig gut! Ich schluchze noch ein bisschen in seinen Schal und atme den sauber-frischen Sommerwind-Duft ein – mitten im Oktober. Langsam beruhige ich mich wieder. Ich lasse Till los und wische mir die Tränen aus dem Gesicht. Meine Brille ist schon wieder total verschmiert und ich versuche, sie mit einem ziemlich dreckigen Taschentuch, das ich aus meiner Jackentasche gefischt habe, halbwegs zu säubern. Zum Glück habe ich nach der Mathestunde so lange herumgetrödelt, dass die meisten Schüler schon weg sind. Es wäre wirklich ziemlich peinlich, wenn mich die halbe Schule schluchzend in Tills Armen mitten auf dem Schulhof sehen würde.

»Tut mir leid, ich wollte dir nichts vorheulen«, sage ich und ziehe die Nase hoch. »Aber die Sache macht mich irgendwie ganz schön fertig.«

Till nimmt meine Hand und streichelt sie vorsichtig. »Das ist doch ganz normal, schließlich wart ihr ziemlich lange zusammen. Du brauchst bestimmt eine Weile, bis du das alles verarbeitet hast. Soll ich dich nach Hause bringen?«

»Das ist wirklich nicht nötig«, wehre ich ab, aber Till besteht darauf.

Mit der einen Hand schiebt er mein Fahrrad, den anderen Arm hat er um meine Schultern gelegt. Ich bin froh, dass er da ist, denn ich wäre jetzt nicht gern allein. Es ist schön, einfach so neben Till herzugehen. Ich versuche, an nichts zu denken und mich zu entspannen. Das klappt erstaunlicherweise ganz gut. Ein wenig von Tills Ruhe scheint sich allmählich auf mich zu übertragen. Sein Arm liegt warm und fest um meine Schultern und seine Stimme lullt mich ein wie das Schlaflied, das Mama mir früher immer vorgesungen hat. Mir fallen beinahe die Augen zu. Vielleicht versucht Till ja gerade, mich zu hypnotisieren. Ich sollte ihm vorschlagen, Schlangenbeschwörer zu werden, das wäre der ideale Job für ihn. Aber das lasse ich dann doch lieber. Wenn ich ihm erzähle, dass er eine einschläfernde Wirkung auf mich hat, könnte er das in den falschen Hals bekommen.

»… was hältst du davon?«, fragt Till plötzlich und drückt meine Schulter.

Ich schrecke aus meinen Tagträumen auf. »Wie bitte? Tut mir leid, ich war mit meinen Gedanken gerade ganz woanders.«

»Ich hab gesagt, dass du dich etwas ablenken solltest. Damit du schneller über die Trennung von deinem Freund hinwegkommst«, wiederholt Till. »Exfreund, besser gesagt.« Ich höre einen leicht zufriedenen Unterton in seiner Stimme, über den ich mich aus irgendeinem Grund ärgere. Aber eigentlich kann ich es Till doch nicht übel nehmen, dass er sich über Renés und meine Trennung freut, oder? Schließlich will er was von mir.

»Was hältst du davon, wenn wir heute Abend irgendwas Nettes zusammen machen?«, fragt er.

Ich zucke mit den Schultern. Plötzlich wird mir das alles ein bisschen zu viel. Tills Arm, den er um mich gelegt hat, seine sanfte Stimme, seine ständige Anwesenheit. Er tut so, als wären wir schon richtig zusammen, dabei kennen wir uns doch eigentlich kaum. Und ich weiß auch gar nicht so genau, ob ich überhaupt schon bereit für eine neue Beziehung bin.

»Sorry, aber heute Abend hab ich schon was vor«, sage ich und bleibe vor unserer Haustür stehen. »Ich hab Laura versprochen, mit ihr auf die Party ins *Bubbles* zu gehen, damit sie mal wieder auf andere Gedanken kommt. Sie steht leider total auf den Laden.«

»Oh. Na ja, da kann man nichts machen«, sagt Till. »Trotzdem schade.« Er klingt enttäuscht. »Sehen wir uns morgen?«

»Mal sehen«, sage ich ausweichend. »Ich ruf dich an, okay?«

Till nickt. »Alles klar. Mach's gut.« Er drückt mir einen Kuss auf den Mund und verschwindet. Ich atme erleichtert auf und gehe ins Haus. Es duftet schon wieder total lecker. Offenbar findet Mama es ganz nett, auch mal selbst zu kochen. In Jacques' Villa erledigt das nämlich immer die Haushälterin. Und ich muss sagen, dass ich mich auch daran gewöhnen könnte, mittags nicht immer nur Tiefkühlpizza oder Ravioli aus der Dose zu essen.

»Hallo, mein Schatz«, sagt Mama, als ich in die Küche komme. »Na, wie war der letzte Schultag?«

»Ganz gut«, antworte ich und lasse mich auf einen Stuhl fallen.

Mama stellt einen Stapel Teller auf den Tisch. »Ach ja, René hat heute schon dreimal angerufen. Du sollst ihn unbedingt zurückrufen.« Sie macht ein verschmitztes Gesicht. »Der scheint ja ganz schön Sehnsucht nach dir zu haben.«

Ich lächele gequält und überlege, ob ich Mama von unserer Trennung erzählen soll, als schon wieder das Telefon klingelt.

»Gehst du ran?«, fragt Mama. »Das ist bestimmt René. Ich hab ihm gesagt, dass du um halb zwei aus der Schule kommst.«

Auch das noch! Ich hab überhaupt keine Lust, jetzt mit René zu reden. Andererseits komme ich wahrscheinlich auf Dauer sowieso nicht darum herum. Also ist es sicherlich das Vernünftigste, es möglichst schnell hinter mich zu bringen. Ich stehe ganz langsam auf und gehe noch langsamer in den Flur. Vielleicht legt René ja irgendwann wieder auf, wenn niemand abhebt. Aber das Telefon klingelt und klingelt. Ich atme einmal tief durch und nehme den Hörer von der Gabel.

»Hallo?« Meine Stimme klingt ziemlich piepsig.

»Julie? Bist du's? Hier ist René.«

Von Renés Stimme bekomme ich eine Gänsehaut. Sie klingt so nah, als wäre er im Zimmer nebenan. Dabei ist er in Wirklichkeit so weit weg.

»Oh. Hallo«, piepse ich. »Was gibt's?«

»Ich hab deine Nachricht auf dem Anrufbeantworter gehört.«

Stille. Warum spricht René nicht weiter? Ich höre ihn am anderen Ende der Leitung atmen, aber ich kann nichts sagen, weil ich gerade einen dicken Kloß im Hals habe. Als ich das Schweigen kaum noch aushalte, sagt René leise: »Was soll das heißen, Julie?«

Ich räuspere mich. »Was soll was heißen?«

»Willst du wirklich Schluss machen?«

Ich nicke, aber dann fällt mir ein, dass René mich ja gar nicht sehen kann. Also schnauze ich ihn an: »Das hab ich doch deutlich genug gesagt, oder? Außerdem hab ich wirklich keine Lust, die ganze Sache jetzt noch mal stundenlang durchzukauen.«

Ich weiß auch nicht, warum ich so patzig werde. Vielleicht, weil ich sonst anfangen würde zu heulen.

Jetzt wird René auch langsam sauer. »Was heißt hier *noch mal* durchkauen? Soviel ich weiß, war nie die Rede davon, dass wir uns trennen. Wie kommst du denn plötzlich darauf? Und dann auch noch per Anrufbeantworter! Findest du das nicht ganz schön feige? Du hättest es mir wenigstens persönlich sagen können!«

»Du bist ja nie zu erreichen«, verteidige ich mich. »Was kann ich dafür, dass dir alles andere wichtiger ist als ich? Du hast ja noch nicht mal genug Zeit, um an der Hochzeit meiner Mutter teilzunehmen!«

»Ach, und deshalb machst du jetzt Schluss, oder was?! Das kann doch wohl nicht wahr sein!«

»Ist es auch nicht. Wenn du's genau wissen willst: Ich hab jemand anders kennengelernt.« So, jetzt ist es raus. Eigentlich wollte ich das gar nicht sagen. Zumindest wollte ich nicht, dass René es so erfährt. Aber nun ist es zu spät. René sagt erst mal gar nichts mehr. Das Schweigen dauert diesmal so lange, dass ich schon überlege, ob er vielleicht einfach aufgelegt hat. Oder vor Schreck in Ohnmacht gefallen ist.

Aber dann höre ich, wie er tief Luft holt. »Du hast dich in jemand anders verliebt?«

»Ja«, antworte ich, obwohl ich mir da eigentlich gar nicht so sicher bin.

Ich warte auf Vorwürfe, auf Fragen, vielleicht sogar auf einen Wutausbruch – obwohl das eigentlich nicht Renés Art ist. Doch ich warte vergeblich.

»Du hast deine Entscheidung offenbar getroffen.« Renés Stimme klingt plötzlich kalt und fremd. »Das muss ich akzeptieren. Ich wünsche dir alles Gute, Julie.«

»Danke, das wünsche ich dir auch«, flüstere ich mit tränenerstickter Stimme und lege schnell auf, damit René nicht merkt, dass ich heule.

Ich stehe noch eine Weile neben dem Telefon und bin wie betäubt. Renés Stimme hallt in meinem Kopf nach. Sie war so kalt und gefühllos. Als wenn es ihm völlig egal wäre, dass wir uns trennen. Oder hab ich ihn vielleicht so sehr verletzt, dass seine Gefühle eingefroren sind – genauso wie meine gestern? Vielleicht steht er ja unter Schock. Das wäre zumindest eine einigermaßen erträgliche Erklärung dafür, dass er nicht mal *versucht* hat, um mich zu kämpfen. Und dass er mir keinerlei Vorwürfe wegen Till gemacht hat. Er wollte ja noch nicht mal wissen, in wen ich mich verliebt habe. Geschweige denn, seit wann das läuft und all die anderen Details, nach denen ich garantiert sofort gefragt hätte, wenn die Situation andersherum gewesen wäre.

Wenigstens hab ich das Gespräch mit René jetzt hinter mir. Im Grunde genommen hat er es mir leicht gemacht. Eigentlich sollte ich froh sein! Ich wische mir die Tränen aus dem Gesicht. Ich muss versuchen, René zu vergessen. Es ist endgültig aus und vorbei.

Plötzlich fängt das Telefon wieder an zu klingeln und ich fahre zusammen. Mein Herz schlägt einen Purzelbaum. Vielleicht ist René ja erst jetzt richtig klar geworden, was los ist, und er will noch mal über alles reden! Ich reiße den Hörer von der Gabel und brülle: »Hallo? René?«

»Äh – nein, hier ist Anne. Ist Nina da?«

Ich bin so enttäuscht, dass ich am liebsten einfach auflegen und sterben würde. Aber dann reiße ich mich zusammen und hole meine Schwester ans Telefon. Das Leben muss schließlich weitergehen. Irgendwie. Auch ohne René. Ich hab bloß im Moment keinen blassen Schimmer, wie das funktionieren soll.

»Alles in Ordnung mit dir, Julia?«, fragt Mama, als ich ihr nach dem Mittagessen helfe, das schmutzige Geschirr in die Spülmaschine zu räumen. Nina hat sich natürlich schon wieder in ihr Zimmer verdrückt. »Du hast ja kaum etwas gegessen.«

»Ich hab irgendwie keinen richtigen Hunger. Aber es war total lecker, ehrlich!«

Mama macht die Spülmaschine zu und fragt beiläufig: »Ärger mit René?«

Ich zögere kurz, dann nicke ich. »Kann man so sagen. Wir haben uns getrennt.«

Oh Gott, das klingt so endgültig! Erst jetzt wird mir richtig klar, was das bedeutet. Es ist aus. René und ich sind kein Paar mehr. Ich werde nie mehr hören, wie er mit seinem niedlichen französischen Akzent »Julie« zu mir sagt …

Mir kommen schon wieder die Tränen. Muss ich eigentlich immer so pathetisches Zeug denken? Das ist ja nicht zum Aushalten! Mama nimmt mich in die Arme und drückt mich kurz. Irgendwie liege ich heute ständig irgendwelchen Menschen in den Armen und heule, was das Zeug hält. Schrecklich! Aber wahrscheinlich gehört das dazu, wenn man Schluss macht. »Möchtest du darüber reden?«, fragt Mama.

Wir setzen uns an den Küchentisch und ich erzähle ihr alles. Von meinen Zweifeln an der Fernbeziehung, von den ständigen Streitereien am Telefon, von Renés blödem Bandauftritt und von Till. »Till ist total nett, aber ich weiß nicht, ob das auf Dauer genug ist«, sage ich schließlich.

»Und was ist mit René?«, fragt Mama. »Liebst du ihn noch?«

Ich zucke mit den Schultern. »Keine Ahnung. Ich weiß nur, dass es so nicht weitergehen konnte. Wir sehen uns einfach viel zu selten. Und ich will auch nicht bis zur Rente eine Fernbeziehung führen. Seit ich Till kenne, merke ich erst, wie schön es ist, wenn man sich auch mal spontan treffen kann. Das fehlt mir mit René total.«

Mama nickt. »Ja, so eine Fernbeziehung ist nicht ganz einfach. Aber vielleicht brauchst du auch nur mal ein bisschen Abstand von René, um dir über deine Gefühle klar zu werden. Manchmal ist es gar nicht schlecht, ein wenig Abstand zu schaffen …«

Ich werde sofort hellhörig. Redet Mama vielleicht gerade von sich selbst und Jacques? Ich hatte ja die ganze Zeit schon das Gefühl, dass da was nicht stimmt.

»Wie läuft's eigentlich mit Jacques?«, frage ich vorsichtig. »Ist es okay für ihn, dass du hier bei uns und Paps wohnst? Ich meine, er könnte ja auch eifersüchtig werden oder so was …« Mama starrt auf die Tischplatte und seufzt. »Jacques ist nicht der Typ, der eifersüchtig wird. Wahrscheinlich merkt er gar nicht, dass ich nicht mehr da bin.«

Oh, oh, das klingt gar nicht gut. »So ein Unsinn, wie kommst du denn darauf? Habt ihr euch gestritten?«

Mama schüttelt den Kopf. »Nicht so richtig. Jacques hatte in letzter Zeit gar keine Zeit zum Streiten, er war ständig in Nizza im Hotel. Manchmal habe ich das Gefühl, dass er sich gar nicht so richtig für mich und das Baby interessiert.«

»Aber ich dachte, er freut sich total auf das Baby!«

»Das hab ich auch gedacht. Am Anfang war er auch ganz begeistert. Aber in letzter Zeit hat er mich immer öfter in St. Tropez allein gelassen. Darum hab ich mich schließlich auch dazu entschlossen, eine Weile wegzufahren. Ich muss erst mal wieder einen klaren Kopf kriegen.«

»Und was ist mit der Hochzeit?«

»Tja, gute Frage. Ich habe ehrlich gesagt keine Ahnung. Im Moment weiß ich wirklich nicht, ob es eine gute Idee ist, Jacques zu heiraten. Vielleicht sollten wir die Feier besser absagen. Aber sag Nina noch nichts davon, okay? Ich muss erst mal selbst wissen, was das Beste ist, bevor ich mit ihr rede …«

Mama sieht traurig aus und sie tut mir plötzlich schrecklich leid. Aber ich weiß auch nicht, wie ich ihr helfen soll. Was wird denn aus dem Baby, wenn Mama und Jacques sich trennen? Ob Mama dann in Frankreich wohnen bleibt? Vielleicht kommt sie ja auch wieder zu uns zurück … Die alte Hoffnung keimt in mir auf. Wir könnten wieder eine richtige Familie werden! Aber ich sage mir natürlich sofort, dass das Quatsch ist. Mama und Paps lieben sich nun mal nicht mehr. Sie kommen garantiert nicht wieder zusammen, auch wenn Mama sich von Jacques trennt.

Trotzdem komisch, dass ich mich gar nicht über ihre Krise freue. Schließlich habe ich schon immer gesagt, dass Jacques ein Idiot ist und überhaupt nicht zu Mama passt. Noch vor gar nicht so langer Zeit hätte ich alles dafür getan, um die beiden auseinanderzubringen. Nebenbei gesagt habe ich während der letzten Sommerferien in St. Tropez auch alles dafür getan – aber das ist voll nach hinten losgegangen. Ich denke nur sehr ungern an diese peinlichen Aktionen zurück …

Was ist eigentlich gerade los? Ist der Oktober der Monat der Trennungen, oder was?! Erst Laura und Michi, dann ich und René und bald vielleicht auch noch Mama und Jacques. Gescheiterte Beziehungen, so weit das Auge reicht. Und dazu noch dieser furchtbare Dauerregen – da *muss* man doch Depressionen bekommen, oder?

Nachmittags hänge ich in meinem Zimmer herum, produziere einen Sandsturm nach dem anderen in meiner

Schneekugel und weiß nichts mit mir anzufangen. Ich hab noch nicht mal Lust, zu Laura zu gehen und mich bei ihr auszuheulen. Als sie wegen der Party im *Bubbles* anruft, sage ich ab.

»Wir holen das ein andermal nach, okay?«, sage ich. »Ich bin heute wirklich nicht in der richtigen Stimmung.«

»Schade, ich hätte inzwischen total Lust zu feiern.« Laura klingt enttäuscht. »Man kann schließlich nicht tagelang zu Hause herumsitzen und Trübsal blasen. Na ja, lässt sich nicht ändern. Tschüss dann.«

Ich lege auf. Jetzt habe ich ein schlechtes Gewissen, weil ich Laura hängen gelassen habe. Das gibt meinen Depressionen noch mal so richtig Auftrieb. Ich habe nicht nur meine Beziehung in den Sand gesetzt, sondern bin auch noch eine schlechte Freundin – super! Ich bin eine Versagerin auf der ganzen Linie. Und draußen regnet es immer noch …

Ich schleppe mich zurück in mein Zimmer, lege mich ins Bett und ziehe mir die Decke über den Kopf. Jetzt können mir alle mal gestohlen bleiben.

Auf frischer Tat ertappt

Das Beste an den Ferien ist das Ausschlafen. Trotz Krise und Depressionen schlafe ich erstaunlich gut. Und ziemlich lange. Das ist allerdings weniger erstaunlich, denn ich bin nun mal eine absolute Langschläferin. Um elf Uhr öffne ich zum ersten Mal die Augen, kann mich aber noch nicht dazu aufraffen, mein gemütliches Bett zu verlassen. Also kuschele ich mich noch mal in meine Decke und döse ein bisschen vor mich hin. Mein Bett ist eine einsame Insel, auf der es keine Krisen, keine Trennungen und keine Heulanfälle gibt. Hier ist alles ruhig und schön. Ein richtiges Paradies! Um kurz vor zwölf werde ich leider sehr unsanft aus dem Paradies vertrieben.

Nina stapft in mein Zimmer und brüllt: »Schläfst du noch, Julia?«

Ich stelle mich tot und hoffe, dass meine Nervschwester dann von alleine wieder verschwindet. Tut sie aber nicht.

»Juuuliaaa!«, trötet sie mir direkt ins Ohr. »Aaaaaufsteeeehn!«

»Hast du sie nicht mehr alle?«, schnauze ich sie an und reibe mir mein schmerzendes Ohr. Hoffentlich ist das Trommelfell nicht geplatzt! »Verschwinde sofort aus meinem Zimmer!« Nina stemmt die Hände in die Hüften und macht ein beleidigtes Gesicht. »Mama hat aber gesagt, dass ich dich fragen soll, ob du mit in die Stadt kommen willst. Wir gehen jetzt nämlich bummeln.«

»Aha«, brumme ich und gähne. »Na dann viel Spaß.«

»Heißt das, du kommst nicht mit?«

»Ganz genau, du Blitzmerker. Herzlichen Glückwunsch zu dieser scharfsinnigen Erkenntnis!« Manchmal geht mir Nina echt auf die Nerven. Besonders kurz nach dem Aufwachen, wenn ich noch nicht richtig wach bin.

»Prima!«, jauchzt meine Schwester. »Mit Mama alleine macht Shoppen sowieso viel mehr Spaß.«

Nach dieser aufmunternden Äußerung macht sich Nina so schnell aus dem Staub, dass ich nicht mal mehr mein Kissen nach ihr werfen kann. Aber dazu wäre ich sowieso noch viel zu schwach. Ich quäle mich langsam aus dem Bett, wanke zum Fenster und ziehe die Vorhänge zur Seite. Träume ich etwa noch? Sonnenstrahlen fluten durch mein Zimmer und blenden mich, sodass ich einen Moment lang die Augen schließen muss. Ich fasse es nicht! Draußen scheint tatsächlich die Sonne! Zum ersten Mal seit einer halben Ewigkeit. Ich hatte schon fast vergessen, wie Sonnenschein aussieht. Und wie sich warme Sonnenstrahlen auf der Haut anfühlen …

Das ist bestimmt ein gutes Omen. Ich sollte mir ein Beispiel an Laura nehmen. Was hat sie gestern gesagt? Man kann schließlich nicht tagelang zu Hause herumsitzen und Trübsal blasen. Genau! Ich sollte nach draußen gehen und irgendetwas Nettes machen. Dann komme ich auf andere

Gedanken und – schwupps! – schon habe ich René vergessen. Na ja, oder so ähnlich.

Ich gehe schnurstracks zum Telefon und rufe bei Laura an.

»Was hältst du davon, wenn wir zwei Singles heute was zusammen unternehmen?«, frage ich, als Laura abhebt. »Wir könnten ein bisschen in die Stadt gehen. Oder irgendwo einen Kakao trinken.«

»Klingt gut«, sagt Laura. »Aber ich kann heute leider nicht.«

»Warum denn nicht?« Ist Laura etwa noch sauer, weil ich sie gestern versetzt habe? Aber eigentlich ist sie nicht besonders nachtragend.

»Äh … also … naja, ich bin noch nicht wieder so richtig fit. Ich war nämlich gestern Abend doch noch im *Bubbles*. Mit Lisa und Mareike von nebenan.«

»Aha. Ich dachte, du findest die beiden total bescheuert.«

Lisa und Mareike wohnen in Lauras Nachbarhaus. Sie sind Zwillinge und kommen sich deshalb total toll vor. Schon früher haben Laura und ich sie beim Spielen immer mit Sand beschmissen. Umso erstaunlicher finde ich es deshalb, dass Laura jetzt freiwillig mit ihnen weggeht.

»Ach, so schlimm sind sie gar nicht mehr. Außerdem hattest du ja keine Lust!«, verteidigt sich Laura. Echt fies, dass sie jetzt an mein schlechtes Gewissen appelliert.

»Ja, ja, schon gut«, sage ich schnell. »War die Party denn wenigstens nett?«

Laura seufzt verzückt. »Und ob! Es war nicht nur nett, sondern total klasse. Du hast echt was verpasst.«

Das klingt ja fast so, als ob …

»Sag bloß, du hast jemanden kennengelernt!«, rufe ich. »Wer ist es? Kenne ich ihn?«

»Ich möchte eigentlich noch nicht darüber reden«, sagt Laura geheimnisvoll. »Dafür ist das alles noch viel zu frisch.«

»So ein Quatsch! Mir kannst du es doch erzählen. Schließlich bin ich deine beste Freundin. Und ich erzähl dir doch auch immer alles.«

Laura seufzt noch einmal. »Ja, schon, aber diesmal ist die Sache etwas komplizierter.«

»Komplizierter? Warum das denn? Los, erzähl schon, ich bin schließlich Expertin für komplizierte Beziehungen!«

»Ein andermal, okay? Hör mal, ich muss jetzt Schluss machen. Wir haben … Besuch.«

»Besuch? Was für Besuch denn?«

Mir kommt das Ganze irgendwie komisch vor. Laura macht einen total verwirrten Eindruck. Und warum tut sie so geheimnisvoll? Sonst kann sie doch auch nichts für sich behalten. Außerdem bin ich ein bisschen beleidigt, weil sie mir nichts von ihrem neuen Schwarm erzählen will. Vielleicht redet sie ja jetzt lieber mit den blöden Zwillingen über ihr Liebesleben …

»Ach … kennst du nicht. Bekannte von meinen Eltern«, druckst Laura herum. »Deswegen hab ich heute auch keine Zeit.«

»Ich dachte, du hast keine Zeit, weil du noch so unfit von der Party bist.«

»Ja, das auch. Mir geht's echt nicht besonders gut. Vielleicht hätte ich gestern nicht so viele Cocktails trinken sollen …«

»Na ja, dann erhol dich erst mal. Vielleicht komme ich nachher noch kurz bei dir vorbei, dann können wir ein bisschen quatschen. René hat nämlich gestern noch angerufen und …«

»Nein, nein, das geht nicht!«, unterbricht mich Laura. »Du kannst heute auf keinen Fall vorbeikommen!«

»Warum denn nicht?«, frage ich verdutzt. Jetzt bin ich mir ganz sicher, dass mit Laura irgendwas nicht stimmt.

»Ich hab dir doch gesagt, dass wir Besuch haben. Wahrscheinlich fahren wir nachher noch weg, dann ist sowieso keiner da.«

Das klingt alles total merkwürdig. Offensichtlich will mich Laura unbedingt abwimmeln. Meine beste Freundin! Autsch, das tut weh.

»Sag doch gleich, dass du keine Lust auf mich hast, statt mir irgendwelchen Quatsch zu erzählen.«

»Sorry, aber heute geht's wirklich nicht.« Laura zögert kurz. »Sag mal … fändest du es eigentlich sehr schlimm, wenn ich mich in jemanden verlieben würde, in den du auch schon mal verliebt warst?«

»Wie bitte? Was soll das denn heißen?« Ich verstehe überhaupt nichts mehr. »Hast du dich etwa in Till verknallt?«

»In Till? Quatsch, natürlich nicht! Vergiss es einfach, war eine blöde Frage. Hör mal, ich melde mich, sobald mein … unser Besuch wieder weg ist, okay?«

Wir verabschieden uns. Laura scheint es plötzlich sehr eilig zu haben, das Gespräch zu beenden. Das ist äußerst ungewöhnlich, sonst quatschen wir immer stundenlang. Was ist heute bloß los mit ihr? Verwirrt lege ich den Hörer auf.

Als ich gerade überlege, was ich jetzt mit diesem angebrochenen Samstagnachmittag anfangen soll, klingelt es an der Tür. Vielleicht hat Laura es sich ja doch noch anders überlegt! Aber draußen steht nicht Laura, sondern Till. Er strahlt mit der Oktobersonne um die Wette und hält eine dunkelrote Rose in der Hand, die er mir sofort in die Hand drückt. »Hier, für dich. Eine kleine Aufmunterung.« Er drückt mir einen Kuss auf die Wange. »Wie geht's dir denn heute?« Das klingt so, als hätte ich eine schwere Krankheit. Bringt man kranken Menschen nicht auch immer Blumen, mit? Aber über die Rose freue ich mich trotzdem. So eine nette Aufmerksamkeit bekommt man schließlich nicht alle Tage. Ich zumindest nicht.

»Vielen Dank, die Rose ist wirklich wunderschön«, sage ich und lächele Till zu.

»Sie ist aber längst nicht so schön wie du«, sagt er da doch tatsächlich todernst. Normalerweise hätte ich Till für so einen abgedroschenen Süßholzspruch einen Tritt vors Schienbein verpasst. Oder mich zumindest gekringelt vor Lachen. Aber heute gefällt mir das irgendwie. Ich merke sogar, wie ich rot werde. Das ist ein eindeutiges Zeichen dafür, dass ich wirklich noch ziemlich neben der Spur bin. Ich muss zugeben, dass ich mich tatsächlich geschmeichelt fühle. Es ist schön, von jemandem so umworben zu werden. Wenn man schon von seiner besten Freundin und seinem Exfreund komplett hängen gelassen wird … »Nett, dass du vorbeischaust«, sage ich. Im Moment bin ich wirklich für jede Ablenkung dankbar.

»Ich dachte, du hast vielleicht Lust, mit mir in die Stadt zu gehen. Bei dem Wetter solltest du wirklich nicht zu Hause herumsitzen.«

»Genau das hab ich mir auch gerade gesagt. Klar hab ich Lust, von mir aus können wir sofort los.«

Ich stelle schnell die Rose ins Wasser und hole meine Jacke. Wenigstens brauche ich mir jetzt nicht mehr den Kopf darüber zu zerbrechen, was ich mit dem Nachmittag anfangen soll. Mit Till ist alles viel unkomplizierter als mit René. Er kommt einfach vorbei und wir gehen zusammen bummeln. Genau das ist es, was mir immer gefehlt hat. Solche spontanen Aktionen waren mit René ja nie möglich. Ich bin wirklich froh, dass ich diese nervige Fernbeziehung endlich hinter mir habe!

Da stört es mich auch nicht besonders, dass ich immer noch keine Schmetterlinge im Bauch habe, als ich Till küsse. Man kann schließlich nicht alles haben, oder?

Till und ich bummeln Hand in Hand durch die Innenstadt wie zwei Frischverliebte. Aber wir sind ja schließlich auch zwei Frischverliebte. Ungefähr alle zehn Meter bleiben wir stehen, küssen uns und schauen uns verliebt in die Augen. Auch ohne Schmetterlinge ist es sehr nett, Till zu küssen. Wenn auch noch etwas ungewohnt. Jedes Mal, wenn ich nach einem Kuss die Augen wieder aufmache, wundere ich mich, dass ich nicht in Renés Gesicht schaue, sondern in Tills. Tja, das ist wohl die Macht der Gewohnheit.

Was René jetzt wohl gerade macht? Ob er auch noch manchmal an mich denkt? Oder ob er mich schon komplett aus seinem Gedächtnis gestrichen hat? Wahrscheinlich probt er gerade mit seiner Band und ist froh, dass ich ihm nicht mehr seinen tollen Auftritt versauen kann. Oder er gibt Élise eine Extra-Nachhilfestunde …

»Möchtest du ein Eis?«, fragt Till, als wir an einem Café vorbeikommen, vor dem eine von diesen Softeis-Maschinen steht. Wahrscheinlich haben sie die bei dem schönen Wetter extra noch mal rausgestellt. »Ich lad dich ein!«

»Gerne, vielen Dank«, sage ich, obwohl ich eigentlich gar nicht so besonders auf Softeis stehe. Aber es könnte schließlich das letzte Eis in diesem Jahr sein. Die italienische Eisdiele am Markt hat nämlich schon seit zwei Wochen Winterpause.

Till lässt meine Hand los und stellt sich in der Schlange vor der Eismaschine an. Ich gähne und betrachte träge drei ältere Damen, die gerade an mir vorbei in das Café gehen. Das ist so ein richtiger Oma-Laden mit verstaubten Sesseln und Kronleuchtern. Aber der Kuchen ist total lecker. Sonntags holt Paps hier manchmal ein paar Stücke für uns, die putzen Nina und ich dann immer sofort weg. Am liebsten mag ich die Schwarzwälder Kirschtorte. Aber der Erdbeerkuchen ist auch nicht schlecht …

Ich werfe einen Blick durch die Glasscheibe auf die Kuchentheke. Plötzlich zucke ich zusammen. An dem Tisch neben der Kuchentheke sitzt jemand, der aussieht wie Laura. Ich schaue genauer hin. Es *ist* Laura! Was macht die denn in diesem Oma-Café? Da gehen wir doch sonst nie hin. Und sie sowieso nicht, schließlich steht sie total auf diese Schickimicki-Läden wie das *Bubbles* und das *Café Latte*. Wahrscheinlich wollten Lauras Eltern mit ihrem Besuch unbedingt hier Kuchen essen und haben Laura gezwungen mitzukommen. Laura ist es garantiert total peinlich, wenn sie irgendjemand in diesem verstaubten Etablissement sieht. Andererseits: Wer sollte sie hier schon sehen? Schließlich betritt normalerweise nie jemand unter achtzig Jahren dieses Café.

Komisch nur, dass Lauras Eltern nirgendwo zu sehen sind. Soweit ich das erkennen kann, sitzt Laura allein an dem Tisch. Vielleicht kommen ihre Eltern ja gleich und sie hält schon mal die Plätze frei. Oder sie trifft sich hier mit ihrem neuen Schwarm. Inkognito sozusagen. Es gibt bestimmt keinen Ort in Papenberg, wo man sicherer sein kann, dass einem niemand von unserer Schule über den Weg läuft. Jetzt bin ich aber mal gespannt! Ich stelle mich so hin, dass Laura mich nicht entdecken kann, falls sie zufällig nach draußen schaut, und behalte ihren Tisch fest im Blick. Gleich werde ich wissen, wer Lauras neuer Schwarm ist. Ha, die wird sich wundern, wenn ich plötzlich Bescheid weiß. Selbst schuld, warum muss sie auch so geheimnisvoll tun? Ob sie sich vielleicht in einen unserer Lehrer verknallt hat? So wie in Paris, als sie die ganze Zeit diesen jungen Referendar angehimmelt hat. Du meine Güte, das war echt peinlich …

Moment mal, da tut sich was. Ein Typ kommt aus der Herrentoilette und geht auf Lauras Tisch zu. Na also, ich hab's doch gewusst! Das ist er also, der große Unbekannte.

Mister X. Leider kann ich ihn nur von hinten sehen. Jetzt dreht er sich um! Ich klebe förmlich an der Scheibe – hoffentlich beobachtet mich gerade niemand.

Als ich sein Gesicht sehe, setzt mein Herzschlag für ein paar Sekunden aus. Habe ich etwa Halluzinationen?

Das kann doch nicht …

Das ist doch …

René!!!

BOING! Ein stechender Schmerz durchzuckt meine Stirn, als ich mit dem Kopf gegen die Scheibe knalle. Tausend kleine Sternchen tanzen vor meinen Augen hin und her. So ein Mist! Schnell werfe ich mich nach links, damit man mich vom Café aus nicht sehen kann. Das fehlte gerade noch, dass Laura und René mich entdecken, wie ich wie der letzte Idiot an der Scheibe klebe. Ich betaste meine Stirn, auf der gerade eine riesige Beule wächst. Auch das noch! Hoffentlich habe ich keine Gehirnerschütterung. Der Schmerz in meinem Kopf hat mich für einen Augenblick von dem, was ich gerade gesehen habe, abgelenkt. Jetzt trifft mich die ungeheuerliche Erkenntnis mit voller Wucht.

René ist in Papenberg!!!

Was zum Teufel macht er hier? Warum ist er nicht in Paris? Und warum sitzt er mit Laura in diesem komischen Café? Ob er wegen mir hergekommen ist? Bei dem Gedanken brodelt es in meinem Bauch wie in einer ordentlich durchgeschüttelten Sprudelflasche und plötzlich sind auch die Schmetterlinge wieder da. Es gibt sie also doch noch – und zwar nicht nur einen oder zwei, sondern ganze Schmetterlingsschwärme!

Erst will ich schnurstracks hineingehen und René um den Hals fallen. Aber irgendetwas hält mich zurück. Wenn er wirklich wegen mir in Papenberg ist, warum sitzt er dann mit Laura hier herum, statt sofort in meine Arme zu sinken? Irgendwas stimmt da nicht …

Vorsichtig taste ich mich zurück ans Fenster und werfe noch einen schnellen Blick hindurch. Es besteht kein Zweifel: Dort sitzt René Richard, mein Exfreund, und trinkt mit meiner besten Freundin in einem merkwürdigen Oma-Café Kaffee. Über dem Stuhl hängt seine Lieblingslederjacke. Ich weiß noch genau, wie sie riecht …

Die beiden scheinen sich ziemlich gut zu unterhalten. René redet in einer Tour und Laura nickt nachdenklich und schaut ihm dabei tief in die Augen. Dann sagt sie etwas und beide lachen. Wenn man sie da so sitzen sieht, könnte man glatt meinen, die zwei wären ein glückliches Paar …

Halt, stopp! Was war denn das für ein Gedanke? Den sollte ich besser gleich wieder aus meinem Kopf streichen. René und Laura ein Paar – das ist doch total absurd! Andererseits haben sich die beiden schon immer ziemlich gut verstanden …

Plötzlich wird mir eiskalt. Mir ist diese merkwürdige Frage wieder eingefallen, die mir Laura heute Mittag am Telefon gestellt hat.

Fändest du es eigentlich sehr schlimm, wenn ich mich in jemanden verlieben würde, in den du auch schon mal verliebt warst?

Vorhin konnte ich nichts damit anfangen, aber jetzt wird mir einiges klar. Plötzlich fügen sich alle Puzzleteile, die bisher einzeln und ohne jeden Zusammenhang in meinem Kopf herumgeschwirrt sind, zu einem schrecklichen Bild zusammen. Lauras merkwürdige Frage, ihr komisches Verhalten am Telefon, der mysteriöse »Besuch« ihrer Eltern … Wie ein Blitz zuckt die schreckliche Erkenntnis durch meinen Kopf: Laura und René sind ein Paar! Oder zumindest auf dem besten Weg dorthin.

Mir bleibt für einen Moment die Luft weg und meine Beine werden so weich wie gekochte Spaghetti. Oh Gott, hoffentlich falle ich nicht in Ohnmacht! Das wär's noch: Krankenwagen, Wiederbelebungsmaßnahmen, Menschenauflauf, Laura und René stürzen aus dem Café und sehen gerade noch, wie ich mit Blaulicht ins Krankenhaus gefahren werde. Vielleicht tut es ihnen dann wenigstens leid, dass sie mich so superfies hintergangen haben …

Aber schließlich falle ich doch nicht in Ohnmacht. Mein Puls normalisiert sich wieder und ich atme einmal tief durch. Ich weiß gar nicht, auf welchen der beiden Verräter ich wütender bin. Wie kann sich René nur so kurz nach unserer Trennung schon wieder mit jemand anders trösten? Er hätte ja anstandshalber wenigstens eine kurze Trauerzeit verstreichen lassen können. Da sieht man's mal wieder: Niemand ist unersetzlich. Und ich hab immer gedacht, ich wäre die Einzige für René. Tja, falsch gedacht. Kaum ist er gerade mal fünf Minuten wieder Single, da lässt er sich auch schon von Laura bezirzen – meiner besten Freundin! Wie hat sie es bloß geschafft, ihn so schnell nach Papenberg zu locken? Mir erzählt er ständig, wie viel er mit seiner Band und dem ganzen anderen Quatsch zu tun hat, und

Laura braucht bloß mit dem kleinen Zeh zu winken, dann kommt er auch schon angerannt. So eine Unverschämtheit!

Und wie konnte ich mich bloß dermaßen in Laura täuschen? Schließlich kennen wir uns schon seit Jahren. Ich hätte wirklich nie gedacht, dass sie zu so einer Gemeinheit fähig ist. Offenbar hat sie meinen Ratschlag, sich schnell wieder zu verlieben, ein bisschen zu wörtlich genommen. Oder war sie etwa die ganze Zeit schon hinter René her? Vielleicht hat sie mir deswegen so hartnäckig zur Trennung geraten. Es ging ihr gar nicht um mein Wohlergehen, sondern um ihr eigenes! Sie wollte, dass René möglichst schnell wieder frei wird, damit sie ihn sich angeln kann. Wenn das nicht oberfies ist! Wahrscheinlich war die ganze Geschichte mit Michi nur ein Ablenkungsmanöver, damit ich keinen Verdacht schöpfe. Sie wollte eigentlich gar nichts von ihm, und als ihr klar wurde, dass ich mich von René trenne, hat sie ihn eiskalt abserviert. Was für eine hinterhältige Schlange!

»Alles in Ordnung, Julia? Was ist denn los mit dir?«

Till steht vor mir und sieht mich besorgt an. Mist, den hatte ich total vergessen! In jeder Hand hält er ein riesiges Softeis mit Schokoladenüberzug und bunten Streuseln.

»Was soll denn los sein?«, frage ich so locker wie möglich. »Mir geht's prima!«

»Und warum weinst du dann?«, will Till wissen.

Ich fahre mir mit der Hand über das Gesicht. Tatsächlich, es ist ganz nass. Komisch, ich hab gar nicht gemerkt, dass ich angefangen habe zu weinen. Till steht etwas unbeholfen mit den beiden Eistüten vor mir. Ich sehe ihm an, dass er mich jetzt am liebsten in den Arm nehmen würde. Zum Glück hat er keine Hand frei. Das Letzte, was ich jetzt will, ist, schon wieder heulend in Tills Armen zu liegen. Ich muss hier weg, und zwar schnell. Am besten so weit weg wie möglich. Der Nordpol wäre nicht schlecht. Oder das australische Outback. Aber mein Zimmer würde es für den Anfang auch tun.

»Ich muss jetzt los«, sage ich.

Till macht ein überraschtes Gesicht. »So plötzlich? Warum denn? Und was ist mit deinem Eis?« Er streckt mir eine der Eiswaffeln entgegen.

»Das kannst du essen. Ich … mir ist schlecht. Vielleicht hab ich mir den Magen verdorben oder so was. Ich leg mich lieber sofort ins Bett. Tschüss!«

Till ruft mir noch irgendetwas hinterher, aber ich bin schon auf dem Weg zu meinem Fahrrad. Ich will nur noch weg, nach Hause, in mein Bett, mich tief unter meiner Decke vergraben, allein sein mit diesem fürchterlichen Schmerz. Ich bin wirklich krank. Mir tut alles weh, mein Bauch, mein Kopf, meine Beine. Ich fühle mich so beschissen, dass ich am liebsten auf der Stelle sterben würde.

Telefonterror

Das mit dem Sterben wird erst mal nichts. Schließlich kann kein Mensch in Ruhe sterben, wenn ständig das Telefon klingelt. Mama und Paps sind nicht da und Nina hat sich im Badezimmer verschanzt. Also bin ich immer die Blöde, die zum Telefon wetzt. Keine Ahnung, warum ich überhaupt noch rangehe, ist schließlich sowieso nie für mich. Erst ist es Meike, dann Conni, dann Anne. Nina kommt jedes Mal mit einer anderen Make-up-Kreation auf dem Gesicht die Treppe herunter und nimmt huldvoll den Hörer entgegen. Offensichtlich übt sie schon für die Zeit als erfolgreicher Filmstar.

Als ich gerade auf meinem Bett liege und mich endlich ganz meiner Verzweiflung widmen will, klingelt das blöde Telefon schon wieder.

»NINA!!!«, brülle ich. »Telefon!«

Aber meine Schwester ist im Badezimmer verschwunden und legt wahrscheinlich die einhunderteinundfünfzigste Make-up-Variante für heute auf. Ist mir echt schleierhaft, wie man sich stundenlang damit beschäftigen kann, sich das Gesicht mal rot, mal blau und mal grün anzumalen.

Ich ziehe mir die Decke über den Kopf und versuche, das

Telefonklingeln zu ignorieren. Ich will endlich meine Ruhe haben! Aber das Telefon hört einfach nicht auf zu klingeln. Das ist bestimmt wieder diese blöde Anne, Ninas derzeitige beste Freundin. Die ruft fast immer mehrmals hintereinander an.

»Kann ich schnell noch mal Nina sprechen?«, sagt sie dann mit ihrer hohen Piepsstimme und kichert albern. »Ich hab noch was gaaanz Wichtiges vergessen.«

Als ob diese Zwerge schon irgendwelche wichtigen Sachen zu besprechen hätten! Die unterhalten sich doch sowieso nur über die letzte Folge von *Zeiten der Liebe*, oder darüber, welche Lidschattenfarbe gerade angesagt ist. Grün oder Blau? Gelb oder vielleicht sogar Gold? Echt spannend!

Das Telefon klingelt immer noch. Jetzt reicht's mir. Genug ist genug! Meine Geduld ist am Ende. Dieser dämlichen Anne werde ich jetzt mal ordentlich die Meinung sagen. Das grenzt ja schon an Telefonterror!

Ich rase die Treppe hinunter, schnappe mir den Hörer und brülle hinein: »Hast du eigentlich nichts Besseres zu tun, als ständig hier anzurufen? Such dir gefälligst ein anderes Hobby, du nervst nämlich total!«

Stille.

Ha, der hab ich's aber gezeigt! Die ruft hier bestimmt nicht so schnell wieder an. Zum ersten Mal an diesem rabenschwarzen Tag bin ich halbwegs zufrieden mit mir.

Dann höre ich ein Räuspern und eine männliche Stimme sagt: »Äh … c'est toi, Julie? 'ier sprischt Jacques.«

Mir fällt vor Schreck fast der Telefonhörer aus der Hand. Das gibt's doch gar nicht! Aber eigentlich weiß ich sofort, dass es das doch gibt. Diesen schleimigen französischen Akzent hat nur einer: Jacques, der Zukünftige meiner Mutter (oder auch nicht, dem neuesten Stand der Dinge nach zu urteilen).

»Äh … hallo, Jacques«, stammele ich. »Das ist ja eine Überraschung.«

»Bonjour, Julie«, sagt Jacques. »Nette Begrüßung!«

»Ja, tut mir leid, aber ich dachte, es wäre Ninas Freundin.«

Muss der Blödmann mich ständig »Julie« nennen? Ich hab ihm schon tausendmal gesagt, dass er das lassen soll. So darf mich nur René nennen. Durfte, besser gesagt. Jetzt darf mich überhaupt niemand mehr so nennen. Nie wieder!

Ich habe keine Lust, mich mit Jacques zu unterhalten, deshalb stelle ich sofort klar: »Mama ist nicht da. Sie ist mit Paps in der Stadt.«

Jacques stößt einen erleichterten Seufzer aus. »Barbara ist also in Papenberg? *Dieu, merci!*«

»Klar ist sie hier. Wo soll sie denn sonst sein?«, frage ich verwundert.

»Das hab ich mich während der letzten drei Tage auch gefragt. Erst hab ich sämtliche Krankenhäuser angerufen, als sie plötzlich verschwunden war. Und dann hab ich es bei all unseren Freunden und Bekannten zwischen St. Tropez und Nizza versucht. Aber dort war sie auch nicht. Dass sie ganz bis nach Papenberg gefahren ist, darauf bin ich überhaupt nicht gekommen …«

Jetzt verstehe ich gar nichts mehr. Warum ist Jacques denn so aus dem Häuschen? So kenne ich ihn gar nicht.

Normalerweise lässt er sich durch nichts aus der Ruhe bringen, ganz der coole Playboy (bloß, dass er für einen Playboy etwas zu alt und grauhaarig ist).

»Wusstest du denn gar nicht, dass Mama uns besucht?«, frage ich.

»Nein, woher denn? Als ich am Mittwochabend aus Nizza zurückgekommen bin, war Barbara einfach weg. Sie hat mir noch nicht mal eine Nachricht hinterlassen.«

»Ehrlich? Das ist aber merkwürdig!«

So ein Verhalten passt überhaupt nicht zu meiner Mutter. Selbst wenn sie Stress mit Jacques hatte, hätte sie ihm bestimmt Bescheid gesagt, bevor sie sich aus dem Staub macht. Wahrscheinlich saugt sich Jacques einfach irgendwas aus den Fingern, um Mama schlecht zu machen.

»Hör mal, Julia, du musst mir helfen. Ich möchte, dass Barbara zu mir zurückkommt.« Jacques' Stimme klingt richtig verzweifelt. So gut kann noch nicht mal er schauspielern. Ihm scheint's tatsächlich ziemlich dreckig zu gehen. Dass er wegen meiner Mutter so leidet, macht ihn mir fast schon wieder sympathisch. Außerdem kann ich im Moment ziemlich gut nachvollziehen, wie er sich fühlt. Liebeskummer ist einfach die Hölle … Aber ich will jetzt nicht melodramatisch werden.

»Ich weiß nicht, ob es viel bringt, wenn ich mich in eure Beziehungsprobleme einmische«, sage ich. »Das musst du schon mit Mama selbst klären. Ich glaube, sie fühlt sich gerade ziemlich allein gelassen. Vielleicht hättest du dir ein bisschen mehr Zeit für sie nehmen sollen, statt immer nur in deinem Hotel herumzuhängen …«

Macht irgendwie Spaß, dem alten Schleimer mal die Leviten zu lesen. Leider unterbricht mich Jacques, bevor ich richtig in Fahrt kommen kann.

»Aber *sie* ist es doch, die plötzlich keine Zeit mehr für mich hatte. Sie hat sich völlig von mir zurückgezogen und ich habe keine Ahnung, warum. Als ich mit ihr darüber reden wollte, hat sie sofort abgeblockt. Und dann war sie am Mittwoch einfach weg. Ohne ein einziges Wort. Ich hab mir wirklich Sorgen um deine Mutter gemacht, Julia. Ich dachte, ihr und dem Baby wäre irgendetwas Schlimmes passiert.«

Hm, das klingt irgendwie ganz anders als die Fassung, die Mama mir erzählt hat. Aber ich kann mir immer noch nicht vorstellen, dass sie einfach so abgehauen ist.

»Vielleicht hat es da irgendein dummes Missverständnis zwischen euch gegeben«, sage ich. »Warum sprichst du nicht einfach mit Mama und klärst die Sache?«

»Das ist ja genau mein Problem. Deine Mutter will nicht mit mir sprechen. Ich bin mir ziemlich sicher, dass sie auflegen würde, wenn ich sie am Telefon hätte. Kannst du nicht mal mit ihr reden?«

Auch das noch! Ich soll die Vermittlerin zwischen Mama und Jacques spielen? Ausgerechnet ich?! Das ist doch ein Witz! Wenn nicht gerade alles so traurig wäre, würde ich laut lachen. »Ich weiß nicht, ob das so eine gute Idee ist …«, sage ich zögernd. »Ich glaube nicht, dass ich die Richtige dafür bin.«

Hat Jacques etwa schon vergessen, was in den Sommerferien passiert ist? Da hätte ich schließlich beinahe dafür gesorgt, dass Mama sich von ihm trennt. Und jetzt soll ausgerechnet ich ihre Beziehung retten?

»Doch, du bist genau die Richtige«, sagt Jacques. »Barbara legt großen Wert auf deine Meinung. Wenn sie überhaupt jemand davon überzeugen kann, mit mir zu sprechen, dann du. Ich würde dich auch nicht darum bitten, wenn es nicht so ungeheuer wichtig für mich wäre.«

Puh, da kann ich wohl kaum Nein sagen. Schließlich bin ich Jacques noch was schuldig wegen meiner kleinen Intrige im letzten Sommer. Er hat sich echt fair verhalten, als er davon Wind bekommen hat, also kann ich ihn jetzt schlecht hängen lassen.

Irgendwie fühle ich mich auch ein bisschen geschmeichelt. Ich wusste gar nicht, dass ich so einen großen Einfluss auf meine Mutter habe. Oder bin ich da etwa gerade auf eine von Jacques' Schleimtouren hereingefallen?

»Okay, von mir aus«, gebe ich schließlich nach. »Ich kann's ja mal versuchen. Aber ich weiß nicht, ob es was bringt. Mama ist im Moment ziemlich schlecht auf dich zu sprechen.« Trotz meiner neu erwachten Solidarität zu Jacques kann ich es nicht lassen, ein bisschen in seiner Wunde zu bohren.

»Hat sie gesagt, warum?«, fragt Jacques.

»Nicht so richtig. Sie meinte nur, dass du ständig gearbeitet hast und sie viel alleine war.«

»Ich versteh das nicht …«, murmelt Jacques. »Wenn ich nur wüsste, was in sie gefahren ist. Und das so kurz vor der Hochzeit!«

Ich sage Jacques lieber nicht, dass die Hochzeit vielleicht

gar nicht stattfindet. Obwohl das die Gelegenheit wäre, ihm so einen richtig schönen Tiefschlag zu versetzen. Aber bloß weil ich heute einen absolut ätzenden Tag hatte, muss ich Jacques seinen Tag schließlich nicht auch noch versauen. Mann, bin ich nett!

»Mach dir nicht so viele Gedanken, Jacques. Das wird sich schon alles aufklären. Ich red mit Mama und sag ihr, dass sie sich bei dir melden soll, okay?« Dass ich mal versuchen würde, Jacques aufzubauen, hätte ich mir auch nicht träumen lassen. Total verrückt!

Nachdem ich das Gespräch beendet habe, stehe ich noch einen Moment neben dem Telefon und schüttele ungläubig den Kopf. Was hab ich mir denn da nur wieder eingebrockt? Eigentlich hab ich ja gerade ganz andere Dinge im Kopf, als Mama und Jacques wieder zusammenzubringen. Das Bild von René und Laura, die einträchtig im Café sitzen und zusammen lachen, erscheint wieder schmerzhaft vor meinem inneren Auge. Und dann sind da plötzlich noch andere Bilder. René, wie er Laura küsst. Lauras Zunge auf Renés Lippen. Renés Hände auf Lauras Haut …

Mir wird schon schlecht, wenn ich nur daran denke! Laura stellt sich bestimmt nicht so zimperlich an wie ich. Sie hat schließlich auch nie verstehen können, warum ich nicht schon längst mit René geschlafen habe. Wahrscheinlich springt sie gleich in der ersten Nacht zu ihm ins Bett und ab geht die Post. Ich bekomme eine Gänsehaut. Igitt, ich darf gar nicht daran denken!

Oben wird die Badezimmertür aufgerissen und die Titelmusik von *Zeiten der Liebe* dröhnt bis zu mir ins Erdgeschoss hinunter. Nina hört diesen Billigsong mittlerweile rund um die Uhr, dabei ist dieses schmalzige Gedudel wirklich kaum zu ertragen.

»Wer war denn am Telefon?«, ruft sie. »War das für mich?« Sie beugt sich über das Treppengeländer. Natürlich hat sie sich ihre Haare wieder zu dieser scheußlichen Dana-Frisur hochtoupiert. Ihr Gesicht sieht mit all dem Make-up aus wie eine Maske. Ihr Mund leuchtet blutrot und um ihre Augen glitzert Goldstaub.

»Stell dir vor, es war ausnahmsweise mal *nicht* für dich«, schnauze ich sie an. »Übrigens könntest du auch ruhig mal selbst ans Telefon gehen! Ich bin doch nicht deine Sekretärin!«

»Wieso soll ich denn ans Telefon gehen, wenn's sowieso nicht für mich ist?«, fragt Nina. »Außerdem bin ich beschäftigt, das siehst du doch. Wer war's denn?«

»Geht dich nichts an!«

»Jetzt sag schon!«, nölt Nina. Irgendwann wird sie noch mal an ihrer Neugier ersticken. »Nein!«

»Warum denn nicht?«

»Darum nicht! Ich denke, du bist beschäftigt. Geh doch einfach wieder ins Bad und mal dir ein neues Gesicht. So würde ich an deiner Stelle nämlich lieber nicht auf die Straße gehen. Mit dem Lippenstift halten dich garantiert alle für einen Vampir.«

»Blöde Kuh!«, brüllt Nina. »Du hast doch überhaupt keine Ahnung!«

Dann verschwindet sie wieder ins Badezimmer und knallt die Tür hinter sich zu, dass die Wände wackeln. Trotz meiner desolaten Stimmungslage muss ich grinsen. Ich liebe es, wenn Nina einen ihrer Wutanfälle bekommt. Besonders, wenn ich der Auslöser dafür bin.

In diesem Moment höre ich Schlüsselgeklapper und die Haustür wird geöffnet. Mama und Paps kommen lachend und schwatzend herein. Paps ist mit ungefähr tausend Einkaufstüten beladen. Er sieht ein bisschen erledigt aus, aber Mama strahlt über das ganze Gesicht. »Hallo, Julia, da sind wir wieder! Wir haben einen richtig schönen Einkaufsbummel gemacht, nicht wahr, Rolf?«

Paps nickt und lächelt etwas gequält. »Allerdings. Deine Mutter hat so ziemlich jedes einzelne Geschäft in Papenberg abgeklappert. Ich wusste gar nicht, dass es hier so viele Läden gibt!«

»Ich war auch ganz erstaunt«, sagt Mama. »Papenberg hat sich wirklich toll entwickelt, seit ich weggezogen bin. Man kann hier jetzt richtig gut shoppen.«

Meine Eltern laden ihre tausend Tüten im Flur ab und schälen sich aus ihren Mänteln. Mama hat ganz rote Wangen vom Oktoberwind. Sie sieht richtig glücklich und gelöst aus. Komisch, früher sind sie und Paps nie zusammen bummeln gegangen. Vielleicht verstehen sie sich jetzt ja wirklich wieder besser. Wie Mama schon sagte: Ein bisschen Abstand wirkt manchmal Wunder. Und wenn ich einfach gar nichts von Jacques' Anruf erzähle? Dann fällt die Hochzeit aus und Mama bleibt für immer hier …

Quatsch! Was denke ich denn da schon wieder für unausgegorenes Zeug? Hab ich denn gar nichts aus den letzten Sommerferien gelernt? Ich wollte doch keine fiesen Aktionen mehr starten! Und Jacques' Anruf zu verschweigen wäre eine ziemlich fiese Aktion.

Bevor ich es mir doch noch anders überlegen kann, teile ich Mama schnell mit: »Jacques hat angerufen.«

Das Lächeln verschwindet aus Mamas Gesicht und die rote Farbe ebenso. Sie wird plötzlich ganz blass.

»Jacques? Wann?«

»Vor fünf Minuten.«

»Ich muss noch mal eben …«, murmelt Paps und verschwindet nach draußen.

Mama geht ins Wohnzimmer und lässt sich mit einem Seufzer auf das Sofa fallen.

»Was wollte er denn?«, fragt sie.

Ich setze mich ihr gegenüber in einen Sessel. »Mit dir reden.«

»Ich will aber nicht mit ihm reden«, sagt Mama. Sie klingt dabei ein bisschen wie Nina, wenn sie ihre Trotzphase hat. Manchmal benehmen sich Erwachsene wirklich ziemlich kindisch. »Das bringt doch nichts«, sage ich. »Ich finde, du solltest dich mit ihm aussprechen. Er klang ganz schön fertig. Angeblich wusste er gar nicht, wo du steckst, und hat sich furchtbare Sorgen gemacht. Aber du hast ihm doch bestimmt gesagt, dass du uns besuchst, oder?«

Mama lacht bitter. »Wozu denn? Das interessiert ihn doch sowieso nicht. Das Einzige, was ihn interessiert, ist sein blödes Hotel. Dann soll er das doch heiraten!«

»Moment mal – du bist wirklich einfach so abgehauen, ohne Jacques Bescheid zu sagen?« Mama nickt. Jetzt bin ich erst mal baff. Dann hat Jacques also doch keinen Quatsch erzählt. Und ich habe meine Mutter völlig falsch eingeschätzt.

»Hat er sich wirklich Sorgen um mich gemacht?«, fragt sie und ich sehe einen Anflug von schlechtem Gewissen auf ihrem Gesicht.

»Allerdings. Er hat überall herumtelefoniert – sogar bei sämtlichen Krankenhäusern. Warum hast du ihm denn nicht wenigstens einen Zettel hingelegt?«

Mama macht ein beschämtes Gesicht und ich komme mir so vor, als hätten wir die Rollen getauscht. Jetzt halte ich doch tatsächlich meiner eigenen Mutter eine Standpauke! Aber ich finde ihr Verhalten wirklich unverantwortlich. Außerdem hat sie uns schließlich selbst beigebracht, dass man immer Bescheid sagen sollte, wenn man irgendwo hingeht. Und wenn man eine Reise durch halb Europa unternimmt sowieso.

Mama seufzt. »Du hast ja recht, das war nicht besonders nett von mir. Aber ich war total durcheinander, als ich losgefahren bin. Mir ist einfach alles zu viel geworden. Die Schwangerschaft, die Hochzeitsvorbereitungen, Jacques …«

»Aber du liebst Jacques noch, oder?«

»Ich weiß es nicht … Doch, ich glaube schon. Aber muss ich ihn deswegen gleich heiraten?«

»Gleich ist gut. Immerhin lebt ihr ja inzwischen schon seit ein paar Jahren zusammen. Und ihr bekommt bald ein Baby.«

Mama legt die Hand auf ihren leicht gewölbten Bauch. »Genau. Was ist denn, wenn es mit Jacques und mir nicht klappt? Ich möchte nicht, dass noch ein Kind unter meiner Beziehungsunfähigkeit leidet. Vielleicht sollte ich Nadine einfach alleine großziehen.«

»Nadine?«, frage ich verwirrt. »Wer ist das denn?«

»Dein Schwesterchen natürlich«, erklärt Mama. »Ich bin mir ziemlich sicher, dass es ein Mädchen wird. Und dann nenne ich es Nadine.«

»Aha. Netter Name«, sage ich diplomatisch.

In meiner Kindergartengruppe gab es auch eine Nadine. Sie trug eine hässliche Brille mit wahnsinnig dicken Gläsern und war ziemlich pummelig. Alle haben sie immer nur »Bomber« genannt. Oh Gott, hoffentlich bleibt dem Baby dieses Schicksal erspart! Wie es wohl aussehen wird? Vielleicht sieht es mir ja sogar ein bisschen ähnlich! Schließlich ist es meine Halbschwester – wenn es wirklich ein Mädchen wird.

Komisch, ich hab noch gar nicht so richtig darüber nachgedacht, wie es sein wird, noch ein Geschwisterchen zu haben. Eigentlich hab ich ja mit Nina schon genug Stress. Aber vielleicht wird Nadine ja auch ein total liebes Mädchen. Nadine … Jetzt, wo das Baby einen Namen hat, wird die ganze Sache gleich viel konkreter.

Mist, irgendwie hab ich den Faden verloren. Wo waren Mama und ich gerade stehen geblieben? Ach ja, richtig, Jacques …

»Ich finde trotzdem, dass du noch mal mit Jacques reden solltest«, sage ich so bestimmt wie möglich. »Nadine braucht schließlich ihren Vater. Wenn ich mir vorstelle, dass ich Paps nie kennengelernt hätte …«

Dieses Argument bringt Mama ins Grübeln. »Meinst du? Na gut, ich werde noch mal darüber nachdenken.« Sie seufzt. »Wenn ich ehrlich sein soll, fehlt mir Jacques schon ziemlich.«.

»Prima, das hört sich doch gut an«, sage ich. »Ihr kriegt das bestimmt wieder hin.« Ich bin mir ziemlich sicher, dass Mama einfach nur kurz vor der Hochzeit Panik gekriegt hat. Vielleicht haben auch ihre Hormone ein bisschen verrückt gespielt. Soll bei schwangeren Frauen ja manchmal vorkommen. Armer Jacques, er hat es bestimmt auch nicht immer leicht mit ihr. Aber er liebt sie, da bin ich mir sicher. Und Mama liebt ihn auch. Dass man manchmal an seiner Beziehung zweifelt – gerade vor so einem wichtigen Schritt wie einer Hochzeit –, ist doch ganz normal, oder?

Eigentlich haben Mama und ich im Moment so ziemlich dasselbe Problem. Beziehungszweifel scheinen gerade umzugehen. Vielleicht breiten sie sich im Herbst genauso aus wie die alljährliche Grippewelle. Der Sommer ist vorbei, Schluss mit Ferienstimmung, romantischen Sonnenuntergängen und langen Nächten. Stattdessen nichts als Regen, Frust und schlechte Stimmung.

Aber bei mir sind die Zweifel doch eigentlich schon zur Gewissheit geworden, oder? Schließlich hab ich mit René Schluss gemacht, da kann doch von Zweifeln keine Rede mehr sein. Ich frag mich nur, warum es dann immer noch so wehtut, wenn ich an René denke. Und warum ich ihn so schrecklich vermisse. Ich fühle mich, als hätte man mir einen wichtigen Körperteil amputiert. Und daran kann leider auch der gute Till nichts ändern.

Je länger ich darüber nachdenke, desto klarer wird mir, dass Till René einfach nicht das Wasser reichen kann. Leider! Es wäre so schön, wenn ich einfach mit Till glücklich werden könnte. Ein netter Freund in Papenberg, das hab ich mir schließlich immer gewünscht. Aber genau da liegt das Problem: Till ist nett, sehr nett sogar, aber mehr eben auch nicht. Ich liebe ihn nicht, Punkt, aus.

Das Telefon klingelt und Mama zuckt erschrocken zusammen.

»Kannst du rangehen, Julia? Falls es Jacques ist, sag ihm bitte, dass ich nicht da bin, okay? Ich muss erst über alles nachdenken, bevor ich mit ihm spreche.«

»Von mir aus«, brumme ich und stapfe in den Flur.

Meine faule Schwester bequemt sich natürlich nicht aus dem Badezimmer, um auch mal ans Telefon zu gehen. Wenn es wieder für sie ist, lege ich einfach auf. Und dann schmeiße ich das blöde Telefon aus dem Fenster.

Der Anruf ist aber gar nicht für Nina. Und Jacques ist es auch nicht. Es ist ausnahmsweise mal für mich.

»Hallo, hier ist Laura. Na, alles klar bei dir?«

Ich bin so baff, dass ich erst mal kein Wort herauskriege. Laura klingt total fröhlich und locker. Ich fasse es einfach nicht! Die dumme Kuh tut doch tatsächlich so, als wenn überhaupt nichts wäre. Und sie ist eine verdammt gute Schauspielerin, das muss ich ihr lassen. Wenn ich vorhin nicht mit eigenen Augen gesehen hätte, wie sie mit René herumgeturtelt hat, würde ich keinerlei Verdacht schöpfen. Vielleicht sollte sie sich bei *Zeiten der Liebe* bewerben, mit ihrem Talent hätte sie da bestimmt gute Chancen.

»Julia? Bist du noch dran? Mann, du bist noch völlig neben der Spur, was? Kein Wunder, so eine Trennung nimmt einen schließlich ganz schön mit.« Lauras Stimme klingt mitfühlend und teilnahmsvoll.

Falsche Schlange, falsche Schlange, falsche Schlange!

Jetzt wollen wir doch mal sehen, wer von uns beiden die bessere Schauspielerin ist. Ich hole tief Luft. »Ach, weißt du, eigentlich geht es mir schon wieder besser. Ich hatte einen ausgesprochen netten Nachmittag mit Till in der Stadt. Schließlich kann ich René nicht ewig nachtrauern, oder?«

Laura zögert kurz. »Nein, wahrscheinlich nicht. Aber manchmal merkt man ja auch erst später, wie sehr man tatsächlich an jemandem hängt.«

Was soll das denn jetzt heißen? In meinem Kopf rattert es, aber ich habe keine Ahnung, was mir Laura mit diesem Spruch sagen will.

»Ist Michi etwa wieder zu dir zurückgekommen?«, frage ich auf gut Glück.

Laura schnauft verächtlich. »Quatsch. Der Typ ist für mich erledigt. Endgültig. Ich hab was Besseres verdient als jemanden, bei dem ich immer nur die zweite Geige spiele. Aber deswegen rufe ich nicht an. Ich wollte dich fragen, ob wir uns heute Abend in der Stadt treffen wollen. Ich hab nämlich eine Überraschung für dich!«

»Was für eine Überraschung denn?«, frage ich skeptisch.

»Wenn ich dir das jetzt schon verraten würde, wäre es ja keine Überraschung mehr«, sagt Laura und lacht geheimnisvoll. »Aber eins ist sicher: Es wird dich garantiert umhauen!«

Das glaube ich auch. Will Laura mir etwa heute Abend René freudestrahlend als ihren neuen Freund vorstellen? So nach dem Motto: »Ihr beide kennt euch ja schon …«? Tolle Überraschung! Laura ist wirklich eiskalt. Soll sie doch von mir aus mit René glücklich werden, aber ich werde den beiden bestimmt nicht auch noch dazu gratulieren. Was denkt Laura eigentlich, wer sie ist? Plötzlich platzt mir der Kragen und ich lasse meiner Wut freien Lauf. »DU HAST SIE DOCH NICHT MEHR ALLE!«, brülle ich in den Hörer. »Überraschung! Dass ich nicht lache! Zufälligerweise kenne ich deine Überraschung schon. Ich bin nämlich gar nicht so blöd, wie du offensichtlich glaubst. Und ich hab Augen im Kopf. Tja, hat leider nicht viel gebracht, dass ihr euch heute Nachmittag in dem Oma-Café versteckt habt.«

»Aber …«, setzt Laura an, doch ich lasse sie nicht zu Wort kommen. Bestimmt will sie mir jetzt erzählen, dass man gegen seine Gefühle nun mal nichts machen kann. Oder irgendetwas anderes in der Art. Aber ich will ihre billigen Entschuldigungen gar nicht hören. Was sie getan hat, ist nicht zu entschuldigen. Es ist Verrat, nicht mehr und nicht weniger. Und mit Verrätern will ich nichts zu tun haben.

»Du bist für mich gestorben!«, sage ich und lege auf.

Dann rufe ich bei Till an und mache Schluss. Wenn man das überhaupt so nennen kann, schließlich waren wir eigentlich gar nicht richtig zusammen.

Doch das sieht Till offensichtlich anders. Er klingt ziemlich fertig. »Aber warum denn? Hab ich irgendwas falsch gemacht?«

»Quatsch, es liegt nicht an dir«, sage ich leicht genervt. Ich hab eigentlich überhaupt keine Lust, jetzt auch noch irgendwelche Erklärungen abgeben zu müssen. Mein Bedarf an komplizierten Gesprächen ist für heute mehr als gedeckt. Aber ich kann Till schließlich nicht einfach so abservieren, dafür ist er zu nett. Ich bin ihm zumindest eine Erklärung schuldig. »Es liegt an mir. Das Problem ist ... ich liebe René noch immer. Wir werden zwar nicht wieder zusammenkommen, aber ich finde es trotzdem nicht fair, mit dir zusammen zu sein, solange ich noch Gefühle für meinen Exfreund habe.«

Till ist offensichtlich zu geschockt, um genauer nachzufragen, sodass ich das Gespräch ziemlich schnell beenden kann. Erleichtert lege ich auf und versuche, mein schlechtes Gewissen zu verdrängen. Zum Glück klappt das auch ziemlich gut. Schließlich muss ich jetzt in erster Linie an mich denken. Okay, vielleicht hätte ich Till gar nicht erst Hoffnungen machen dürfen, aber er wird schon darüber hinwegkommen.

Die Frage ist eher, ob ich jemals über René hinwegkommen werde. Mir wird plötzlich klar, dass es stimmt, was ich gerade zu Till gesagt habe. Ich liebe René noch immer! Aber es gibt leider keine Hoffnung mehr für unsere Beziehung, weil er jetzt mit Laura geht. Ich hab mit einem Schlag meine große Liebe und meine beste Freundin verloren. Und nun auch noch Till in den Wind geschossen, meine letzte Stütze in diesen stürmischen Zeiten. Jetzt hab ich niemanden mehr. Gut gemacht, Julia!

Ich wanke die Treppe hinauf in mein Zimmer, nehme die Schneekugel und knalle sie mit voller Wucht gegen die Wand.

Wie wird man ein Fernsehstar?

Warum ist das Fernsehprogramm Samstagabends eigentlich so grottenschlecht? Am Wochenende haben die Leute jede Menge Zeit zum Fernsehen – und was kommt? Nichts als dämliche Spielshows und unerträgliche Volksmusiksendungen.
Ich zappe mich auf der Suche nach einem netten Spielfilm durch die Kanäle, aber Fehlanzeige. Leider haben wir noch nicht mal einen DVD-Player, weil Paps so eine Anschaffung für völlig überflüssig hält. Vielen Dank, Paps! Wie soll ich mich denn von meinem zurzeit total deprimierenden Leben ablenken, wenn ich mir noch nicht mal eine DVD reinziehen kann? Noch besser wären gleich zwei, drei oder vier Filme. Ohne Pause direkt hintereinander. Bloß nicht nachdenken müssen. Vielleicht sollte ich einfach mein komplettes restliches Leben mit Fernsehen verbringen. Bei dem Programm wäre es allerdings wahrscheinlich besser, mich gleich zu erschießen.

Ich zappe gerade völlig frustriert zum dritten Mal durch sämtliche Fernsehprogramme, als Mama ins Wohnzimmer kommt.

»Hast du Nina gesehen?«, fragt sie.

»Nö. Ist sie nicht in ihrem Zimmer? Sie wollte doch ins Bett gehen.«

»Das hab ich auch gedacht. Ich wollte gerade nach ihr sehen und ihr gute Nacht sagen, aber sie ist nicht da.«

»Hast du im Badezimmer nachgeschaut? Da hat sie ja heute schließlich fast den ganzen Tag verbracht. Vielleicht ist ihr kurz vorm Einschlafen noch eine neue Styling-Idee gekommen und die musste sie dann sofort ausprobieren.«

»Nein, im Bad ist sie auch nicht. Ich hab schon überall im Haus nachgeschaut. Rolf sucht gerade im Keller nach ihr.«

»Was soll Nina denn um die Zeit im Keller machen?«, frage ich verwundert.

Mama zuckt mit den Schultern. »Keine Ahnung. Aber irgendwo muss sie schließlich sein.«

Stimmt. Und bei meiner verrückten Schwester weiß man tatsächlich nie, was gerade in ihrem Kopf vorgeht. Vielleicht ist ihr plötzlich die Idee gekommen, in den Altkleidersäcken nach irgendwelchen coolen Klamotten zu wühlen. Oder sie hatte Lust auf eine Runde Pingpong. Nina gegen die Tischtennisplatte.

Paps erscheint hinter Mama in der Wohnzimmertür.

»Und?«, fragt Mama sofort. »Hast du sie gefunden?«

Paps schüttelt den Kopf. »Im Keller ist sie nicht. Und in der Garage auch nicht.«

Mama macht ihr Katastrophengesicht. »Oh Gott, Nina ist verschwunden! Wenn ihr nun etwas passiert ist!«

»Was soll ihr denn passiert sein?«, versuche ich Mama zu beruhigen. »Sie wollte sich doch nach dem Abendbrot sofort hinlegen, oder?«

»Das kam mir gleich so merkwürdig vor«, sagt Mama. »Sonst geht sie doch freiwillig nie so früh ins Bett. Schon gar nicht an einem Samstagabend.«

»Vielleicht brütet sie irgendwas aus«, sagt Paps. »Im Moment geht überall die Grippe um.« Ich lege die Fernbedienung auf den Couchtisch. »Beim Abendbrot sah sie eigentlich noch ganz fit aus. Ich glaube eher, dass sie von ihren stundenlangen Styling-Aktionen völlig alle war. Sie hat doch den lieben langen Tag im Badezimmer verbracht und mindestens zwanzig unterschiedliche Make-up-Varianten ausprobiert. Das muss einen ja fertig machen!« Zumindest würde es mich total fertig machen. Ich finde Schminken tausendmal anstrengender als zwei Doppelstunden Mathe. Keine Ahnung, wie Nina sich das freiwillig einen ganzen Nachmittag lang antun kann ...

»Warum hat sie sich denn heute so viel Mühe mit ihrem Make-up gegeben, wenn sie gar nichts mehr vorhatte?«, überlegt Mama. »Das ist doch komisch, oder? Steigt heute vielleicht irgendeine Party, zu der sie heimlich hingegangen sein könnte?«

Paps macht ein ratloses Gesicht. »Also, da bin ich ehrlich gesagt überfragt. Soviel ich weiß, war von einer Party an diesem Wochenende nicht die Rede. Oder, Julia?«

»Nicht, dass ich wüsste. Macht euch keine Sorgen, die kommt schon wieder zurück.«

Ich bin mir ziemlich sicher, dass es eine ganz einfache Erklärung für Ninas Verschwinden gibt. Ihr ist garantiert nichts passiert. Bestimmt taucht sie gleich wieder auf und lacht sich scheckig, weil wir uns Sorgen um sie gemacht haben. Allerdings hab ich auch keinen blassen Schimmer, wo sie stecken könnte. Ist schon merkwürdig, dass sie einfach so aus ihrem Bett verschwindet …

Ich starre geistesabwesend auf den Fernsehbildschirm. Es läuft gerade ein Werbespot für *Zeiten der Liebe.* Diese Dana sieht wirklich zu bescheuert aus mit ihren hochtoupierten Haaren. Jetzt wird kurz die Titelmelodie angespielt. Oh nein, dieses dämliche Lied kann ich echt nicht mehr hören. Nicht, nachdem Nina es heute den ganzen Tag lang in einer unerträglichen Lautstärke rauf- und runtergespielt hat. Ich greife nach der Fernbedienung und schalte den Fernseher aus.

Moment mal …

Stundenlanges Styling im Badezimmer, tausend Anrufe von Ninas Freundinnen, hochtoupierte Dana-Frisur, Dauerbeschallung mit dem *Zeiten der Liebe*-Song – das kann eigentlich nur eins bedeuten …

»Ich glaube, ich weiß, wo Nina steckt«, sage ich und stehe auf.

Meine Eltern starren mich an wie das achte Weltwunder. Wahrscheinlich fragen sie sich gerade, ob ich hellseherische Fähigkeiten habe.

»Sag schon, wo ist sie?«, fragt Mama ungeduldig.

»Nina ist garantiert zum *Zeiten der Liebe*-Casting gegangen«, verkünde ich. »Das findet nämlich heute statt, wenn ich mich nicht irre.«

Paps schüttelt den Kopf. »Das kann nicht sein. Ich hatte ihr doch verboten, zu diesem Casting zu gehen.«

»Tja, genau darum ist sie wahrscheinlich *heimlich* abgehauen«, sage ich. »Nina hat doch seit Tagen von nichts anderem mehr geredet. Das Casting war ihr total wichtig.«

»Wir fahren da jetzt sofort hin und suchen sie«, sagt Mama und nimmt ihren Mantel von der Garderobe. »Holst du schon mal den Wagen aus der Garage, Rolf?«

Die Stimmung im Auto ist angespannt, als wir durch die dunklen Straßen zur Stadthalle fahren.

»Ob sie ganz alleine hier langgegangen ist?«, überlegt Mama. »Hoffentlich ist ihr auf dem Weg nichts passiert! Kannst du nicht ein bisschen schneller fahren, Rolf?«

Paps drückt aufs Gaspedal und rast um die Kurven, was sonst eigentlich gar nicht seine Art ist. Normalerweise schleicht er immer wie eine Schnecke und hält sich pedantisch an jede Geschwindigkeitsbegrenzung.

Obwohl Paps nichts sagt, sehe ich an seinem Gesichtsausdruck, dass er sich ebenfalls Sorgen um Nina macht. Und ich muss zugeben, dass ich so langsam auch ein mulmiges Gefühl bekomme. Von uns bis zur Stadthalle, wo das Casting stattfindet, ist es ein ganzes Stück. Und man muss am Bahnhof vorbei, wo immer ziemlich komische Typen herumhängen. Wenn ich mir vorstelle, wie Nina da total geschminkt und aufgestylt entlangstolziert ist … Ihr Fahrrad stand noch in der Garage, also muss sie zu Fuß gegangen sein. Komisch, dass sie nicht mit dem Rad gefahren ist, das wäre doch viel schneller gegangen. Vielleicht hatte sie Angst, dass wir das quietschende Garagentor hören.

»Jetzt macht euch mal keine Sorgen«, sage ich und versuche, möglichst locker zu klingen, um meine Eltern – und mich selbst – zu beruhigen. »Nina ist bestimmt nichts passiert. Wahrscheinlich ist sie gerade dabei, den Regisseur von *Zeiten der Liebe* zu bezirzen.«

»Ich fasse es nicht, dass sie einfach heimlich abgehauen ist«, brummt Paps. »Ich hatte es ihr doch ausdrücklich verboten – und zwar aus gutem Grund. Diese Fernsehheinis sind doch alle total verrückt. Die setzen Nina nur irgendwelche Flausen in den Kopf.«

»Hoffentlich ist sie wirklich bei diesem Casting«, sagt Mama und macht ein besorgtes Gesicht. »Wenn wir sie dort nicht finden, gehe ich zur Polizei. Vielleicht wäre es das Beste gewesen, sofort die Polizei zu verständigen. Schließlich wird ein Kind vermisst, da müssen die doch irgendetwas machen!«

In Mamas Stimme schwingt Panik mit. Hoffentlich kriegt sie jetzt nicht einen hysterischen Anfall oder so was. Das fehlte gerade noch!

»Jetzt übertreib mal nicht, Barbara«, sagt Paps. »So schlimm ist es nun auch wieder nicht.«

»Aber auf dem Weg zur Stadthalle kann Nina doch sonst was passiert sein. Oder sie ist gar nicht zum Casting gegangen, sondern trifft sich mit irgendwem. Vielleicht hat sie ja einen heimlichen Verehrer.« Mama reißt ängstlich die Augen auf. »Hoffentlich ist sie nicht in falsche Gesellschaft geraten, Nina ist doch so gutgläubig und geht immer völlig unbefangen auf alle Leute zu …«

Als wir vor der Stadthalle parken, ist Mama von Vergewaltigung über Entführung bis hin zur Verschleppung durch Mädchenhändler der russischen Mafia alle schrecklichen Dinge durchgegangen, die Nina passiert sein könnten. Paps hat es schließlich aufgegeben, immer dagegenzuhalten, und sagt lieber gar nichts mehr. Das Auto ist noch nicht mal richtig zum Stehen gekommen, da reißt Mama schon die Beifahrertür auf, springt aus dem Wagen und eilt auf den Haupteingang der Stadthalle zu. Paps und ich folgen ihr etwas langsamer.

»Jetzt beeilt euch doch ein bisschen!«, ruft Mama uns ungeduldig über die Schulter zu.

Die Stadthalle ist hell erleuchtet. Neben dem Eingang hängt ein großes Plakat mit der Aufschrift:

HEUTE: DAS GROSSE CASTING
Das ist DEINE CHANCE!
Bewirb dich bei Zeiten der Liebe und werde ein Star!

Wenigstens sind wir hier richtig. Vor der Eingangstür stehen ein paar Mädchen und rauchen. Zwei kenne ich von der Schule. Wir nicken uns kurz zu. Sie haben dieselbe Frisur wie Nina und sind so grell geschminkt, dass ihre Gesichter im Dunkeln richtig leuchten. Allerdings sind beide etwas blass um die Nase und ziehen sichtlich nervös an ihren Zigaretten. So ein Casting scheint ganz schön stressig zu sein.

Als ich hinter meinen Eltern die große Halle betrete, bleibt mir erst mal die Spucke weg. Ich habe das Gefühl, dass ich plötzlich in einen Science-Fiction-Film gebeamt worden bin. Titel: *Angriff der Dana-Klone*.

Mindestens hundert Mädchen drängeln sich in der Halle. Sie sitzen auf dem Boden und blättern nervös in der neuesten *Girls only*, stehen in kleinen Grüppchen herum oder warten in einer endlos langen Schlange. Unser lokaler Fernsehsender ist natürlich auch vor Ort. Ein Typ mit einer Kamera auf der Schulter schlängelt sich durch die Mädchenmassen und eine Fernsehtussi macht Interviews mit den Bewerberinnen. Vielleicht suchen sie ja nach dem schönsten Dana-Klon.

So weit das Auge reicht, nichts als grell geschminkte Gesichter, eng anliegende Tops und Miniröcke. (Hallo, wir haben Oktober, Mädels!) Es sind große und kleine, dicke und dünne Mädchen dabei, aber sie haben alle eins gemeinsam: Sie sehen genauso aus wie Dana Danelli.

Zumindest versuchen sie so auszusehen. Bei manchen klappt es besser, bei anderen schlechter. Ich bin fassungslos. Haben die alle eine Gehirnwäsche bekommen oder warum laufen sie freiwillig mit dieser furchtbaren Frisur herum? Ich kann tatsächlich niemanden entdecken, der keine hochtoupierten Haare hat. Doch, da hinten, ganz am Ende der langen Schlange, sitzt eine Frau mit Kurzhaarschnitt an einem Tisch. Aber die gehört offenbar zu den Veranstaltern. Sieht so aus, als müsste man sich bei ihr für das Casting anmelden. Mama stürmt sofort auf die Frau zu, ohne sich um die in der Schlange wartenden Mädchen zu kümmern, was ihr einige böse Blicke einträgt. Hoffentlich werden wir nicht gleich von den Dana-Klonen gelyncht!

Ungefähr in der Mitte der Schlange entdecke ich Nadja und Tanja. Fast hätte ich sie gar nicht erkannt, weil hier ja alle irgendwie gleich aussehen. Aber Nadjas arroganter Blick, als sie mich sieht, und Tanjas dämliches Gekicher lassen leider keinen Zweifel zu. Es handelt sich bei diesen beiden Dana-Klonen eindeutig um die Tussi-Bussi-Clique. Na toll, die haben mir zu meinem Glück gerade noch gefehlt.

»Was machst du denn hier?«, fragt Nadja und mustert mich mit hochgezogenen Augenbrauen von Kopf bis Fuß. Erst jetzt fällt mir ein, dass ich immer noch meine Gammel-Fernsehklamotten anhabe. Ich muss zugeben, dass mein Outfit nicht wirklich für einen Auftritt in der Öffentlichkeit geeignet ist. Aber ich konnte ja schließlich nicht ahnen, dass ich heute noch mal das Haus verlassen muss – schon gar nicht, um mich zwischen lauter aufgestylte Tussis zu begeben. Neben Nadjas Party-Outfit (superkurzer Mini, hohe Stiefel, bauchfreies Netzshirt) sieht meine alte, ausgeleierte Jogginghose natürlich noch gammeliger aus als sonst.

»Netter Pulli«, sagt Tanja und kichert. »Hast du den deiner kleinen Schwester geklaut?«

»Wie kommst du denn darauf?«, frage ich und verschränke die Arme vor meinem Sweatshirt, um den peinlichen Snoopy-Aufdruck zu verdecken. »Das trägt man jetzt so. Wusstest du das etwa noch nicht? Dann ist der neueste Trend wohl mal wieder an euch vorbeigegangen, Mädels.«

Doch das glauben mir nicht mal die Tussi-Bussis, obwohl sie so blöd sind, dass man ihnen sonst fast alles erzählen kann. Warum musste ich auch ausgerechnet heute dieses alte Teil anziehen? In der 6. Klasse war das mein absoluter Lieblingspullover, deshalb konnte ich mich auch noch nicht von ihm trennen, obwohl ich mittlerweile längst herausgewachsen bin und mir die Ärmelbündchen gerade mal bis über die Ellbogen reichen.

Nadja grinst herablassend. »Seit wann verstehst du denn was von Trends? Übrigens ganz schön mutig, so nach draußen zu gehen. Wenn ich so fertig aussehen würde wie du, würden mich keine zehn Pferde auf die Straße bringen.«

»Tja, manche müssen sich eben kiloweise Schminke ins Gesicht schmieren und andere haben das einfach nicht nötig. Schon mal was von natürlicher Schönheit gehört?«

Nadja und Tanja sehen sich an und prusten los. Ich versuche, ihr Gekicher zu ignorieren, und fahre mir mit der Hand so würdevoll wie möglich durch meine fettigen Haare, die vom stundenlangen Herumliegen auf dem Bett hinten ganz platt gedrückt sind. Bestimmt hab ich auch wieder diese dunklen Ringe unter den Augen, mit denen ich immer aussehe wie eine Wasserleiche. Außerdem ist mein Gesicht garantiert total verquollen, weil ich heute so viel geheult habe. Wirklich toll!

An dieser Stelle ein herzliches Dankeschön an meinen Exfreund und meine Ex-beste-Freundin. Dass ich hier vor der halben Schule herumlaufe wie Frankensteins Braut nach dreizehn schlaflosen Nächten, geht eindeutig auf euer Konto, Leute!

Aus den Augenwinkeln sehe ich, dass mich die beiden Mädchen hinter den Tussi-Bussis so entsetzt anstarren, als wäre ich ein Zombie, der geradewegs seinem modernden Grab entstiegen ist. Auch weiter vorne in der Schlange wird gekichert und ein Mädchen zeigt sogar mit dem Finger auf mich. Du meine Güte, haben die denn noch nie einen Menschen in Jogginghose gesehen?

»Tut mir leid, Leute, ich würde gerne noch ein bisschen mit euch plaudern, aber ich muss leider weiter«, sage ich zu den Tussi-Bussis, die sich gar nicht wieder einkriegen und immer noch hysterisch kichern. Vielleicht war der Casting-Stress ein bisschen zu viel für sie. »Ach ja, und viel Glück beim Vorsprechen! Mit eurem individuellen Styling habt ihr bestimmt super Chancen. Schließlich seht ihr ja überhaupt nicht so aus wie die restlichen hundert Mädels hier.«

»Mach dir keine Sorgen, wir schaffen das schon«, sagt Nadja. »Schade, dass nicht alle so herumlaufen wie du. Dann hätten wir die Rolle schon so gut wie in der Tasche.«

»Träum weiter«, sage ich und mache mich aus dem Staub, bevor Nadja mir noch mehr Gemeinheiten an den Kopf werfen kann.

Meine Eltern belagern inzwischen die Casting-Anmeldung und meine Mutter redet auf die Frau mit dem Kurzhaarschnitt ein. In der Schlange kommt langsam Unruhe auf, weil es nicht mehr vorangeht. Alle, die mich gerade ausnahmsweise nicht anstarren, tuscheln, recken die Hälse und ersuchen mitzubekommen, was da vorne los ist.

Ich kann die schrille Stimme meiner Mutter hören. »Wo ist meine Tochter? Ich hole die Polizei, wenn Sie mir nicht augenblicklich Auskunft geben! Nina ist gerade mal zwölf Jahre alt. Wie können Sie eine Minderjährige an diesem Casting teilnehmen lassen, die keine Erlaubnis von ihren Eltern hat? Das ist unverantwortlich!«

Ich würde am liebsten auf der Stelle in irgendein klitzekleines Mauseloch verschwinden. Oder in meinem Bett aufwachen und feststellen, dass das alles nur ein böser Traum war. Dieser Auftritt ist an Peinlichkeit nicht mehr zu überbieten. Jetzt ist mein Ruf in dieser Stadt endgültig im Eimer. Am besten lasse ich mich gleich einsargen. Es ist ja schon unangenehm genug, überhaupt mit seinen Eltern in der Öffentlichkeit gesehen zu werden. Aber wenn die Eltern dann auch noch so eine peinliche Szene hinlegen wie meine in diesem Moment, ist das der sofortige gesellschaftliche Tod jedes Jugendlichen unter achtzehn Jahren. Gut, dass Nina das nicht mitbekommt. Sie würde wahrscheinlich auf der Stelle im Boden versinken. Mich halten die meisten hier ja sowieso schon für etwas merkwürdig, so gesehen hab ich nicht besonders viel zu verlieren. Aber Nina arbeitet schließlich seit der Grundschule hart daran, zur unangefochtenen Klassen-Queen aufzusteigen. Und jetzt haben meine Eltern ihre jahrelangen Bemühungen mit einem einzigen Auftritt zunichte gemacht. Wenn das nicht tragisch ist!

Ich versuche, so viel Abstand wie möglich zwischen mich und meine Eltern zu bringen. Am besten tue ich so, als würde ich diese beiden Verrückten da vorne gar nicht kennen. Ich lehne mich gegen die Wand und schaue demonstrativ in die andere Richtung. Warum bin ich überhaupt mitgefahren? Meine Eltern hätten Nina schließlich genauso gut alleine suchen können. Dann würde ich jetzt gemütlich vor dem Fernseher liegen und wahrscheinlich gerade die zweite Tüte Chips in mich hineinstopfen. *Cheese and Onion,* meine Lieblingssorte. Im Vergleich zu dem Horrorstreifen, in den ich hier völlig unfreiwillig geraten bin, erscheint mir eine zünftige Volksmusiksendung geradezu göttlich.

Plötzlich geht neben mir eine Tür auf und Nina stürmt heraus. Sie hat rote Wangen und strahlt über das ganze Gesicht. Als sie mich entdeckt, wird sie allerdings von einer Sekunde auf die andere kreidebleich.

»Was machst du denn hier?«, zischt sie und schaut sich ängstlich um. »Sind Mama und Papa etwa auch da?«

»Was denkst du denn?«, frage ich und nicke zur Anmeldung am anderen Ende der Halle hinüber, wo unsere Eltern immer noch eifrig mit der Kurzhaarfrau diskutieren. Inzwischen ist noch ein Mann dazugekommen. Er sieht ziemlich genervt aus und fährt sich mit der Hand über seinen kahl rasierten Schädel. Dann schnauzt er die Kurzhaarfrau an und wendet sich der Fernsehtussi zu, die mit ihrem Kameramann sofort auf ihn zugestürmt ist und ihm nun ihr Mikro unter die Nase hält.

Nina wird noch ein bisschen bleicher. »Oh Gott!«, haucht sie. »Das überleb ich nicht!«

»Wer ist denn der Typ?«, frage ich.

»Herr Pauli, der Regisseur von *Zeiten der Liebe*«, antwortet Nina mit tonloser Stimme. Ich hab den Eindruck, dass sie jeden Moment in Ohnmacht fällt. Jetzt haben meine Eltern Nina entdeckt. Mama rast sofort los wie von der Tarantel gestochen, Paps hinterher.

»Nina-Schatz, was machst du denn für Sachen?«, ruft Mama schon aus zehn Meter Entfernung.

Nina-Schatz macht ein Gesicht, als wäre ihr gerade jemand mit voller Wucht auf den kleinen Zeh getreten. Ich muss grinsen, als ich sehe, wie sie sich unter den mitleidigen Blicken der anderen Mädchen windet. Jetzt bin ich wenigstens nicht mehr die Einzige, die vor Scham fast im Boden versinkt. Nina ist richtig fertig. Geschieht ihr recht, schließlich hat sie mich mit ihrer Nacht-und-Nebel-Aktion überhaupt erst in diese peinliche Situation gebracht.

Mama nimmt Nina in die Arme und drückt sie fest an sich. »Ich hab mir solche Sorgen um dich gemacht, meine Kleine! Ein Glück, dass dir nichts passiert ist.«

Jetzt ist auch Paps am Ort des Geschehens eingetroffen. Er fährt Nina mit der Hand über den Kopf und verwuschelt dabei ihre Dana-Frisur. (Meine Schwester hasst es, wenn er das macht.)

Das ist doch mal eine glückliche Familienzusammenführung – besser als in jedem Kitschfilm! Wahrscheinlich beobachten deshalb auch sämtliche Dana-Klone gebannt die Szene. Nina läuft wieder knallrot an und versucht, sich aus Mamas Umarmung zu winden. Aber Mama hält unsere kleine Ausreißerin bombenfest und wiegt sie leicht hin und her.

»Hör mal, mein Fräulein, so geht's aber nicht«, sagt Paps und bemüht sich dabei um einen strengen Ton, der ihm aber nicht ganz gelingt. Paps ist nun mal nicht der autoritäre Typ. »Du kannst doch nicht einfach so verschwinden, ohne jemandem Bescheid zu sagen. Außerdem hatte ich dir doch ausdrücklich verboten, zu diesem Casting-Quatsch zu gehen.«

»Das ist kein Quatsch, wie oft soll ich dir das noch sagen?«, nölt Nina und schafft es endlich, sich aus Mamas Umarmung zu befreien.

Jetzt kommt der dramatische Teil unserer kleinen Familienaufführung. Die Dana-Klone rücken näher heran, um ja nichts zu verpassen. Ich rücke unauffällig ein Stück zur Seite. Eigentlich kenne ich diese Leute ja gar nicht …

Nina holt tief Luft. »Herr Pauli hat gesagt, dass ich schauspielerisches Talent habe«, teilt sie Paps triumphierend mit.

»Wer ist denn Herr Pauli?«, fragt Paps.

Nina rollt, fassungslos über so viel Unwissenheit, mit den Augen. »Mann, Paps, das ist der Regisseur von *Zeiten der Liebe*! Du hast doch eben selbst mit ihm gesprochen. Ich hab ihm gerade ein bisschen was vorgespielt und er fand mich ziemlich gut.«

Ehrfürchtiges Raunen geht durch die Reihen der Dana-Klone. So manch eine würde jetzt wahrscheinlich gerne mit Nina tauschen – peinliche Eltern hin oder her.

»Heißt das etwa, du kriegst die Rolle?«, fragt Mama ungläubig.

»Nein, das nicht«, brummt Nina. »Sie suchen jemanden, der älter ist.«

Na also, das hab ich doch von Anfang an gesagt! Wenn Nina nur ein einziges Mal auf den weisen Rat ihrer großen Schwester gehört hätte, hätten wir uns die ganze Aufregung hier sparen können – und ich säße jetzt gemütlich vorm Fernseher.

»Aber Herr Pauli hat gesagt, dass sie im Januar wieder ein Casting starten – für die Rolle von Danas kleiner Schwester, die nach einem Schiffsunglück verschollen war und Jahre später wieder auftaucht«, fährt Nina begeistert fort. »Und da soll ich es noch mal versuchen. Herr Pauli meint, ich hätte gute Chancen.«

»Darüber reden wir zu Hause noch mal ganz in Ruhe«, sagt Paps. »Bis Januar ist es ja zum Glück noch ein bisschen hin. Und darüber, dass du einfach ausgebüxt bist, müssen wir uns auch noch unterhalten. Das geht nämlich wirklich nicht!«

»Jaaa, weiß ich doch«, brummt Nina. »Tut mir ja auch leid.«

»Hauptsache, Nina ist wieder da«, sagt Mama und stimmt einen versöhnlichen Ton an. »Wenn ich daran denke, was dir auf dem Weg hierher alles hätte passieren können …«

»Wieso, ich bin doch mit Annes Eltern im Auto mitgefahren«, sagt Nina und fügt triumphierend hinzu: »Die haben nämlich nichts dagegen, dass Anne zum Casting geht.« Super, dann wäre das also auch geklärt. Ich frage mich wirklich, warum ich mir auch nur fünf Sekunden lang Sorgen um meine kleine Schwester gemacht habe. War doch klar, dass ihr nichts passiert ist.

»Können wir jetzt endlich nach Hause fahren?«, frage ich. »Sonst verpasse ich noch das Finale vom *Musikantenstadl.*«

»Genau, ab nach Hause«, sagt Mama und legt Nina einen Arm um die Schultern. »Das Kind sollte längst im Bett sein.«

»Mama!«, jault Nina und verdreht gequält die Augen.

Die Dana-Klone bilden eine Gasse, um uns durchzulassen. Ich trotte hinter meinen Eltern und Nina her und versuche, mich, meine Jogginghose und meinen Snoopy-Pullover möglichst unsichtbar zu machen, als plötzlich eine gebieterisch klingende Stimme hinter mir ertönt.

»Halt! Stehen bleiben!«

Da hat wohl jemand zu viele Gangsterfilme gesehen, was? Gleich geht's wahrscheinlich mit »Hände hoch!« oder »Das Haus ist umstellt!« weiter. Ich ignoriere das Gebrüll und schiebe mich durch die Menge zum Ausgang. Bloß weg hier, diese Fernsehleute sind wirklich alle verrückt!

Da landet eine schwere Hand auf meiner Schulter. He, was soll das denn? Zum Räuber-und-Gendarm-Spielen bin ich jetzt wirklich nicht in der richtigen Stimmung.

»Pfoten weg oder es knallt!«, fauche ich und fahre herum. Schließlich habe ich auch schon den einen oder anderen Gangsterfilm gesehen.

Hinter mir steht der Glatzkopf. Wie hieß der noch gleich? Herr Pauli oder so ähnlich. Der Regisseur von *Zeiten der Liebe*. Was will der denn von mir?

Er hebt beschwichtigend die Hände. »Keine Panik, alles in Ordnung. Warum läufst du denn weg? Du warst doch noch gar nicht beim Vorsprechen, oder?«

»Ich? Nee, bestimmt nicht!«, sage ich entgeistert. Denkt der etwa ernsthaft, dass ich bei diesem dämlichen Casting mitmachen wollte?

Der Glatzkopf nimmt mein Kinn und dreht meinen Kopf nach rechts und nach links. Dabei betrachtet er mich prüfend.

»He, lassen Sie das!«, schnauze ich ihn an. Wenn der so weitermacht, kriegt er gleich einen Tritt vors Schienbein.

Aber Herr Pauli strahlt über das ganze Gesicht. Offenbar wird er gerne angeschnauzt. »Herrlich! Wunderbar! Einfach perfekt!«, dröhnt er begeistert. »Du bist es!«

Hä? Ich verstehe kein Wort. Und es interessiert mich eigentlich auch nicht besonders, was der Typ da schwafelt. Ich will nur nach Hause, und zwar möglichst schnell.

»Tut mir leid, aber ich muss jetzt los«, sage ich. »Tschüss dann.«

Ich drehe mich um und will gehen, aber Herr Pauli hält mich am Arm fest. Spinnt der? Jetzt hab ich aber langsam wirklich genug!

»Du kannst jetzt nicht weg«, sagt der Glatzkopf. »Ich glaube, du hast mich nicht richtig verstanden. Du bist das neue Gesicht von *Zeiten der Liebe*!«

Im Saal macht sich Unruhe breit. Die Dana-Klone tuscheln und zischen. Plötzlich werde ich von grellem Scheinwerferlicht geblendet und kneife schnell die Augen zusammen. Was ist denn jetzt los? Als ich die Augen wieder öffne und vorsichtig in die gleißende Helligkeit blinzele, erkenne ich die Fernsehtussi und den Kameramann vom Lokalsender. Zum Glück schwenkt der Typ seine blöde Kamera samt Scheinwerfer jetzt zum Glatzkopf hinüber.

»Soll das heißen, dass Sie Ihren neuen Soap-Star schon gefunden haben, Herr Pauli?«, fragt die Fernsehtussi und hält dem Regisseur das Mikro hin.

Herr Pauli wirft sich in Positur und verkündet strahlend: »Ganz genau! Diese junge Dame hier wird der neue Star von *Zeiten der Liebe*.«

»Moment mal …«, sage ich, aber niemand beachtet mich.

Das muss doch ein Missverständnis sein, oder? Ich hab schließlich gar nicht bei dem Casting mitgemacht. Vielleicht verwechselt der mich mit irgendjemandem …

»Wie sind Sie zu dieser überraschenden und schnellen Entscheidung gekommen?«, will die Fernsehtussi wissen.

»Ach, wissen Sie, ich habe nun mal einen Blick für junge, unverbrauchte Talente«, dröhnt der Glatzkopf und lächelt selbstzufrieden in die Kamera. »Und dieses Mädchen hier ist mir in diesem Einheitsbrei sofort ins Auge gestochen. Ich habe sie gesehen und mir war klar: Das ist sie. Schauen Sie sich hier doch mal um! All diese Mädchen sehen absolut gleich aus, weil sie versuchen, Dana Danelli zu kopieren. Wir suchen aber keine zweite Dana, sondern ein neues Gesicht. Und zwar jemanden, der nicht so künstlich aussieht wie die meisten Soap-Darsteller, sondern der Natürlichkeit rüberbringt. Jemanden, der authentisch ist.«

»Ist das ein neuer Trend?«, fragt die Fernsehtussi aufgeregt. »Der Trend zur Natürlichkeit?« Der Glatzkopf nickt nachdenklich. »Ja, doch, das kann man so sagen. Künstliche Schönheit ist out, natürliche Schönheit ist in.«

Was faselt der Typ denn da? Das ist mein Spruch! Aber dass noch jemand außer mir meine fettigen Haare und meine Augenringe als natürliche Schönheit bezeichnen würde, hätte ich wirklich nicht gedacht. Der Glatzkopf scheint es tatsächlich ernst zu meinen. Ich fass es nicht! Der muss echt einen ordentlichen Sprung in der Schüssel haben …

Plötzlich fällt mein Blick auf Nadja, die zwischen den anderen Dana-Klonen steht und die Szene fassungslos verfolgt. Ich winke ihr fröhlich zu. Es ist eine richtige Wohltat zu sehen, wie sich ihr Gesicht vor lauter Neid zu einer hässlichen Fratze verzieht. Sie sieht aus, als hätte sie in eine Zitrone gebissen. Guten Appetit, Nadja, lass es dir schmecken!

»Was sagst du denn zu dieser überraschenden Wendung? Hättest du gedacht, dass du heute beim Casting ausgewählt wirst?« Die Fernsehtussi hält mir ihr Mikrofon vor das Gesicht und ihr Kollege schwenkt seine Kamera mit dem blöden Scheinwerfer wieder zu mir herüber.

»Äh … nein, nicht wirklich …«, stammele ich und komme mir vor wie der letzte Idiot.

Ist das jetzt etwa live, oder was? Na toll, da komm ich einmal in meinem Leben ins Fernsehen und sehe aus wie eine Wasserleiche. In dem hellen Licht kann man garantiert jeden einzelnen Pickel in meinem käsigen Gesicht prima erkennen – von meinen Augenringen und den fettigen Haaren ganz zu schweigen. Hoffentlich fällt wenigstens die dicke Beule auf meiner Stirn nicht zu sehr auf.

Die Fernsehtussi schießt sofort die nächste Frage ab. »Dann war das also eine riesige Überraschung für dich, nicht wahr … Wie heißt du denn überhaupt?«

Ich zögere kurz. Vielleicht sollte ich lieber einen Künstlernamen angeben, um inkognito zu bleiben. Aber so auf die Schnelle fällt mir natürlich kein vernünftiger Name ein und ich nuschele »Julia Jacoby« ins Mikrofon.

»Julia – der perfekte Name für einen neuen Soap-Star«, säuselt die Fernsehfrau ins Mikro. »Was sagst du denn jetzt dazu, dass du das neue Gesicht von *Zeiten der Liebe* wirst, Julia?«

Ich räuspere mich. »Tut mir leid, aber ich fürchte, daraus wird nichts.«

»Wie bitte?«, fragt der Glatzkopf »Was soll das heißen?«

»Das soll heißen, dass ich die Rolle nicht haben will. Ich mache mir überhaupt nichts aus Schauspielerei. Und *Zeiten der Liebe* finde ich ehrlich gesagt ziemlich blöd. Sie sollten sich unbedingt mal einen neuen Drehbuchautor besorgen.«

Herr Pauli sieht mich ärgerlich an. »Und warum bist du dann überhaupt zum Casting gekommen?«

»Eigentlich wollte ich nur meine Schwester abholen. Die ist nämlich heimlich ausgebüxt. Kopf hoch, Sie finden bestimmt noch jemand anders für die Rolle. Jetzt muss ich aber wirklich los. Tschüss dann, und viel Glück noch!«

Ich winke einmal kurz in die Runde und mache mich aus dem Staub. Die Fernsehfrau und der Glatzkopf sind zum Glück so verdutzt, dass sie gar nicht erst versuchen, mich zurückzuhalten. Nadja starrt mir mit offenem Mund hinterher. Wahrscheinlich habe ich gerade ihr Weltbild komplett über den Haufen geworfen, weil ich diese dämliche Rolle nicht angenommen habe. Aber mal ehrlich – wer bin ich denn? Ich mach mich doch nicht in so einer völlig hirnrissigen Soap zum Affen! Nicht mit mir, Leute, dafür könnt ihr euch eine andere Blöde suchen!

Ich atme erleichtert auf, als ich endlich aus der Stadthalle komme und mir die kühle Nachtluft entgegenweht. Mama, Paps und Nina sitzen schon im Auto.

»Mann, wo warst du denn so lange?«, fragt Nina, als ich einsteige. »Wir dachten schon, du kommst gar nicht mehr.«

Ich werfe meine fettigen Haare über die Schulter nach

hinten. »Ach, ich musste nur noch schnell ein Interview geben. Und die Hauptrolle ablehnen, die dieser komische Regisseur mir unbedingt andrehen wollte. Ich sag's euch, diese Fernsehleute sind wirklich alle komplett verrückt …«

Sieg der Schmetterlinge

Erst glaubt Nina mir nicht. Sie hält das Ganze offenbar für einen schlechten Scherz.

»*Dir* hat Herr Pauli die Rolle angeboten?«, fragt sie und mustert mich ungläubig von Kopf bis Fuß. »Mit *dem* Outfit?«

»Na ja, am Set hätte ich wahrscheinlich andere Klamotten gekriegt. Aber der neueste Trend geht nun mal zur natürlichen Schönheit, wusstest du das noch nicht? Herr Pauli und ich waren in dem Punkt ganz einer Meinung.«

»Sehr vernünftig von dir, die Rolle abzulehnen, Julia«, mischt sich Paps vom Fahrersitz aus ein. »Konzentrier dich lieber auf die Schule und lern was Vernünftiges.«

Nina sieht das natürlich anders. Sie rollt mit den Augen und sieht mich fassungslos an. »Mann, bist du bescheuert! Das wäre deine Chance für eine super Karriere gewesen!«

»Ich will aber gar nicht Schauspielerin werden«, sage ich. »Diese ganze dämliche Soap interessiert mich nicht die Bohne.«

»Du bist so egoistisch!«, zetert Nina. »Immer denkst du nur an dich. Und was ist mit mir? Wenn du die Rolle angenommen hättest, hätte ich dich mal am Set besuchen und Dana persönlich kennenlernen können. Mann, das wäre echt der Hit! Kannst du es dir nicht noch mal überlegen?«

Ich schüttele den Kopf. »Auf keinen Fall. Du hast sie ja nicht mehr alle! Glaubst du im Ernst, dass ich nur wegen dir diese blöde Rolle annehme?«

Aber Nina gibt nicht so schnell auf. Als Paps in die Garage fährt, malt sie mir immer noch in den schillerndsten Farben aus, wie toll das Leben einer berühmten Schauspielerin ist. Ich schalte mal wieder auf Durchzug. Ninas Gequatsche raubt mir manchmal wirklich den letzten Nerv. Dabei war der heutige Tag auch so schon anstrengend genug. Ich bin total fertig. Hoffentlich geht Nina wenigstens gleich ins Bett, damit ich endlich meine Ruhe habe. Auf dem Weg zur Haustür legt Mama ihren Arm um Ninas Schultern. »Ein Glück, dass die ganze Sache so glimpflich abgelaufen ist. Du hast uns einen ordentlichen Schrecken eingejagt!«

»Nächstes Mal leg ich euch einen Zettel hin«, sagt Nina großzügig.

Plötzlich quiekt sie los wie ein krankes Ferkel. Ich kriege so einen Schreck, dass mir fast das Herz stehen bleibt. Aus der Dunkelheit neben der Haustür tritt ein Schatten. Oh Gott, werden wir jetzt etwa auch noch überfallen? Das fehlte gerade noch als krönender Abschluss dieses Tages!

Aber da wirft sich Nina der dunklen Gestalt an den Hals und jauchzt begeistert. Das Licht der Straßenlaterne fällt auf die beiden und jetzt erkenne ich den Schatten auch. Ich bleibe wie angewurzelt stehen. Es ist kein Einbrecher. Es ist viel schlimmer.

»René!«, jubelt Nina. »Das ist ja der Hammer! Was machst du denn hier?«

Das würde ich auch gerne wissen!

Ich höre Renés Stimme, die mir immer noch so vertraut ist. »Salut, Nina, ça va?«

Ich bekomme eine Gänsehaut und meine Knie fangen an zu zittern. Das ist alles zu viel für mich. Hoffentlich kippe ich nicht gleich wie ein gefällter Baumstamm in unseren Vorgarten. Ich will, dass René wieder verschwindet, und gleichzeitig wünsche ich mir, dass er dableibt. Warum tut er mir das an? Kann er mich nicht einfach in Ruhe lassen? Wie soll ich ihn denn vergessen, wenn er mir ständig über den Weg läuft?

Ich atme einmal tief durch und gehe an René vorbei zur Haustür, ohne ihn eines Blickes zu würdigen.

»Julie!«, sagt er.

Seine Stimme legt sich wie ein Lasso um meinen Hals und schnürt mir die Kehle zusammen. Ich werde magisch von ihm und seiner sanften Stimme angezogen. Aber ich kämpfe dagegen an. Lass mich in Ruhe, René! Mit zitternden Händen stecke ich den Hausschlüssel ins Schloss und rette mich mit letzter Kraft in den Flur. Vor meinen Augen dreht sich alles. Ich schleppe mich die Treppe hinauf und verschanze mich in meinem Zimmer. Mit einem erleichterten Seufzer lasse ich mich auf mein Bett fallen. Endlich in Sicherheit!

Ein paar Minuten später klopft es an der Tür. Ich stelle mich tot. Die sollen mich doch alle in Ruhe lassen, ich will niemanden sehen!

Die Tür öffnet sich und Mama kommt herein. Sie setzt sich auf die Bettkante und streicht mir über die Stirn.

»Alles in Ordnung, mein Schatz?«, fragt sie besorgt.

»Nein«, sage ich.

»René sitzt unten im Wohnzimmer. Er möchte mit dir sprechen.«

»Ich aber nicht mit ihm. Sag ihm, dass er weggehen soll.«

»Glaubst du nicht, dass es besser ist, noch mal mit ihm zu reden? Vielleicht tut es dir ja auch ganz gut, wenn ihr die eine oder andere Sache klärt.«

»Da gibt es nichts zu klären. Mir ist auch so alles sonnenklar. Ich will Renés Erklärungen überhaupt nicht hören. Er soll mich einfach in Ruhe lassen und mit Laura glücklich werden.« Ich drehe mich mit dem Gesicht zur Wand und hoffe, dass Mama wieder nach unten geht. Soll sie sich doch mit René unterhalten, wenn ihr so viel daran liegt.

Aber meine Mutter gibt nicht so schnell auf. »Ich weiß ja nicht, was zwischen euch vorgefallen ist, aber René macht einen ziemlich unglücklichen Eindruck. Und er ist extra aus Paris gekommen, um noch mal mit dir zu reden. Ich finde, du solltest ihm eine Chance geben. Außerdem hast du mir heute Nachmittag selbst noch lang und breit erklärt, dass es nichts bringt, bei Beziehungsproblemen den Kopf in den Sand zu stecken.«

»Ja, aber das galt doch für dich und Jacques. Mit René und mir ist das etwas völlig anderes. Wir sind schließlich gar nicht mehr zusammen. Wir haben keine Beziehung mehr, also gibt es auch keine Beziehungsprobleme, über die wir sprechen müssten.«

Okay, okay, meine Argumentation ist nicht besonders überzeugend, das merke ich auch, ohne dass Mama mich noch mal extra darauf hinweisen muss. Das kommt davon, wenn man anderen gute Ratschläge erteilt. Kaum hat man selbst ein Problem, werden sie gegen einen verwendet.

Aus den Augenwinkeln nehme ich eine Bewegung wahr und drehe mich um. Im Türrahmen steht René. Er sieht mich einfach nur an. Ich bekomme schon wieder eine Gänsehaut und mein Herz schlägt einen Purzelbaum nach dem anderen. Gut, dass ich schon liege, dann kann ich wenigstens nicht mehr umfallen. Ich kriege keinen Ton heraus, deshalb kann ich René leider auch nicht mitteilen, dass er auf der Stelle verschwinden soll. Aber will ich das denn überhaupt?

»Ich lass euch jetzt mal allein«, sagt Mama und steht auf.

Sie geht hinaus und schließt leise die Tür hinter sich. René steht mitten im Zimmer und scheint sich nicht besonders wohl in seiner Haut zu fühlen. Er fährt sich verlegen durch seine strubbeligen Haare.

»Ich muss mit dir reden, Julie«, sagt er schließlich. »So geht das nicht! Du kannst mich doch nach allem, was zwischen uns war, nicht einfach so am Telefon abservieren. Das ist nicht fair.«

Ich setze mich auf die Bettkante. »Dafür hast du dich aber ziemlich schnell getröstet. Ich find's auch nicht besonders fair, dass du sofort was mit Laura anfängst, kaum dass wir uns getrennt haben.«

»Glaubst du das wirklich?«, fragt René und schüttelt ungläubig den Kopf. »Wofür hältst du mich eigentlich? Ich finde es echt ganz schön traurig, dass du mir so was zutraust. Gerade du solltest mich schließlich besser kennen.«

Ich merke, wie ich wütend werde. Das sind genau die Ausreden, auf die ich überhaupt keine Lust habe.

»Jetzt gib doch wenigstens zu, dass du was mit Laura hast! Ich hab schließlich mit eigenen Augen gesehen, wie ihr in diesem Café herumgeturtelt habt.«

»Ach ja? Komisch, dass ich gar nichts davon weiß! Was hast du denn genau gesehen? Haben wir Händchen gehalten? Zärtlichkeiten ausgetauscht? Uns geküsst?«

»Nein, das nicht«, gebe ich widerwillig zu. »Aber ihr habt ... geredet und gelacht. Ihr wart so vertraut miteinander.«

»Wir kennen uns ja schließlich auch schon eine ganze Weile. Ist man jetzt neuerdings gleich ein Paar, bloß weil man zusammen Kaffee trinken geht und sich unterhält? Ich hab nichts mit Laura!«

»Und warum warst du dann mit ihr in diesem Café? Wenn du wirklich wegen mir extra aus Paris gekommen bist, warum bist du dann erst zu Laura gegangen?«

René seufzt. »Weil ich Schiss hatte, wenn du's genau wissen willst. Ich hab mich nicht getraut, gleich bei euch zu klingeln, weil ich Angst hatte, dass du nicht mit mir sprechen willst. Darum hab ich bei Laura angerufen. Ich hab gedacht, dass sie vielleicht ein gutes Wort für mich bei dir einlegen kann. Schließlich ist sie deine beste Freundin.«

Hm. Klingt eigentlich ganz plausibel. Hab ich vielleicht doch ein klitzekleines bisschen überreagiert? Warum bin ich blöde Kuh heute Nachmittag eigentlich nicht sofort in dieses Café spaziert und hab René zur Rede gestellt? Dann hätte ich mir vielleicht einigen Ärger ersparen können und würde jetzt nicht kurz vor einem Nervenzusammenbruch stehen. »Okay, kann sein, dass ich die Situation missverstanden habe«, sage ich schließlich. »Tut mir leid. Ich bin froh, dass wir das geklärt haben. Und dass ich per Telefon Schluss gemacht habe, tut mir auch leid. Das war wirklich nicht besonders nett. Aber deswegen hättest du nicht extra herkommen müssen. Es ändert nichts, wenn wir noch mal über alles reden. Unsere Beziehung ist am Ende. Punkt, aus.«

Meine Stimme klingt fest entschlossen. Bin das wirklich ich, die da spricht? Oder ist das eine andere, fremde Julia? Die Schmetterlinge in meinem Bauch sehen die Sache nämlich offensichtlich ganz anders. Seit René aufgetaucht ist, flattern sie wieder aufgeregt hin und her. Für sie ist noch gar nichts zu Ende. Ich atme einmal tief durch. Gebt endlich Ruhe da drinnen! Ich kann euch Mistviecher jetzt nicht gebrauchen!

»Ich würde trotzdem gerne verstehen, was eigentlich schiefgelaufen ist«, sagt René. »Und am Telefon warst du in letzter Zeit immer so komisch. Deshalb hab ich mich in den Nachtzug gesetzt und bin hergekommen. Ist es wegen diesem anderen Typen, den du kennengelernt hast? Ist er wirklich der Grund, warum du Schluss machen willst?«

Ich seufze. »Ja … nein … vielleicht. Ich weiß auch nicht so genau. Till ist supernett und ich glaube, ich war auch ein bisschen in ihn verknallt. Aber das ist schon wieder vorbei, ich hab heute Schluss gemacht. Der Hauptgrund, warum ich mit ihm zusammen sein wollte, war wohl eher, dass er in Papenberg wohnt und du in Paris. Er war hier und du nicht, so einfach ist das. Ich hab nun mal keine Lust mehr auf Fernbeziehung. Das hat doch keine Zukunft!«

»Liebst du mich denn noch?« René sieht mich mit seinen schokoladenbraunen Augen so intensiv an, dass mir schon wieder ganz schwindelig wird. Das ist unfair! Wie soll man vernünftig bleiben, wenn man mit diesem Blick angesehen wird?

»Ja«, sage ich schließlich leise. »Ich glaub schon, dass ich dich noch liebe.« Die Schmetterlinge in meinem Bauch führen wahre Freudentänze auf. Darum füge ich schnell hinzu: »Aber so geht's doch nicht weiter. Wir haben einfach zu wenig Zeit füreinander.« René setzt sich neben mich auf die Bettkante. Ich atme seinen Geruch ein und muss mich sehr zurückhalten, um ihm nicht augenblicklich um den Hals zu fallen. Ich habe plötzlich wahnsinnige Lust, ihn zu küssen.

René fährt sich kurz mit der Zunge über seine wunderschönen Lippen und sagt: »Stimmt, wir müssten uns wirklich öfter sehen. Wir könnten uns doch auch mal übers Wochenende besuchen. Wenn ich mit dem Nachtzug am Freitagabend um elf in Paris losfahre, bin ich am Samstagmorgen hier. Dann hätten wir zwei ganze Tage und Sonntagabend fahre ich mit dem Nachtzug wieder zurück.«

»Ist das nicht ein bisschen stressig?«, frage ich, obwohl ich eigentlich finde, dass Renés Vorschlag wahnsinnig romantisch klingt. Mit dem Nachtzug nach Paris ... Aber dann schaltet sich mein Kopf wieder ein. »Außerdem ist so ein Zugticket bestimmt superteuer. Das kannst du dir doch gar nicht leisten – und ich mir auch nicht.«

»Dann suche ich mir eben einen Nebenjob«, sagt René eifrig. Offenbar hat er schon gründlich über diese Wochenendtrip-Idee nachgedacht.

»Dafür hast du doch gar keine Zeit«, wende ich ein. »Wie willst du denn neben deinen Nachhilfestunden und den Bandproben noch einen Job unterbringen?«

»Ich geb einfach weniger Nachhilfe. Und mit der Band trete ich auch ein bisschen kürzer. Wir müssen schließlich nicht unbedingt zweimal pro Woche proben.«

»Bist du sicher?«, frage ich skeptisch. »Ich dachte, die Band wäre dir so wichtig.«

»Du bist mir wichtig, Julie«, sagt René und nimmt meine Hand. »Ich liebe dich und ich möchte, dass wir zusammenbleiben. Lass es uns doch wenigstens noch mal versuchen!«

Ich will meine Hand wegziehen, aber irgendwie schaffe ich es nicht.

»Stört es dich denn gar nicht, dass ich zwischendurch was mit Till hatte?«, frage ich.

»Stören ist gar kein Ausdruck«, sagt René. »Der Gedanke, dass du einen anderen Kerl küsst, verfolgt mich bis in meine schlaflosen Nächte. Am liebsten würde ich ihn persönlich erwürgen. Ich hasse diesen Typen, dabei kenne ich ihn überhaupt nicht. Verrückt, oder?«

»Och, geht so …«, murmele ich und denke dabei an Élise und Cécile. Die beiden hätte ich auch mit Freuden über dem offenen Feuer geröstet und anschließend gevierteilt. Sicher ist sicher.

Meine Hand bewegt sich von ganz alleine und streicht sanft über Renés Nacken. Die kleine Kuhle hinter seinem Ohr fühlt sich so wunderbar vertraut an. Ich zögere noch einen kurzen Moment. Soll ich oder soll ich nicht? Dann siegen die Schmetterlinge in meinem Bauch und ich schalte meinen Kopf aus. Scheiß auf die Vernunft!

Ich ziehe René zu mir heran und schließe die Augen. Unsere Lippen berühren sich und jetzt merke ich erst, wie sehr ich René vermisst habe. Am liebsten würde ich nie mehr aufhören, ihn zu küssen. Und plötzlich sind auch meine letzten Zweifel wie weggewischt. Ich bin mir auf einmal ganz sicher, die richtige Entscheidung getroffen zu haben. Man kann schließlich nicht immer nur auf seinen Kopf hören. René und ich haben eine zweite Chance verdient. Plötzlich wird die Tür aufgerissen und Nina stürmt herein.

»He, ihr knutscht ja!«, grölt sie und bleibt mit in die Hüften gestützten Händen mitten im Zimmer stehen. »Habt ihr euch wieder vertragen?«

»Kannst du nicht anklopfen?«, schnauze ich sie an und ziehe meinen Snoopy-Pullover nach unten. »Warum bist du überhaupt noch wach? In deinem Alter sollte man um diese Uhrzeit längst schlafen!«

»Ich bin noch so aufgeregt wegen dem Casting«, erklärt Nina, drängelt sich zwischen René und mich und lässt sich im Schneidersitz auf meinem Bett nieder. »Weißt du schon, dass ich heute beinahe eine Rolle in *Zeiten der Liebe* gekriegt hätte, René? Und Julia auch, aber die dumme Kuh wollte nicht.«

»Tatsächlich?«, fragt René. »Das wusste ich noch nicht.«

»Hast du René denn noch gar nicht von dem Casting erzählt?«, fragt Nina und sieht mich vorwurfsvoll an.

Ich schüttele den Kopf. »Stell dir vor, wir hatten tatsächlich wichtigere Dinge zu besprechen. Und jetzt verzieh dich, du störst.«

Nina streckt mir die Zunge raus. »René findet bestimmt nicht, dass ich störe, stimmt's, René? Außerdem muss ich ihm erst noch von dem Casting erzählen. Also, das war so ...«

Ich lasse mich rückwärts aufs Bett fallen, während Nina René in allen Einzelheiten ihre Erlebnisse beim *Zeiten der Liebe*-Casting schildert. Wenn das so weitergeht, ist sie morgen früh immer noch nicht fertig. Währenddessen betrachte ich René, wie er Nina zuhört und netterweise auch noch so tut, als würde ihn ihr Gefasel tatsächlich interessieren. Er bemerkt meinen Blick und lächelt mir zu. Ein wohlig-warmes Gefühl breitet sich in mir aus, bis es mich von Kopf bis Fuß erfüllt.

Jetzt muss ich nur noch die Schneekugel aus dem Papierkorb holen und wieder zusammenkleben, dann bin ich wunschlos glücklich.

Zeiten der Liebe

Als ich am Sonntagmorgen aufwache, räkele ich mich wohlig neben Renés warmem Körper, öffne ganz langsam die Augen – und bekomme fast einen Herzschlag. Vor mir schwebt ein bleiches Gesicht im Dämmerlicht meines Zimmers. Hilfe! Träume ich etwa noch? Manchmal hat man ja diese fiesen Träume, in denen man plötzlich aufwacht, obwohl man in Wirklichkeit noch tief und fest schläft.

Aber dann erkenne ich, dass das bleiche Gesicht zu Nina gehört, die sich über mein Bett beugt. Ich blinzele unwillig. Nina hat noch ihr Nachthemd an und ihre Haare stehen in alle Richtungen ab. Kein Wunder, dass ich einen Schreck bekommen habe – meine Schwester hat wirklich frappierende Ähnlichkeit mit einem Schlossgespenst.

»Julia! René! Aufwachen!«, flüstert sie so laut, dass es selbst einen Toten aufwecken würde. Offenbar dreht Nina langsam, aber sicher durch. Sie kann doch nicht mitten in der Nacht in mein Zimmer kommen und René und mich aus dem Bett schmeißen. Das geht wirklich zu weit!

»Verschwinde!«, brumme ich und kuschele mich an René, der leise vor sich hin schnarcht. Wie süß! »Lass uns in Ruhe und nerv gefälligst jemand anders.«

»Ihr müsst aufstehen«, quengelt Nina und macht ein geheimnisvolles Gesicht. »Es ist was passiert!«

»Mir egal«, nuschele ich. »Hau endlich ab.«

Mit dem alten Trick kriegt sie mich bestimmt nicht aus dem Bett. Außerdem würde ich nicht mal aufstehen, wenn das Haus in Brand stehen würde. Dafür fühle ich mich gerade viel zu wohl unter der warmen Bettdecke und mit René als Kopfkissen.

»Jacques ist da!«, posaunt Nina direkt in mein Ohr.

Ich fahre hoch und sitze mit einem Schlag kerzengerade im Bett. »Was???«

Das kann doch wohl nicht wahr sein! Gestern taucht René hier auf, heute Jacques – haben wir gerade französische Wochen, oder was?!

Nina macht ein zufriedenes Gesicht und nickt eifrig. Offenbar hat sie genau diese Reaktion erwartet. Jetzt hat sie es geschafft, auch René aufzuwecken. Er gähnt und blinzelt müde in das trübe Licht, das durch die Jalousien in mein Zimmer fällt. Bestimmt regnet es draußen schon wieder.

»Bist du sicher, dass du das nicht geträumt hast?«, frage ich.

»Quatsch«, sagt Nina beleidigt. »Ich bin doch nicht bescheuert! Ich hab Jacques schließlich selbst die Tür aufgemacht, weil sonst noch keiner wach war. Jetzt sitzt er mit Papa im Wohnzimmer.«

Auch das noch! Jacques und Paps im Wohnzimmer – eine tolle Kombination. Armer Paps, jetzt muss er auch noch mit seinem Nachfolger Smalltalk machen. Dabei fällt ihm das schon bei Leuten, die er nett findet, nicht besonders leicht.

Und worüber soll er sich mit Jacques denn unterhalten? Eigentlich haben die beiden nur eins gemeinsam: meine Mutter. Aber ob das so ein geeignetes Gesprächsthema ist, weiß ich nicht …

»Hast du Mama schon Bescheid gesagt?«, frage ich.

»Ja, aber sie will nicht runterkommen. Sie hat sich kein bisschen gefreut, als ich ihr gesagt habe, dass Jacques da ist. Dabei ist es doch total nett von ihm, dass er hergekommen ist. Weißt du, was da los ist? Haben die beiden etwa Stress miteinander? Aber die Hochzeit findet doch trotzdem statt, oder? Ich hab mir schließlich schon ein super Styling überlegt!«

Ich stöhne. »Keine Ahnung, was aus der Hochzeit wird. Wenn Mama noch nicht mal mit Jacques reden will, sieht's wohl eher schlecht aus. Wo ist sie denn?« Ich schwinge meine Beine über die Bettkante und reibe mir die müden Augen. So viel Stress am frühen Morgen ist überhaupt nicht mein Ding.

»Sie hat sich im Badezimmer eingeschlossen«, sagt Nina.

Oje, das hört sich gar nicht gut an. Ich schlüpfe schnell in die erstbesten Klamotten, die mir in die Finger kommen. Zufälligerweise sind es die alte Jogginghose und der Snoopy-Pullover. Was soll's, ich muss heute schließlich keinen Schönheitswettbewerb gewinnen. Außerdem unterstreichen die Sachen meine natürliche Schönheit, wie ich ja seit gestern weiß. Vielleicht sollte ich nur noch in Jogginghose herumlaufen!

»Wer hat sich im Badzimmer eingeschlossen?«, fragt René verschlafen.

»Meine Mutter«, erkläre ich ihm schnell. »Jacques ist da. Er sitzt mit Paps im Wohnzimmer. Könntest du den beiden vielleicht ein bisschen Gesellschaft leisten? Ich weiß nicht genau, wie sie so miteinander klarkommen.«

René nickt. »Kein Problem.«

»Du bist ein Schatz!«, sage ich und drücke ihm einen Kuss auf den Mund.

Hach, am liebsten würde ich mich einfach wieder zu René ins Bett legen. Warum muss meine Familie eigentlich ausgerechnet heute so einen Stress machen? Irgendwie bleibt da die Romantik von Renés und meiner glücklichen Versöhnung total auf der Strecke – aber das scheint hier ja keinen zu interessieren. Jacques, der Blödmann, hätte ruhig noch ein paar Tage warten können, bevor er hier auftaucht und ein totales Chaos anrichtet. Was denkt er sich eigentlich dabei, uns am Sonntagmorgen alle aus dem Bett zu klingeln? So was Rücksichtsloses!

Ich gehe zum Badezimmer und drücke die Klinke runter. Tatsächlich, abgeschlossen. Meine Mutter muss wirklich ganz schön durch den Wind sein. So kindisch hab ich mich ja noch nicht mal verhalten, als René gestern aufgetaucht ist. Ich klopfe vorsichtig an.

»Mama? Ich bin's, Julia. Mach doch bitte mal auf, ich muss mit dir reden.«

Ich höre, wie sich der Schlüssel im Schloss dreht, dann öffnet sich die Tür und ich schlüpfe hinein. Meine Mutter sitzt auf dem Badewannenrand. Sie hat noch ihre Schlafsachen an und ihre Haare sind ganz zerzaust. Sie sieht aus, als hätte sie geweint. Ohne ihre Designerklamotten und ihr perfektes Make-up sieht sie plötzlich ganz anders aus als sonst. Viel verletzlicher und längst nicht so selbstsicher. Ich setze mich neben sie.

»Jacques ist da. Warum gehst du nicht einfach runter und redest mit ihm?«

Mama schüttelt den Kopf. »Ich muss erst noch über alles nachdenken und mir überlegen, was ich eigentlich will. Mir geht das alles viel zu schnell.«

»Vielleicht solltest du einfach auf deinen Bauch hören«, sage ich weise und muss grinsen, als mein Blick auf Mamas gewölbten Babybauch fällt. Bei ihr passt dieser Spruch gerade ganz besonders gut. »Manchmal ist das besser, als die Entscheidung nur seinem Kopf zu überlassen. Außerdem ist Jacques extra aus St. Tropez gekommen, um mit dir zu reden. Ich finde, du sollest ihm noch eine Chance geben.«

Ha, jetzt sieht Mama endlich mal, wie das ist, wenn man mit seinen eigenen Ratschlägen konfrontiert wird. Hoffentlich weiß Jacques überhaupt zu schätzen, was ich hier für ihn tue. Es fällt mir nämlich nicht gerade leicht, für den alten Schleimer Partei zu ergreifen. Wesentlich leichter würde mir ein »Lass das Ekelpaket sausen, der passt sowieso nicht zu dir« von der Zunge gehen. Aber ich kann mich zurückhalten. Schließlich bin ich seit den Sommerferien viel reifer und erwachsener geworden. Hoffe ich zumindest.

Mama seufzt. »Wahrscheinlich hast du recht. Irgendwann muss ich ja sowieso mit Jacques reden. Ich zieh mir nur noch schnell was an. Du meine Güte, ich hätte wirklich nicht gedacht, dass er extra nach Papenberg kommt.«

»Tja, da siehst du's. Er liebt dich eben«, sage ich und stehe auf. »Ich geh schon mal runter und sehe nach, wie sich Paps und Jacques so vertragen.«

Ich lasse Mama im Badezimmer allein und mache mich auf den Weg ins Wohnzimmer. Eigentlich hatte ich erwartet, dass dort ziemliche Eiszeitstimmung herrscht, aber so schlimm ist es gar nicht. Paps und Jacques sitzen so weit wie möglich voneinander entfernt. Nina hat in Jacques ein neues Opfer für eine weitere, detaillierte Casting-Schilderung gefunden und plappert ohne Punkt und Komma auf ihn ein. René unterhält sich mit Paps über Bücher, wenn ich das richtig verstehe. Die beiden können sich total für Bücher und Literatur begeistern, was ich überhaupt nicht nachvollziehen kann. Ich schlafe beim Lesen immer sofort ein – außer, wenn es sich um ein Physikbuch handelt.

»Hallo, Jacques«, sage ich. »Das ist ja eine Überraschung. Mama kommt gleich, sie zieht sich gerade an.«

Jacques steht auf und begrüßt mich mit den obligatorischen französischen Küsschen. Er sieht in seinem hellen Anzug so schleimig aus wie eh und je. Beim Geruch seines Rasierwassers wird mir beinahe schlecht. Oder ist das die Pomade in seinen Haaren, die so furchtbar stinkt? Vielleicht hätte ich Mama doch von einem Gespräch mit dem alten Stinker abraten sollen …

»Julie! Schön dich zu sehen!«, ruft Jacques überschwänglich. Er übertreibt mal wieder fürchterlich. So dicke Freunde sind wir schließlich auch nicht.

»Ja, echt prima«, sage ich und mache schnell einen Schritt nach hinten, um aus Jacques' Dunstkreis zu kommen. Wäre schließlich etwas peinlich, wenn ich ihm direkt vor die Füße kotze. »Und auch noch so früh am Morgen! Du hältst wohl nicht so viel vom Ausschlafen, was?«

»Jacques ist die ganze Nacht durchgefahren«, erklärt mir Nina eifrig. »Von St. Tropez bis nach Papenberg – ohne Pause. Wahnsinn, oder? Er ist mit dem Porsche hier. Darf ich nachher mal eine Runde mitfahren, Jacques?«

Jacques nickt. »Natürlisch, Nina, *pas de problème.*«

»Dann müssen wir unbedingt bei Anne vorbeidüsen. Die wird Augen machen!«, jubelt Nina. »Komm doch auch mit, Paps. Jacques' Porsche ist echt der Hammer.«

Ich würde Nina am liebsten ihr dummes Plappermaul stopfen. Sie tritt mal wieder in jedes Fettnäpfchen, das sie im Umkreis von hundert Kilometern finden kann.

Paps scheint von Ninas Vorschlag auch nicht besonders begeistert zu sein. »Nun ja … mal sehen … Eigentlich hab ich heute noch ziemlich viel zu tun …«

Zum Glück kommt Mama herein, bevor Nina in noch mehr Fettnäpfchen treten kann. Sie trägt einen knallroten Hosenanzug und ist perfekt gestylt. Keine Ahnung, wie sie das so schnell geschafft hat.

»So, da bin ich«, sagt sie betont fröhlich. »Tut mir leid, dass es einen Moment gedauert hat. Bonjour, Jacques! Was machst du denn schon so früh am Morgen hier?«

Sie geht auf Jacques zu und die beiden begrüßen sich mit ein paar schnellen Küsschen. Man muss schließlich die Form wahren.

Paps steht auf. »Ja … also … ihr habt bestimmt einiges zu besprechen. Ich werde mich dann mal ums Frühstück kümmern.«

»Ich helf dir«, sage ich und gehe zur Tür.

»Ich auch«, sagt René und steht ebenfalls auf.

Nina ist die Einzige, die sitzen bleibt. Meine kleine Schwester kriegt mal wieder überhaupt nichts mit.

»Nina, kommst du bitte?«, sagt Paps. »Wir brauchen deine Hilfe in der Küche.«

»Warum denn? Ihr seid doch schon zu dritt«, sagt Nina unwillig. »Ich will lieber bei Mama und Jacques bleiben.«

»Nichts da«, sagt Paps ungewöhnlich streng. »Los, beweg dich.«

Widerwillig trottet Nina hinter uns her in die Küche. Ich habe den Eindruck, dass Paps erleichtert aufatmet, als er die Tür zum Wohnzimmer schließt. Offenbar kann er mit Jacques auch nicht allzu viel anfangen.

»Fährt Mama jetzt mit Jacques wieder nach St. Tropez zurück?«, fragt Nina.

Paps zuckt mit den Schultern. »Ich weiß es nicht. Vielleicht.«

»Ich will aber, dass Mama noch hier bleibt!«, zetert Nina. »Schließlich haben gerade die Ferien angefangen und wir haben ganz viel Zeit. Mama kann doch einfach mit Jacques noch eine Weile bei uns wohnen, oder?«

»Ich glaube nicht, dass das so eine gute Idee ist …«, sagt Paps. »Außerdem muss Jacques bestimmt wieder zurück nach Nizza in sein Hotel. Er ist schließlich ein viel beschäftigter Mann.«

»Hier, deck mal den Tisch«, sage ich und drücke Nina einen Stapel Teller in die Hand, bevor sie noch mehr Quatsch reden kann.

Armer Paps! Dass Jacques jetzt auch noch hier aufgetaucht ist, muss wirklich ziemlich blöd für ihn sein. Ich glaube, ich an seiner Stelle hätte Jacques achtkantig rausgeschmissen. Immerhin hat er Paps die Frau weggeschnappt! Aber vielleicht ist mein Vater ja wirklich längst darüber hinweg. Auf jeden Fall hält er sich in Anbetracht der Umstände ganz wacker. »Soll ich Brötchen holen?«, fragt René.

Paps nickt und drückt René dankbar sein Portemonnaie in die Hand. »Das wäre prima. Du weißt ja bestimmt noch, wo der Bäcker ist, oder?«

René macht sich auf den Weg zum Bäcker, Paps und Nina decken den Frühstückstisch und ich habe gerade nichts wirklich Dringendes zu tun. Mein Blick fällt auf das Telefon. Vielleicht sollte ich die Zeit nutzen und mal bei Laura anrufen. Schließlich muss ich mich noch bei ihr dafür entschuldigen, dass ich sie gestern so angeschrien habe. Ob sie sehr sauer auf mich ist? Wenn ich mir vorstelle, dass sie mich verdächtigen würde, etwas mit Michi zu haben, wäre ich wahrscheinlich noch in hundert Jahren stinksauer auf sie.

Ich nehme den Hörer ab und wähle Lauras Nummer. Am besten bringe ich es gleich hinter mich. Hoffentlich wecke ich bei ihr zu Hause jetzt nicht auch alle auf. Erstaunlicherweise geht Laura aber schon nach dem dritten Klingeln ans Telefon.

Ich bin etwas überrumpelt und stammele: »Hallo … ich bin's … Julia. Hab ich dich geweckt?«

»Nö, ich bin schon länger wach. Konnte irgendwie nicht mehr schlafen.« Lauras Stimme klingt etwas kühler als sonst, aber nicht wirklich wütend. Ich schöpfe Hoffnung. Vielleicht lässt sich ja doch noch alles wieder einrenken.

»Also … weswegen ich anrufe … ich wollte mich bei dir entschuldigen. Wegen gestern. Tut mir leid, dass ich dich so angeschrien habe. Das war echt blöd von mir.«

»Dann glaubst du jetzt also nicht mehr, dass ich was mit René angefangen habe?«, fragt Laura.

»Nein, natürlich nicht«, sage ich schnell. »Ich weiß auch nicht, wie ich darauf gekommen bin. Oder eigentlich weiß ich es schon. Ich hab euch zusammen in diesem Café gesehen und mir dann mal wieder alles Mögliche zusammengereimt. Du kennst mich ja, manchmal geht meine Fantasie einfach mit mir durch.«

Laura seufzt. »Ja, ich weiß. Trotzdem finde ich es ganz schön heftig, dass du mir so was zutraust.«

»Tut mir leid«, sage ich leise. »Aber irgendwie hat alles so gut zusammengepasst. Dass du gestern keine Zeit für mich hattest und am Telefon so komisch warst … und dass du mir dann auch noch diese merkwürdige Frage gestellt hast.«

»Was für eine Frage denn?« Laura klingt etwas verwirrt.

»Na, ob es mir etwas ausmachen würde, wenn du dich in jemanden verliebst, in den ich auch schon mal verliebt war.« Plötzlich fängt Laura an zu kichern. »Und du dachtest, dass ich damit René meine?«

»Erst konnte ich gar nichts mit der Frage anfangen. Aber als ich euch dann in der Stadt gesehen hab, hab ich eben eins und eins zusammengezählt.«

»Bloß dass dabei drei herausgekommen ist«, sagt Laura

und lacht. »Und das passiert ausgerechnet dir, dem Mathe-Genie! Ich hab bei der Frage nicht im Traum an René gedacht.«

»An wen denn dann?«, frage ich. »Jetzt kannst du's mir doch sagen, oder?«

Laura holt tief Luft. »Na gut. Aber wehe, du machst einen blöden Kommentar. Und nicht lachen!«

»Versprochen.« Jetzt bin ich aber wirklich neugierig.

»Mark.«

»Wie – Mark?«

»Ich glaube, ich hab mich in Mark verliebt.«

»Was???« Ich fass es nicht! Ausgerechnet Mark, dieser Langweiler, der küsst wie eine Nacktschnecke. »Wann ist das denn passiert?«

»Am Freitag auf der Party im *Bubbles*. Wir haben uns zufällig an der Theke getroffen und er hat mir einen Cocktail ausgegeben. Dann haben wir ein bisschen gequatscht. Ich find ihn echt supernett! Heute Abend wollen wir zusammen ins Kino gehen. Bist du jetzt sauer? Ich meine, schließlich warst du ja ziemlich lange hinter ihm her …«

»Ach was, das ist doch längst vorbei. Von mir aus kannst du gerne glücklich mit ihm werden. Es könnte allerdings sein, dass du dich auf Dauer *etwas* mit ihm langweilst. Hast du ihn eigentlich schon geküsst?«

»Nein, so weit sind wir noch nicht. Ich will es mit Mark auch erst mal langsam angehen lassen. Schließlich hätte ich vor zwei Tagen nicht im Traum geglaubt, dass ich mich so kurz nach der Trennung von Michi wieder verlieben könnte. Hat René eigentlich inzwischen mit dir geredet?«

»Ja, wir sind seit gestern Abend wieder zusammen«, berichte ich. »Ich habe beschlossen, uns noch eine Chance zu geben.«

»Prima, das freut mich für euch«, sagt Laura. »René war ganz schön fertig. Ich glaube, er hängt total an dir.«

Die Wohnzimmertür geht auf und Mama und Jacques kommen heraus. Jacques hat den Arm um Mama gelegt und drückt ihr einen Kuss aufs Ohr. Na, das sieht ja fast so aus, als hätte es gerade noch eine Versöhnung gegeben …

»Hör mal, Laura, ich muss jetzt Schluss machen«, sage ich schnell. »Aber willst du nicht zum Frühstück vorbeikommen? René holt gerade Brötchen und Jacques ist auch da. Ist sozusagen eine Art Versöhnungsfrühstück.«

»Klar, ich komme«, sagt Laura. »Bin schon unterwegs.«

»Jacques und ich werden heute wieder zurück nach St. Tropez fahren«, verkündet Mama, als wir alle gemeinsam beim Frühstück sitzen. »Wir müssen uns schließlich um die Hochzeitsvorbereitungen kümmern.«

»Dann findet die Hochzeit also doch statt? Super!«, jubelt Nina. »Kommst du jetzt eigentlich auch, René?«

René nickt. »Na klar, was denkst du denn? Das lass ich mir doch nicht entgehen.«

»Und dein Auftritt?«, frage ich.

»Wird verlegt«, sagt René. »Man muss im Leben eben Prioritäten setzen.«

Wir schauen uns verliebt in die Augen. Weswegen haben wir uns eigentlich in letzter Zeit ständig gestritten? Ich kann mich gar nicht mehr so richtig erinnern …

»Meine Mutter hat vorhin erzählt, dass sie dich gestern im Fernsehen gesehen hat, Julia«, erzählt Laura. »Stimmt das?«

Oh Gott! Die haben das tatsächlich gesendet!

»Klar stimmt das, Julia und ich waren doch beim *Zeiten der Liebe*-Casting«, ruft Nina. »Also, das war so …«

Jetzt fängt Nina tatsächlich an, die ganze Story zum dritten Mal zu erzählen. Und jedes Mal wird die Geschichte ein bisschen länger. Ich verdrehe die Augen und René grinst mir zu. Während Nina die arme Laura zutextet, fangen Paps und Jacques an, sich über den Tisch hinweg zu unterhalten. Sie haben schließlich doch noch ein gemeinsames Thema gefunden: französischen Wein. Mama und René quatschen währenddessen auf Französisch über Paris. Plötzlich ist unser Esszimmer von einem ziemlich lauten, zweisprachigen Stimmengewirr erfüllt. Alle reden durcheinander und ich beiße zufrieden in mein Brötchen.

Manchmal ist das Leben wirklich seltsam. Wenn mir vor einer Woche jemand erzählt hätte, dass mir eine Rolle in *Zeiten der Liebe* angeboten wird, hätte ich ihn garantiert für verrückt erklärt. Und wenn mir dieser jemand dann auch noch erzählt hätte, dass Mama und Jacques, Paps und Nina, Laura, René und ich heute zusammen an einem Tisch sitzen und gemeinsam frühstücken würden, hätte ich die Männer mit den Zwangsjacken gerufen.

Draußen gießt es mal wieder in Strömen. Aber was macht schon das bisschen Regen? So ein Wetter ist doch geradezu ideal, um den ganzen Tag im Bett zu bleiben und zu kuscheln. Und genau das werden René und ich nach dem Frühstück auch machen.

Eigentlich ist der Oktober gar nicht so übel. Wenn ich es mir recht überlege, wird er als Monat allgemein unterschätzt. Ich beschließe, den Oktober ab sofort zu meinem Lieblingsmonat zu erklären. Dann drücke ich René einen schnellen Kuss aufs Ohr und nehme mir noch ein Brötchen.

Maja von Vogel wurde 1973 geboren und wuchs im Emsland auf. Sie studierte Deutsch und Französisch in Münster und Göttingen, lebte ein Jahr in Paris und arbeitete als Lektorin in einem Kinderbuchverlag, bevor sie sich 2002 als Autorin und Übersetzerin selbstständig machte. Heute lebt Maja von Vogel mit ihrer Familie in Nordwestdeutschland.

Mehr über unsere Bücher, Autoren und Illustratoren auf: www.planet-verlag.de

von Vogel, Maja:
(Un)Endlich verliebt
ISBN 978 3 522 50504 8

Einbandgestaltung: bürosüd° GmbH
Innentypografie: Eva Mokhlis
Reproduktion: Medienfabrik GmbH, Stuttgart
Druck und Bindung: CPI Books GmbH, Leck

MIX
Papier aus verantwortungsvollen Quellen
FSC® C083411

Die deutschen Erstausgaben erschienen im Erika Klopp Verlag, Hamburg:
Herzensbrecher küssen besser, 2004
Herzensbrecher forever, 2005

SOMMER, SONNE & *Kribbeln im Bauch*

Hortense Ullrich, Irene Zimmermann
Sabine Both u. a.

Sternschnuppenküsse und Himbeereis

368 Seiten · Broschur
ISBN 978-3-522-50501-7

Die Sonne brennt vom Himmel, das Eis schmilzt in der Hand und die Glücksgefühle fahren Achterbahn – endlich wieder Sommer! Und wenn selbst der Sprung ins kühle Nass keine Linderung mehr verschafft, dann bringen diese romantisch-spritzigen Geschichten unserer Erfolgsautoren die nötige Ablenkung für heiße Tage: die perfekte Urlaubslektüre zum Wegträumen, egal ob auf dem heimischen Balkon oder am Strand – verlieben kann man sich schließlich überall!

www.planet-verlag.de

PLANET!